LA TRISTEZA DEL SAMURÁI

VÍCTOR DEL ÁRBOL

ALREVĒS

BARCELONA 2011

Primera edición: febrero de 2011
Segunda edición: marzo de 2011

Publicado por:
EDITORIAL ALREVÉS, S.L.
Passeig de Manuel Girona, 52 5è 5a
08034 Barcelona
info@alreveseditorial.com
www.alreveseditorial.com

© Víctor del Árbol, 2011
© de la presente edición, 2011, Editorial Alrevés, S.L.

Printed in Spain
ISBN: 978-84-15098-02-7
Depósito legal: B-9809-2011

Diseño de portada: MBC

Impresión:
Liberdúplex
Sant Llorenç d'Hortons (Barcelona)

Para Jordi, Susana y «nuestro» pequeño Jordi. Gracias por estar siempre al otro lado de la valla y saltarla cada vez que es necesario

Para aquellos amigos que se han alegrado conmigo, que me han sufrido y que han visto crecer día a día a los personajes de esta historia hasta verlos alejarse de mis manos convertidos en un punto y final

La gran virtud del arte de la espada radica en la sencillez:
Herir al enemigo en el justo momento que te hiere.

MOVIMIENTO DEL JENJUTSU
(La Técnica del Sable)

PREFACIO

Barcelona. Mayo de 1981

Existe un tipo de personas que huye del cariño y se refugia en el abandono. María era una de ellas. Tal vez por esa razón se negaba a ver a nadie, incluso ahora, en aquella habitación de hospital, que era como una estación de final de trayecto. Prefería quedarse mirando los ramos de lilas que le enviaba Greta. Las lilas eran sus flores preferidas. Intentaban sobrevivir en el jarrón de agua con ese gesto heroico que tiene todo lo inútil. Cada día languidecían sus pétalos frágiles, pero lo hacían con elegancia discreta, con su color tornasolado.

A María le gustaba creer que su agonía era también así: discreta, elegante, silenciosa. Sin embargo, allí estaba su padre sentado a los pies de la cama como un fantasma de piedra, un día tras otro sin decir ni hacer nada, excepto contemplarla, para recordarle que no todo iba a ser tan fácil como morirse. Y luego bastaba que se entreabriera un poco la puerta para ver al policía uniformado apostado en el vestíbulo que custodiaba la habitación, para comprender que todo lo que había sucedido en los últimos meses no se borraría, ni siquiera cuando los médicos desconectasen la máquina que la mantenía aún con vida.

Aquella mañana había venido temprano el inspector que llevaba su caso. Se llamaba Marchán. Era un hombre amable, dadas las circunstancias, pero intransigente. Si sentía lástima por su estado, no lo demostraba. Para el inspector, María era sospechosa de varios asesinatos y de haber ayudado a escapar a un recluso.

—¿Nuestro amigo se ha puesto ya en contacto con usted? —le preguntó con respetuosa frialdad. Marchán traía los periódicos del día y los dejó sobre la mesita.

María cerró los ojos.

—¿Por qué iba a hacerlo?

El policía se reclinó contra la pared con los brazos cruzados sobre el pecho. Traía la chaqueta desabrochada. Estaba pálido y se le notaba cansado.

—Porque es lo menos que puede hacer por usted, teniendo en cuenta la situación.

—Mi situación no va a cambiar, inspector. Y supongo que César así lo entiende; sería de necios que lo arriesgase todo por venir a ver a una moribunda.

Marchán ladeó la cabeza, contemplando la figura hierática del anciano sentado junto a la ventana.

—¿Cómo se encuentra hoy su padre?

María se encogió de hombros. Era difícil conocer los sentimientos de una piedra.

—No me lo ha dicho. Solo se queda ahí, mirándome. A veces pienso que seguirá así hasta que los ojos se le sequen.

El policía suspiró con hondura y contempló a aquella mujer que un día debió de ser atractiva sin la cabeza afeitada y sin todos aquellos cables que la unían a un monitor lleno de luces y gráficas. Ante ella, Marchán se sentía como un minero que pica contra la piedra con todas sus fuerzas, pero que lo único que consigue es hacer que salten unas miserables esquirlas.

—Muy bien, como quiera... Pero, ¿qué me dice de la confesión? ¿Piensa declarar su padre?

María desvió la atención hacia su padre. El anciano miraba ahora a través de la ventana. La luz de la calle iluminaba parcialmente su rostro envejecido. Le caía el labio y un hilillo de baba le manchaba la camisa. María sintió una mezcla de rabia y de compasión. ¿Por qué seguía empeñado en permanecer a su lado con sus mudos reproches?

—Mi padre no puede ayudarle, inspector. Apenas reconoce a nadie ya.

—¿Y qué me dice de usted? ¿Me contará lo que sabe?

—Por supuesto, pero no es fácil. Necesito ordenar mis ideas. —María Bengoechea le había prometido al inspector ser concisa, ceñirse a los hechos y desechar los ripios, los circunloquios y todos esos cambalaches inútiles de las malas novelas que venían en los periódicos.

Al principio pensó que sería sencillo: planteó la situación como si de un memorando se tratase; esa era su especialidad, la brevedad, los indicios claros, los hechos probados; el resto no le servía. Sin embargo, resultaba más complicado de lo previsto. Estaba hablando de su vida, de su vida en singular, por tanto no podía eludir ser subjetiva y mezclar acontecimientos con impresiones, deseos con realidades; al final, lo que debía ser un redactado sencillo y aséptico se había transformado en un diván de psiquiatra.

—Tómese su tiempo —dijo el policía, observando la libreta de notas que había junto a la mesita, con unos breves apuntes al principio de la página—. Tengo que marcharme, pero volveré a verla.

María retomó la libreta al quedarse sola, hizo un esfuerzo por ignorar la presencia fantasmal de su padre y empezó a escribir con un gesto de fingida serenidad: se descubrió filosofando dos o tres veces sobre el sentido de la vida y sobre el misterio de la muerte. Al darse cuenta, tachó esos párrafos, algo ruborizada. Lo que la avergonzaba no era que un policía fuese a leer aquello; a estas alturas, eso ya no tenía mucha importancia; lo sonrojante era el hecho mismo de que eso que escribía estuviese realmente dentro de ella:

—¿Así soy yo?¿Así eran mis sentimientos hasta hace unas semanas?

Luego abandonaba el mundo de las suposiciones y regresaba a lo concreto. A los hechos. Debía obligarse a esta disciplina si pretendía terminar a tiempo el relato de lo ocurrido en los meses anteriores. Iban a volver a operarla del tumor, pero por las caras de los médicos, sabía que ya la daban por perdida. Su enfermedad era en cierto modo un camino inverso, un rebobinado rápido de la madurez a la infancia. Acabaría sus días incapaz, no ya de escribir, sino de pronunciar su propio nombre; balbucearía como un bebé para hacerse entender y dormiría con pañales para no manchar las sábanas. Contempló al anciano en la silla de ruedas y se estremeció.

—Parece que al final acabaremos entendiéndonos, papá —murmuró con un cinismo que solo la dañaba a ella. Se preguntó si con ese olvido inevitable llegaría también, y al menos, la inocencia. No imaginaba nada más terrible que volverse como su padre: metida en el cuerpo de una niña pero con la mente de la mujer que todavía era.

Se sorprendió de la facilidad con que olvidaba todo aquello que tanto le había costado aprender hasta llegar a ese punto de la vida que llamamos «mujer adulta»: sensata, serena, casada, responsable y con hijos. María no era nada de eso, nunca lo había sido; nunca llegó a ser ese tipo de mujer que se esperaba de ella. En esa imposibilidad no había tenido nada que ver su enfermedad, sino que era más bien una cuestión congénita. Tenía treinta y cinco años, era una abogada de prestigio, separada, sin hijos, y vivía con otra mujer, Greta, que también había terminado por abandonarla, desesperada ante su incapacidad para amar a nadie realmente. Se enfrentaba a un proceso judicial por el asesinato de varias personas, un juicio que no llegaría a celebrarse, porque Dios, o quienquiera que dispusiera del destino, ya había dictado sentencia de culpabilidad inapelable.

Básicamente, esos eran los datos biográficos que podían interesar a cualquiera. Podría llenar páginas enteras con números de la seguridad social, de carnet de conducir, DNI, teléfono, fecha de nacimiento, estudios, másteres, postgrados, vida laboral, incluso gustos, colores favoritos, número de la suerte, talla de sujetador, número de pie; podría incluir un retrato de fotomatón, a partir del cual alguien decidiría si era guapa o fea según su gusto personal, rubia teñida o natural, de pocos kilos, poca estatura, etc. Los más observadores, o los más románticos, dirían que tenía un aire melancólico, deducirían sin argumentos que su vida sentimental había sido un desastre... Pero al final seguirían sin saber nada de ella.

Con la ayuda de un andador fue hasta el baño. Encendió la luz. Era una luz de fluorescente que se encendía con parpadeos largos e inseguros, vislumbrando el contorno un instante para sumirse otro en la oscuridad. Ese resplandor momentáneo le permitió ver la silueta de un cuerpo desnudo y un rostro poblado de sombras inquietantes.

Sentía miedo de la extraña que había en ella. Apenas se reconocía. Un cuerpo pálido, de músculos laxos, extremidades quebradizas, con el pecho surcado de venas que convergían en los pezones caídos. Casi no tenía vello en las axilas ni en el pubis. El sexo mortecino, inservible. Sus dedos tocaron los muslos como si fuesen medusas rozando una piedra. No los sentía. Y la cara... Dios mío, ¿qué le había pasado en la cara? Los pómulos sobresalían como montículos puntiagudos que tensaban las mejillas. La piel se agrietaba como un campo yermo, lleno de cráteres oscuros, macilentos. La nariz se estiraba puntiaguda, aguileña, con los orificios resecos. Ya no quedaba ni rastro de su hermosa melena. Solo un cráneo afeitado con catorce puntos de sutura en el lóbulo derecho. Pero lo peor eran los ojos:

—¿Dónde están? ¿Qué miran? ¿Qué ven? —Bolsas azuladas con los párpados caídos, sin brillo. Con un cansancio infinito, con una ausencia total. Los ojos de una desahuciada, de un moribundo, de un cadáver. Pero a pesar de todo, bajo la decrepitud y la enfermedad continuaba siendo ella. Todavía podía reconocerse. Forzó una sonrisa. Una sonrisa que casi era un quejido, un gesto de impotencia, de ingenuidad.

Sí, aún no estaba muerta y seguía siendo dueña de sus restos.

—Soy yo. Todavía. María. Tengo treinta y cinco años —dijo en voz alta, como si quisiera espantar la sombra de duda del fantasma que asomaba al otro lado. Pocos seres humanos aguantan su propia mirada porque se produce un fenómeno curioso frente al espejo: miras lo que ves, pero si ahondas más allá de la superficie te asalta la incómoda sensación de que es el reflejo el que te mira a ti con insolencia. Te pregunta quién eres. Como si tú fueses el extraño, y no él.

Regresó a la cama arrastrando las babuchas. Le pesaba el cuerpo a pesar de que flotaba dentro de la bata blanca del hospital. Puso la televisión. Las noticias la aturdían. Se sucedían como si nada pudiera detener los acontecimientos. Como si esos mismos acontecimientos estuviesen por encima de los actores que los protagonizan. La periodista Pilar Urbano informaba desde el mismo Congreso que los golpistas habían asaltado en febrero. Ahí estaban las fotos de Tejero, Milans del Bosch, Armada, y los demás conjurados; todos arrogantes, seguros de sí mismos.

Publio no estaba entre ellos, ni su fotografía, ni su nombre. Tampoco ninguna mención hacia la familia Mola.

No le sorprendía, era consciente de cómo funcionan estas cosas. César Alcalá ya la advirtió que no se hiciese ilusiones en sentido contrario: «Esta democracia nuestra es como una niña resabiada que ya sabe dónde esconder su mierda cuando aún no ha empezado ni a andar»; pero María no podía evitar un punto de amargura al comprobar que todo aquel sufrimiento, que todas las muertes ocurridas en los meses anteriores no habían servido para nada.

Se dio cuenta de que su padre miraba también las noticias. No estaba segura de que comprendiese algo, pero notó que los ojos le brillaban y que sus manos aferraban con fuerza la palanca de su silla de ruedas.

—Ya no vale la pena preocuparse, ¿no crees? —dijo María.

Su padre reclinó un poco la cabeza y la miró con los ojos enrojecidos. Balbuceó algo que María no quiso escuchar.

Cambió de canal. Un atentado de ETA en Madrid. Un coche ardiendo en la Castellana, humo. Gente que grita llena de odio y de impotencia. Los enfermos de la colza muestran sus deformidades a la puerta de un juzgado; recordaban esas escenas de los mendigos con polio a las puertas de las iglesias. Políticos enarbolando el crucifijo contra la ley del divorcio, otros levantando la bandera republicana. El mundo giraba deprisa, la gente se protegía con estandartes y consignas. Apagó el televisor y todo ese ruido desapareció.

Volvió la quietud de la habitación pintada de color crema. La bolsa de suero, los pasos de las enfermeras detrás de la puerta cerrada. Imaginó que allí seguía el policía de guardia, dormitando aburrido en una silla, preguntándose qué sentido tenía custodiar a una moribunda.

Entraron dos enfermeras para lavarla. María se mostró amable, y aunque sabía que era inútil, les pidió un cigarrillo.

—Es malo para la salud —le contestaron. María sonrió y ellas se sonrojaron ante la evidente estupidez del comentario.

Debería ser al revés. Debería ser ella la que se sonrojase al sentir cómo la limpiaban con una esponja igual que si fuese un niño. Pero no hizo nada, se dejó voltear como un trozo de carne por una de ellas, mientras la otra cogía la silla de su padre y lo empujaba fuera de la habitación, cosa que María agradeció, aliviada. La enfermera le limpió las axilas, los pies, le cambió la bolsa de suero, y durante todo el rato no paró de hablar de sus hijos, de su marido y de su vida. María la escuchaba con los ojos cerrados, deseando que acabase.

Cambiaron las sábanas. No tenían olor. Eso era inquietante. No existían los olores en la habitación. Los médicos decían que era por la operación. Le había afectado a esa parte del cerebro. Un mundo sin olor era un mundo irreal. Ni siquiera olían las lilas que Greta le había enviado esta mañana. Las veía, al lado del cabezal. María las miraba durante horas. Parecían frescas, con gotas de humedad suspendidas en el tallo y en los pétalos. Se inclinaban hacia la luz que entraba por la ventana. Querrían huir, salir al exterior. Como María. Como todos los que antes que ella habían agonizado en la misma cama. De ahí las rejas. Para evitar tentaciones. Aunque con ella no eran necesarias. Para suicidarse hay que tener valor. Cuando la vida ya no es una opción, no hay que dejar que el azar te arrebate el último acto digno que te queda. Eso lo había aprendido de los Mola; pero María nunca saltaría.

A veces venía a visitarla el sacerdote del hospital. Era una visita rutinaria como las que hacían a primera hora los médicos con su tablilla, seguidos de sus jóvenes estudiantes en prácticas. Aquel cura tenía ese mismo talante. María imaginaba que traía bajo el brazo una lista de los desahuciados del día, o tal vez marcase con una pequeña cruz las habitaciones de los que ya estaban en puertas. Debía de pensar que en este tránsito definitivo los pacientes eran más débiles, más volubles y sensibles a sus argumentos sobre Dios y el destino. No era, por lo demás, un hombre desagradable. Incluso a María le apetecía escucharle, en realidad solo porque se preguntaba qué pudo llevar a un hombre tan joven a entregar toda su vida a una quimera. Vestía con sotana y alzacuello. Una sotana limpia, discreta, con botones acolchados que le cubrían hasta los zapatos. Aquel joven sacerdote preconciliar no parecía sentirse culpable de nada, mucho menos de la pronta muerte de María. Por el contrario, cuando ella confesó no creer en Dios, él la contempló con una lástima sincera, con una comprensión de su miedo que dejó a María seca por dentro.

—No importa. Lo creas o no, estás a un paso de la Gracia, de la inmortalidad junto a Él.

María lo examinó perpleja. Sin dudar, sin un ápice de cinismo o hipocresía, el cura le pidió que se arrepintiera de sus pecados.

—Dicen que maté a un hombre, padre. Y que lo hice con mis manos. ¿Usted lo cree?

—Conozco la historia, María, todo el mundo la conoce. Todo pesará en la balanza, y Dios es misericordioso.

—¿Por qué habla así?¿En serio cree que existe un Juez Supremo que nos juzga desde lo Alto?

—Sí, lo creo sinceramente. Esa es mi fe.

—¿Y por qué su juez no se arremanga y baja a echar una mano en vez de permitirse decir lo que está bien y lo que está mal desde su trono?

—No somos niños a los que se les dice qué deben hacer. Somos seres libres, y, como tales, afrontamos las consecuencias de lo que hacemos.

—Sinceramente, padre. No creo que nadie le haya dado permiso a ese Dios suyo para pedirme cuentas de mis actos.

—Lo que tú creas, o lo que crea yo, no cambia la certeza de las cosas. Pronto estarás en la Vida Eterna, y todo tendrá sentido —respondió pausadamente el sacerdote.

María le preguntó para qué quiere un hombre la inmortalidad.

—¿Para qué comer? ¿Para qué seguir respirando? ¿Para qué seguir bebiendo de este vasito de plástico? ¿Por qué sigo tomando estas cápsulas de colores? ¿Por qué no me rindo? Quisiera pararlo todo. Ponerle punto y final. La inmortalidad, ¿quién la quiere? Un ciclo de nacer y morir continuo, la repetición de la misma agonía una y otra vez sin ningún motivo. La muerte es algo que le sucede a todo el que está vivo. Es el precio que hay que pagar. Y Dios no tiene nada que ver en eso. A Dios hay que dejarlo en paz. La culpa es de los fluidos, de la química que se rebela contra el propio cuerpo, de la genética, de la fragilidad humana. No existen dioses ni héroes. Solo miasmas. Bastaría con aceptarlo, y todo sería mucho más fácil para mí. Pero no puedo.

—No puedes resignarte porque dentro de ti existe algo divino, una parte de Dios. Piensa en tu vida, haz examen de conciencia, y verás que no todo ha sido tan malo —le dijo el sacerdote. Luego le dio una palmada en las manos, como un hasta luego, y se marchó, dejando detrás de sí sus palabras, como su aroma de iglesia antigua.

Con el paso de los días el estado de salud de María empeoró. Pasaba la mayor parte del tiempo drogada para soportar los dolores, y cuando a veces recuperaba la lucidez, solo deseaba cerrar los ojos y seguir durmiendo, anestesiar los recuerdos que se amontonaban en su mente sin orden alguno.

Fue en uno de esos estados a caballo entre lo onírico y lo real cuando recibió, o creyó recibir, una extraña visita. Sintió una mano de dedos delgados y fríos estrechando la suya, hirviendo a causa de la fiebre. Su tacto era rugoso y áspero con grandes venas que parecían querer salirse de la piel. Una voz lejana, calmosa y cálida le pedía que despertase. Esa voz se metió en sus sueños y le obligó a abrir los párpados.

No había nadie. Estaba sola en la habitación. Una corriente de aire frío entraba por la ventana entreabierta. Pensó que tan solo había sido un sueño, un delirio causado por la fiebre. Se volvió de lado dispuesta a dormirse, pero entonces vio, junto a la mesita, un pequeño sobre cerrado con su nombre. Lo abrió con dedos temblorosos. Era una breve nota:

«Recuerda el mandato del samurái. No existe honor o deshonor en la espada, sino en la mano que la empuña. Ve en paz, María.»

Reconoció al instante la letra menuda y apretada. Era la letra de un fantasma.

Abrió el cajón de la mesita y sacó una vieja fotografía en sepia.

Era el retrato de una mujer casi perfecta. Tanto que parecía irreal. Tal vez era el efecto de la fotografía, el momento que congelaba. Parecía una actriz de los años cuarenta. El humo salía de su boca con fluidez, creando tirabuzones grises y blancos que le cubrían parcialmente los ojos, dándole un halo misterioso. Sostenía el cigarrillo con delicado descuido, sobre la mano derecha apoyada en la mejilla, entre el dedo índice y el corazón, con la boquilla atrapada entre dos sortijas. Fumaba con placer, pero sin voluptuosidad, como si hacerlo fuese un arte. Fumaba consciente del gesto. La sonrisa era extraña. Como si se escapase de la boca en contra de su voluntad. No sabía, al mirarla, si era una sonrisa de tristeza o de alegría. En realidad, todo en ella resultaba evanescente, probable, pero inseguro, como ese humo que la rodeaba.

María se preguntó, al contemplar la fotografía, qué aire respiraba esa mujer misteriosa, la causante de todo lo sucedido; a qué olía su piel, las gotas de perfume detrás de los lóbulos. Imaginó que era un aroma suave, algo que debía quedar flotando en el ambiente, como la cola de su presencia cuando ya no estaba. Algo indeterminado, evocador. Imponía la ley de su propio deseo, una tiranía blanda, pero definitiva, y al mismo tiempo era prisionera de su belleza, de sus silencios. Una pamela de ala ancha pretendía esconder el tirabuzón rebelde de su frente y las hombreras de su chaqueta beige reprimían su pecho, hermoso y turgente.

Sin prisas, María rompió en pedazos diminutos aquella fotografía de la que no se había separado en los últimos meses. Fue hasta la ventana abierta y lanzó los pedazos que se dispersaron en el aire de aquella mañana brumosa de 1981.

CAPÍTULO 1

Mérida. 10 de diciembre de 1941

Hacía frío y un manto de nieve dura cubría la vía del tren. Una nieve sucia, manchada de hollín. Blandiendo su espada de madera en el aire, un niño contemplaba hipnotizado el nudo de raíles.

La vía se dividía en dos. Uno de los ramales llevaba hacia el oeste y el otro se dirigía hacia el este. En medio del cambio de agujas, una locomotora estaba parada. Parecía desorientada, incapaz de tomar cualquiera de los dos caminos que se le planteaban. El maquinista asomó la cabeza por la ventanilla estrecha. Su mirada se encontró con la del niño, como si le preguntase a este qué dirección tomar. Así lo creyó el pequeño, que alzó la espada y le señaló el camino del oeste. No por nada. Solo porque era una de las dos opciones posibles. Porque estaba allí.

Cuando el jefe de la estación alzó la bandera verde, el maquinista lanzó por la ventanilla el cigarrillo que estaba fumando y desapareció dentro de la locomotora. Un pitido estridente espantó a los cuervos que descansaban sobre los postes de la catenaria. La locomotora se puso en marcha, escupiendo grumos de nieve sucia de los raíles. Lentamente tomó el camino del oeste.

El niño sonrió, convencido de que era su mano la que

había decidido el destino de aquel viaje. Él sabía a sus diez años, todavía sin palabras para explicarlo, que cualquier cosa que se propusiera podía conseguirla.

—Andrés, vamos.

Era la voz de su madre. Una voz suave, llena de matices que solo podían descubrirse si se le prestaba atención. Se llamaba Isabel.

—Mamá, ¿cuándo tendré una espada de verdad?

—No necesitas ninguna espada.

—Un samurái necesita una catana de verdad, no un palitroque de madera —protestó ofendido el niño.

—Lo que necesita un samurái es protegerse contra el frío para no coger la gripe —le replicó su madre colocándole bien la bufanda.

Aupada en unos zapatos de tacón inverosímil, Isabel sorteaba las miradas y los cuerpos de los pasajeros en el andén. Se movía con la naturalidad de una funambulista en el alambre. Esquivó un pequeño charco en el que flotaban dos colillas y evitó pisar con un quiebro una paloma agonizante que daba vueltas sobre sí misma, ciega.

Un muchacho con corte de pelo de seminarista hizo sitio a madre e hijo en la marquesina, junto a él. Isabel se sentó cruzando las piernas con naturalidad, sin quitarse los guantes de piel, marcando cada gesto con la suficiencia sutil que se impone uno mismo cuando se siente observado y está acostumbrado a la admiración.

En aquella mujer de bellas y largas piernas, que asomaban por la falda justo a la altura de la rodilla, incluso el gesto más vulgar adquiría la dimensión de una danza perfecta y discreta. Ladeando la cadera hacia la derecha, aupó lo imprescindible el pie para limpiar una gota de fango que le manchaba la punta del zapato.

A su lado, apretándose contra el cuerpo de su madre para reafirmar su pertenencia, Andrés miraba desafiante al resto de pasajeros que esperaban el tren, dispuesto a ensartar con su espada al primero que se acercase.

—Ten mucho cuidado con eso, te harás daño o se lo harás a alguien —dijo Isabel. Le parecía demencial que Guillermo alentase aquella extraña fantasía de su hijo. Andrés no era como los demás niños de su edad, para él no existía diferencia entre la imaginación y el mundo real, pero su marido disfrutaba comprándole toda clase de juguetes peligrosos... ¡Incluso le había prometido regalarle una espada de verdad! Antes de salir de casa había intentado quitarle sus postales de guerreros, pero Andrés se había puesto a gritar como un histérico, de modo que ante el temor de que despertase a todo el mundo en la casa y se descubriera su precipitada huida, consintió en que las trajera consigo. De todas maneras, no le quitaba el ojo de encima. En cuanto pudiera se desharía de ellas, como pensaba hacer con todo lo que tuviese que ver con su marido y con su vida anterior.

Aquella mañana de posguerra, entraba un invierno distinto a través de los ventanales de la estación de tren. Los hombres caminaban cabizbajos, tensos, con la mirada puesta en el infinito para evitar enfrentarla con desconocidos. La guerra había terminado, pero costaba adaptarse al nuevo silencio y conjugarlo con aquel cielo sin aviones, ni silbidos de bombas cayendo como serpentinas. En los ojos de la gente anidaba aún la duda, miraban de reojo las nubes, temiendo revivir el espanto de las explosiones, las carreras para refugiarse en un sótano mientras sonaba una sirena de alarma emitiendo breves mugidos que ponían la piel de gallina. Unos y otros se amoldaban despacio a la derrota o a la victoria, a no acelerar el paso, a dormir por las noches sin demasiados sobresaltos. Poco a poco el polvo se asentaba sobre las calles, las ruinas y los escombros desaparecían, pero se había desatado otra guerra sorda de sirenas de policía, de miedos nuevos, a pesar de que ya no sonaba el cornetín de Radio Nacional dando el parte bélico.

En esa guerra después de la batalla, Isabel lo había perdido todo.

Entre los pasajeros al borde de las vías, se extendía con rapidez una mancha aceitosa con olor de piojos, achicorias, cartas de racionamiento, bocas sin dientes y mugre debajo de las uñas, tiñendo sus existencias de colores grises y mortecinos. Unos pocos, solo unos pocos, se explayaban en los bancos del andén, algo apartados, recibiendo con los ojos çerrados y la expresión confiada la suave luz del sol que se filtraba a través de la nieve.

Andrés observaba con desconfianza. No se sentía parte del mundo infantil. Él sentía que siempre había pertenecido al círculo de los adultos. Y dentro de este al de su madre, de la que no se separaba ni siquiera cuando soñaba. Apretó con fuerza su mano, sin comprender por qué estaban en aquella estación, pero intuyendo que era por algún motivo grave. Su madre estaba nerviosa. Él notaba su miedo bajo el guante.

En el andén irrumpió un grupo de jóvenes «camisas azules». Eran barbilampiños y lucían con orgullo joseantoniano el yugo y las flechas en el pecho, intimidando a los demás con sus cánticos y sus miradas guerreras, aunque la mayoría de ellos no tenía edad ni aspecto de haber combatido en ningún campo de aquella guerra que todavía humeaba en demasiadas familias.

El muchacho que le había cedido un hueco en el banco a Isabel se hundió más en la contemplación de sus pies, apretando entre las rodillas la maleta de madera atada con un cordel, evitando las miradas desafiantes de los falangistas.

El pequeño Andrés, en cambio, fascinado con los trajes azules y las botas de caña alta, saltó del banco, saludando a aquellos uniformes tan familiares. No podía captar el ambiente angustioso que provocó la presencia de aquellos muchachos, ni el temblor del aire entre la gente que se apiñaba cada vez más cerca de la vía. El niño había visto desde siempre uniformes como aquel en su casa. Su padre lucía uno, también su hermano Fernando. Ellos eran los vencedores, decía su padre. No había nada que temer. Nada.

Y sin embargo, aquella gente en el andén se comportaba como un rebaño de ovejas empujadas hacia el precipicio por los lobos que las rodeaban. Algunos falangistas obligaron a unos pasajeros a saludar con el brazo en alto y a cantar el «Cara al Sol». Andrés escuchaba el estribillo del himno de Juan Tellería, y sus labios, tan adiestrados en el mismo discurso, lo repetían inconscientemente. El impulso se había vuelto reflejo:

Volverá a sonreír la primavera
que por cielo, tierra y mar se espera.
Arriba, escuadras a vencer
que en España empieza a amanecer...

En cambio, su madre cantaba el «Cara al Sol» sin el entusiasmo de antes. Sus ansias de paz, como las de tantos otros, solo eran un espejismo.

En ese momento se escuchó el silbido de una sirena de locomotora y todo el mundo se agitó, movido por una corriente invisible.

Entró en vía el tren, reduciendo la velocidad con el chirriar vaporoso de los frenos y separando los dos andenes de la estación con su cuerpo metálico. Asomaban cabezas de todas las formas, con gorras, con sombreros, desnudas, y decenas y decenas de manos apoyadas en las ventanillas. Cuando el jefe de estación alzó la bandera roja y el revisor abrió la puerta, los pasajeros se entremezclaron con sus bártulos, con sus voces, los padres dirigiendo el acomodo en los estrechos vagones, las madres tirando de los hijos para no perderlos en el tumulto de gente. Por un momento, lo cotidiano, el esfuerzo, suplantó la calma intranquila de unos minutos antes, sustituyéndola por el sudor de lo necesario. En cinco minutos sonaron dos pitidos, luz verde, y el tren tosió, se empujó hacia delante cogiendo carrerilla, pareció que iba a desfallecer en el arranque, pero finalmente agarró la inercia de la marcha, dejando atrás los andenes de la estación desnudos y silenciosos envueltos en una nube de humo.

Isabel no subió a ese tren. No era el que estaba esperando. Madre e hijo se quedaron cogidos de la mano en el andén desierto, con las respiraciones condensadas saliendo de los labios amoratados, bajo la luz azulada del día detrás de las nubes blancas y compactas. La mirada de Isabel se iba detrás del vagón de cola de aquel tren, adentrándose en la blancura hasta desaparecer.

—Señora, ¿se encuentra bien?

La voz masculina sonó muy cerca. Isabel se sobresaltó. Aunque el hombre se había alejado unos centímetros de la cara, se notaba el aliento que contaminaba alguna caries o una encía enferma. Era el jefe de estación.

—Espero el tren de las cuatro —respondió Isabel con una voz que parecía querer esconderse.

El hombre elevó la mirada por encima de la visera de la gorra y consultó la hora en el reloj ovalado que colgaba en la pared.

—Ese es el tren que va a Portugal. Falta más de hora y media —le informó con cierta extrañeza.

Ella empezaba a temer la curiosidad de aquel tipo, cuyas manos no veía pero que imaginaba con dedos manchados de grasa entre las uñas.

—Sí, lo sé. Pero me gusta estar aquí.

El jefe de estación miró a Andrés sin expresión. Se preguntó qué hacía allí una mujer con un niño de diez años esperando un tren que todavía tardaría en llegar. Concluyó que debía de ser una loca más de las que la guerra desenterraba. Tendría su historia, como todos, pero no le apetecía escucharla. Aunque siempre es más fácil consolar a una mujer de hermosas piernas.

—Si desea un café —dijo, esta vez utilizando el ronroneo de un gato grande—, ahí dentro, en mi oficina, puedo ofrecerle un buen torrefacto, nada de esa achicoria que sirven en la cantina.

Isabel declinó la invitación. El jefe de estación se alejó, pero ella tuvo la sensación de que se volvía un par de veces a examinarla. Fingiendo una tranquilidad que estaba lejos de sentir, cogió su pequeño bolso de viaje.

—Vamos dentro. Cogerás frío —le dijo a su hijo.

En la terminal por lo menos no dolían los pulmones al respirar. Buscaron un lugar para sentarse. Ella dejó el sombrero en el banco y encendió un cigarrillo inglés, lo ajustó en la boquilla y aspiró el humo dulzón. A su hijo le extasiaba verla fumar. Nunca después volvería a ver a otra mujer hacerlo con aquella elegancia.

Isabel abrió su maletín de viaje y sacó una de sus libretas de tapa acharolada. De entre las páginas cayó el papel en el que el profesor Marcelo le había anotado las señas de su casa en Lisboa.

No pensaba esconderse allí demasiado tiempo, apenas lo necesario hasta conseguir un pasaje en algún carguero que pudiera llevarles a ella y a Andrés a Inglaterra. Sintió lástima por el pobre profesor. Sabía que si Guillermo o Publio descubrían que Marcelo la había ayudado a huir lo pasaría mal. En cierto sentido se sentía culpable: no le había dicho toda la verdad, únicamente lo que necesitaba para convencerle, cosa que no había sido difícil, por otra parte. La mentira era un atajo necesario en aquellos momentos. Sabía desde siempre que Marcelo estaba enamorado de ella, y no le había sido difícil poner las cosas a su favor, aun cuando le había dejado claro al profesor que sus sentimientos no iban más allá de una buena amistad.

—Siempre será mejor tener tu amistad que no tener nada —le había dicho él, con aquel aire de poeta pobre que tienen los profesores rurales.

Isabel guardó las señas y se puso a escribir. Pero estaba nerviosa. Apremiada por el tiempo, enfadada con sus sentidos que le fallaban en el momento que más los necesitaba, lo hacía sin la conciencia estética ni la pasión acostumbrada, guiando la escritura a través del papel con el dedo índice, apartando la ceniza del cigarrillo que había caído entre las páginas. Debería haberle escrito a Fernando la noche anterior, pero temía la reacción de su hijo mayor; en ciertas cosas era como su padre. Sabía que no iba a entender por qué se estaba escapando, y temiendo que tratase de impedírselo decidió escribirle cuando ya estuviera lo suficientemente lejos:

Querido hijo, querido Fernando:
Cuando te llegue esta carta, yo debería estar ya muy lejos con tu hermano. Para una madre no hay pena más grande que dejar atrás lo que se ha parido con dolor y felicidad; entenderás lo triste que me siento, y esa tristeza aumenta cuando pienso que estoy apartando de tu lado a Andrés en el momento que más te necesita; tú sabes como yo que es un niño especial, que necesita que le ayudemos, y a ti te admira y te escucha. Solo tú eres capaz de calmar sus ataques de rabia y de obligarle a tomarse sus pastillas. Pero puesto que no

puedo permanecer en esa casa, la casa de tu padre, después de lo que pasó, tengo que huir.

Sé que ahora me odias. Oirás cosas horribles de mí. Son todas ciertas, no puedo mentirte. Puede que ahora no entiendas por qué he hecho esto, y puede que no lo comprendas nunca. A menos que algún día te enamores perdidamente y seas traicionado por ese amor. Me llamarás cínica si te digo que cuando me casé con tu padre, hace diecinueve años, la edad que tú tienes, lo amaba tanto como os amo a vosotros. Sí, Fernando, lo amaba con la misma intensidad con la que después llegué a odiarlo y a amar a otra persona. Ese odio me cegó tanto que no me di cuenta de lo que sucedía a mi alrededor.

No huyo por amor, hijo. Ese sentimiento se ha muerto para siempre en mi corazón. Si sigo viviendo es porque Andrés me necesita a su lado. No quiero justificarme, mi estupidez no tiene perdón. Os he puesto en peligro a todos, y mucha gente va a sufrir por mi ingenuidad; por eso no puedo dejar que tu padre o ese sabueso suyo de Publio me atrapen. Tú ya eres un hombre, puedes tomar tus propias decisiones y seguir tu camino. Ya no me necesitas. Solo espero que algún día, cuando pase el tiempo, puedas perdonarme y entender que por amor también se pueden cometer las peores atrocidades. Algún día, si tienes entereza suficiente, descubrirás la verdad.

Tu madre, que siempre te querrá, pase lo que pase,

Isabel

Alguien la observaba. No era el jefe de estación. Escuchó los pasos rebotando en el suelo, acercándose. Pasos de ritmo pautado. Pesados. Isabel alzó la cabeza. Frente a ella se detuvo un hombre corpulento, con las piernas muy separadas.

—Hola Isabel. —La voz era discontinua, una voz que pronto iba a perder su cáscara para nacer de nuevo.

Isabel alzó la mirada. Examinó con una pena infinita aquel rostro tan conocido, aquellos ojos otrora llenos de promesas que ahora la escrutaban insondables. Muy a su pesar, sintió todavía en sus entrañas el eco de los estremecimientos pasados en su cama. Durante una décima de segundo quedó hipnotizada por aquellas manos gruesas acostumbradas al trabajo duro, que la habían alzado al cielo, para dejarla caer ahora al infierno.

—Así que vas a ser tú, después de todo.

Evidentemente, el jefe de estación la había delatado. No podía reprochárselo. En los tiempos que corrían de patriotismo jaleado por el miedo, todo el mundo competía por aparecer como el más fiel servidor al nuevo régimen.

Percibió el movimiento titubeante del hombre y su sonrisa de Mefistófeles, el amargo, oscuro y, sin embargo, atrayente príncipe de la nada.

—Mejor yo que Publio o algún otro perro de tu marido.

Isabel torció el gesto. Sentía tanta tristeza que apenas podía contener las lágrimas.

—¿Y qué eres tú, sino el peor de sus perros? El más traidor.

—Mis lealtades son diáfanas, Isabel. No son para contigo, ni siquiera para con tu marido. Son para el Estado.

Isabel se apretó el pecho. Era terriblemente doloroso escuchar decir semejantes cosas al hombre con el que se había estado acostando cada noche durante casi un año, el hombre al que le había dado todo, absolutamente todo, hasta la propia vida, porque solo de esa manera entendía ella el amor. Y él la cambiaba ahora por una palabra, por algo tan abstracto como inútil: el Estado.

Recordaba las noches juntos, cuando sus manos se buscaban en la oscuridad y sus bocas se encontraban como lo hacen el agua y la sed. Aquellas noches hurtadas al sueño, fugaces y preñadas de miedo a ser descubierta, habían sido las más intensas, las más felices de su vida. Todo era posible, nada estaba prohibido en los brazos de aquel hombre que le juró un mundo mejor. Pero ya no podía lamentarse de su error. Otros antes que ella sufrieron el desamor, y muchos otros verían rotas después sus ilusiones. Lo que le sucedía ya había ocurrido antes, y ocurriría siempre. Pero la traición era tan grande, tan vasta la destrucción que había sufrido su corazón, que le costaba aceptarlo.

—Todo este tiempo me has utilizado para ganarte a través de mí la confianza de los demás. Lo tenías todo preparado, sabías que yo era la más accesible y te has servido de mí sin remordimientos.

El hombre examinó con frialdad a Isabel.

—Es curioso que seas tú la que me hable de moral y de remordimientos. Precisamente tú, que has estado alimentando y protegiendo a los que querían asesinar a tu marido.

Inopinadamente, Isabel cogió al hombre del brazo con un gesto tan violento como frágil.

—Fuiste tú quien propuso la idea del atentado, y el que hizo los preparativos. Tú has llevado a esos pobres muchachos al matadero. Nos tendiste una trampa.

Él se soltó con un movimiento seco.

—Tan solo aceleré los acontecimientos. Tarde o temprano ellos hubiesen intentado algo similar, y lo mejor era que yo controlase el cómo y el cuándo para minimizar los posibles daños.

El rostro de Isabel se deshacía por momentos, como una ridícula máscara de cera al sol. Le era demasiado penoso todo aquello, la falta de sentimientos de aquel hombre, la certeza de que no consideraba haber actuado mal.

—¿Y el daño que me has hecho a mí, cómo vas a minimizarlo?

El hombre apretó la mandíbula. Recordaba las mismas noches que Isabel, pero sus sentimientos no eran plenos de hermosura, sino de remordimiento. Cada noche, después de hacer el amor con aquella mujer se había sentido miserable, lo mismo que cuando ella lo miraba llena de gratitud y admiración. Había escuchado de su boca el modo brutal y silencioso con el que la tomaba su marido, como si ella no fuese un ser humano; había escuchado de los otros conjurados del grupo las barbaridades que hacían Publio y sus falangistas cuando encontraban a algún rojo emboscado en casa de un amigo o de un familiar. Y aunque todo eso removía sus certezas, aunque durante aquel largo año de convivencia con ellos llegó a sentir algo parecido al amor y a la amistad, nada de eso podía tenerse en cuenta cuando lo importante era cumplir con la misión encargada: desmantelar aquel grupo de conspiradores auspiciado por la propia señora Mola. De no haber sido él, hubiese sido otro el encargado de hacerlo. Isabel nunca fue demasiado discreta, no sabía mentir, y desde luego no era una revolucionaria. Solo una burguesa que odiaba a su marido.

Había hecho lo que tenía que hacer, pero eso no apaciguaba el desprecio que sentía por sí mismo.

—Debiste alejarte a tiempo de esos intrigantes, Isabel.

—Solo me tienes a mí. Cuando supe quién eras realmente avisé a los demás. Ya estarán fuera de tu alcance y del de tu jefe.

El hombre esbozó una sonrisa condescendiente.

—Me dirás dónde están.

—No lo haré.

—Te aseguro que sí, Isabel —vaticinó el hombre con voz funesta, y, volviéndose hacia Andrés, añadió—: Si es que quieres volver a ver a tu hijo, claro.

El niño contemplaba la escena sin comprender qué estaba pasando. Su cara hervía enrojecida por el frío.

Entre el viento que se levantaba llegó la música de un tren que se acercaba. El tren que iba a Lisboa. Llegaba a través de la niebla el ruido de las ruedas sobre los rieles, que poco a poco fue apagándose. Hubo una pausa y un silbido, como el suspiro hondo de un corredor al detenerse después de un gran esfuerzo.

—Vamos mamá, es nuestro tren —dijo Andrés cogiendo de la mano a su madre y tirando de ella, que no se movía del sitio ni apartaba la mirada del hombre.

Entonces él se reclinó junto al niño. Lucía una sonrisa amplia y bienhechora que hirió hasta el alma a Isabel.

—Hay un cambio de planes, Andrés. Tu mamá tiene que hacer un viaje, pero tú volverás a casa. Tu padre te está esperando.

El niño contempló confuso a aquel desconocido y luego desvió la mirada hacia su madre, que lo miraba angustiada.

—No quiero volver a casa. Quiero ir con mi madre.

—Eso no va a poder ser. Pero creo que tu padre tiene una sorpresa muy grande para ti... ¡Una auténtica catana japonesa!

Como si apareciese de repente un claro en el bosque, el rostro del niño se iluminó. Se quedó mudo de asombro.

—¿Lo dice en serio?

—Absolutamente —aseguró el hombre—. No me atrevería a mentirle a un samurái.

El rostro de Andrés se llenó de orgullo.

Caminaron hacia el coche de la entrada de la estación. Andrés hundía los pies en la nieve dando saltos en su carrera por llegar antes que nadie a casa, gritando de alegría. Isabel arrastraba los suyos seguida muy de cerca por el hombre, que no le quitaba ojo.

—¿Qué va a pasar con mi hijo? —le preguntó de repente ella, antes de entrar en el coche.

—Será un niño feliz que crecerá recordando lo hermosa que era su madre... O un pobre demente encerrado de por vida en un manicomio miserable. Dependerá de ti.

El coche se alejó de la estación con un rumor turbio y lento bajo un cielo envuelto en celofán. En el asiento trasero Isabel estrechó con fuerza a Andrés, como si quisiera volver a meterlo en sus entrañas para protegerlo. Pero el niño se desembarazó de su abrazo con un gesto egoísta, pidiéndole a aquel hombre que condujese más deprisa... Más deprisa. Por fin iba a tener una verdadera catana de samurái.

CAPÍTULO 2

Barcelona. Noviembre de 1976

Había un cuadro extraño en el vestíbulo de la clínica. Recreaba a un mendigo lleno de pústulas, embozado en una capa que mostraba su rostro cubierto con una capucha. Filtraba suspicacia y enfado. Los ojos, mordidos en sus órbitas por un tono verdoso, centelleaban insondables. Era de una belleza sublime, no tan apreciable por sus cualidades plásticas y por su dibujo cuanto por su color: el rojo chillón de la capa, el gris metálico de la capucha, el azul intenso del cielo y los marrones terrosos del fondo.

María se refugió en esa imagen mientras esperaba a que el doctor la llamase. Tenía a su disposición una mesa con revistas de moda, periódicos atrasados y trípticos sobre salud mental. Pero inevitablemente, la vista se iba hacia la triste figura enmarcada en la pared.

—Señorita Bengoechea, el doctor le recibirá ahora.

El doctor era un hombre delgado, de carne marchita, con el pecho hundido y los hombros caídos hacia adelante. No era mucho mayor que ella, pero hablaba como un anciano, con la voz cansada. Le pidió que se sentara y sacó un sobre cerrado del cajón. Era del hospital donde le habían hecho las pruebas a su padre.

Durante varios segundos el doctor pasó el sobre de mano

33

en mano sin abrirlo, lo que desquició los nervios de María, que intentaba mirarlo al trasluz como una estúpida. Adivinaba medio párrafo escrito.

No podía ser grave. Las cosas importantes suelen requerir mayores explicaciones, se dijo tontamente. El doctor rasgó el sobre y le extendió el diagnóstico.

—No son buenas noticias. Me temo que su padre tiene cáncer. La metástasis se ha extendido mucho. Tendría que ingresarlo, aunque, sinceramente, no sé si vale la pena. Quizá lo mejor sea que pase en casa sus últimos meses. No tardará en empeorar y necesitará que lo cuiden.

María parpadeó, perpleja. De repente todo giró muy deprisa, muy deprisa, tanto que los muebles del despacho, las ventanas, las cortinas, las voces en el pasillo y los pensamientos anteriores a ese momento convergieron en un embudo de preguntas absurdas.

Cuando cesó la fuerza centrífuga que aquella noticia acababa de provocarle, quedó únicamente el aire y una lluvia de ceniza.

—¿Cómo puede haber pasado?

Esas cosas pasan, fue la sentencia del doctor. Poco clínica, poco científica. Pero absolutamente cierta.

—Lo siento mucho —dijo el doctor, tragando saliva.

María sabía que no era cierto. El doctor no lo sentía. Solo cumplía con su trabajo.

Mientras lo escuchaba relatar una serie de conceptos clínicos que la dejaban indiferente, María encendió un cigarrillo.

—Está prohibido fumar aquí —le amonestó el doctor.

No le hizo caso. Dio la primera calada y observó el humo saliendo de la nariz y de la boca con aprensión. Maldijo su falta de voluntad, pero no apagó el pitillo. ¿Qué podía importar ya?

Antes de abandonar la clínica se cruzó con la mirada del grabado. Le pareció que el mendigo sonreía irónicamente.

Fue al despacho e intentó trabajar, pero no logró concentrarse. Observó con muy poco entusiasmo los expedientes que se acumulaban esperando su firma. Detrás de la puerta de cristal biselado escuchaba el murmullo de la gente que esperaba ser atendida.

—Todo esto es una mierda —murmuró, hundiendo la cabeza entre las manos. Todos aquellos números y las gráficas de colores que los acompañaban, las actas notariales, los testamentos, las demandas civiles, parecían algo abstracto y absurdo, sin vínculo alguno con la realidad.

Abotargada, con las cortinas corridas y las luces apagadas, se sentía fuera de todo. Solo pensaba en cómo explicárselo a Lorenzo para que no se enfadase demasiado, en cómo acostumbrarse a vivir con su padre después de tanto tiempo sin hablarse.

Llamaron a la puerta. María adivinó la escultural silueta de su compañera de bufete. Greta era lo mejor que le podía pasar en aquel momento.

—Pasa —le dijo, encendiendo el enésimo Ducados del día.

Greta abrió la puerta, y de manera teatral espantó el humo del pequeño despacho.

—Si lo que quieres es colocarte, hazlo con un buen canuto, pero no te ahogues con esa porquería que fumas.

Greta era una mujer hermosa, como hermosas son las cosas prohibidas. Irradiaba una fuerza que iba mucho más allá de sus grandes ojos con vetas verdes o de su figura erguida y elegante. María se había descubierto observándola de reojo más de una vez, y se había sonrojado al sentirse atraída por esa extraña mezcla de felicidad y tragedia que su compañera de bufete destilaba.

—A juzgar por tu cara, no ha habido buenas noticias con lo de tu padre —dijo Greta, sentándose en el pico de la mesa y cruzando las piernas.

—Tiene cáncer.

Greta contrajo la expresión.

—¿Y qué vas a hacer?

—Lo más sensato sería traerlo a casa, pero no le va a gustar a Lorenzo.

Greta torció el gesto al escuchar ese nombre.

—Que le den a ese imbécil —exclamó con brutalidad.

María la miró con un reproche en los ojos.

—No hables así de él. Es mi marido.

—Es un gilipollas que no te merece, María. Algún día tendrás que plantearte en serio tu situación.

María le hizo un gesto con la mano para que no siguiera por ahí. Sabía que su amiga tenía razón; la relación con Lorenzo estaba llegando a extremos inaguantables, pero no necesitaba pensar en eso ahora.

—No es solo por Lorenzo; también es por mí. Hace años que mi padre y yo no nos hablamos, apenas nos conocemos, ¿cómo voy a llevarlo a vivir conmigo? Ni siquiera sé por qué dio mi dirección en el hospital cuando fue a hacerse las pruebas. ¿No es gracioso? Me tengo que enterar de que mi padre se va a morir porque el doctor solo tenía mi teléfono y no sabía a quién comunicárselo.

Greta extendió sus dedos de bonitas uñas esmaltadas y acarició el flequillo en onda de María. Se demoró más de lo necesario en aquel gesto cariñoso, sin importarle que ella pudiera darse cuenta del temblor de su mano. Se preguntó cómo era posible que estuviese enamorada de aquella mujer tan fría y tan inaccesible.

—Será una buena manera de que os empecéis a conocer; a fin de cuentas, es tu padre, tú eres su hija, y por muchas diferencias que hayáis tenido, existe un vínculo irrompible.

María sintió un estremecimiento de placer al contacto de los dedos de Greta. Le turbaba aquella sensación. Se encogió de hombros para disimular y se apartó de aquellos dedos tentadores, fingiendo concentrarse en un papel sobre la mesa.

—¿Te pongo nerviosa? —preguntó Greta, con evidente malicia.

—Por supuesto que no —respondió María. No era ninguna mojigata, y conocía sobradamente los gustos sexuales de Greta; pero estaba casada y quería formar una familia, aunque en ocasiones no estaba muy segura de que esa fuera su verdadera voluntad.

Sobre todo desde que había perdido al bebé, se preguntaba si no pretendía esa vida porque era sencillamente lo que se esperaba de una mujer de treinta años.

—Volviendo al asunto de tu padre, ¿por qué no vas a verle? Te irá bien, y podrás decidir con calma qué es lo que más os conviene a los dos —dijo Greta, consciente del significado de aquel rechazo amable.

María lo pensó. El día siguiente era sábado, Lorenzo tenía guardia en el cuartel hasta el lunes y la aldea no quedaba más que a un par de horas en autobús. Luego podía tomar un taxi hasta la masía, pasar la noche y regresar el domingo sin que su marido se enterase.

—Tienes razón. Además, subiré a ver a mi madre. Hace siglos que no paso por allí.

Pasó las horas del viaje con la frente apoyada en el cristal de la ventanilla, contemplando sin ver, pensativa. El paisaje se hacía más llano y más verde cuanto más se adentraba en las comarcas del Pirineo. Al pasar por uno de esos pequeños pueblos, se quedó prendida en la mirada de un niño que seguía la estela del autobús como algo que pasa pero que nunca se detiene. De niña, María tenía también esos ojos inquietos. Veía los aviones y los coches pasar, y se preguntaba adónde iban. Siempre creyó que iban a un lugar mejor que su aldea.

Al cabo de una hora, el autobús se adentró en la plaza de un pueblo grande. Era día de mercado y bajo los porches se extendían los puestos de frutas, licores, aguardientes, mermeladas y embutidos. Grandes eucaliptos se adormecían bajo un sol de invierno que no calentaba.

—Nadie tendría que morirse en un día tan hermoso —dijo un pasajero al bajar del autobús, sin conciencia de lo imposible de sus palabras.

Era un día hermoso, en efecto. Palomas grises hundían la cabeza en una fuente de caño limpio, continuo y vigoroso. Dos grandes palmeras daban sombra sobre las fachadas encaladas de las casas nobles de la plaza. Aquellas grandes mansiones señoriales conservaban un cierto gusto ascético, casi monacal. Mantenían los escudos heráldicos de viejas familias nobiliarias, las piedras de reconquista, el aire de seminario, con sus enormes ventanales.

María se apartó del bullicio de la plaza, adentrándose por una bocacalle. Una anciana paseaba una escoba de cuerda por encima del embaldosado. Se echó la mano a la cara como visera, tapando unas cejas espesas, y la observó acercarse. Tenía los ojos vidriosos de la indolencia.

—¿Dónde queda la parada de taxis? —preguntó María.

La anciana apuntó con el mango de la escoba en dirección a una casa aislada que quedaba a cincuenta metros.

—En el bar.

Un cartel publicitario de Pepsicola se balanceaba descolorido en la fachada. Bajo el toldo deshilachado había aparcado un taxi. María observó con gesto agrio la entrada y las mesas vacías del bar, las paredes rugosas encaladas de mala manera y la suciedad del suelo de terrazo. Olía a cerrado y era poco luminoso. En la televisión se escuchaba la sintonía del telediario. En un extremo de la barra un cliente sorbió un poco de cerveza después de limpiar el borde del vaso con los dedos. Chasqueó los labios sin saber dónde dejar caer la mirada. Estaban solos en la pequeña taberna él y la camarera, una mujer gruesa con un ancho pecho que descansaba en la barra. Ambos observaron con curiosidad a María.

—Busco al taxista.

—Pues ya lo ha encontrado —dijo el hombre, acentuando las arrugas de la frente y los pliegues de la boca bajo una barba poblada y pelirroja, con una solemnidad que resultaba cómica. Parecía un ministro de la ínsula de Sancho Panza.

—Necesito que me lleve a San Lorenzo.

El hombre puso cara de asombro.

—No hago carreras tan largas. Subir hasta la sierra me llevaría todo el día, y hoy hay mercado. Perdería toda la clientela.

La camarera dejó ir una risita burlona.

—Llevas toda la mañana aquí sin moverte —dijo. El hombre la miró de reojo con rabia, pero la mujer hizo como que la cosa no iba con ella. Subió todavía más el volumen del televisor. Adolfo Suárez iba a anunciar algo importante.

—Le pagaré el viaje de vuelta también —dijo María,

alzando la voz por encima de la del presidente, que dejaba ir su conocida muletilla, escuchada por todos hasta el hastío en aquellos años de frustración: «Puedo prometer y prometo...».

El taxista se pasó la mano por la cara huesuda y surcada de venas rojas. Entrecerró los ojos, aumentando el espesor de sus cejas revueltas.

—Le saldrá caro.

—No importa.

Se caló una boina sucia, apuró la cerveza y se pusieron en marcha.

—Vamos, entonces.

La carretera, sinuosa, mal asfaltada y húmeda, era como un túnel del tiempo donde había quedado atrapado un momento del pasado. Los árboles centenarios se desbordaban en todas las direcciones, permitiendo el paso de la luz del día entre breves claros. El coche, un viejo Mercedes, ascendía con dificultad entre roquedales. En los repechos más empinados el motor gruñía como un asmático llevado al límite de su capacidad, quemaba gasoil dejando una espesa nube negra, pero seguía ascendiendo.

—No se preocupe, estos alemanes hacen bien las cosas. En doce años, este trasto nunca me ha dejado tirado —comentaba el taxista, rascando con violencia las marchas sin inmutarse.

A medida que ganaban altura la deforestación era mayor, pero en pago a la desolación inmediata, se disfrutaba de una hermosa panorámica de todo el valle.

A pesar de la confianza del taxista en la mecánica germana, el coche se averió. Al llegar a una zona de sotobosque cubierto de helechos, empezó a salir humo del capó. El taxista no se puso nervioso.

—Está viejo y se recalienta. Pero en pocos minutos estará listo.

María salió a fumar un cigarrillo. Caía la tarde y el frío de la sierra empezaba a ser cortante. Alzó el cuello del abrigo y se alejó unos metros. Le dolía la cabeza. El viaje lleno de curvas, el cansancio y el olor a gasoil quemado le habían puesto el estómago del revés. Se sentó en una piedra colonizada por el musgo y se recogió, apretándose el vientre.

Hacía más de diez años que no había vuelto por aquellas tierras y en sus recuerdos era todo menos hostil, más cercano: recordaba que de niña metía los pies en las aguas cristalinas del río, cazaba salamandras y tritones en los trampales encharcados, o contemplaba asombrada el vuelo de los mirlos, capaces de sumergirse en el agua para coger pequeños insectos. Era como si todo eso hubiera desaparecido. Ahora tenía frío, se encontraba mal, y se dio cuenta de que el nudo en el estómago no era solo a causa del mareo. Ni siquiera había pensado en lo que iba a decirle a su padre.

Lo imaginó como diez años atrás, enfundado en su desgastado mandil de cuero, con las gafas de plástico para proteger sus ojos de las esquirlas que saltaban del metal. Probablemente estaría sentado en el taburete junto a la entrada de la forja, con la puerta abierta a pesar del frío que debía de hacer ya en San Lorenzo.

De niña, María detestaba la suciedad que desprende la forja, el olor de las tinturas con que se trata el metal, el calor sofocante del horno. No le gustaba que su padre la acariciase porque sus manos eran ásperas y llenas de hendiduras y cortes; no soportaba que él la estrechase contra su cuerpo firme y duro porque era como apretarse contra una pared de granito que olía a soldadura.

Se preguntó qué quedaría de aquel recuerdo, y le asustó lo que podía encontrarse.

Cuando el taxista dijo que podían continuar, María estuvo a punto de pedirle que diera media vuelta, pero no lo hizo. Se encogió en el asiento trasero, adormilada por la calefacción que entelaba los cristales y procuró no pensar en nada.

Media hora después, el taxista la despertó.

—Ya hemos llegado. La verdad, no sé qué viene a buscar aquí. Esto es como un cementerio.

María forzó una sonrisa. Ella también se hacía la misma pregunta. Bajó del taxi. Una gota gruesa se enredó en sus pestañas. Después, otra le abrió los labios, y otras seguidas se clavaron en las palmas de las manos.

Se quedó junto al arcén hasta que el taxi desapareció tras una curva, de regreso al valle.

Ascendió la cuesta sin prisa hacia el núcleo de casas que se levantaba entorno al campanario de la iglesia. Al pasar junto a un cercado, los perros que dormitaban indolentes se despertaron de golpe y, como una jauría, se lanzaron contra la cerca ladrando. Parecían recriminarle algo. Era la manera que tenían en los pueblos pequeños de marcarla como extranjera.

Ya no era uno de ellos. Se notaba en su modo de hablar, de vestir, de comportarse. Curiosamente, no había notado esa obviedad hasta ese momento. Tal vez en ese instante se estaba dando cuenta de que no son los sitios los que se pierden en nuestra memoria, sino lo que llevamos dentro. No era San Lorenzo lo que había cambiado. Era ella.

Un relámpago iluminó breve e intensamente el valle, y a lo lejos se escuchó el rumor de un trueno. Comenzó a llover con fuerza. Estaba oscureciendo con rapidez y el sendero cada vez estaba más embarrado.

Retomó el camino y a los pocos metros, entre la cortina de lluvia, apareció una casa humilde, mucho más pequeña de lo que María recordaba. Tenía el techo restaurado con tejas nuevas que se distinguían de las antiguas por el brillo que les imprimía la lluvia. La cerca de madera estaba restaurada y los cerezos presentaban un aspecto ordenado con las ramas podadas.

Abrió la cancela del jardín, indecisa. El portalón principal de la casa estaba cerrado. La lluvia resbalaba por la madera. Estuvo un minuto sujetando el picaporte, sin decidirse a llamar. Se sentía una intrusa. Entonces oyó pasos arrastrándose dentro. Se apartó de la puerta y esta se entreabrió con un gruñido.

Ante sus ojos sorprendidos apareció un ser imposible.

Gabriel era un hombre encerrado en una cárcel de carne, un cuerpo contrahecho que se retorcía como el tronco de un viejo olivo. Miraba con ojos extraviados, echando la cabeza hacia adelante, como un pájaro picudo. El labio inferior le caía flácido dándole a su expresión algo de bobalicona, y las arrugas profundas de su piel lacia se dividían en ramales a partir de sus ojos casi blancos, como el pelo corto de su cabeza. Parecía un esqueleto que se sostenía temblando sobre un bastón.

A María se le saltaron las lágrimas.

—Hola, papá.

Gabriel contempló a su hija de arriba abajo en silencio durante un minuto que se hizo muy largo. Levantó la mirada despacio, como si remontase un precipicio, hasta enfrentarse a sus ojos. Eran como pequeñas masas de verdín flotando sobre una superficie de leche. Los labios le temblaron y su rostro se desmoronó con un gesto desvalido.

María lo abrazó. Dolía hasta lo más profundo del dolor estrechar las costillas de un hombre al que recordaba fuerte y poderoso. Sentía su fragilidad y la turbación de no saber cómo comportarse.

—Cuánto tiempo —balbuceó Gabriel. Sonreía estúpidamente, avergonzado, sin saber qué decir. Acarició el pelo empapado de su hija y le hizo un gesto para que pasara dentro de la casa.

La casa era pequeña, estaba desordenada y sucia. Olía a vejez. En un rincón ardía la lumbre rácana de la chimenea, frente a un sillón con la forma del cuerpo de Gabriel.

María sonrió caricontenta, resbalando con disimulo la mirada por los muebles viejos llenos de polvo, apoyados contra la pared irregular, encalada y pintada muchas veces sin demasiada traza. El suelo era de terrazo con las baldosas desiguales. Al lado de la ventana un reloj de pared descontaba segundos con una calma insufrible.

Gabriel se movía de un lado a otro, se esforzaba por superar la sorpresa, fingía que entre ellos no había una barrera de distancias que era imposible romper en un minuto. Se acercó a la chimenea y removió los leños para avivar el fuego.

María se quitó el abrigo empapado y se sentó en el borde del sillón. La manta raída que descansaba en el reposa brazo tenía el olor de Gabriel, un olor un poco ácido, mezcla de tabaco de pipa y de muchas noches de soledad.

—¿Por qué has venido? —preguntó Gabriel. Su tono de voz fue más seco de lo que hubiese deseado.

María sacó el sobre del hospital. Gabriel frunció el ceño.

—Entiendo. No quería molestarte, pero en el hospital me pidieron un teléfono y no sabía cuál dar; ya sabes que aquí arriba se vive incomunicado.

—No tienes que justificarte, papá; solo que me hubiese gustado que acudieses a mí... Tal vez podría haber hecho algo.

Gabriel contempló el sobre en la mano de María.

—Si has venido hasta aquí, no deben de ser buenas noticias, de modo que poco podrías hacer.

María vio que a su padre se le nublaba la vista. Ya no era el héroe invencible e infalible de la infancia. Aparecía ante ella ahora el hombre simple, desnudo, lleno de heridas, de cardenales, de debilidades, de miserias y contradicciones. A veces, la intransigencia se hace callo, cicatrizan en falso todos los rencores y las decepciones, los reproches y los enfrentamientos, y ya no hay manera sincera de romper ese silencio ni esa distancia infinita, ni siquiera después de muertos, ni siquiera en el recuerdo. Pero, como le había dicho Greta, aquel hombre, o lo que quedaba de él, era su padre. Y con eso bastaba. Supo que no tenía nada que perdonarle, porque él no sentía que debía ser perdonado.

—Te has empapado con la lluvia. Será mejor que subas a darte un baño. Después cenaremos alguna cosa. Tenemos mucho de lo que hablar.

María subió al piso de arriba con una sensación amarga. Se desnudó a oscuras, tiró la ropa encima de la cama y entró en el baño. Apoyó la frente en el azulejo, sintiendo el chorro hirviendo de la ducha en el centro del cráneo, exprimiendo la sensación de estar en un manantial, ajena al reguero de agua que caía por su cuerpo. Movió los dedos de la mano derecha sobre las baldosas de la pared como una araña perezosa hasta estirar el brazo totalmente y cerró el grifo, quedándose quieta y con los ojos cerrados. Permitió que la tristeza entrase en tromba hasta su mismo centro, y no hizo nada para impedir que le arrancase un llanto amargo, convulso, irrefrenable y solitario.

Volvió a la estancia y se sentó en el borde de la cama. El pelo mojado goteaba sobre las mejillas. Algo en la cómoda llamó su atención: una fotografía de su primer curso en la universidad.

No recordaba habérsela enviado a su padre, pero allí estaba, en un lugar preferente, con un hermoso marco de madera tallada.

Apenas se reconocía. Llevaba unos pantalones tejanos descoloridos, alpargatas tipo *espardenya* y una camisa azul de cuello Mao. Tenía el pelo recogido con un pañuelo de flores rojas y amarillas, y el cuello y las muñecas cargados de cadenitas y pulseras con motivos orientales. Su gesto era intransitivo, propio de la estudiante marxista que era entonces, atractiva e implacable. Insufrible y vehemente con aquellos discursos aprendidos en las revistas *Triunfo* y *Cuadernos para el diálogo*. Era la época en la que conoció a Lorenzo, un joven apuesto con aire desleído y un tanto ácrata. Sonrió al recordar que hacía con él el amor sin preservativo en el incómodo sofá cama de su apartamento, después de recitarse pasajes de la *Náusea* de Sartre, fumando canutos y escuchando en el viejo tocadiscos a Serrat, a María del Mar Bonet o la guitarra de Frank Zappa.

Le resultaba incómodo que aquellos recuerdos suyos también tuviesen un lugar en la vida de su padre. Era como encajar dos existencias opuestas.

Su padre siempre se opuso a la relación con Lorenzo; decía que no era una buena persona, que había algo enfermizo en su mirada. Tal vez el tiempo había terminado por darle la razón, pero todavía le costaba aceptar que su padre hubiese sido capaz de denunciar a Lorenzo ante la policía por sus actividades clandestinas en la universidad. En aquella época solo eran dos niños jugando a ser adultos y aquella denuncia le costó a su novio cinco largos meses en la Modelo, y a María perder a su padre durante diez años.

—No sabía que tenías esta foto mía de la universidad —dijo con fingida jovialidad cuando bajó al salón.

Gabriel se había levantado y estaba junto a la ventana. Descorrió con un gesto leve la cortina y observó el exterior. Contempló algo en la lejanía, quizá un recuerdo, con el rostro reconcentrado, olvidándose momentáneamente de María. Después suspiró con cansancio, dejó caer la cortina y se sumieron de nuevo en la penumbra. María tuvo la impresión de que su padre la miraba con más afecto que antes, como si algo se hubiese movido en su mente.

—Es la única que conservo —dijo. En sus palabras se advertía una tristeza vieja, casi indiferente y estéril. Se sentó en el sillón contemplando el fondo vidrioso del fuego. Pasó la lengua blancuzca por los labios resquebrajados y cerró un instante los ojos. Era evidente que estaba acostumbrado a la soledad, y que la repentina aparición de su hija, si bien le alegraba, le causaba extrañeza y desazón.

María se sintió en la obligación de decir algo, pero no encontró las palabras. No existen palabras para todo.

—Prepararé algo de cena.

Cenaron en la cocina. María contaba anécdotas para llenar los silencios, se reía con una alegría ficticia y cuando le estrechaba la mano por encima del mantel a su padre sentía la duda en la punta de sus dedos. Le preguntó por la forja. Los ojos de Gabriel se iluminaron.

—Mis espadas y mis cuchillos ya no le interesan a los señoritos que las coleccionaban —admitió con un poco de nostalgia, como si pretendiese hacer comprender que su tiempo ya había pasado. Pero estaba bien, aseguraba. Le gustaba estar apartado del pueblo. Y además, aquí no tenía fantasmas con los que convivir.

Gabriel apenas probaba la sopa. Bebía mucho. Un par de veces trató de reprimir el gesto de llevarse el vaso a la boca, consciente de que su hija lo observaba. Apuraron la cena y la conversación fue decayendo. Ambos fueron sintiendo la tristeza de comprobar que eran incapaces de llegar el uno al otro.

Finalmente, María decidió ir al grano.

—Papá, ¿te gustaría venir a vivir con nosotros a la casa de la playa? Aquí solo no estás bien atendido.

Gabriel ladeó la cabeza, buscando torpemente una servilleta para limpiarse la barbilla. María no le ayudó. Su padre quería demostrar que sabía cuidarse.

—Tengo a tu madre.

María suspiró.

—Lo sé, y podrás venir a verla todas las veces que quieras, te lo prometo.

Gabriel negó con la cabeza.

—Lorenzo no me quiere. Y yo no lo quiero a él.

María apretó los labios. Mintió sin convicción.

—El pasado se olvida. Además, ahora Lorenzo está más tranquilo, esperando un ascenso, y puede que lo trasladen a Madrid.

Gabriel abrió la palma de la mano y la examinó con atención. Era difícil saber qué pensaba, como si su mirada traspasase la carne y se remontase al horizonte de aquellos años que había borrado de su recuerdo.

—Esta es mi casa, es mi sitio. Tú elegiste vivir con ese hombre, pero yo no lo haré —argumentó.

María sintió que volvía la bilis antigua. Si se dejaban ir, tenían mil razones para discutir de nuevo.

—Podemos hablarlo en otro momento, no te preocupes.

Gabriel se concentró con seriedad en el rostro de su hija.

—El pasado nunca se olvida, nunca se borra... Yo lo sé.

CAPÍTULO 3

A la mañana siguiente, María se levantó temprano y salió en dirección al cementerio de San Lorenzo.

Nada había cambiado. Si acaso, los matojos crecían más desbocados y los árboles se encogían todavía más sobre sí mismos, cohibidos con su desnudez. Las tumbas estaban diseminadas sin concierto, como si cada muerto hubiese elegido el sitio que mejor le convenía para la eternidad. Sobre la loma se recortaban las ruinas de una fortaleza romana.

Le costó recordar el lugar donde se alzaba la lápida de su madre. Por extraño que pudiese parecer, María nunca quiso saber por qué una mañana su madre decidió colgarse de una viga cuando ella apenas tenía seis años.

La encontró en un lugar apartado, orientada hacia el sol que se levantaba sobre las colinas. La suya era la única tumba en el suelo agrietado sin malas hierbas alrededor, sin pintadas obscenas, ni cagadas de pájaro. La única cuyo nombre era perfectamente legible, como la fecha de su muerte. A pesar de eso, le pareció un lugar estéril al que su padre seguía aferrándose para llorarla, casi treinta años después.

¿Qué clase de madre había sido la mujer allí enterrada? Apenas tenía recuerdos de ella. Solo la imagen de una persona siempre taciturna, callada, de apariencia triste. Una persona a la que por algún motivo le dolía la vida más que a los demás.

Su entierro fue como su presencia siempre muda y solitaria por los pasillos de la casa. Un entierro gris, bajo un cielo lleno de nubes oscuras y un viento helado. Recordaba una pequeña habitación a oscuras, iluminada solamente por dos candelabros con velas de llama temblorosa que formaban un círculo amarillento entorno al lecho en el que yacía su madre, postrada con las manos cruzadas sobre el pecho, sujetando un crucifijo. Tenía el rostro velado por una gasa para que las moscas no le entrasen en la boca ni en los ojos. Movida por la curiosidad, María se acercó y rozó con sus dedos la cola del vestido negro con el que habían amortajado a su madre. Una vieja sin dientes que rezaba el rosario le dio un golpe en la mano y la miró con autoridad:

—No se toca a los muertos —le recriminó, y María corrió al exterior, aterrorizada porque quizá la muerte se contagiaba con el tacto.

Cuando alguna vez le preguntó a su padre por qué su madre se había quitado la vida, Gabriel siempre se escondió detrás de un espeso silencio. Lo único que le decía era que su madre estaba en el paraíso.

Cambió las flores secas por unas frescas. Durante un rato permaneció allí, rodeada de un intenso silencio. Pero no encontró paz ni sosiego alguno. Se sacudió el pantalón, encendió un cigarrillo, y se alejó hacia el pueblo sin volver la vista atrás.

—He subido a ver a mamá —le dijo a su padre.

Gabriel andaba afilando un viejo cuchillo de hoja dentada. Durante un segundo dejó de pedalear sobre la rueda de la mola, sin alzar la mirada. Luego, como movido por un resorte invisible, el pie volvió a pedalear con más fuerza que antes.

—Eso está bien —fue cuanto dijo.

María cogió un taburete y se sentó cerca. Durante un rato estuvo observando la meticulosa danza de los dedos de su padre sobre la hoja del cuchillo. El sonido de las correas de la polea y el chirriar del metal llenaban el pequeño taller en los bajos de la casa.

—Es curioso —dijo, tratando de llamar la atención de su padre—. Es curioso que tengas esa fotografía mía de la universidad y que en cambio no guardes ninguna de mamá. Ni siquiera has conservado sus cosas. Recuerdo que las quemaste en el jardín poco después del entierro, antes de que nos mudásemos aquí. Es como si quisieras haberla borrado de tu vida... Y sin embargo, ahí sigues, cuidando su tumba cada mañana.

Gabriel no movió un músculo de su rostro circunspecto. Si acaso, sus ojos se entornaron un poco más y se concentró con más atención en lo que estaba haciendo.

—¿Por qué nunca hablamos de lo que pasó? —insistió María.

Gabriel dejó de pedalear y alzó la mano con un gesto exasperado.

—Hace diez años que no aparecías por aquí... No creo que ahora tengas que preguntarme cosas que pasaron hace treinta años. No tienes derecho, María. —En su voz no había reproches. Más bien una súplica para que no siguiera insistiendo.

María asintió en silencio. Se palmeó el muslo con un gesto contenido y salió del taller. Necesitaba aire. Ya no recordaba esa sensación de ahogo, de asfixia que a veces sentía ante su padre y sus silencios inacabables. Era como una casa llena de habitaciones cerradas. Apenas intentaba abrir una puerta y esta se cerraba de golpe en sus narices, guardando todos sus secretos en la oscuridad.

Entró en la casa. La chimenea humeaba y hacía frío. Bajó al sótano en busca de leña seca. Abrió la trampilla y palpó con la mano la pared a oscuras hasta dar con el interruptor. La escalera de madera crujió al descender los escalones, apartando telarañas que parecían petrificadas desde hacía mucho tiempo.

Los troncos cortados se apilaban ordenadamente contra una pared hasta un metro y medio de altura. María cogió los de la parte superior y al apartarlos descubrió el marco de una puerta. No recordaba haberla visto nunca. Se preguntó qué utilidad podía tener una puerta sepultada tras un montón de leña. Uno a uno, apartó los leños más gruesos hasta abrirse camino. Empujó la puerta con la mano y esta cedió sin dificultad.

El habitáculo no era mucho mayor que un gallinero. El techo era bajo y el suelo de tierra batida. La única luz que entraba lo hacía desde un ventanuco enrejado. Olía a cerrado. María vio a un par de ratones correteando sorprendidos que se ocultaron detrás de una maleta arrinconada en la pared. Era una maleta antigua, de madera, con los correajes de cuero y las hebillas desconchadas.

María la abrió con cuidado, como si levantase un sarcófago, con una extraña inquietud. Buscó el mechero en su bolsillo y alumbró el interior.

Estaba llena de recortes de periódicos antiguos, casi todos de la época de la guerra civil y de la posguerra. Eso no le extrañó. Su padre había combatido en el frente de ambas guerras del lado comunista, aunque nunca hablaba de ello. Movió de sitio los recortes con cuidado. Eran como hojas de un árbol muerto, marrones y carcomidas, dispuestas a esfumarse con el primer soplo de aire limpio. Debajo encontró unas cartucheras y unas cinchas militares desgastadas y llenas de agujeros. También un ajado uniforme de miliciano y unas botas sin cordones. En el fondo de la maleta había una caja pequeña. La sopesó y escuchó un ruido metálico. Al abrirla encontró una pistola perfectamente engrasada y con el cargador de diez balas. María no entendía demasiado de armas, pero estaba acostumbrada a verlas por casa. Lorenzo solía guardar su pistola reglamentaria en el cajón de la mesita, junto al cabezal de la cama. Sin embargo, aquella parecía mucho más antigua.

—Es una Luger semiautomática del ejército alemán —le aclaró con voz grave su padre.

María se volvió asustada. Gabriel estaba en el umbral de la puerta con las piernas separadas y los brazos cruzados sobre el pecho. Miraba a su hija con severidad. De haber sido aún una niña, a buen seguro que le hubiese dado una buena paliza. María sintió que se sonrojaba. Dejó la pistola en su sitio y se incorporó despacio.

—He visto la puerta y he sentido curiosidad... Lo siento si te he molestado.

Gabriel avanzó hacia la maleta. La cerró y se volvió hacia su hija con seriedad.

—Todos tenemos puertas que conviene dejar cerradas. Creo que será mejor que mañana temprano vuelvas a tu casa, antes de que tu marido se pregunte dónde estás.

Aquella noche María oyó a su padre dar vueltas por la casa, hasta bien entrada la madrugada. Ella tampoco podía dormir y salió al balcón a fumar un cigarrillo.

Entonces vio a su padre en el porche, embutido en su pijama, fumando en pipa. La mirada se le entristecía y con los párpados caídos se sentó en su butaca de la terraza. Estaba tan quieto que parecía haberse muerto. Y de pronto, con una voz desgastada, que no parecía suya, empezó a murmurar cosas incomprensibles, cosas del pasado.

María no se atrevió a asomarse a aquella tristeza. Se limitó a quedarse apoyada en el marco de la ventana, contemplándolo y escuchando cómo su voz se apagaba poco a poco, hasta quedar cerrada en un suspiro.

Aplastó el cigarrillo contra la barandilla y volvió a la habitación.

Se despertó antes del amanecer y se vistió despacio. Volvió a sentir un dolor punzante e intenso en la nuca y buscó las pastillas que tomaba para la migraña. Solo eran un placebo, pero necesitaba creer que hacía algo para detener aquel dolor que la paralizaba. Escribió una breve nota con las señas de su casa y la dejó sobre la almohada para que su padre la encontrase. No se veía luz en las ventanas. Gabriel debía de estar durmiendo. Salió a la calle y una ráfaga de viento le heló la cara.

Cuando el autobús la dejó de regreso en la parada de Sant Feliu de Guíxols, el pueblo apenas empezaba a desperezarse. A lo lejos se veían las luces del paseo marítimo desierto, con sus restaurantes y sus locales de ocio cerrados. Era triste ver las sombrillas de Coca-Cola y Cervezas Damm manchadas con cagadas de palomas y deshilachadas, y, a su alrededor, apiladas de mala manera las sillas y las mesas de plástico de las terrazas. Los domingos de invierno eran deprimentes en un pueblo de veraneo de la costa.

María se preguntó cómo era posible haber llegado hasta allí, hasta la orilla de aquel mar, a aquel pueblo, hasta aquella vida y a ser esta mujer en la que se había convertido. Era extraño. Tenía la sensación de que simplemente se había dejado llevar por la marea desde que un buen día saltó la cerca de su casa en un pueblo del Pirineo leridano, para no volver.

Mientras caminaba hacia su casa por las calles desiertas, recordaba la emoción que la embargó la primera vez que contempló aquel pueblo. Se sentía una triunfadora; toda la costa, el Mediterráneo entero, parecía rendirle honores de cónsul. Apenas tenía diecinueve años. Acababa de empezar la carrera de Derecho, y le entusiasmó el clima efervescente de las aulas, las pintadas en las paredes de la facultad, las redadas de la policía, los conciliábulos en la cafetería de la Gran Vía de Barcelona, las escapadas al canódromo de la Meridiana, las excursiones nocturnas al Barrio Chino para dar café caliente y churros a las prostitutas y repartirles clandestinamente preservativos... Todo era pujanza, fuerza, ilusión y novedad: ante sus ojos hambrientos descubrió un mundo lleno de matices, abierto y supuestamente cosmopolita, tan distinto de la cerrazón de su aldea. Llegaron las fiestas en la pensión, las primeras borracheras, los primeros canutos, los primeros besos; llegó el amor. Y descubrió el mar.

En realidad el mar era de Lorenzo, su medio. Ella lo detestaba. A Lorenzo le encantaba hacer largas travesías fondeando en las calas. Con la ilusión de unos grumetes, él y sus amigos del cuartel separaban los aparejos, los cebos, los cubos, se aprovisionaban de agua, hacían los bocadillos de tortilla francesa y llenaban las bolsas de lona con fruta. Pasaban horas sentados frente a un mapa de la Costa Brava explicando a cuántas millas podrían alejarse si el tiempo acompañaba, qué bancos de peces iban a encontrar, qué amanecer hermoso iban a tener el privilegio de ver.

Cuando María lo veía tan entusiasmado sonreía condescendiente, fingiendo la misma emoción, pero en realidad se preparaba para lo peor. El mar la asustaba. Sabía que el estómago se le revolvería en cuanto se alejasen de la costa, que miraría con aprensión por la popa la línea de flotación, pero siempre se esforzaba por reprimir ese pánico. Ya desde niña, desde muy niña, sabía que ciertas cosas no deben salir a flote.

Luego todo eso cambió, y los presagios de su padre se hicieron dolorosamente certeros. Hacía ya tiempo que Lorenzo no salía a navegar. De hecho, desde el aborto, su marido no hacía otra cosa que trabajar, beber y regresar a casa de mal humor, siempre dispuesto a montar una bronca. Comparado con lo que estaba viviendo, María recordaba incluso con sorprendente cariño el sonido del viejo motor diesel de la barcaza y la estela de espuma que iba dejando la hélice.

Y sobre todo la quietud. Esa calma que nunca había vuelto a experimentar en ninguna otra parte. En un punto determinado de aquel desierto sin esquinas que era el mar quieto lanzaban las boyas y el ancla. La barca se detenía completamente mecida con suavidad por una corriente que parecía aceite dorado. Entonces ella se tumbaba boca arriba en el esqueleto de la barca y se dejaba llevar por el sol del atardecer. Nunca venció su miedo a las profundidades del mar abierto, y no se atrevía a seguir a Lorenzo cuando saltaba de la popa para darse un chapuzón. Pero sí era capaz de cerrar los ojos y de acariciar el agua con los dedos, como si tocase con prevención, pero también con curiosidad, a un monstruo dormido que la asustaba pero que al mismo tiempo la seducía. Contemplaba luego la respiración de Lorenzo bajo el bañador, su piel húmeda y brillante al sol, su rostro perfecto, sereno, en un estado de silencio absoluto, hasta que sonaban los cascabeles de las cañas, anunciando que algún pez había mordido el anzuelo. Y se sentía entonces la mujer más afortunada de la Tierra.

No tardó en casarse con Lorenzo; era inevitable no sucumbir a su inteligencia y a su carisma, pese a la oposición férrea de Gabriel. Lorenzo era un líder, todos le seguían y le admiraban; echando la vista atrás era fácil adivinar ya en él esos tics autoritarios y esa violencia reprimida en sus gestos, en su modo de defender con vehemencia sus posturas. Pero entonces ella no veía a un hombre intransigente, sino a un hombre convencido y seguro de sí mismo, rocoso, puesto que la misión que se había autoimpuesto —salvar al mundo del franquismo— no admitía actitudes tibias ni debilidades de carácter.

Al terminar la carrera Lorenzo tomó la decisión que consternó a todos sus amigos, incluso a ella. Decidió opositar al Ministerio de Defensa. Aseguraba que era una manera tan efectiva como cualquier otra de luchar contra el sistema, desde dentro, desde las propias entrañas del monstruo. Los cinco meses pasados en la Modelo lo habían transformado; ya no era tan impetuoso, se tornó más taciturno y empezó a beber más de la cuenta, pero aun así convenció a María, como hacía con todo lo que se proponía. Por alguna extraña razón, sus antecedentes no fueron tenidos en cuenta y aprobó la oposición de manera meritoria.

Fue entonces cuando decidieron comprar aquella casa de pescadores con embarcadero. Estaba en ruinas pero trabajaron duro para transformarla en un hogar. Dedicaban cada día de su recién estrenado matrimonio a hacer el amor a todas horas y en los lugares más insólitos. Querían tener tres hijos, aunque en realidad, al pensarlo detenidamente, María se daba cuenta de que era Lorenzo quien quería tenerlos, dos niñas y un niño, y se entregaban con entusiasmo a su sueño de ser una familia feliz.

Ahora todo aquello era como si no hubiese existido nunca. María había perdido al bebé y los carniceros que la atendieron en la maternidad le habían destrozado los ovarios. Lorenzo empezó a mostrar esa otra cara oscura que tienen todas las lunas y que María no había querido ver antes. El trabajo en el ministerio lo absorbía por completo, pasaba muchos días fuera de casa. Tenía grado de teniente de Infantería, pero en muy contadas ocasiones sacaba el uniforme del armario, y los compañeros que a veces traía a casa a horas intempestivas tenían más pinta de policías judiciales que de militares.

María empezó a preguntar, pero él siempre le daba la callada por respuesta, o contestaba con evasivas que insultaban la inteligencia de su mujer. Si ella insistía, él se ponía furioso, rompía cosas, y se iba de casa dando un portazo.

Hasta que llegó el primer bofetón. El segundo vino acompañado de unas cuantas patadas en el vientre. El tercero le rompió un brazo. El cuarto intento se frustró porque María acertó a ponerle un cuchillo debajo de los cojones. No habría reunido el valor de cortárselos, pero sí sabía ya qué rápido es el tránsito del desengaño.

Después de cada paliza, cuando veía entrar a su marido en el dormitorio por la noche, lo miraba enarcando una ceja, como si le sorprendiera verlo allí una vez más. Lorenzo permanecía a los pies del colchón, con la mirada fija en ella, sintiendo que esa vigilancia de los leves movimientos de los pies de María, o de sus murmullos mientras fingía dormir, le acercaban a la verdad.

—¿Me perdonas, María?

Pero ella no le respondía. Entonces Lorenzo crispaba los nudillos y alzaba el puño en el aire. Pero antes de descargar el golpe se contenía. María se apretaba como una caracola en silencio y se arañaba la palma de las manos. Lorenzo arrancaba la sábana que cubría su cuerpo. Se bajaba los pantalones y se masturbaba encima de la espalda de su mujer hasta eyacular con un gruñido obsceno. Se limpiaba el semen con un pedazo de sábana y se lo arrojaba a la cara.

Como una máquina que funciona con monedas, cada mañana María abría los ojos y se incorporaba en la cama con los brazos caídos y el pelo desmañado sobre los hombros, observando sus pequeños pies surcados por venas azules apoyados en el frío suelo. Todos los ruidos vulgares del mundo se apoderaban de su corazón. La caída de las aguas fecales a través de la cañería. Y la música absurda, fuera de toda lógica, de Antonio Machín, que sonaba en un viejo gramófono y que tanto emocionaba a Lorenzo:

Dos gardenias para ti,
con ellas quiero decir
te quiero, te adoro, mi vida...

Una muerte lenta, parsimoniosa pero segura. A eso aspiraba María después de diez años de matrimonio. Era curiosa la manera de pensar de los hombres. Ella aprendió a refugiarse en un sexo anónimo con amantes de circunstancia. Ninguno significó nada, pero cada uno de ellos había interpretado ese hieratismo según sus propias vivencias. Para unos era una monja violada, para otros una retrasada, para algunos una mística y para otros tantos una vulgar cínica. Pero todos ellos, sin distinción, habían pretendido triunfar sobre su abandono, forzándola a renunciar a él, como si ese fuese el verdadero reto que se imponían.

Nadie conocía su verdadera situación, excepto Greta, con la que de vez en cuando se desahogaba. Su amiga le insistía una y otra vez para que se separase de él. Incluso le había ofrecido su casa; pero María se mostraba reticente. Se decía a sí misma que si aguantaba era porque todavía le quería, pero en el fondo se daba cuenta de que no era cierto. Pesaban más la costumbre, el miedo a la incertidumbre de una vida sin horizontes claros, las penurias económicas, y sobre todo el tener que reconocer su fracaso. Quizá esperaba un milagro, esperaba que el hombre del que se enamoró volviera.

Si ocurriera algo diferente en su vida, se repetía María, algo que le abriese los ojos, algo que le ofreciese un nuevo destino... Pero nada cambiaba a mejor: el trabajo era rutinario, mal pagado. Ni siquiera había tenido la ocasión de demostrar su valía como abogada penalista, se consumía con causas que los clientes no podían pagar en un viejo sótano que compartía con otros antiguos compañeros de universidad, tan frustrados y cansados como ella. La única excepción era Greta, pero ni siquiera su luz eclipsaba las sobras de la vida de María.

Al cabo de diez minutos rodeó la casa del alfarero y encaró el paseo de S'Agaró. Poco después, en una curva avistó el muro de piedra que rodeaba su casa.

No se atrevía a entrar. Sabía que Lorenzo le preguntaría dónde había estado, y que montaría en cólera cuando se lo dijese. Si algo no había olvidado su marido eran aquellos cinco meses pasados en la cárcel por culpa de Gabriel. Instintivamente buscó en el bolsillo del abrigo otro cigarrillo, olvidando que ya había apurado el último. En lugar de la cajetilla, sus dedos fríos se encontraron con la carta del hospital y el diagnóstico de su padre.

Estaba cansada, le pesaban los brazos y las piernas como si hubiese estado combatiendo en el fango a brazo partido. Respiró profundamente y entró en casa.

Lorenzo estaba adormilado en el sofá del salón. De fondo se escuchaba en el tocadiscos música de bolero. Era la música ideal para acompañar sus borracheras. Y había estado bebiendo bastante antes de quedarse dormido, a juzgar por los restos esparcidos sobre la mesita de cristal. María se quitó los zapatos y se acercó sin hacer ruido. Lo contempló acariciando el aire que le rodeaba sin llegar a tocarle por miedo a que se despertase, triste y aliviada al mismo tiempo de poder posponer la conversación sobre su padre.

La piel morena y el vello rizado del pecho de Lorenzo se escapaban de los límites del pijama. Dormía como un niño, con expresión ingenua y provocativa al mismo tiempo. Era un perfecto oxímoron. Era muy hermoso, pero empezaban a aparecer evidencias de que pronto aquella belleza se marchitaría. A María le gustaba contemplarlo en esos breves momentos de paz que le daba el sueño. Parecía que siempre iba a estar ahí, que era el hombre que dormía en el lado derecho de la cama, llevándose toda la colcha para taparse. Añoraba el tiempo en el que para poder quedarse dormida se pegaba a sus muslos y se apretaba contra su espalda; notaba sus costillas y las vértebras de su columna. Escuchaba su respiración. Le pasaba la mano por la cintura y sus dedos buscaban el tacto de su pecho, enredándose en su vello.

Fue en busca de una manta y lo tapó. Después subió al despacho.

Encendió la lamparilla de noche y abrió un paquete de cigarrillos. Corrió un poco la cristalera que daba a la terraza y encendió el cigarrillo. Lorenzo no soportaba que ella fumase. La primera bocanada de humo se escapó aspirada por la rendija. Se sentó con los codos apoyados en el escritorio y la cabeza descansando entre los dedos. Entonces vio la nota manuscrita apoyada en el florero. Reconoció la letra de su marido, apresurada y de trazo fuerte:

«Ha llamado esa amiga tuya lesbiana. Dice que la llames a primera hora por un asunto muy importante. Supongo que es una excusa para meterse en tus bragas, pero tú verás.»

María se sintió dolida por el tono zafio de la nota.

—Hijo de puta... —murmuró enfadada consigo misma por seguir empecinada en permanecer al lado de un hombre así. Pero enseguida se preguntó intrigada qué era eso tan importante que Greta quería decirle.

CAPÍTULO 4

Cuando llegó al despacho únicamente zumbaba en el pasillo la pulidora del operario de limpieza. Las mesas todavía estaban vacías, los archivadores metálicos cerrados, los teléfonos encima de las mesas, silenciosos, las luces apagadas y los libros de legislación alineados en perfecto orden a lo largo de toda la pared. María había pasado allí buena parte de los últimos años, y todo su talento y su energía lo había entregado sin medida para que aquel bufete creciera. Y de repente, ahora lo veía como lo que era realmente: un lugar frío, inhóspito, estéril, un lugar con la indiferencia de un gran dios que no valora los sacrificios de los minúsculos adoradores que le sirven.

Detrás de la puerta de Greta había luz.

María llamó y no esperó respuesta. Abrió directamente. Las ventanas tenían las persianas echadas hasta la mitad, y una agradable penumbra iluminaba los muebles de una estantería y un escritorio con tres sillas colocadas alrededor en semicírculo. En un rincón, una mesita baja tenía dispuestos dos vasos, un termo de café y una botella de agua.

Greta estaba de pie hablando con una mujer de unos cincuenta años que parecía un manojo de nervios.

—¿A qué viene tanta urgencia? —preguntó María, dejando el abrigo en el colgador.

Greta tenía la expresión grave.

—Te presento a Pura. Creo que te va a interesar lo que tiene que explicarnos.

Purificación era una mujer minúscula y apabullada, sin aspiraciones más allá de pagar el alquiler. No había nada interesante en ella. Ni siquiera se consideraba una mujer. Simplemente se veía a sí misma como un burro de carga que llevaba a cuestas cinco niños sucios, una casa minúscula y que soportaba los envites de la vida encogiéndose y mirando la punta de sus alpargatas agujereadas. Se sentó en el borde de la silla con las manos en el regazo, apretando un pañuelo sucio. Greta le sirvió café.

—¿Por qué no le cuentas a mi compañera lo que me has dicho a mí?

La mujer empezó a hablar de su marido. Se llamaba Jesús Ramoneda.

—Trabaja de chivato para la policía. Todo el mundo lo sabe, así que no creo que descubra nada nuevo al decirlo.

—No es un «empleo» muy común —intervino, intrigada, María.

Pura la miró con un punto de intransigencia en los ojos.

—Mi marido no es un hombre común.

Explicó que su marido no era capaz de gobernar su propia vida. Le pegaba a ella y a los niños y bebía demasiado. A menudo desaparecía durante días, a veces incluso semanas. Purificación llegó a la conclusión de que él la engañaba con otras o que se iba de putas, o que tal vez se había metido en algún lío con la Justicia. Ese era su universo, el de los bajos fondos. Pero ella no decía nada, ¿qué podía decir? Su mundo abarcaba un salón lleno de trastos, una cocina mugrienta y cinco niños llorando continuamente. Incluso deseaba con todo su ser que él se marchase. Al menos, cuando estaba fuera, podía respirar sin miedo.

María iba escuchando y tomaba notas. Pensó que se trataba del típico caso de malos tratos, que el marido de aquella mujer era un auténtico hijo de puta, como tantos otros...Y de repente se sintió avergonzada y perpleja: como tantos otros. ¿Acaso existía mucha distancia entre lo que le ocurría a aquella desgraciada y lo que le hacía a ella Lorenzo? Como si esa comunión de destinos la incomodase, cogió una taza de café y escondió en ella la mirada. Sabía que Greta la observaba con atención, pero fingió no darse cuenta.

—Creo que me hago una idea —dijo—, pero no creo que podamos hacer demasiado para ayudarla. El divorcio no existe, y el abandono de hogar por parte de la mujer está penado. Sin embargo, puedo darle la dirección de una casa de acogida clandestina adonde enviamos mujeres en su situación.

Empezó a anotar la dirección, cuando Pura le pidió que dejara de escribir y la miró muy seria.

—Hace unos días vino un policía de paisano preguntando por él. No era de los habituales, nunca le había visto. Parecía muy enfadado. Me enseñó la fotografía de una niña que debe de tener unos doce años y me preguntó si la había visto por allí, o si Ramoneda me había hablado de ella. Le dije que no, y se marchó de malas maneras... Al cabo de tres días vinieron a verme otros dos agentes. A estos sí los conozco, son de la comisaría de la Verneda, y suelen pasarse por casa para que Ramoneda les dé información sobre el menudeo en el barrio. Pero no venían a verlo a él, sino a mí. Dijeron que había ocurrido algo terrible y que mi esposo estaba en el hospital. Posiblemente moriría. Aquellos hombres me explicaron que podían arreglar las cosas. Me ofrecieron cien mil pesetas a cambio de que no presentara denuncia. Ellos se encargarían de todo.

María se revolvió en la silla estupefacta.

—Pero, ¿por qué razón le han ofrecido dinero para que no ponga denuncia?

—Parece ser que el que ha querido matar a mi marido es ese primer policía que vino hace unos días con la foto de la niña. Creo que es un inspector jefe de la brigada de Información. Durante varios días tuvo a mi marido metido en un sótano, haciéndole toda clase de perrerías.

En ese instante María tuvo miedo. Fue como si hasta ese momento de la conversación hubiese estado jugando con un cilindro que le parecía inocuo y de repente descubriese que estaba lleno de nitroglicerina. Desvió la mirada con cautela hacia Greta, que permanecía en silencio con los brazos cruzados sobre el pecho.

—Y supongo que usted ha venido a verme porque quiere denunciar a ese policía —preguntó María con cautela.

Purificación miró a ambas abogadas con sus ojillos muertos, que de pronto cobraron un brillo intenso.

—Lo que quiero es saber si puedo sacar más dinero.

María y Greta intercambiaron una mirada entre perpleja y avergonzada. Sin embargo, María calibró enseguida la importancia de lo que se les venía encima. Los remilgos o las motivaciones no importaban, qué más daba si lo que buscaba aquella mujer era dinero o justicia.

—Si conseguimos meter a ese inspector jefe en la cárcel, tendrá el dinero y la fama que quiera.

María aceptó el caso sin pensarlo, entusiasmada. Era lo que estaba esperando desde que salió de la facultad. Adiós a las pasantías, a los casos de medio pelo, a las minucias. Le había tocado el gordo, y pensaba aprovechar la oportunidad.

—Necesitaré hablar con su marido.

—Está en coma.

María torció el gesto. Aquella era la primera dificultad con la que iba a encontrarse. El agredido no podía identificar al agresor.

—Igualmente, quiero verle.

Lo único que vio María de aquel hombre apaleado fue su cuerpo tumefacto en una camilla de urgencias en la residencia Francisco Franco. La impresionó la deformidad de la cara, completamente descarnada, deshecha. Y estuvo segura de que también impresionaría al fiscal y al juez. De su carácter, de su forma de pensar o de ser, solo tenía las referencias de Purificación, y la mayor parte de esa información la sabría ocultar para luego ganar el juicio.

Fueron meses de trabajo intenso. Buscar pruebas inculpatorias, testigos, el móvil de la agresión... Resultó sorprendentemente fácil encontrar testigos que avalaban la brutalidad de aquel inspector al que María no vio hasta el mismo inicio del juicio. Para cuando se fijó la vista, había reunido suficientes pruebas para demostrar que el inspector jefe César Alcalá era un policía corrupto que dirigía una red de prostitución y drogas. Ramoneda, que trabajaba para el inspector como confidente, pensaba denunciarlo, motivo por el cual César Alcalá decidió asesinarlo, no sin antes torturarlo cruelmente para averiguar qué era lo que Ramoneda sabía.

—Un caso claro —dijo María, antes de su alegato final.

Greta, que había trabajado en aquel caso tanto como María, torció el gesto. De repente, aparecían demasiadas pruebas inculpatorias, demasiados testimonios acusatorios. Y a todo esto, Ramoneda continuaba en coma, sin poder explicarse. Además, quedaba un asunto que nadie había mencionado en el caso.

—Pura dice que ese policía le mostró la foto de una niña de doce años. Ni siquiera hemos intentado averiguar quién es y por qué el inspector la buscaba.

—No es importante para nosotras —dijo incómoda María, zanjando el tema.

Todo el país estaba pendiente de ella en un caso que había ido ganando altura e importancia mediática a medida que pasaban los meses de instrucción, hasta llegar a convertirse en una verdadera prueba de fuego para el sistema de Justicia. En los bares, en las aulas de la facultad, incluso en los talleres, la gente hacía sus predicciones: ¿Había cambiado realmente el régimen lo suficiente como para encarcelar a un importante cargo policial? ¿Se impondría contra las evidencias presentadas en el juicio una sentencia pastelera que declarase al policía inocente?

A finales de 1977 el caso quedó visto para sentencia. Aquel fue el momento de gloria esperado por María durante años. La sala abarrotada escuchando su encendido alegato final, los flashes de las cámaras, los periodistas tomando notas, la radio emitiendo en directo. Incluso una cámara de RTVE grabó su discurso. Ni siquiera María confiaba en una sentencia favorable. Pero no le importaba demasiado. El caso ya la había catapultado a un primer plano de la actualidad y varios bufetes prestigiosos se mostraban dispuestos a contratarla.

En aquellos meses su vida cambió para siempre. Las disputas con Lorenzo se hicieron más y más enconadas, hasta que finalmente ella decidió marcharse de casa. Ayudó en su decisión, y mucho, el hecho de que finalmente cediese a los encantos de Greta.

En cuanto a su padre, Gabriel, no transigió en abandonar San Lorenzo, pero poco importaba. Con lo que ganaba María dando conferencias podía pagar una enfermera que le atendía las veinticuatro horas del día. Además, su volumen de clientes aumentó espectacularmente, lo mismo que su minuta. Tanto, que pudo comprarle a Lorenzo su mitad de la casa y trasladarse allí con Greta para escarnio de su marido, que pidió el traslado a Madrid.

Por supuesto no todo fue triunfar. A medida que pasaban los meses las presiones se hicieron insoportables. Una mañana unos desconocidos asaltaron el bufete, agrediendo a los abogados que trabajaban en el caso contra el inspector Alcalá, destrozaron mobiliario y expedientes y llenaron las paredes de pintadas amenazantes. Por suerte, María no estaba, aquel día, allí.

Greta tampoco, pero cuando empezaron a recibir llamadas con amenazas de muerte en casa, empezó a inquietarse. Le pidió a María que fuese discreta, pero esta se negaba a apartarse del foco mediático. Estaba eufórica y ciega, era incapaz de comprender que las ponía a ambas en peligro, hasta que en cierta ocasión Greta fue agredida en plena calle por un grupo de ultraderechistas que la humillaron lanzándole huevos y colgándole un letrero llamándola «puta bollera roja».

Y finalmente, antes de la Navidad de 1977, llegó la sentencia: contra todo pronóstico, el juez aceptaba los argumentos acusatorios de María y concedía la cadena perpetua. Aquello era mucho más de lo que María y sus colaboradores hubieran esperado. Incluso parecía una condena exagerada.

Como si alguien hubiese decidido dar un escarmiento con el inspector. Ni siquiera hubo tiempo para las alegaciones. Alcalá ingresó inmediatamente en la prisión Modelo de Barcelona.

Ramoneda seguía en coma un año después. Su esposa se dio más que satisfecha con la indemnización y con la entrevista que le pagó, a precio de exclusiva, la revista *Interviú*.

—Todo ha acabado bien —dijo María la noche que salieron ella y Greta a celebrar su victoria. Era la primera vez que podían permitirse cenar en un restaurante de la parte alta de la ciudad y brindar con un Gran Reserva.

Greta examinó en silencio a María sosteniendo en vilo el vaso. Se sentó en un sillón y dio un largo trago. Luego dejó el vaso y se secó los labios con una servilleta bordada. Una ramificación de venillas rojas le asediaba la pupila. Ya no mostraba la alegría de antaño.

—¿Qué sucede? —le preguntó María.

Greta sentía una punzada en un lugar sin determinar, muy adentro.

—Tengo la impresión de que hemos pagado un precio muy alto por todo esto... Es como si hubiésemos vendido nuestra alma.

María frunció el entrecejo, malhumorada.

—No seas dramática. Te encantan los tópicos. Además, ¿qué es el alma?

Greta la miró con extrañeza, como si sospechase de dónde provenía aquella pregunta.

—Lo que llevamos dentro, o mejor aún —puntualizó—, lo que nos lleva a nosotros desde dentro —dijo, desalentada al ver la expresión escéptica de María.

—Imagino mi propia mano entrando en el cuerpo a través del estómago: puedo palpar los riñones, el hígado, los pulmones. Puedo incluso tantear a ciegas entre vísceras, células, glóbulos y nervios, el corazón. Sopesarlo en la palma de la mano abierta, sentir el movimiento de contracción y expansión rítmica. Pero el alma no. No la encuentro en ninguna parte. Hemos hecho lo que debíamos, justicia. Tendrías que estar contenta por vencer a los molinos de viento.

—No seas sarcástica. No hay nada quijotesco en todo esto, ni tiene nada que ver la justicia. Ambas sabemos qué clase de hombre es Ramoneda, y ya has visto a su mujer, gastando el dinero de la indemnización en Galerías Preciados. Y en cambio no me quito de la cabeza a ese policía, ¿viste su resignación?, ¿su expresión de desaliento?

—Lo han condenado a la perpetua, no iba a dar saltos de alegría.

—No era la cárcel lo que pesaba en sus ojos, sino la sensación de la injusticia. He oído lo de su hija. ¿Era la niña de la foto, verdad?

María lanzó de mala gana la servilleta sobre la mesa.

—Ya basta, Greta, por favor. Sí, yo también he oído lo del secuestro de su hija. Pero todo es una falacia, no hay pruebas, nada. En cambio, hay decenas de evidencias de que es un policía corrupto y brutal.

—Pero, ¿y si es cierto? ¿Y si ese confidente tenía algo que ver con esa niña desaparecida?

—Que lo averigüe la policía. No es nuestro trabajo.

Greta sonrió con tristeza. Miró hacia las luces de la ciudad, que se extendían ante ella como un remanso de paz engañoso.

—Tienes razón: nuestro trabajo ya ha terminado. Ahora, sencillamente toca olvidar. Pero me pregunto si podremos hacerlo.

Los funcionarios que trasladaban a César Alcalá entraron por una puerta lateral de la cárcel.

Las tripas de aquella vieja prisión estaban podridas. Eran como catacumbas llenas de puertas cerradas, ventanas ciegas, desagües laberínticos y rincones que nunca habían visto la luz. Una cañería de aguas fecales había reventado, inundándolo todo de mierda. Unos hombres desnudos hasta la cintura chapoteaban descalzos con las manos en la inmundicia. Apenas se protegían con un pañuelo la boca y era evidente que los humores les provocaban arcadas. Eran personas sin nombre ni cara que poblaban el subsuelo como las ratas: a veces se les oía corretear bajo la madera, pero nunca se les veía.

César Alcalá intentaba mantener la compostura pero las piernas se le doblaron ante el espectáculo desolador que se abría ante sus ojos. Le obligaron a entrar en un pequeño cuarto donde apenas podía mantenerse en pie sin tocar con la cabeza el techo húmedo y goteante.

—Desnúdate —le ordenó un funcionario sin tan siquiera un parpadeo de sus inexpresivos ojos.

Tuvo que ducharse con agua gélida, y sin tiempo apenas para secarse lo hicieron avanzar hasta una raya de pintura cuarteada en el suelo. Aquella raya era el meridiano entre dos mundos. Atrás quedaba la vida. Delante, la nada.

Le tomaron las huellas en unas cartulinas amarillas, lo fotografiaron, le entregaron los enseres de aseo y le hicieron meter sus objetos personales en una caja y firmar un recibo.

—Se te devolverá todo cuando salgas... —dijo el funcionario que lo había registrado, como si pretendiese añadir... «si es que sales algún día».

César Alcalá preguntó si podía conservar las fotografías de su hija y de su padre que guardaba en la cartera. El funcionario examinó ambas, deteniéndose más de la cuenta en la de la niña.

—¿Cuántos años tiene?

—Trece —murmuró con tristeza el inspector.

El funcionario se relamió como un gato.

—Pues tiene unas buenas tetas —dijo con brutalidad.

César Alcalá apretó la mandíbula, pero contuvo las ganas de aplastar la cabeza de aquel gusano.

—¿Puedo quedármelas, por favor?

El funcionario se encogió de hombros. Rompió con maniática minuciosidad las fotografías en pedazos muy pequeños, que dejó volar sobre la mesa. Su mirada cayó como un plomo sobre César Alcalá.

—Claro, *inspector*. Puedes quedártelas.

César Alcalá tragó saliva y recogió los pedazos.

—¿Qué se dice? —le interrogó el funcionario con fingido enfado.

César Alcalá clavó su mirada hirviendo en el suelo sucio.

—Gracias —susurró.

Lo trasladaron a una galería con celdas a los lados.

El silencio desesperante le atenazaba el cuello. Tan solo se escuchaba el golpeteo rítmico de una cancela al abrirse y cerrarse mecánicamente. El eco sordo y profundo de ese sonido era como el repique de campanas en un día de difuntos. El funcionario que lo conducía se detenía delante de cada cancela, y a cada parada repetía en voz alta el nombre del inspector, para que los presos supieran que estaba allí. Le estaban azuzando los perros, y César Alcalá sabía que en cuanto pusiera un pie en las zonas comunes estaría muerto.

—Dicen por ahí que alguien está dispuesto a pagar una fortuna por tu cabeza, así que guardarte muy bien las espaldas.

César Alcalá ladeó la cabeza incrédulo. Él ya estaba muerto mucho antes de entrar en aquella cárcel. Muerto desde el día en que su hija había desaparecido sin dejar rastro; muerto desde que su esposa Andrea, incapaz de soportar tanto dolor, se había pegado un tiro dejándolo solo.

Su celda era un espacio pequeño, con las paredes y el suelo de cemento grueso, con dos literas junto a un ventanal pequeño, cerrado con barrotes por donde entraba casi pidiendo permiso la luz del patio; una pica sin espejo y un wáter sin tapa de aspecto ponzoñoso completaban el cuadro.

César Alcalá observó unos instantes con aire de disgusto el desolador e inquietante paisaje al que tendría que acostumbrarse. En un ademán de cansancio, se dejó caer en el camastro inferior.

El funcionario sonrió burlón y cerró la puerta.

Los focos del patio alumbraban parcialmente el rostro del inspector. Permaneció con los ojos fijos en ese destello de luz artificial, hipnotizado por su fuerza abrasiva. Junto a las coladas de calzoncillos y camisetas que colgaban tras los barrotes de las ventanas, rostros abstractos aplastados contra las rejas observaban un horizonte invisible mientras llegaba la noche. En esos instantes la soledad se acentuaba y la nostalgia llenaba incluso los corazones más duros. Era como si al detenerse el día, cada uno de aquellos hombres tomase conciencia de dónde estaban y se sintiesen miserables y perdidos. Cada hombre allí encerrado se apretaba contra los recuerdos, se abrigaba con ellos: un nombre, una fotografía, una canción, cualquier cosa a la que aferrarse para sentirse vivo.

En cambio, Alcalá se golpeaba la cabeza para borrar todo aquello que existió antes de aquella noche, porque sentirse vivo le dolía mucho más que el presagio de una muerte que ya le rondaba cercana. Se volvió hacia la oscuridad de la celda. Su propia suerte había dejado de preocuparle. Se sentó en la cama y reconstruyó con paciencia los restos de las fotografías de su hija y de su padre, encerrado en aquella misma cárcel casi cuarenta años atrás —quizá en aquella misma celda—, y se burló de sí mismo, de la circunferencia absurda que trazaba su destino.

CAPÍTULO 5

Mérida. Mayo de 1941.
Siete meses antes de la desaparición de Isabel Mola

El profesor Marcelo estaba contento. Con su nuevo trabajo como tutor del pequeño Andrés pensaba que se termi-
narían para siempre los caminos duros y helados que recorría aquel profesor rural.

Por el contrario, su hijo, el pequeño César, se mostraba
taciturno y malhumorado. Acostumbrado a la vida nómada,
echaba de menos ir de un lado a otro. Tal vez, se decía, antes no tenían mucho, pero su padre cantaba unas canciones
estupendas, y podía andar de pueblo en pueblo y hablar sin
perder el resuello durante horas. De vez en cuando encontraban un cobertizo, o una casa de pastor y algo que comer.
Cualquier cosa, agua caliente con unas acelgas, dos patatas
duras y negras, les parecían un motivo de fiesta.

Y luego estaban los grandes descubrimientos. Su padre era una enciclopedia; señalaba sin dudas cada una de
las constelaciones de estrellas del hemisferio norte, desde
Equuleus hasta Virgo, y hablaba de la magnitud de los pla-
netas como si hubiera vivido en cada uno de ellos. Otros días
se entretenía recitando a Góngora y a Quevedo, fingiendo
ser los dos a la vez discutiendo entre sí. Sabía de música, de
matemática, de ciencia natural, pero nada le satisfacía lo
suficiente.

César se sentía feliz. Afrontaba las penurias y las inclemencias con un espíritu alegre, atento a un mundo que se abría ante sus ojos de la mano de su padre como algo complejo, duro, a veces cruel, pero siempre maravilloso.

—Eso que sientes es la libertad —le aleccionaba Marcelo—. Tu cuerpo se sacude con el frío de la mañana, agradece el primer rayo de sol que le calienta, se emociona con una sopa caliente porque tu estómago conoce el hambre. Y tus ojos disfrutan de la inmensidad de los paisajes de los que un día el hombre fue arrancado para ser encerrado en fábricas inmundas. Si cada obrero, cada campesino, fuera capaz de reencontrarse con esa sensación de humanidad, ¿quién crees que querría seguir siendo esclavo?

Pero entonces había aparecido en sus vidas esa mujer, Isabel Mola.

Desde que la conocía, su padre se había vuelto un desconocido. Andaba siempre mudándose de ropa, gastando dinero en zapatos que apretaban demasiado, imponiendo normas absurdas como lavarse con agua gélida cada mañana y rascarle la roña detrás de las orejas hasta que estas le enrojecían. Para colmo, había hecho venir a la tía Josefa desde el pueblo para que cuidase de él.

—Puedo cuidarme solo —protestó el niño al enterarse.

Marcelo se peinaba por enésima vez la raya de en medio frente al espejo, con el pelo engominado y un fuerte olor a loción.

—No puedes. Solo tienes ocho años. Además, tu tía nos necesita casi tanto como nosotros a ella. —Marcelo contempló el rostro de su hijo y sintió la angustia subiéndole hasta la garganta. Se le veía tan triste con su cara pecosa y su pelo rapado de colegial... Sintió por primera vez en mucho tiempo que no había sabido darle una vida como correspondía a su edad. Durante demasiado tiempo, desde que enviudó, había arrastrado a su hijo a una vida de buhonero que en nada iba a ayudarle. Pero todo eso iba a cambiar. Ahora tenía un trabajo estable. Tal vez César no lo aceptase al principio, pero terminaría por acostumbrarse a las rutinas de un niño normal.

—No está tan mal dormir cada noche en el mismo sitio,

ya lo verás. Además, ahora podrás relacionarte con otros niños de tu edad. Por ejemplo con el hijo de los Mola. Andrés tiene tu misma edad, y parece un chico de lo más interesante.

—No me gusta esa gente —dijo el niño, frunciendo el ceño. Odiaba a ese niño. Lo pensó mejor, y añadió—: En realidad, no me gusta la gente de ninguna clase.

Marcelo estuvo tentado de sonreír. Dejó el peine sobre la pila del baño y se acuclilló frente a su hijo, mirándole a los ojos. Esos ojos inquietos que eran como estrellas fugaces.

—Pues eso tiene que cambiar, hijo. No podemos vivir solos en el mundo, ¿comprendes? Necesitamos de los demás, y los demás necesitan de nosotros.

César asintió, aunque no comprendía lo que su padre estaba diciéndole. Su padre se enderezó y se puso encima unas gotas de aquella loción que tanto le molestaba. Se ajustó la corbata de lazo y se miró con aire satisfecho.

—Todo esto, César, lo hago por ti. Ya verás, algún día me lo vas a agradecer.

Y entonces el niño sintió que todo era mentira. No lograba abarcar la naturaleza de lo que le estaba sucediendo a su padre, pero intuyó que no lo hacía por él, sino por esa mujer de la que no cesaba de hablar.

—Ahora, sube a tu habitación. Tu tía te llamará para el almuerzo. Yo tengo que ir a la ciudad.

César Alcalá miró a su padre con recelo.

—¿Vas a ir a ver a esa mujer?

Marcelo le devolvió la mirada, inquisitiva.

—En realidad, voy a ver a unos amigos que se reúnen con Isabel, y sí; supongo que ella estará allí.

—Podría acompañarte. No molestaré.

Marcelo negó con cierta impaciencia.

—Esas reuniones son aburridas. Será mejor que subas ahora.

César corrió escaleras arriba y se encerró con el cerrojo por dentro en su habitación. Cuando estuvo seguro de que nadie vendría a molestarle, abrió la pequeña cajita metálica donde guardaba el retrato de su madre. Lo tocó con delicadeza, como si temiese que se acabase esfumando. Porque, incomprensiblemente, el rostro de su madre empezaba a desdibujarse en su memoria y se confundía con el de esta nueva mujer que parecía gustarle a su padre.

Se volvió hacia la pared rugosa y se cubrió con la manta áspera, cerrando los ojos. Sin que las lágrimas pidiesen permiso, empezó a sollozar con la cara enterrada en la almohada para que nadie oyera su llanto. No sabía por qué lloraba, pero era incapaz de controlar las lágrimas.

Tuvo un sueño extraño. Soñaba que estaba sentado en una silla pequeña, de parvulario, parecida a la que su padre le regaló en cierta ocasión, solo que esta silla no era de color azul como aquella sino roja, y no tenía la culera de paja sino con un agujero de esos que utilizan los niños que no saben ir solos al baño para hacer sus necesidades. Él no la necesitaba, pero apareció Andrés y lo obligó a sentarse con el calzón bajado. Iba vestido de un modo raro, con un pijama o algo parecido, y tenía el pelo recogido en un moño y la cara pintada como con yeso, muy blanca, y los labios muy rojos, como si hubiera bebido sangre. El hijo pequeño de Isabel se burlaba de él, le decía que era un meón, y le pegaba en la cabeza con una espada de madera. César Alcalá quería rebelarse, devolver los golpes, pero era incapaz de levantarse de la silla y sentía unas terribles ganas de orinar. Finalmente, sintió un reguero caliente bajando por su entrepierna, mientras Andrés se reía como uno de esos locos desdentados que a veces César había visto en los pueblos que había recorrido con su padre.

Despertó gritando. Estaba en su habitación. La tarde le daba a las paredes un reflejo anaranjado. En el piso de abajo escuchaba tararear una canción a su tía. Entonces miró las sábanas empapadas y enrojeció.

Marcelo Alcalá se detuvo y consultó la dirección que llevaba anotada en un papel arrugado. Soplaba un viento cortante que venía de la ribera del Guadiana. La noche era cerrada y las únicas luces que se veían eran las que alumbraban el paseo del río. Bajo una de aquellas luces macilentas vio la sombra de un hombre que fumaba, apoyado en una farola. El profesor distinguía con claridad la pavesa del cigarrillo y el humo que dejaba salir por la boca.

Marcelo se inquietó. No había nadie más en la calle, la hora era intempestiva, y el lugar propicio para que cualquiera pudiese asaltarle. Conocía la fama que tenían los rincones oscuros cerca del puente. Allí se reunían como sombras esquivas los chaperos con sus clientes, arriesgándose a que la policía los detuviese o a que un ratero los dejase sin nada con una puñalada en el vientre. Pero aquel era el lugar donde Isabel lo había citado aquella noche.

No sabía qué pretendía la señora Mola. Algo poco común, desde luego. Aquella mañana, mientras él repasaba el abecedario con Andrés en la finca de los Mola, Isabel había entrado con la excusa de interesarse por los avances académicos de su hijo. Sin embargo, lo que hizo fue deslizar disimuladamente en su bolsillo aquel papel que ahora llevaba en las manos:

«Creo que puedo contar con usted. Si de verdad me aprecia, acudirá esta noche a esta dirección. Por lo que más quiera, sea discreto.»

Ahora se arrepentía de ese entusiasmo un tanto ingenuo que la mirada peligrosa de esa mujer le había insuflado. Por un momento había pensado que... quizá... era una cita. Se sonrojó ante esa falacia.

De repente, la sombra bajo la farola lanzó el cigarrillo. La colilla trazó un giro sobre la niebla del río mientras esa silueta abandonaba el haz de luz y caminaba hacia él. Directamente hacia él. Sus pasos retumbando en el empedrado agigantaban la figura como algo temible y perturbador. Marcelo pensó en huir. Pero sus pies se negaron a obedecerle.

La sombra fue haciéndose carne. Carne pesada y corpulenta, de un hombre embutido en un abrigo largo y un sombrero ancho, con las manos en los bolsillos.

—¿Eres Marcelo? —dijo, con una voz grave, mirándole sin nada detrás de los ojos.

Marcelo asintió. Solo entonces el hombre se relajó y le tendió la mano enguantada.

—Isabel me dijo que vendrías. Dice que eres de fiar. Vamos, te llevaré al lugar de la reunión.

Sin esperar respuesta, el hombre giró sobre sus talones. Marcelo observó su espalda de hombros anchos que se perdía ya entre la niebla. Dudó un instante, pero siguió a aquel desconocido.

Cruzaron varias calles laberínticas cerca de las ruinas del anfiteatro romano. Bajo la niebla, las piedras de la fachada resultaban fantasmagóricas, como la quilla de un barco de bucaneros rompiendo silenciosamente la noche. En un portal, el hombre se detuvo. Miró a derecha e izquierda e hizo sonar varias veces el picaporte. A Marcelo, todo aquello le intrigaba y le inquietaba a partes iguales. Tenía la sensación de que iba a meterse en un lío, pero ya era demasiado tarde para echarse atrás. La puerta se estaba abriendo.

En el rellano del edificio les esperaba otro hombre. Parecía un trabajador de la metalurgia a juzgar por su mono de trabajo y por las manos llenas de virutas incrustadas en la piel. Su aspecto era el de un perrillo temeroso, pero su mirada para con el profesor igualmente desconfiada. Sin embargo, estrechó efusivamente el brazo del hombre que le acompañaba.

—Ya están todos arriba. Os están esperando.

El hombre que acompañaba al profesor asintió, quitándose el sombrero.

—Bien. Vamos allá.

En un pequeño piso de no más de cuarenta metros, un grupo de hombres y mujeres que el profesor no alcanzó a cuantificar, fumaban cargando el ambiente de humo. Hablaban entre sí formando corrillos dispersos. No alzaban la voz, sino que las conversaciones susurrantes le recordaron a los estudiantes que charlaban en el claustro de una biblioteca universitaria. Cuando el hombre que lo acompañaba entró, todos se volvieron a saludarle. Era evidente que lo tenían por una especie de líder. Poco a poco fueron ocupando las sillas formadas en círculo en el salón dispuestas a tal efecto.

—Usted siéntese aquí, a mi lado, profesor —dijo el hombre, quitándose el abrigo y dejándolo en el respaldo de la silla.

Marcelo obedeció, buscando entre los presentes a Isabel.

—Ella no vendrá, profesor. Esta reunión debemos celebrarla sin que la señora Mola esté presente.

Marcelo se revolvió en la silla.

—Entonces, ¿qué hago yo aquí?

El hombre torció el gesto con una sonrisa que tuvo un atisbo de cinismo, pero que enseguida se recompuso.

—Lo mismo que todos nosotros. Intentar hacer un mundo mejor.

Empezó lo que parecía una sesión plenaria. Uno a uno, aquellos hombres y mujeres —Marcelo pudo contabilizar a unos diez finalmente, la mayoría muy jóvenes, apenas unos adolescentes— fueron ocupando el centro del círculo de sillas y exponiendo datos. Datos que inquietaron sobremanera a Marcelo, quien a medida que escuchaba comprendía la naturaleza de aquel grupo.

—¿Sois comunistas? —preguntó, alarmado, susurrando al oído del hombre que presidía la reunión.

El hombre no le miró directamente. Inclinó un poco hacia el profesor la cara y de nuevo esbozó su sonrisa compleja.

—Somos gente que piensa que las cosas no pueden seguir como están, y que hombres como Guillermo Mola, el jefe de la Falange en toda la provincia de Badajoz, no pueden seguir aterrorizando a nuestras mujeres, nuestros mayores o nuestros hijos. —Hizo una pausa y miró intensamente a los ojos del aturdido profesor—. Por eso, hemos decidido atentar contra él. Vamos a matarlo.

Marcelo tuvo que reprimir el gesto de no saltar como un resorte de la silla.

¿Matar a Guillermo Mola? Aquella gente estaba loca de remate. Ese hombre era uno de los más poderosos de toda Extremadura. Nadie podía tocarle un pelo. Y además contaba con la protección de Publio y de sus «camisas viejas». Todo el mundo conocía la ferocidad de ese esbirro. Pero lo que más le sobrecogía era una pregunta machacona: ¿Qué hacía él, un simple profesor rural, en medio de aquellos conspiradores?¿Por qué Isabel lo había enviado allí?

El hombre que lo había acompañado hasta esa ratonera le leyó el pensamiento.

—Isabel es la que propuso la idea. Ella nos dará la información necesaria para hacerlo. —Lo dijo sin inmutarse. Aquel desconocido pretendía hacerle creer que Isabel estaba dispuesta a asesinar a su propio marido.

—¿Cómo quiere que crea semejante barbaridad?

El hombre se encogió de hombros.

—No sea ingenuo, profesor. ¿Cuánto tiempo hace que trabaja en esa casa? ¿Seis meses? No me diga que en ese tiempo no se ha dado cuenta de la clase de monstruo que es ese hombre. ¿Sabe que Isabel se casó con él para que sus padres pudieran salir del país? ¿Sabe que ese cabrón confiscó todas las propiedades de su familia? ¿Sabe que por orden de Guillermo Mola el hermano mayor de Isabel fue uno de los fusilados en la plaza de toros de Badajoz? Sí, ella, más que ninguno de nosotros tiene motivos para odiarle, por no hablar de las vejaciones diarias a las que la somete esa bestia.

Marcelo había oído algunas de esas cosas, era cierto. Y también había visto y oído otras que hubiese preferido no ver ni oír. Intuía que Isabel no amaba a su esposo, y egoísta y estúpidamente, esa percepción que ahora se confirmaba, alimentaba sus secretos anhelos de que quizá ella pudiera fijarse en un pequeño ratón de biblioteca como él. Pero urdir un plan para asesinar al padre de sus hijos... Eso era algo muy diferente. Le resultaba imposible creerlo. Isabel era demasiado hermosa, demasiado dulce. Sus pies levitaban sobre la Tierra. Era imposible que los manchase con su fango.

—¿Por qué estoy aquí? —preguntó, entre aturdido y perplejo.

—Isabel dice que usted siente un especial aprecio por su hijo pequeño.

Marcelo asintió. Sí, era cierto: Andrés era un niño peculiar, necesitaba ayuda para contener su ingente imaginación y esa portentosa energía que lo mismo podía transformarlo el día de mañana en un genio o en un monstruo. Él confiaba en poder encauzar esa potencia hacia la primera opción. Pero no comprendía qué tenía que ver el niño en aquel asunto tan turbio.

—Se lo explicaré, profesor: si las cosas se ponen feas, Isabel necesitará huir. Y llevará con ella a su hijo pequeño. El caso de Fernando es diferente, ya es mayor, y puede gobernarse solo. Pero bajo ningún concepto, Isabel dejará a Andrés en manos de su marido. Guillermo Mola detesta al pequeño. Cree que es una aberración, y no dudaría en encerrarlo en un manicomio de por vida. De modo que, si fallamos, ella necesitará un sitio en el que esconderse con su hijo. Ese es su papel, profesor. No deberá implicarse, nadie sabrá que usted está al tanto del asunto. Solo le pedimos que, llegado el caso, le dé a Isabel una vía de escape. Según parece, cuando enviudó, usted heredó una finca muy cerca de la frontera con Portugal. Es un buen lugar. Apenas se esconderían unos días, el tiempo justo de pasar a Portugal, y de allí a Londres. El resto no le interesa. Mientras tanto, siga con su rutina habitual.

Seguir con la rutina habitual. Aquellas palabras retumbaban en el cerebro de Marcelo. Las repetía una y otra vez, incapaz de dormir, a pesar de que las primeras luces de la mañana ya entraban a raudales a través del visillo.

Aquella mañana, mientras desayunaba las migas que Josefa había preparado, se preguntó si no era mejor salir huyendo de aquella ciudad. Emigrar a Madrid, a Barcelona quizá. Al menos debería enviar allí a César con Josefa. Ponerlos a salvo por si las cosas se complicaban. Pero eso levantaría sospechas. Y no debía levantarlas. De hecho, se dijo, él no estaba exactamente «implicado». Tan pronto aquel hombre le dijo lo que debía hacer llegado el caso, Marcelo había abandonado la reunión. No quería saber detalles, ni fechas, ni nombres. Y tampoco se había comprometido a cumplir su parte, llegado el momento.

Pero sabía lo que estaba pasando. Y no denunciarlo lo convertía en cómplice. Si lo hacía, si contaba a la policía lo que sabía, ¿qué pasaría con aquella gente? Y sobre todo, ¿qué sería de Isabel? Era estúpido fingir que no lo sabía. No. Él era un simple profesor. No era político, ni le interesaba ninguna bandera que no fuese la propia libertad o la de su hijo. ¿Pero acaso no era aquella una lucha inevitable? ¿Acaso podía seguir predicando los principios de la libertad, la cultura, la justicia, y por otro lado seguir escondiendo la cabeza en un agujero como un ganso? ¿Estaba tan ciego, tan muerto de hambre, para dejar comprar su voluntad por un sueldo y un techo, aun a sabiendas del tipo de ser repugnante que eran Guillermo Mola y su adlátere, Publio? No. No denunciaría a Isabel.

Y sin embargo, eso no le aliviaba. Sentía una profunda amargura en su alma de hombre. Sabía que ella lo había utilizado, lo había puesto entre la espada y la pared. Había descubierto su debilidad y la había utilizado sin recato.

Durante las semanas siguientes, Isabel trataba de esquivarlo. Marcelo procuraba concentrarse en la educación de Andrés, pero resultaba inevitable que al verla paseando por la casa con aquel aire de hada benigna sintiera una especie de repulsión. Finalmente, una tarde logró abordarla cerca del cenador del jardín.

—Necesito hablar con usted, Isabel.

Isabel llevaba puestos unos guantes de cuero con los que podía manipular las espinas de las rosas sin pincharse. Se quitó un guante, fingiendo no sentirse incómoda, ni acusada por la mirada hiriente del profesor.

—Creo que es mejor que no hablemos, profesor. A menos que se trate de Andrés.

Marcelo debía hacer verdaderos esfuerzos para comportarse como un ser civilizado y no ponerse en evidencia.

—Por supuesto que se trata de Andrés, y de usted, y de su marido... Y de mí, Isabel. No puede seguir fingiendo que no pasa nada.

Isabel ladeó la cabeza fugazmente hacia la fachada de la casa, como si temiese que Guillermo o su perro guardián, Publio, pudieran escucharla. A Marcelo le pareció que aquel gesto tenso de su cara, breve, intenso, era hermoso como el paso de una estrella fugaz. Incluso en aquellas circunstancias era inevitable no sentir admiración por ella.

—No tiene por qué hacer nada, Marcelo. De hecho, me

he arrepentido varias veces durante estas semanas por haberlo implicado. Usted es un buen hombre, pero yo necesito confiar en alguien que pueda proteger a Andrés. Y solo puedo confiarle esa tarea a usted. Aunque no tiene que seguir aquí, si no lo desea.

Marcelo se sintió confundido. Ella le hablaba y sonreía; sonreía de verdad, no como una artimaña para vencer su reticencia.

—No he dicho... que no quiera hacerlo... Solo esperaba que...

Isabel se colocó de nuevo el guante de cuero y se reclinó sobre el rosal con una tijera podadora.

—Sé lo que esperaba, Marcelo. Y créame que me siento halagada. Pero no compraré su lealtad con mentiras. ¿Recuerda al hombre que le acompañó aquella noche? Estoy enamorada de él. Y él de mí. Cuando todo termine, pensamos empezar una nueva vida... —Alzó la mirada, clara y limpia como las rosas que tenía entre las manos—. Y creo que usted debería hacer otro tanto. Tendrá mi amistad y gratitud eterna. Es cuanto puedo ofrecerle.

Marcelo tragó saliva. Se sentía vil, sucio, triste.

—Será mejor su amistad, que no tener nada —dijo, forzando la sonrisa más dolorosa de su vida.

Pasaron los meses y no ocurría nada. Guillermo Mola seguía con vida, las rutinas de aquella casa no se alteraban. Incluso Isabel parecía más feliz y menos meditabunda que de costumbre. Marcelo llegó a creer que tal vez, aquel grupo de conjurados había comprendido la sinrazón de lo que pretendían hacer y, sencillamente, habían abortado el plan.

Sin embargo, cuando acababa ya el año 1941, ocurrió algo que hizo saltar por los aires aquella aparente placidez.

Eran las diez de la mañana. Marcelo cuidaba la caligrafía de Andrés, que con su letra menuda trazaba en la pizarra unas irregulares vocales. De repente, la puerta del estudio se abrió de golpe. En el umbral apareció uno de los falangistas de Publio, el brazo derecho de Guillermo Mola. En su rostro contraído, Marcelo leyó el peor de los presagios.

—Vengo buscando a la señora Mola. Me envía Publio. ¿La ha visto?

Marcelo dijo que la señora no había aparecido por allí en toda la mañana.

—¿Ocurre algo?

El falangista le dio la noticia: habían disparado contra Guillermo Mola a la salida de la iglesia a la que acudía cada mañana a recibir la eucaristía.

—Por suerte —añadió con aire satisfecho— solo le han herido. Don Guillermo está fuera de peligro.

Lo habían hecho... y habían fallado. Tuvo que sostenerse en el respaldo de la silla y deslizarse despacio hasta sentarse, de costado. Andrés seguía aplicado a lo suyo, apretando la tiza con la lengua entre los dientes, sin comprender qué pasaba. ¿Qué iba a ser, ahora, de aquel niño? ¿Y de su madre?

Entonces, vio a través de la ventana la figura tenebrosa de Publio. Estaba parado en medio del jardín, con las manos en los bolsillos, como si no ocurriese nada anormal... ¿Por qué miraba en dirección al estudio con tanta insistencia?... ¿Lo miraba a él?

Marcelo palideció. Publio, el hombre que hacía temblar a las piedras con su sola presencia, lo estaba saludando con ojos entrecerrados y sonrisa de lobo.

CAPÍTULO 6

Barcelona. Noviembre de 1980

No había dejado de llover, pero ahora lo hacía de una manera cansina que empujaba el día hacia una depresión somnolienta. María estaba melancólica y taciturna, como la tarde. Observó los paraguas de los transeúntes que iban hacia el mercado del Born y que oscilaban como el oleaje de un mar agitado.

—¿Por qué no me dices qué te ocurre? Llevas todo el día de mal humor —le preguntó Greta. Ambas paseaban por el barrio de la Ribera, reprimiendo el deseo de cogerse de la mano o de besarse, como hacían las demás parejas bajo los balcones que erizaban la avenida con sus gárgolas y marquesinas modernistas.

—No me pasa nada —mintió María—. Es este tiempo lo que me pone de los nervios. —Se sentaron en un banco. Paralelo a la acera descendía un pequeño reguero de agua sucia. María se quedó contemplando el cadáver de un ratón hinchado y su deriva hasta una alcantarilla. Lentamente se volvió hacia el cielo, que era como un sudario. Hubiera sido mejor una tormenta en toda regla, un chaparrón que arrastrase hacia el mar los miasmas de aquellas calles angostas que respiraban como un enfermo asmático.

Greta encendió un cigarrillo y se lo pasó. Por debajo del

abrigo entrelazaron las manos. Los dedos de María estaban fríos.

—¿Estás así por lo de tu padre? Era inevitable que lo ingresaran. Y tampoco hay que preocuparse demasiado. Solo es un control rutinario.

María hizo un gesto negativo.

—No me preocupa eso. Después de todo, hace cuatro años que pelea con el cáncer y no ha dado su brazo a torcer. Es fuerte.

—¿Entonces?... —Greta se recostó sobre su hombro. Tenía la cara encarnada, a pesar del colorete. Vestía un chubasquero de cuadros escoceses muy llamativo que goteaba sobre las rodillas.

—Hoy hace tres años que se dictó la sentencia contra César Alcalá.

Greta se sorprendió. Ni siquiera lo había pensado. Aquello era algo que ya quedaba muy lejano en su vida; aunque al parecer, no en la de María.

—Ya. ¿Y deberíamos entristecernos por ello o quizá celebrarlo especialmente?

María reconvino a su compañera, medio en broma, medio en serio.

—No seas irónica... Solo digo que hoy me he despertado con una sensación extraña, como con un nudo en el estómago, y he recordado que era el aniversario. En toda la mañana no ha dejado de atosigarme ese gusanillo de malestar.

Greta asintió sin decir nada. Dio una larga bocanada al cigarrillo y se apartó el flequillo mojado. Se observaba las uñas, buscando aparentemente alguna imperfección en su esmalte perfecto.

—¿Piensas en él?

María negó con rotundidad.

—No. Claro que no. ¿Acaso pensamos en todas las personas a las que hemos acusado o defendido en un juicio? Hacemos nuestro trabajo y seguimos adelante.

—Pero el caso del inspector Alcalá no fue como los demás, ambas lo sabemos.

Greta tenía razón. Sus vidas no habían vuelto a ser las

mismas. Ahora eran abogadas de prestigio y tenían su propio bufete en el Paseo de Gracia.

—Las cosas nos van bien desde entonces —añadió Greta con una mirada intencionada—. ¿No es cierto?

María esquivó aquella mirada interrogante. Con la excusa de buscar en el bolso sus pastillas para el dolor de cabeza separó su mano de la de Greta.

—Sí, las cosas nos van bien. Tenemos una buena casa, un buen coche, veraneamos, vamos a esquiar... —Dejó la enumeración en el aire, como si hubiese olvidado algo importante que decir.

—Y nos tenemos la una a la otra —añadió Greta con intención.

De repente sonaron las campanas de Santa María anunciando los cuartos. Una bandada de palomas arrancó a volar entre la lluvia y María desvió la mirada, dejándola vagar. A su derecha había un indigente en medio de la plaza del Fossar de les Moreres, con las manos metidas en los bolsillos de un abrigo gris, largo y sucio, mirando a izquierda y derecha alternativamente. Daba unos pasos hacia un lado. Se detenía. Observaba y volvía sobre sus pasos, rascándose la barba ceniza de varios días, sin decidirse a ir a un lado u otro.

María se fijó en él. Había algo que le resultaba familiar.

—Fíjate en ese mendigo. Nos mira de reojo.

Greta observó al indigente. No le pareció distinto a los otros que pululaban por el lugar.

—Deberíamos irnos a casa. Empieza a hacerse tarde. Y me duele otra vez la cabeza.

—¿Cuándo piensas a ir al neurólogo?

—No seas machacona, Greta. No es nada. Solo es una migraña.

Greta le recordó las veces que se había mareado en el último mes, las pérdidas repentinas de memoria, y esas manchitas que de vez en cuando le salpicaban el iris como luciérnagas volando ante sus ojos, que le nublaban la vista.

—¿Todo eso lo provoca una simple migraña?

—Buscaré un hueco para ir al médico, lo prometo —contestó María volviendo la cabeza hacia atrás. El mendigo la estaba mirando. Lentamente, alzó la mano y la saludó. Desde lejos a María le pareció que incluso pronunciaba su nombre. De nuevo sintió la certeza casi absoluta de que conocía a aquel pobre hombre. Pero no lograba ubicar su cara y asociarla con un recuerdo o con una identidad concreta—. ¿Podemos irnos? No me gusta estar aquí.

Aquella noche, el teléfono sonó tres veces antes de que María lo descolgara y lo dejase sobre la horquilla sin contestar, mientras repasaba una sentencia de desahucio para la que preparaba un recurso en el despacho de casa. No pasaron más de cinco segundos, pero cuando llevó el auricular a la oreja solo escuchó el zumbido de la línea. Sin darle más importancia, colgó y siguió repasando su trabajo.

Diez minutos después volvió a sonar el teléfono. Esta vez lo atendió a la primera.

—¿Diga?

—¿Se puede saber por qué no has cogido el teléfono antes?

María se quedó paralizada al escuchar aquella voz. Tardó unos segundos en reaccionar, perpleja.

—¿Lorenzo?...

Al otro lado de la línea se escuchó una risita blanda.

—Parece que estés escuchando una voz de ultratumba. Que no hayas querido saber nada de mí en todo este tiempo no significa que me haya muerto.

—¿Qué quieres? —preguntó María muy lentamente, recelosa. Hacía más de tres años que no sabía nada de Lorenzo, y escuchar de nuevo su voz revolvió los antiguos sinsabores que anidarían por siempre en el fondo de sus tripas.

—Estoy en Barcelona. He pensado que deberíamos vernos.

María sintió una presión muy fuerte en la nuca, como una garra que la empujaba hacia adelante en contra de su voluntad. De repente volvió esa sensación que siempre la coartaba cuando estaba con Lorenzo. La sensación del ridículo y el temor a la desmesura.

—Ando muy ocupada estos días. Además, no creo que

tengamos nada de lo que hablar tú y yo. —Se sintió reconfortada con su propia determinación.

Al otro lado de la línea se escuchó un bufido seguido de un silencio caviloso.

—No quiero hablar de nosotros, María.

—¿Entonces de qué quieres hablar?

—De César Alcalá, el inspector que metiste en la cárcel hace tres años... ¿Podrías venir a verme ahora mismo al despacho del ministerio? Lo encontrarás en el segundo piso de la Dirección Provincial de Policía.

María tardó en reaccionar.

—¿Qué tienes que ver tú con ese hombre?

—Es complicado, y no creo que sea conveniente hablarlo por teléfono. Mejor nos vemos.

En aquel momento, Greta entró en el despacho para consultar unos datos. Tardó unos segundos en alzar la cabeza de los papeles que traía en la mano. Entonces se dio cuenta de la palidez de María, que colgaba como ausente el teléfono.

—¿Qué ocurre?

María negó con la cabeza muy despacio, como si negase un pensamiento que la inquietaba.

—Tengo que ir a Barcelona. Un cliente quiere verme. —No había una razón para mentirle a Greta pero su intuición le decía que por el momento era mejor no mencionar a Lorenzo.

—¿Ahora? Son casi las diez de la noche.

—Sí, tiene que ser ahora —dijo María, cogiendo el abrigo y las llaves del coche—. No me esperes despierta.

Sabía que Greta no había creído una palabra, pero tampoco se esforzó por parecer más convincente. Ya habría tiempo para las explicaciones. Ahora estaba demasiado aturdida para pensar.

Condujo deprisa por la carretera de la costa, atravesando pequeños pueblos que en aquella época del año estaban desiertos. A pesar del frío cortante que entraba a través de la ventanilla entreabierta, María no lograba despertar por completo. De pronto, toda la angustia que había sentido a lo largo del día cobraba peso y dimensión.

Bajo la luz amarillenta de las farolas, la fisonomía de la calle cambiaba con una tristeza ondulante. A lo lejos se veía entre la lluvia a unos peatones. Eran como pequeños insectos que corrían a cobijarse en la noche. María se detuvo frente a la puerta de la Dirección Provincial de Policía para cerciorarse de que era allí donde la había citado Lorenzo.

Se acercó un policía envuelto en sombras que hacía la ronda de vigilancia. El agua le chorreaba por todas partes enturbiándole el rostro. El cañón del subfusil en bandolera brillaba con la lluvia. Era uno de esos funcionarios altivos, seguro de sí mismo bajo su barboquejo ceñido al mentón y su arma en ristre. Su cara de espartano era tan teosófica como superficial.

—¿Qué hace ahí parada?

—Vengo a ver al... —dudó, no sabía qué cargo ocupaba ahora Lorenzo en el CESID, el Servicio de Inteligencia—, a Lorenzo Pintar. Está en la segunda planta.

El policía torció el gesto. Sabía quién trabajaba en la segunda planta del edificio. Sus ojos oscuros y fríos escrutaron a María sin ninguna emoción. Finalmente se dio por satisfecho y la dejó pasar al interior con una justificación tan taxativamente ridícula como cierta:

—Nunca se sabe quién puede ser un terrorista.

Nada más cruzar el umbral, María fue recibida por la misma rutina policial que ya conocía de todas las comisarías. Siempre se escuchaba, al final de un pasillo estrecho, el cierre metálico de una celda, los pasos huecos de un guardia, las voces altisonantes de detenidos y policías. Era un mundo ajeno a la vida de la luz. La deprimía.

Subió al segundo piso. Tuvo que sentarse a esperar en el borde de una silla incómoda. De vez en cuando observaba de reojo una puerta cerrada. Y cuanto más esperaba, más crecía una extraña sensación de desasosiego, un hormigueo en el cielo de la boca, y sin saber muy bien el motivo empezó a sentirse insignificante. Esa sensación se hizo apabullante cuando entró alguien detrás de ella y, sin pasar por el purgatorio de la espera, cruzó el umbral de la puerta, que se le abrió de par en par sin necesidad de llamar.

María intentó distraerse mirando alrededor. Las ventanas, altas e inalcanzables, eran pequeños tragaluces por los que de tanto en tanto asomaba el resplandor de un rayo. Los truenos de la tormenta sepultaban el traqueteo de las máquinas de escribir y de los teléfonos. Imaginó que durante el día aquel bullicio debía de resultar desquiciante. En unas mesas al fondo, algunos hombres tomaban café, otros escribían con los antebrazos apoyados en las sillas, cansinos. El mobiliario era viejo, de metal grisáceo. Sentados en cajones, que hacían las veces de improvisados archivadores, se amontonaban docenas de expedientes.

De vez en cuando entraba alguien de la calle arrastrando la lluvia tras de sí y dejando sus huellas en el suelo de terrazo sin pulimentar. Se levantó y se acercó a la ventana que daba a la calle. Una o dos veces pudo ver las botas chorreantes del policía de guardia en el exterior. Supuso que a cada persona que entraba la sometía al mismo escrutinio, y que, justificándose, les explicaba que cualquiera podía querer hacer saltar por los aires aquella miserable comisaría.

Finalmente, la puerta del despacho ante el que esperaba ser atendida se abrió. El hombre que salió ni siquiera se dio cuenta de su presencia. Pasó a su lado caviloso, sumido en la seriedad y en la meditación de algo que debía de preocuparle hondamente.

—¡Lorenzo!

Lorenzo se volvió. De repente su cara se transformó en un poema. No podía creer que aquella hermosa mujer que lo miraba con seriedad fuese María.

—Dios mío, apenas te he reconocido —murmuró con admiración, acercándose con la intención de darle un beso.

María lo detuvo tendiéndole la mano.

—Tú estás más o menos igual —respondió ella, titubeante. En realidad parecía mucho más viejo y cansado. Tenía grandes entradas en la sien y el pelo muy canoso. Además, había engordado.

Lorenzo era perfectamente consciente de esos cambios.

—Parece que la que ganó al separarnos fuiste tú —dijo con cierto sarcasmo, aunque no le faltaba razón—. Tienes un aire distinto, no sé, será el corte de pelo o el maquillaje.

Antes no te maquillabas, ni te ponías estos vestidos tan elegantes.

María fingió una sonrisa cortés. Lorenzo no se daba cuenta de que su cambio no era físico, y que no se debía al flequillo cayendo sobre sus ojos, ni al vestido italiano de color azul, ni a los zapatos de tacón. Ahora era otra mujer, se podría decir que feliz. Irradiaba una luz distinta y propia. Pero admitir eso por parte de Lorenzo hubiese sido reconocer implícitamente que él era parte del problema para que ella no hubiese sido así mientras estuvieron juntos.

—¿Para qué querías verme?

El rostro imperturbable de Lorenzo se movió levemente, como una pedriza que antecede a un desprendimiento. Miró dubitativo hacia la salida, consultó su reloj y se quedó pensativo.

—Necesito un favor personal.

—¿Que necesitas un favor personal? —repitió ella, asombrada.

—Pensarás que tengo mucha cara, presentándome después de tanto tiempo para pedirte algo, pero es importante.

La hizo pasar a su oficina. Los subalternos se levantaron y le saludaron. Atravesaron otra puerta interior y Lorenzo la cerró tras de sí.

Su despacho era un lugar frío, un paisaje austero de muebles viejos y archivadores metálicos. Había un marco con una flor de paja en una esquina con el retrato de una mujer y un niño de unos dos años.

Al ver la fotografía de la que probablemente era su nueva familia, María sintió una sensación ambigua. Por alguna extraña razón había imaginado que Lorenzo era el típico hombre solitario y desgraciado, dedicado exclusivamente a su trabajo.

—¿Es tu mujer?

Lorenzo asintió.

—Y él es Javier, mi hijo —añadió con orgullo.

María sintió un resquemor en las tripas. Era el nombre que le hubieran puesto al niño que perdió si hubiese sido varón.

Lorenzo encendió una lámpara de sobremesa y se sentó

detrás del escritorio, invitándola a hacer otro tanto. Sobre la mesa había un expediente con nombres en rojo. María alcanzó a leer disimuladamente uno de ellos. Lorenzo cerró la carpeta y la apartó de su vista.

Incómoda, María desvió la mirada hacia el color verde de un tallo de bambú lleno de nudos y retorcido como un cordón umbilical. Al advertir que le llamaba la atención aquel lunar verde en aquel despacho gris, Lorenzo lo extrajo del recipiente húmedo.

—Lo compré porque es absolutamente imperfecto. Los errores llevan a veces al límite del prodigio. Es una paradoja que explica muy bien mi trabajo.

—Ser espía es algo que va perfectamente contigo.

Lorenzo sonrió.

—Nosotros no lo llamamos así. En la «casa» nos gusta creer que somos funcionarios de Defensa.

Pidió que trajeran un par de cafés con más vehemencia de la necesaria; quería demostrar que él era el rey en aquella corte, y que María se había perdido un buen partido.

—¿Qué tal te va con esa amiga tuya... Greta? —Sonrió con esa frialdad tan dañina que al principio de conocerse María confundía estúpidamente con el autocontrol y la seguridad en sí mismo, pero que en realidad reflejaba la temperatura glacial de su alma.

—Estupendamente —replicó.

Sabía que para el ego masculino de Lorenzo era imperdonable que lo hubiese abandonado por una mujer. Nunca podría llegar a comprender que si lo dejó fue por sus propios deméritos. Era demasiado orgulloso para reconocerse algún defecto. Era esa estúpida soberbia suya, ese alarde de independencia masculina lo que había minado poco a poco aquel sentimiento de amor del principio, un sentimiento del que ya no quedaba nada, excepto las ganas de salir huyendo.

María encendió un cigarrillo y contempló meditabunda la pavesa humeante y los bucles azulados que se deshacían en el aire. Notó la cara de disgusto de Lorenzo. Era tan metódico, tan correcto, que incluso las rebeldías sencillas, como encender un pitillo, le sacaban de quicio, literalmente. No existen las transgresiones pequeñas; ¿no era eso lo que le había dicho en la noche de bodas, mientras ella fumaba un cigarrillo tumbada en la cama? Ni siquiera era un canuto. Era un maldito cigarrillo. Pero él la había mirado como si acabase de cometer un terrible crimen y tuviese el arma homicida en las manos.

—Veo que sigues fumando. Deberías tener cuidado con el cáncer de pulmón. Esto es una lotería, y no necesariamente le toca a quien tiene más números. —El muy imbécil se rio de su ocurrencia.

—No empieces con lo mismo —murmuró María, para acallar esa voz interior que le llenaba la cabeza con recuerdos amargos. Aplastó el cigarrillo en el cenicero.

Lorenzo enarcó una ceja. Se sentía bastante incómodo.

—No te hubiese llamado a no ser por un asunto importante, créeme. Aunque a veces, debo reconocer que he sentido la necesidad de saber de tu vida.

—Mi vida va perfectamente. Ahora, mejor que nunca. —Cuando se lo proponía, María podía ser el más cruel y dañino de los seres. No era como esos perros de sangre caliente que se abalanzan sobre la presa y la despedazan a dentelladas. Aplicaba a los sentimientos la misma práctica que utiliza en el quirófano un cirujano frío, consciente de la geografía que disecciona, sin titubeos, sin misericordia.

Lorenzo encajó con serenidad la puya. Miró hacia una pequeña puerta entreabierta donde estaba el vestíbulo privado.

—¿Qué tal está tu padre? —preguntó inesperadamente.

María se sorprendió. Gabriel era la última persona por la que Lorenzo se querría interesar.

—No muy bien —dijo sinceramente—. ¿A qué viene esa pregunta?

—Pura cortesía, para romper el hielo.

—Ya... ¿Y por qué no dejas los rodeos y me dices para qué me has llamado? —María empezaba a inquietarse—. Tú nunca pides favores de ese tipo, y mucho menos me lo pedirías a mí, así que debes de estar con el agua hasta el cuello. ¿De qué se trata? Dijiste que tenía algo que ver con César Alcalá.

—¿Recuerdas a Ramoneda? El hombre al que César Alcalá casi mata.

María asintió de mala gana. No le gustaba recordar aquello.

—Vagamente —mintió.

Lorenzo se recostó sobre el sillón y se puso a jugar con un abrecartas entre los dedos.

—Tal vez no sepas que despertó del coma unos meses después del juicio.

María se puso a la defensiva.

—No veo por qué habría de saberlo. No volví a tener contacto con Ramoneda o con su mujer después del juicio.

Lorenzo se explicó con una brusquedad innecesaria:

—Cuando Ramoneda despertó del coma, lo primero que sus ojos vieron fue el culo de un enfermero montando a su mujer en el hospital. ¿Qué crees que hizo? Cerró los ojos de nuevo y fingió seguir durmiendo. La esposa y el enfermero, creyendo que seguía en coma, repitieron aquellos encuentros varias veces más, convencidos de que él no les oía ni les veía. Follaban junto a la cama del pobre Ramoneda y él fingía no enterarse. Unas semanas más tarde desapareció del hospital sin dejar rastro.

María se revolvió, consternada.

—¿Por qué me cuentas eso?

—Poco tiempo después, aparecieron los cuerpos del enfermero y de la esposa en el vertedero del Garraf. Estaban desnudos, atados entre sí con una cuerda. Ella tenía en la boca los testículos cercenados de él. Ese tipo es un auténtico psicópata. —Lorenzo hizo una pausa, y calibró con la mirada a María, antes de continuar—. Gracias a ti, César Alcalá está en la cárcel y Ramoneda en la calle. —Dijo cada palabra con oronda malicia y luego examinó con atención a María. Pensó que se asombraría, que lo acribillaría a insultos, que se justificaría.

Pero María se limitó a mirarlo fijamente.

—Es cierto —dijo lacónicamente.

El que se asombró fue Lorenzo.

—Y, ¿ya está...?

María no se inmutó.

—Hice lo que tenía que hacer. Legalmente no puedes reprocharme nada, ni tú, ni nadie. Pero sé que no fui justa.

—¿De repente te has vuelto santa o budista en busca del perdón? —le dijo Lorenzo con un punto de irritación.

María no se inmutó.

—No he cambiado tanto. En cambio, tú sigues siendo el mismo gilipollas arrogante. Te importa muy poco lo que ese Ramoneda haya hecho, o que el inspector se pudra en la cárcel; te conozco muy bien, Lorenzo; tu sentido de la moral está a la altura de tus zapatos, así que dime: ¿por qué me cuentas todo esto?

En ese momento entró la secretaria con una bandeja y tres tazas de café humeante. Dejó la bandeja en la mesa auxiliar y salió del despacho discretamente.

—¿Para quién es la tercera taza? —preguntó María.

Lorenzo dejó el abrecartas sobre el expediente que unos minutos antes estaba estudiando y se quedó pensativo. En realidad, estaba disfrutando del momento.

—Quiero que conozcas a una persona —dijo; desvió la mirada hacia la puerta entreabierta del vestíbulo y se puso en pie—. Coronel, pase por favor.

La puerta se abrió de par en par y apareció un hombre que debía de rondar los setenta años. Tal vez no los había cumplido. Era alto. Delgado. A pesar de que Lorenzo había mencionado su condición de militar usaba ropa de civil, como el propio Lorenzo. Vestía de modo elegante, pulcro sería más exacto, porque detrás de una primera impresión de elegancia se descubría, prestando atención a los detalles, que el conjunto era resultado del esfuerzo meticuloso de conjunción de una ropa y unos elementos cuidadosamente planchados y cuidados, pero pasados de moda. Aquel hombre había sido algo que ya no era, pero que todavía representaba dignamente.

Avanzó con paso decidido pero discreto hasta María.

—Tenía muchas ganas de conocerla personalmente, abogada —dijo.

María sintió una corriente de simpatía hacia aquel desconocido que se inclinaba hacia ella impregnándola con el olor característico de los cigarrillos Royal Crown que fumaba. Sus ojos eran como una tarde gris, atrapados en una pesada melancolía.

—María, te presento al coronel Pedro Recasens. Es mi superior —dijo Lorenzo con una solemnidad que sonó un tanto ridícula. Recasens tomó asiento junto a María y la escrutó como un águila, tomando algo de distancia para tener perspectiva.

—Lamento mucho el estado de su padre. La verdad es que era un auténtico maestro forjando armas.

Ahora fue María quien lo observó con escrupulosidad de entomóloga.

—¿Conoce a mi padre?

Recasens esbozó una media sonrisa. Pasó la mirada fugazmente sobre Lorenzo y regresó a los ojos de María.

—Vagamente... Coincidimos en cierta ocasión, hace muchos años, aunque es improbable que él me recuerde.

La simpatía inicial de María se truncó en desconfianza. De repente, la alarmó su sonrisa irónica y el modo condescendiente de mirarla. Los ojos pequeños, coronados con unas cejas espesas y grises eran como sondas de profundidad que diseccionaban lo que veían, lo analizaban con velocidad y extraían consecuencias que se reflejaban en el rostro concentrado, en la boca recta de labios finos y dientes algo amarillentos.

—Me he informado a conciencia sobre usted. Ahora es una abogada muy prestigiosa.

María se volvió hacia Lorenzo con violencia.

—¿Qué significa esto? ¿Me habéis estado espiando?

Lorenzo le pidió que escuchase lo que Recasens tenía que decirle. María notó un cambio apenas imperceptible en su conducta. Parecía un poco más receptivo, más amable.

—Lo que voy a proponerle es un encargo por encima de cualquier lógica, por eso la he investigado —intervino Recasens.

María sentía la imperiosa necesidad de apartarse de aquel hombre, pero el desconocido la retuvo un momento tocándole el antebrazo. No fue un gesto imperativo, ni siquiera hostil, pero a través de sus dedos sintió la autoridad de quien está acostumbrado a no dar por terminada una conversación hasta que él lo decide. María se sintió incómoda, pero incapaz al mismo tiempo de apartarse de los ojos imantados de Recasens.

—Imagino que una abogada como usted estará al corriente de los acontecimientos políticos del país.

María dijo que la política le interesaba poco. Leía los periódicos, veía la televisión. Poca cosa más.

Recasens asintió. Dio un sorbo de café y dejó la taza sobre la mesita, tomándose su tiempo.

—¿Le suena de algo el nombre de Publio?

—Creo que es un diputado, pero ni siquiera sé en qué partido milita.

Recasens sonrió.

—En realidad, nadie lo sabe. Publio solo milita en su propio partido.

Lorenzo le rio el chiste a su jefe, pero el coronel lo hizo enmudecer con una mirada gélida. A María no le pasó desapercibido el detalle. Empezaba a gustarle Recasens.

—Le escucho —concedió.

—Imagino que conoce las circunstancias que rodearon el caso de César Alcalá. Existe una fotografía de una niña que entonces tenía doce años. La mujer de Ramoneda le habló de esa fotografía, aunque luego no dijo nada de ella en el juicio.

María se apretó las manos contra el regazo.

—Recuerdo ese alegato de la defensa, pero no entré en los detalles.

—No la estoy juzgando, María. Usted era abogada de la acusación. Su labor era demostrar la culpabilidad del inspector Alcalá y no aportar atenuantes a su causa. Lo hizo bien. Pero eso ya pasó. Una cosa es la justicia y otra muy distinta la verdad.

—¿Y cuál es la verdad, según usted?

—Los detalles los tienes aquí —intervino Lorenzo. Sacó un sobre voluminoso del cajón y lo dejó sobre la mesa.

El coronel Recasens observó con intensidad a María.

—Me gustaría que estudiase con atención este material. Tómese su tiempo. Entonces podremos volver a hablar. Es cuanto le pido... —El coronel consultó su reloj y se puso en pie—. Tengo que coger un avión. Estaremos en contacto, María. Confío en que hará lo que su recta conciencia le dicte —dijo estrechándole la mano con calidez.

Se despidió con un gesto frío de Lorenzo y se dirigió a la puerta. Antes de salir se detuvo un instante. Metió las manos en los bolsillos y se volvió para mirar a María.

—¿Alguna vez ha escuchado el nombre de Isabel Mola? María lo pensó un minuto. No, nunca había oído semejante nombre. El coronel escrutó su rostro, como si pretendiese averiguar si le decía la verdad. Finalmente pareció darse por satisfecho y sus ojos se relajaron un poco.

—Entiendo. Lea esa información. Espero que nos veamos pronto.

Cuando se quedaron solos, Lorenzo y María se sumieron en un silencio caviloso, como si cada uno por su cuenta reordenase toda la conversación.

Al cabo de unos minutos, Lorenzo alzó un poco la voz.

—Lo malo de los policías es que tienen demasiada memoria. No olvidan fácilmente el nombre de alguien que les ha jodido. Yo tendría cuidado con Alcalá, María. Quizá quiera ajustar cuentas contigo.

A María le sorprendió el comentario, y le sorprendió más la suavidad con la que Lorenzo lo coló en la conversación, mirando hacia la ventana, como si fuese una cuestión banal, un hablar por hablar.

—¿Por qué lo dices?

Lorenzo desvió lentamente la mirada hacia ella, con un gesto amargo.

—Tú siempre haces lo que hay que hacer, María. A pesar de las consecuencias. ¿Por eso nos separamos, verdad?

—No seas hipócrita, Lorenzo. Sabes perfectamente por qué lo hicimos, así que no pretendas hacerte el inocente conmigo.

Lorenzo la miró con tristeza, con una tristeza que estuvo a punto de parecer sincera. Pero antes de que el engaño surgiera efecto, se puso en pie.

—A veces todavía pienso en lo nuestro, María. Sé que me odias, y no te lo reprocho. He pensado mucho en lo que pasó y he llegado a perdonarme. Yo no soy así: no pego a las mujeres, solo que tú... No sé, me sacabas de mis casillas con tus cosas.

—Yo también he pensado mucho en aquello, Lorenzo. Y me pregunto por qué no te clavé aquellas tijeras en la polla la primera vez que me levantaste la mano.

Salió a la calle. Llovía a mares y la oscuridad era absoluta. Deseó más que nunca estar en casa, abrazarse a Greta, pedirle que la besara con ternura. Lentamente se volvió hacia la ventana del despacho de Lorenzo. Allí estaba, apoyado en el quicio, contemplándola. Se alejó pensando que lo único que la unía a aquella figura desdibujada tras la lluvia era un sentimiento difuso de rencor y tristeza.

CAPÍTULO 7

San Lorenzo (Pirineo de Lleida). Dos días después

Sus manos ya eran incapaces de sostener cualquier herramienta, y aunque su mente seguía dando las instrucciones adecuadas, los dedos de Gabriel se negaban a obedecerle, como el resto de su cuerpo. Sin embargo, contra todo pronóstico, continuaba luchando contra el cáncer. Aunque era una lucha que sostenía sin fe, por mera inercia.

A veces, Gabriel creía adivinar en el rostro de la nueva enfermera que su hija había contratado un gesto de repulsa cuando debía alzarlo en brazos y meterlo en la bañera. No podía reprochárselo. Él mismo se repugnaba. Ya ni siquiera podía contener las tripas y solía despertar por las noches con el pañal sucio y con la mierda líquida manchando las sábanas y sus piernas. Por vergüenza no hacía sonar el interfono para despertar a la enfermera. Se quedaba muy quieto, soportando toda la noche sus inmundicias y las arcadas, incapaz de llorar porque sus ojos se negaban también a permitirle ese consuelo.

En esos momentos era cuando más proclive se sentía a aceptar la propuesta de su hija.

—Estarías mucho mejor en una clínica, y yo podría visitarte más a menudo.

Eso costaba mucho dinero. Pero ella podía pagarlo. María

había progresado mucho desde aquel caso famoso, y subía a verlo de vez en cuando con un flamante Ford Granada de color plateado. Se comportaba como los Reyes Magos cada vez que asomaba por San Lorenzo: le traía libros de espadas, técnicas de forjado y herramientas para su taller, como si todo eso le fuese de utilidad todavía.

Acostumbraba a visitarlo acompañada por Greta. Gabriel no era estúpido, pese a que su aspecto y su lenguaje errático dijesen lo contrario. Las veía abrazarse y besarse cuando pensaban que nadie las observaba. Tampoco era de su incumbencia, se decía Gabriel. Y en cualquier caso, a su hija se la veía más feliz desde que se había deshecho del cabrón de Lorenzo.

Tal vez María tenía razón. La forja ya no se abría, aquella enfermera de aspecto hombruno que lo cuidaba era de lo más desagradable, y él apenas podía valerse con la ayuda de un andador.

Pero entonces, cuando se sentía tentado de ceder, desviaba la cabeza hacia el cuarto del leñero, y a la puerta que se escondía detrás, cerrada a cal y canto. Eso le hacía recordar el motivo por el que nunca podría abandonar aquella casa.

Además, debía cuidar la tumba de su esposa. Era su promesa, y la cumpliría hasta el final de sus días.

Ya no podía subir por sí mismo hasta el cementerio, pero una vez por semana se hacía llevar allí por la enfermera, y con su ayuda cambiaba las flores y quitaba las malas hierbas. Ese gesto de recuerdo hacia los muertos era el único que parecía conmover a la enfermera, que solía tratarlo con más consideración durante los días siguientes.

Aquella tarde las nubes se estiraban como pequeños hilos rojos sobre la colina. A lo lejos, las ruinas de la fortaleza romana desde la que se dominaba el cementerio iban tomando un color cobrizo en sus piedras calladas. Había una cartela a la entrada de la fortaleza escrita en latín: «*Sit tibi terra levis*», rezaba. «Que esta tierra te sea leve.» Para acceder al interior de las ruinas era necesario pasar junto a ella. Gabriel siempre cerró los ojos para no verla, para no pensar en el sentido de aquel aserto. Pero allí seguía, al paso de los años. Sentencia empecinada.

Sentado junto a la tumba de su esposa, Gabriel miraba en aquella dirección, pero sus ojos no se detenían allí. Iban muchos más lejos, hacia un lugar ignoto de su memoria, tal vez de aquellos veranos en los que hacía excursiones hasta allí con su hija pequeña y con su esposa.

Sonrió con tristeza al recordar. Durante aquellos años lejanos, mientras extendía el mantel para la merienda entre aquellas ruinas y escuchaba a su hija correr entre las piedras milenarias, y a su mujer canturrear con el pelo mecido por la suave brisa, tal vez llegó a sentir algo parecido a la paz, a la ausencia de remordimientos. Pero un buen día, esa burbuja se rompió. Su mujer encontró la maleta escondida en el leñero, las cartas y los recortes de periódico. Y el pasado, ese pasado que creía olvidado para siempre volvió como si nunca se hubiera ido. Regresó sediento y se cobró su venganza.

¿Por qué no quemó aquellas cartas? Parecía preguntarle a las ruinas romanas. ¿Por qué empeñarse en guardar algo que se quiere olvidar? Ni siquiera después de que su mujer las encontrase y se suicidase había sido capaz de hacerlo. Ni siquiera ahora, que su hija había estado a punto de descubrirlas, se atrevía a hacerlo. ¿Por qué? ¿Por qué no quemar todos los recuerdos, convertirlos en cenizas, esparcirlos al viento? No lo sabía, pero era incapaz de eso. Si olvidaba, entonces dejaría de cumplir su penitencia. No tenía derecho a hacerlo.

Escuchó a la enfermera hablar con alguien al pie del camino y usó la mano como visera para protegerse del sol de la tarde. Hablaba con un hombre y ambos señalaban en su dirección. El hombre se acercó hacia él. Caminaba despacio, arrastrando en los pies el peso de los años. Muchos. Casi tantos como tenía él.

—Hace una tarde hermosa —dijo el recién llegado a modo de saludo. Y como para reafirmarse en su opinión respiró inflando el pecho con la mirada dirigida hacia el horizonte en declive. Una racha de viento rizaba la hierba colina abajo. En la mejilla derecha se adivinaba una pequeña cicatriz en forma de estrella, como de una vieja herida de hacía mucho tiempo.

Gabriel se puso en pie con dificultad. A su lado, aquel hombre parecía joven. Sin embargo, le calculó no menos de sesenta años. Lo examinó con atención. No era un habitante del valle. Demasiado bien vestido y afeitado. Ni siquiera calzaba botas, sino unos zapatos apretados y lustrosos.

—¿Ha subido aquí arriba nada más que para ver el paisaje? —preguntó con incredulidad.

El hombre sonrió entreabriendo sus labios agrietados.

—En realidad, he venido a saludarle a usted, Gabriel... Supongo que no me recuerda.

Gabriel acentuó su escrutinio. No recordaba haber visto nunca aquella cara.

El hombre se encogió de hombros.

—No importa; en cierto modo, ya esperaba que no me recordase. Creo que solo nos vimos una vez, hace mucho, casi cuarenta años, para ser exactos, y en unas circunstancias bastante..., cómo decirlo..., extremas. Sí, ese sería el término correcto.

A Gabriel no le gustaban los acertijos ni las palabras a medio desvelar.

—He vivido varias situaciones extremas en mi vida, así que si no concreta algo mejor, no sabría decirle.

El hombre pareció no darse por aludido. Se quitó la gorra de montaña que le cubría una calvicie incipiente, como para mostrarse mejor y ayudar a la memoria de Gabriel. Sin embargo, como este no reaccionó, volvió a colocársela con un aire de cierta indulgencia.

—En realidad, lo que importa es que yo sí le recuerdo perfectamente a usted. Para ser sincero, le diré que durante estos cuarenta años no ha habido ni un solo día en el que no haya pensado en usted.

Gabriel se puso rígido. Empezaba a inquietarse.

—Y eso ¿por qué?

El hombre sonrió enigmáticamente.

—Usted tenía una forja de armas en Mérida. En la calleja del Guadiana. Fabricaba unas armas preciosas. Pero recuerdo una en particular, una auténtica obra de arte. —El hombre guardó silencio unos segundos, como dándole tiempo a Gabriel para recordar. Luego sacó algo del bolsillo de su abrigo. Era un pequeño objeto de bronce con forma de dragón que tenía dos engarces—. Esta era una de las dos piezas que adornaban cada parte de la empuñadura.

Gabriel cogió la pieza que el otro le ofrecía y la examinó con ojo profesional.

—No es un adorno propiamente —dijo—. Estas protuberancias que ve aquí sirven para encajar los dedos y que no resbale el sable. —Examinó con más detenimiento el objeto y de repente algo llamó su atención. Inmediatamente los dedos empezaron a temblarle. Alzó la vista hacia el hombre, que lo estaba observando con gesto entre divertido y perspicaz. Gabriel trató de devolvérselo—. ¿Quién es usted?

El hombre declinó el ofrecimiento.

—Quédesela. Es la única pieza que le falta a su obra maestra... ¿Cómo llamó a aquel sable? *La Tristeza del Samurái*. Eso es. La forjó para el hijo pequeño de los Mola, Andrés.

Gabriel empezó a respirar con dificultad. Trató de abrirse paso hacia el camino, pero sus pies apenas se movían.

—No sé de qué me habla.

—Yo creo que sí, Gabriel. —Repentinamente, la voz de aquel hombre se volvió acusadora—. ¿Todavía lo conserva? Probablemente sí. No es fácil desembarazarse del pasado, ¿verdad? Por eso guarda todos los recuerdos de aquel tiempo en Mérida; también guarda, estoy seguro, una vieja Luger de un oficial del ejército alemán... Y por la misma razón continúa subiendo aquí todos los días que su enfermera se aviene a acompañarlo. Imagino que es la culpa la que le obliga a hacerlo.

Gabriel se revolvió furibundo.

—Oiga, no sé quién coño es, ni lo que quiere de mí. Pero sea lo que sea, no lo tendrá, así que déjeme en paz. —Lanzó aquella pequeña pieza de bronce al suelo y se alejó renqueante, llamando a la enfermera para que acercase el coche.

El hombre se acuclilló y recogió el trozo de metal. Lo acarició como si fuese una piedra preciosa, mientras veía alejarse a Gabriel. Tal vez Gabriel se negase a reconocerle; o tal vez, realmente no lo había hecho. No importaba, se dijo. Tarde o temprano, los recuerdos se transformarían en realidad de nuevo y él obligaría a Gabriel a beberlos uno tras otro hasta ahogarse con ellos. Y sería María, su hija, la que haría estallar aquella burbuja de falso olvido.

—Claro que tendré lo que quiero de ti, Gabriel —murmuró, mientras guardaba la pieza de metal en el bolsillo—. Que ella pague por tus pecados. Sí, es lo justo. Justos por pecadores.

CAPÍTULO 8

En alguna parte de Badajoz. Diciembre de 1941

La cantera hacía años que estaba cerrada. Una vagoneta abandonada continuaba cargada de piedras, como si esperase a que alguien viniese a terminar de descargarla. Se escuchaba el viento entre los matojos que crecían sin contención en los rieles de las vías muertas.

Un joven soldado se dejaba llevar por el abandono, sentado en un solitario banco, mordisqueando una baya mientras intentaba descifrar, con los ojos entrecerrados, las palabras desfiguradas en un vagón de madera destartalado que tenía delante. Cuando llegó a la parte amarga de la baya, el soldado la escupió, suspirando con pesadez. Después de tanto movimiento era triste presenciar semejante quietud, pensó, mientras reconstruía mentalmente el trajín de la antigua cantera. Ahora, los agujeros de diferente calibre en la pared mordida de la montaña señalaban que se utilizaba como campo de tiro del ejército.

Al cabo de unos minutos consultó de nuevo la hora. Empezaba a impacientarse. Todavía le faltaba una hora para que amaneciese. No comprendía cuál era su misión, vigilar una vieja cantera a la que nunca iba nadie. Le parecía absurdo. Como todo lo que llevaba haciendo en el último año, desde que lo habían forzado a alistarse para cumplir dos años de servicio militar a cambio de conmutarle la pena de cárcel.

Su único delito había sido tener que vestir el uniforme del ejército republicano, donde también lo obligaron a alistarse en la leva de mayo del 38. Cuando le hicieron prisionero los nacionales en Cervera alegó que era soldado forzoso, pero el juez militar no quiso escuchar monsergas. «Usted podía negarse a empuñar un arma contra las tropas de salvación nacional», le dijo. El soldado no se imaginaba cómo, le habrían fusilado. Además, él no entendía de política, pero por lo que sabía las tropas «nacionales» eran las otras, las del Gobierno ilegal. Por supuesto eso no lo dijo delante del tribunal militar. Su silencio tampoco le ayudó demasiado: o servicio militar o cárcel, dictaminó el juez.

Y allí estaba, parapetado en una manta raída que apenas lo protegía del frío, observando la noche preñada de estrellas y el lejano horizonte que empezaba a clarear. Aún miró su reloj dos o tres veces antes de volver a entretener la espera de su relevo acariciando el escapulario de oro con la imagen de san Judas que llevaba colgado al cuello y que no se quitaba nunca. De vez en cuando se acariciaba la cabeza rapada al uno con la palma de la mano y se rascaba como un perro, levantando minúsculas partículas de caspa expulsadas al vacío.

De pronto, escuchó un ruido de motor acercándose. Conocía el sonido del camión del cuartel que pasaba a recogerlo al final de la guardia, y no era como aquel ruido. Este era fino, de vehículo francés. Lo sabía bien porque antes de ser militar trabajaba como mecánico en el taller de su padre. Se puso la gorra, se ajustó la guerrera y se colgó el fusil en posición de firme. A los pocos minutos vio aparecer los faros de un vehículo. Sonrió orgulloso al comprobar que había acertado: se trataba de un Renault de color oscuro.

Del coche bajaron dos personas, un civil y una mujer. El civil se acercó y le mostró una credencial del Servicio de Inteligencia Militar.

El soldado reconocía a ese tipo de gente, porque eran precisamente ellos los que le detuvieron al terminar la guerra. Con esos tipos era mejor no ponerse gallito. Aun así, se atrevió a preguntarle al hombre qué hacía al alba en una zona de paso restringido.

El oficial vestido de paisano, pues de eso se trataba, sonrió.

—Ve a fumarte un cigarrillo al coche y no preguntes tanto.

El soldado alzó la cabeza hacia la mujer. Llevaba las manos esposadas y enseguida vio el mal estado en el que se encontraba. Presintió lo peor. Se cuadró ante su superior y se alejó. Aquello no iba con él, pensó.

Una luz muy suave empezaba a desvelar el contorno de las cosas, bañando todo con un color rojizo. El oficial empujó hacia delante a la mujer por un estrecho sendero que subía montaña arriba.

—Demos un paseo, Isabel.

Mientras Isabel avanzaba penosamente a tientas, tropezando con las piedras del camino y agarrándose a las matas para no perder el equilibrio, le vino a la mente la fugaz sensación de que, a pesar de todo, aquel iba a ser un buen día. Se acordó de su hijo Andrés. Se preguntó qué iba a ser de él; confiaba en que Fernando supiese cuidarlo. Se detuvo un instante tocándose el costado derecho y alzó la cabeza para contemplar la hermosa aurora que le conducía al infierno.

—Sigue andando —le ordenó el hombre.

Isabel se acarició con la lengua el labio superior, inspiró con fuerza, venciendo la punzada de la costilla rota, y llenó los pulmones con el aire húmedo que venía de los pinares cercanos. A lo lejos se escuchaba el zumbido sordo del viento entre las copas. Aún caminó penosamente varios metros.

—Aquí está bien —dijo el hombre.

Isabel se detuvo en el límite de la tierra, cuando ya solo quedaba entre ella y la muerte el vacío. Al final del sendero, la tierra se hundía abruptamente en un barranco cortado a filo por el que asomaban las copas de algunos pinos que milagrosamente había logrado crecer entre las peñas. Las raíces emergían de la pared como si fuesen garras que utilizaban los árboles para trepar sobre las rocas.

—Quítate la ropa.

Isabel se desnudó. Dobló la ropa con parsimonia en un montón que dejó en el suelo. Su cuerpo estaba lleno de heridas punzantes y de moratones que el sol naciente desdibujaba con colores pálidos.

—¡De rodillas!

Ella obedeció mirando al horizonte.

—No esperaba que fueses tú mi verdugo —dijo con un hilo de voz.

El hombre se puso en cuclillas a su lado. Fumaba un cigarrillo sin boquilla y le echaba el humo en la cara. Isabel no podía verle bien, una nube de sangre le tapaba el ojo derecho y el izquierdo lo había perdido de una patada. Pero escuchaba la respiración pausada del hombre, y notaba el olor del cuero de su chaqueta.

—Nadie te escucha. Estamos solos tú y yo. Por última vez te lo pido: necesito saber dónde se esconden los que iban a atentar contra tu marido. Si no lo haces por ti, hazlo por tu hijo Andrés.

Isabel alzó con debilidad la cabeza.

—¿Por qué me has hecho esto?¿Por qué tanto odio a cambio de tanto amor?

El hombre bajó la cabeza. Las cosas no tenían que ser así, pensó. No era este el final que había esperado para Isabel. Le costaba sostener su mirada, y apenas era capaz de reprimir un gemido al contemplar cómo la habían masacrado durante días los gorilas de interrogatorios. Esos falangistas eran unos desalmados, unos sádicos que confundían la obligación con el placer. Hasta el último minuto había confiado en que el nombre de Guillermo Mola impusiera el suficiente respeto para que no se atreviesen a hacer lo que habían hecho con Isabel; pero después del atentado, Guillermo se había desentendido del caso, y ella no había mejorado la situación con su terco silencio. Guillermo Mola había ordenado ejecutarla. Y él no podía oponerse a esa orden, se repitió para convencerse. Aquella guerra todavía no había terminado, seguía en la retaguardia, y él solo era un soldado.

—Negarte a delatar a los demás no va a acarrearte nada

bueno. Además, es una actitud estúpida: tarde o temprano los atraparemos.

Isabel no dijo nada. Ladeó la cabeza en busca del horizonte.

Le gustaba la monodia de las lumbres cenitales, el día creciendo. En cambio, el reloj en la muñeca del hombre la hacía sentirse absurda, fuera de lugar, en una cantera olvidada y desierta, donde los trenes y los seres humanos morían sin honor, sin elegancia, sin dignidad. No era capaz de juzgar si su vida había sido o no valiosa, pero desde luego su muerte no iba a redimirla.

—Terminemos con esto.

El hombre suspiró. Aplastó el cigarrillo en el suelo y se incorporó.

—Como quieras.

Apuntó. Disparó dos veces: la primera a quemarropa en plena cabeza, la segunda, cuando el cuerpo se desplomó de costado, en la cara. Los disparos sonaron secos, inofensivos, apenas tuvieron resonancia; tan solo se alteró levemente un gato que dormitaba en un matojo. Una mancha de sangre se extendió sobre la cara de Isabel, que había quedado con expresión perpleja, mirando un cielo sin nubes, como si su incredulidad fuese debida al magnífico día en el que su suerte se había cumplido.

Casi al mismo tiempo, Guillermo Mola saltó de su cama, sobresaltado. Como si hubiera notado los disparos en su propia carne.

Amanecía con un aire fresco que inflaba como oriflamas los visillos del dormitorio. Poco a poco se desvelaban los campos de encinas y nogales que se extendían hasta donde la mirada alcanzaba.

Sentado frente al escritorio, Guillermo Mola acariciaba con los dedos el borde de un vaso de orujo, sin apartar la mirada de la ventana. Se tocó el costado, repasando los detalles del atentado que había sufrido al salir de misa. Por más que se esforzaba, apenas recordaba el fogonazo de la pistola, luego el impacto de la bala aplastándole hacia adentro, y una sensación irreal de calor y un picor muy agudo. Apenas vio la cara del agresor, era como un borrón que no lograba focalizar. Solo veía una sombra que se acercaba hacia las escalinatas de la iglesia, que le disparaba de costado y que salía huyendo, perdiéndose entre los callejones.

Al menos, pensó con ironía, Publio había hecho bien las cosas: sobre la mesa tenía una carta de puño y letra del mismo Generalísimo interesándose por su salud. Eso significaba que la carrera de Guillermo Mola acababa de recibir un buen impulso gracias a la trama urdida por su jefe de seguridad, aunque todo había parecido demasiado real. Y como prueba estaban las tres costillas rotas por el impacto de la bala que había recibido.

Respiró con fuerza. Una gota de licor recorría zigzagueante la parte exterior del vaso, como si quisiera horadar el vidrio sin encontrar el camino. Dio un sorbo largo, hasta que sus labios agrietados tocaron la frialdad del cubito de hielo. Esa costumbre de beberse un buen orujo en ayunas le pesaba en el estómago, pero le aligeraba la sangre. Dejó el vaso sobre el mismo círculo húmedo de la mesa.

De reojo, vio la cama deshecha. Sus ojos sombríos escrutaron el hueco vacío de la cama. Aquel hueco que debería haber ocupado Isabel. Apartó las sábanas frías. Hasta no hacía mucho, esas sábanas estaban impregnadas de la piel de su mujer.

Se tendió en el lado de esa ausencia. Se apoyó hacia atrás en la cabecera de cuero gastado, observó las grietas en el revoque del techo, y permitió que sus pensamientos volaran lejos de aquella estancia y de aquel cuerpo que ya no sentía como un ligero vestido, sino como una pesada armadura.

Llamaron a la puerta del dormitorio. Desde el umbral, la sirvienta visiblemente incómoda, carraspeó para hacerse notar.

—Perdone, don Guillermo. El señor Publio ya ha llegado. —Guillermo ladeó la cabeza como los gatos, en dirección hacia esa voz temblorosa, pero no contestó—. ¿Qué le digo? —insistió la sirvienta, retorciéndose los dedos.

Guillermo se estiró el cuello de la camisa blanca, con una impaciencia desprovista de inquietud. Con displicencia, sor-

110

bió un nuevo trago de orujo. Sus ojos se habían quedado vacíos. Contemplaba a la sirvienta del mismo modo que una estatua de mármol mira un horizonte ficticio.

—Dile que suba.

A los pocos minutos apareció un hombre joven, con aspecto de pianista. Vestía una levita negra que realzaba su cara de piel pálida, sus dedos eran delgados y largos; el pelo oscuro y rizado le caía con insolencia sobre la frente amplia. Pese a su apariencia melódica y un tanto triste, Publio no era músico, ni sentía predilección especial por los artistas.

—Buenos días, Guillermo. —Normalmente, Publio hubiera exhibido ante su jefe una cierta arrogancia disfrazada de sonrisa cínica. Podía permitírselo gracias a la amistad que les unía. Pero dada la gravedad del asunto que venía a tratar, prefirió mostrarse comedido y serio.

—¿Está hecho? —le preguntó Guillermo.

Publio hizo una inflexión de voz y miró significativamente a su jefe.

—Está hecho.

Guillermo cerró los ojos durante un momento. Cuando los abrió su mirada era fría y terrible.

—¿Cómo ha sido?

Publio dudó un instante.

—Rápido. Aunque, en cualquier caso, será mejor que no conozcas los detalles.

Guillermo se revolvió hacia Publio con el rostro desencajado.

—Eso lo decidiré yo. Estamos hablando de mi mujer.

Publio sintió una repulsión fría al ver la cara de su jefe y amigo. No era por la decrepitud, era por la locura. La locura le repugnaba. Para él el asunto estaba claro. El hombre cuando se ensaña no tiene límite, igual que cuando se enamora. Y Guillermo aunaba ambos sentimientos.

—Eso deberías haberlo pensado antes de decidir que fuese interrogada y ejecutada.

Guillermo miró con frialdad a Publio. Sin embargo, digirió la contestación sin replicar.

—Lo importante es que no se sepa que hemos sido nosotros —se limitó a decir.

Publio sonrió. Comprendía la implicación que suponía el plural empleado por su jefe. No le importaba. Desde el principio había estado de acuerdo en que lo mejor era eliminar a Isabel. Aunque sus motivos no tenían nada que ver con el arranque emocional de Guillermo. No, sus miras eran más altas que las de su superior.

—Todavía no hemos atrapado al resto del grupo que organizó el atentado contra tu persona. Lo más prudente sería no dar la noticia de la muerte de Isabel. Cuando los atrapemos, será útil achacarles el asesinato, y en función de los acontecimientos, decidir si nos interesa que se encuentre el cadáver o que se quede olvidado en alguna fosa común. Incluso podría ser una buena baza de cara al futuro.

Guillermo examinó unos capullos de rosa, acercando tanto su rostro a ellas que los pétalos se tocaban con sus propias cejas. Eran las rosas de Isabel. Tal vez Publio tenía razón.

—¿Quién ha sido?¿Uno de los tuyos?

Publio asintió.

—¿El mismo que organizó el atentado?¿El que casi me mata de un tiro? —preguntó molesto Guillermo, señalándose el vendaje de las costillas.

Publio tragó saliva.

—Tenía que parecer real, pero no corriste peligro en ningún momento. Mi hombre sabe exactamente dónde hacer daño.

—¿Y si hubiese cambiado de opinión en el último momento?¿Y si se hubiese dejado cegar por esa puta de Isabel?

Publio negó con la cabeza. Esa posibilidad nunca existió, conocía perfectamente a sus hombres. Eran leales y eficientes. De cualquier modo, prefirió no hablarle a Guillermo de la relación entre Isabel y su infiltrado. Solo hubiera complicado más las cosas.

Guillermo Mola se quedó durante unos minutos en silencio. Los acontecimientos de las últimas semanas ocupaban toda su atención. Además, había recibido la orden de trasladarse a Barcelona. Era una buena idea. Eso le permitía quitarse de en medio mientras se resolvía el asunto de Isabel.

—Necesitamos un culpable. Y lo necesitamos pronto.

Publio asintió. Ya había pensado en ello.

—Hay alguien que tiene el perfil perfecto. Marcelo Alcalá, el tutor de Andrés.

Guillermo Mola se sorprendió.

—¿Ese profesor inofensivo? No es creíble.

—Lo será. Además, no es tan inocente como parece. De hecho, pensaba ayudar a escapar a Isabel con Andrés.

Guillermo Mola dejó ir un bufido.

—Casi hubiera sido mejor permitírselo. Me hubiera quitado de encima el peso de ese pequeño inútil.

Publio sintió un escozor que supo disimular. Sentía aprecio por el niño, y le molestaba la manera con que su padre lo menospreciaba. Sin embargo, aquello no era de su incumbencia. Además, Guillermo reclamó su atención sobre otro tema que deseaba dejar resuelto de inmediato.

—Te habrás enterado de que se está reclutando una fuerza expedicionaria para apoyar a los alemanes en el frente soviético.

Publio asintió. La mayoría de los integrantes iban a ser falangistas, de ahí que se hubiese bautizado como la División Azul. Muy inteligente el Generalísimo, pensó: de un plumazo se quitaba de en medio a los viejos incondicionales de José Antonio Primo de Rivera y estos le dejaban el camino libre para articular el Movimiento y gestionar a su antojo la Victoria. Lo cierto era que no le gustaban esos militares llamados «africanos» que comandaba Franco. En realidad, desconfiaba incluso del Generalísimo. El propio Publio le había escuchado decir que «ganar la guerra costará más de lo que algunos creen, pero al final ganaremos», a principios de julio del 36. Y al mismo tiempo, su red de agentes le informaba de que mientras Franco declaraba eso, la mujer y la hija del *Generalito*, como le llamaban despectivamente los «camisas viejas», estaban embarcando en un buque alemán rumbo a Le Havre, por si fracasaba el alzamiento. Como buen gallego, ponía una vela a Dios y otra al Diablo.

Sin embargo, no dejó entrever la amargura de su pensamiento.

—Voy a mandar allí a Fernando —dijo Guillermo. Se acercó a una carpeta que tenía abierta. La hojeó preocupado y se la mostró a Publio. Eran cartas escritas por el hijo mayor de Guillermo—. Si esto llegara a conocimiento de alguien, podría causarme problemas.

Publio leyó con cierta sorpresa los comentarios vertidos en letra por Fernando. Eran graves, en efecto. Pero no tanto como para mandar al primogénito de los Mola a una muerte segura. De repente, parecía que a Guillermo le molestasen sus hijos. Como si quisiera borrar cualquier vestigio que le uniera a Isabel.

—¿Por unos comentarios inofensivos? —intervino, tibiamente—. No se trata de hacer «sacas» los fines de semana o de dar cuatro bofetones en un taller de mecánicos. Esa guerra va muy en serio y Fernando no está preparado.

Guillermo Mola apretó las mandíbulas.

—¿Comentarios inofensivos? Ese desagradecido me pone a caer de un burro, a mí, a su padre. Y en cambio deja a su madre de santa. Que los alemanes le abran los ojos, que me lo devuelvan hecho un hombre.

Publio sonrió con cinismo.

—Tal vez te lo devuelvan en un ataúd. No me gustan los nazis, son demasiado místicos, con todo eso de la raza superior.

—Tienen las cosas claras. Si se empieza algo, se acaba. No como nosotros, que lo hemos dejado todo a medias. Si hiciésemos limpieza como ellos, otro gallo nos cantaría.

Publio se mostró sarcástico:

—Los alemanes son muy dados a la limpieza, cierto. Primero van a por los de izquierdas, a por los de centro, burgueses, a por los judíos, le seguirán los homosexuales, los gitanos, los inútiles, los católicos, y al final, como un perro rabioso que no tiene dónde morder, se devoraran a sí mismos. Para ser gente tan culta, esos nazis son un poco obtusos. Aunque muy pulcros, eso sí.

Guillermo Mola toleraba de mala gana los comentarios frívolos de Publio, que estaban hechos desde la más absoluta amoralidad.

—Si uno de mis oficiales de centuria te oyese hablar así, te arrancaría la lengua antes de que te diera tiempo de decir que eres amigo mío.

Publio se encogió de hombros. Era un falangista de fe, y comprendía la gravedad del asunto. Pero recelaba de las personas hipócritas, sobre todo en su bando.

—En cualquier caso, la medida me parece muy drástica. Fernando es un buen chico; si le pides explicaciones, estoy seguro de que se retractará, y siempre podrás castigarlo una temporadita en la colonia del Sahara. Ese chico está demasiado pálido. Le sentará mejor el sol que la nieve.

—Deja el sarcasmo para mejor ocasión, Publio. Y tráeme a ese muchacho ahora mismo.

Fernando observaba el movimiento de los peces rojos que descansaban en el fondo de la alberca. Le gustaba sumergir la cabeza y contener la respiración. Al principio, los peces eran tímidos, huían con un vertiginoso zigzag y se ocultaban tras las piedras colonizadas por las algas. Pero con el tiempo también esos pequeños seres, cuya memoria dura un segundo, sentían curiosidad por aquellos ojos entornados y aquel rostro que flotaba como si fuese una extraña y fea medusa. Se acercaban, al principio, con timidez, dando largos rodeos, pero luego se movían con confianza ante sus ojos, le besaban la cara, la boca. Fernando contemplaba fascinado el fulgor de sus escamas bajo los haces de luz. Eran como peces de oro.

—Hola, Fernando.

El hijo mayor de los Mola sacó la cabeza del agua y se volvió con desconfianza.

Publio se sentó en el borde de la alberca y cogió un puñado de agua con las manos. Su movimiento, aunque delicado, espantó a los peces rompiendo la confianza que le tenían a Fernando.

—Tu padre te espera en su despacho. Quiere hablar contigo.

Fernando miró con frialdad a Publio. Aquel hombre era realmente siniestro. Había escuchado en la cocina que las criadas lo llamaban despectivamente «polaco». Decían cosas terribles sobre él. Sin embargo, cuando se lo encontraba, Publio siempre se esforzaba en ser amable. Esa amabilidad, cuando le cedía el paso o cuando lo llamaba por su nombre, mirándolo directamente a los ojos con respeto, incomodaba a Fernando.

—Un consejo, muchacho. Se prudente con lo que digas.

—Gracias —dijo Fernando, deshaciéndose de su mirada penetrante.

Subió hasta la galería arqueada de la primera planta de la casa. Su padre estaba en el despacho revisando papeles.

Guillermo Mola tenía la entrada prohibida a todo el mundo en su *sancta sanctorum*, a no ser que él ordenase lo contrario. En aquella estancia se habían firmado acuerdos con el representante del Vaticano, monseñor Gomà; allí se había entrevistado el embajador alemán von Stoher con el ministro de Exteriores, Beigbeder y Atienza, con la intención de discutir si secuestraban al conde de Windsor, que entonces se encontraba en Lisboa. En esa sala Guillermo Mola había departido sobre mujeres y placeres con el bello conde Cianno, yerno de Mussolini y ministro de Asuntos Exteriores italiano, y, sentados a la mesa, habían brindado con champán francés con Imperio Argentina y la sensual actriz alemana Jana.

Fernando le había pedido permiso en más de una ocasión a su padre para estudiar aquella biblioteca tan variopinta y rica, pero su padre se burlaba de él. Los libros, decía Guillermo, no eran muy distintos del papel pintado que empapelaba la biblioteca. Servían de fondo, para decorar, y no para ser leídos. Su padre, obsceno en la riqueza como todos los nuevos ricos, encontraba que aquel espacio era el ideal para sentarse en su butacón, beberse un brandy y escuchar a todo volumen en la radio la prosa ditirámbica del *Diario de Noticias Hablado*, al que ya llamaba todo el mundo coloquialmente *El Parte*, a las dos y media de la tarde y a las diez de la noche.

Qué ofensivo resultaba escuchar en aquel templo hermoso, a través de la puerta cerrada, aquella frase fantasmagórica y engolada con la que terminaba el noticiario:

«Gloriosos caídos por Dios y por España, ¡presentes!»

Olía a café, a cera de madera y a puros habanos. Detrás

del escritorio había un cuadro cubista de Juan Gris. Allí estaban los libros más preciados de la biblioteca: códices antiquísimos, mapas históricos de la época de los Reyes Católicos, tratados de pintura sobre Velázquez, Tizziano, van Dyck y Goya, incluso había un epistolario de Leonardo da Vinci.

Fernando acarició con la mirada aquellos lomos desgastados, llenos de polvo y de historias apasionantes que su padre almacenaba únicamente por el valor crematístico. Era como si todo aquel saber amontonado burdamente se perdiera para la humanidad.

Esperó de pie, con las manos cruzadas sobre el regazo. Y así permaneció durante tanto tiempo que incluso a él, acostumbrado a permanecer estoicamente durante horas en cualquier circunstancia, se le durmieron los dedos de los pies.

Finalmente, su padre alzó la cabeza. Rodeó el sillón de lectura y se detuvo frente a una pequeña vidriera de tres cuerpos, la abrió y sacó un pequeño poemario de Eugenio d'Ors. Se quitó las gafas de pasta negra que utilizaba. Durante varios minutos escrutó en silencio a Fernando.

—¿Crees que soy mala persona? —le soltó, de repente.

A Fernando le sorprendió la pregunta. Su padre era su padre. Fernando conocía sus obligaciones como hijo. No necesitaba saber más. No lo habían educado para otra cosa que cumplir su voluntad.

—No entiendo la pregunta, señor.

—No sé por qué. Es fácil.

Fernando estaba confuso. En la escala de valores que regía todas sus existencias, su padre era bueno: honraba a los muertos de la Causa, había construido iglesias y orfanatos, colaboraba con la Sección Femenina de Falange dando importantes donativos a Pilar Primo de Rivera para sus Escuelas de Familia, frecuentaba la compañía de intelectuales como el barcelonés Eugeni d'Ors o de hombres preclaros como el jefe de Falange, Serrano Suñer, cuñado de Franco.

Pero también era cierto que bebía demasiado y que cuando lo hacía se ponía violento. En una ocasión lo vio despellejar vivo a un jornalero porque se atrevió a pedir un aumento de sueldo. Ese hecho le repulsó por la brutalidad empleada, pero no le hizo cuestionarse las razones de su padre para actuar así. Siempre había aceptado que su padre era como él mismo, como todos los que conocía: seres extraños, imprevisibles, confusos.

—¿Me odias, Fernando?

Respecto a sus propios sentimientos, Fernando jamás se había preguntado si amaba a su padre o si su padre lo amaba a él. El amor era algo superfluo e innecesario en aquel mundo de obediencia debida.

—Te he hecho una pregunta —le gritó su padre, arrojando sobre la mesa el poemario. De entre sus páginas asomaron varias cuartillas manuscritas—. ¡Contesta!

Fernando se sonrojó al reconocer su letra. Ahora comprendía.

—No señor, no le odio.

—¿Esto lo has escrito tú?

—Sí, señor. Es parte de mi diario... Pero no significa que piense lo escrito ahí. Fue un impulso.

—Léelo —le ordenó su padre, lanzando las cuartillas a sus pies.

—No creo que sea necesario, si ya lo ha leído usted.

La cara de Guillermo Mola se transfiguró. Estaba al borde del paroxismo. Sin poderse contener abofeteó a Fernando. El joven soportó estoicamente el bofetón.

—Coge esos papeles mugrientos y lee lo que has escrito en ellos; quiero escuchar esas palabras de tu boca —dijo Guillermo entre dientes y con los ojos brillantes de ira.

Fernando obedeció, temblando:

—«Cada noche oigo a mi padre golpear a mi madre. Ella apenas puede soltar un gemido de perro cuando cae al suelo de la primera bofetada. Después se arrebuja sobre sí misma, mordiendo el suelo para soportar los golpes con el estoicismo que le han enseñado desde niña. Pero su fuerza se quiebra.

»Mientras oigo cómo la golpea, se cuela en mi memoria la imagen de mi madre abrazándome cuando era niño y penetra en mi nariz el olor de sus manos, un olor de mandarino y fango del río. Y me consumo de cobardía por no salir en su defensa. Los puñetazos y patadas de mi padre son como portazos terribles a ese amor. Cada golpe es una puerta que se cierra. Una puerta que la aleja de los vivos.»

Fernando alzó la mirada angustiada hacia su padre.

—Continúa —le ordenó este.

—«Pienso en el cuerpo empequeñecido y lleno de cardenales y arañazos de la prostituta que vi una mañana flotando en una bañera de sangre. Ni siquiera luchaba contra los dedos de mi padre, que le violentaban la vagina y el recto. Sencillamente era como un pedazo de madera con los ojos fijos en el techo y el pelo suelto flotando sobre la bañera esmaltada. Sentí deseos de matarlo. ¿Por qué lo permito? ¿Por qué ni siquiera un átomo de mi cuerpo se revuelve contra tantas bajezas?

»En el silencio, todas las acciones de mi padre acaban siendo como los golpes que se dan a un saco de arena. No parecen reales, su sonido es amortiguado y el contacto seco, sin vida. No hago nada porque soy un cobarde. Este uniforme, mi disciplina militar, solo son una apariencia. Quisiera ser distinto, pero soy lo que soy. Y lo que más me horroriza es que Andrés acabará siendo como él, un sádico, o como yo, un ser vil e impasible. Si al menos fuese capaz de salvarlo a él de su destino, si pudiera darle la posibilidad de alejarse de esta familia podrida, todo tendría un poco de sentido al menos.»

Fernando clavó la mirada en la alfombra, avergonzado.

—¿Y bien? ¿Qué tienes que decir? —le increpó su padre.

—Yo... Creo que es usted injusto con mi madre, creo que no la trata como se merece.

Guillermo enrojeció de cólera.

—¿Y qué sabes tú de tu madre? Dime, ¡¿qué coño sabes tú de cómo es?! Te diré una cosa, y más vale que no la olvides: tu madre no os quiere ni a ti ni a tu hermano, no me quiere a mí, no quiere nada de lo que representa esta casa. Por eso ya no está aquí, y por eso no va a volver nunca, ¿me oyes? ¡Nunca! Tiene lo que se merece, esa puta traidora.

Lentamente, Fernando alzó sus ojos verdes y los enfrentó a los de su padre. No era como él, ni siquiera se le parecía. Podría haber sido hijo de un porquero y nadie hubiese notado la diferencia. Fernando era como su madre, era hijo de su madre.

—Creo que madre nos ha abandonado porque le odia a usted —dijo con sequedad.

Guillermo contempló de hito en hito a aquel hijo suyo que en nada se le parecía, al contrario que Andrés. Era tan semejante a su madre que le entraban ganas de arrancarle aquellos ojos tan distintos a los suyos y tan similares a los de Isabel.

—Tu madre es una puta que estará revolcándose con cualquier puerco en un granero. Por eso os ha abandonado.

—Eso no es cierto. Debe de haber una razón para que haya desaparecido sin más.

—La única razón es que es una barragana de bajo fondo, dispuesta a cualquier cosa para conseguir lo que quiere. Es rencorosa y pérfida.

—No le permito que hable así de mi madre, señor —dijo Fernando, y al punto se sorprendió, casi tanto como su padre, de sus propias palabras.

Guillermo se enfureció y quiso darle otra bofetada, pero esta vez Fernando le sujetó la muñeca, reaccionando con un acto reflejo del que enseguida se arrepintió. Jamás antes había desobedecido a su padre ni se había opuesto a su voluntad. Sin embargo, en su interior bullía una extraña rabia. No era sordo, ni ciego. Sabía lo que se decía entre los criados sobre las razones por las que su madre había tenido que escapar. Y durante años, demasiados años, había sido testigo de los desprecios y las palizas a las que ella se había sometido.

—No se atreva a ponerme la mano encima otra vez. No soy un niño. Tengo diecinueve años.

Guillermo se quedó tan perplejo que durante unos segundos contempló a su hijo como si fuese un desconocido que le atemorizaba. Pero recuperó el control y se desembarazó de él con un gesto brusco.

—Le he pedido a Serrano que te busque un puesto en la División que va a crearse. Tus conocimientos de alemán serán útiles. A lo mejor, cuando estés en Rusia, se te quitan todas estas tonterías de la cabeza.

Fernando se encogió por dentro, como si le hubiesen pateado el corazón con una bota de acero. Su padre iba a enviarlo a Rusia para que lo endurecieran o lo matasen, como hacían los antiguos espartanos con sus hijos. Pero no le importaba; en realidad, casi lo prefería. Jamás encontraría su sitio en aquella casa.

Guillermo lo despidió con un gesto de la mano.

Fernando no se movió. Puesto que su destino acababa de ser escrito, no tenía nada que perder.

—¿Qué va a pasar con Andrés?¿Piensa internarlo en el sanatorio? Madre se oponía.

—Eso no es asunto tuyo; sal de aquí.

—Claro que es asunto mío. Es mi hermano pequeño.

Guillermo observó a su hijo, perplejo.

—Y yo soy tu padre...

—No. Ya no. Acaba de mandarme a la guerra.

—¡Fuera!, ¡fuera de aquí!, ¡márchate de esta casa hoy! ¡Ahora mismo! —gritó Guillermo.

Fernando se dispuso a salir para siempre de aquella casa y de aquella vida, pero antes se volvió hacia su padre y lo miró con odio:

—Juro por Dios que te devolveré por mil el daño que nos has hecho a todos nosotros.

CAPÍTULO 9

Prisión Modelo (Barcelona). Diciembre de 1980

—Feliz cumpleaños, Alcalá.

César frunció el ceño. Le faltaban unos meses para su cumpleaños. Pero captó la ironía del guardia. Hoy cumplía el tercer año de condena.

—Gracias, don Ernesto; usted siempre tan atento. —Una de las paradójicas leyes del mundo paradójico que era la cárcel decía que los presos trataban de usted a los guardias y que estos tuteaban a los presos. Era uno de los sistemas que cuidadosamente marcaba diferencias entre unos y otros.

A pesar de esa educada distancia, César sentía cierto afecto por aquel guardia cincuentón de aspecto descuidado. Se portaba bien con él, y cuando necesitaba algo del economato o de la biblioteca se lo conseguía o le facilitaba el acceso. Entre ambos existía una relación cordial, impecable pese a la distancia profunda que les separaba. La razón era que el guardia tenía una hija que debía de rondar por entonces la edad que hubiese tenido su hija Marta.

El funcionario conocía la historia de César y se compadecía de él. El guardia solía mostrarle orgulloso la fotografía de su hija que guardaba en la cartera. Era azafata de Iberia. Muy guapa, lo que parecía preocupar al padre.

—Tanto vuelo para México, no me gusta. Cualquier día me la desgracia un sobrecargo —se quejaba.

Esas complicidades, tan comunes en la vida cotidiana, allí dentro eran peligrosas. Podían denotar un trato de favor que ni el resto de presos ni los funcionarios hubiesen aceptado de buen grado. Y César ya tenía bastantes problemas con el resto de internos como para buscarse más. De manera que cuando se abrían las celdas procuraba mantener una actitud distante con don Ernesto, como hacía con los demás, dejándose llevar por la jerga abstrusa que ya dominaba perfectamente, y que clasificaba a los funcionarios en: «cerdos», «perros» o «hijos de puta», en función de su trato con los presos.

Pero en aquel momento los dos estaban solos y podían tratarse como seres humanos.

—¿Qué te parece la que están montando ahí afuera? —le preguntó el funcionario a César, asomándose a la ventana que daba al patio.

Abajo el bullicio era constante, pero no era un movimiento ordinario de presos formando grupitos, de parejas paseando arriba y abajo, de solitarios mirando los altos muros. Aquella mañana todo giraba entorno al enorme abeto navideño que Instituciones Penitenciarias había traído en un camión grúa.

—Resulta paradójico —se limitó a decir César, apoyando su rostro en los fríos barrotes de la ventana, mientras observaba el afán de los presos trepando por las escaleras, colocando guirnaldas de papel achalorado, bolas de papel pintadas de colores, campanillas de plástico y muñecos de navidad.

—¿Qué es paradójico? —preguntó el funcionario Ernesto, que no estaba muy seguro del significado de la palabra.

—Que a pesar de todo, también aquí llegue la Navidad.

La algarabía era considerable. Los presos se gritaban unos a otros, se daban instrucciones contradictorias, discutían, pero parecía caer sobre ellos un efecto balsámico, un pedacito de alegría que soltaba aquel abeto cada vez que le sacudían las ramas y dejaba caer mansamente la pinaza de sus ramas.

—Siempre es mejor algo que nada —dijo Ernesto, consciente de que aquella solo era una tregua de corta duración. Cuando un preso de aspecto famélico se encaramó hasta lo alto de la copa y dejó, más torcida que derecha, la estrella de la Anunciación, los presos del patio irrumpieron en aplausos y gritos, como si les acabasen de conceder a todos la amnistía.

César se apartó de la ventana. Inconscientemente se tocó la pierna derecha. Hoy le dolía más de lo habitual. Tal vez era por el frío y la humedad de su nueva celda.

—¿Qué tal va esa pierna? —preguntó el funcionario con cierta preocupación.

César Alcalá se levantó un poco la pernera, dejando a la vista la fea cicatriz que los puntos de sutura le habían dejado como recuerdo.

—El médico dice que tal vez no vuelva a caminar bien nunca. Pero he tenido suerte, podría haber perdido el pie.

El funcionario sacudió la cabeza. Después de tres años, César seguía con vida, a pesar de las palizas y de las cuchilladas que había recibido. No solo eso, sino que se había ido endureciendo como las iguanas al sol, esos reptiles que no se inmutan ante casi nada.

César Alcalá era distinto. Al andar o hacer algún trabajo de fuerza, sus músculos se tensaban vigorosamente y se movía con agilidad, lo que le hacía parecer joven. Pero en otras ocasiones, sobre todo cuando dejaba ir la mirada, sentado en una caja de frutas vacía o encima de una tarima improvisada, parecía mucho mayor, una especie de sabio antiguo al que la gente miraba como a un Mesías. Llamaba la atención por aquella manera de andar con las piernas separadas, dando grandes zancadas. Irradiaba algo poderoso, una fuerza que atraía y asustaba a partes iguales. En ocasiones se ponía de pie, sobre una bala de tablones, y contemplaba la altura de los muros del patio, como si sopesase la posibilidad de alzar el vuelo por encima de ellos. Los otros presos lo miraban y contenían la respiración: todo el mundo soñaba con escapar, con conseguir saltar sobre esos muros, pero solo aquel policía solitario parecía capaz de lograrlo si realmente se lo proponía.

Incluso los guardias procuraban mantenerse alejados de él. Aunque César Alcalá apenas se relacionaba con otros, y aunque su comportamiento era discreto y ausente, todos ellos se habían formado la idea de que era un rebelde, un agitador. Un agitador es el que remueve, el que inquieta el pensamiento y despierta las conciencias adormiladas. Y César, sin hacer ni decir nada, soliviantaba a los demás con su mirada determinada.

Sin embargo, la última agresión que había sufrido Alcalá a manos de ciertos presos había sido tan brutal que nadie entendía cómo seguía de una pieza. Dentro de la cárcel existía otra cárcel aún más lúgubre, con leyes no escritas que marcaban el día a día y que eran dictadas por los jefes de las galerías, presos peligrosos que se rodeaban de una caterva de perros rabiosos para imponer su caprichosa voluntad. A César se la tenían jurada. Por esa razón le habían golpeado con un mazo de obra la rodilla y el tobillo derecho hasta hacérselo puré.

—Deberían haber estado allí los funcionarios de guardia —dijo el funcionario Ernesto, como si la responsabilidad de lo que le había pasado a César fuese suya—. Siempre hay uno en las duchas. Y además, no entiendo cómo los presos que te atacaron consiguieron pasar al interior el mazo desde el taller de herramientas.

César Alcalá relativizó el asunto.

—Alguien les pagaría para que se esfumasen.

—No hables así, Alcalá. Son mis compañeros —dijo Ernesto, mostrando un corporativismo del que, sin embargo, no se sentía demasiado orgulloso. Sabía que se cometían excesos, y que por una o dos manzanas podridas todos eran tachados de la misma manera, pero aun así, y aunque apreciase a Alcalá, no podía permitir que hablase con ironía de sus compañeros.

—Tiene usted razón, don Ernesto, perdone —contestó César, sin ánimo para discutir lo obvio. Contempló el árbol de Navidad del patio con tristeza. Se volvió hacia el funcionario, y aunque ya sabía la respuesta repitió una vez más la misma pregunta que venía haciendo desde hacía meses—. ¿Cuándo me dejaran salir de aislamiento?

El funcionario desvió la mirada hacia la pared, como si algo llamase su atención. En realidad, solo quería esquivar aquellos ojos inquisitivos.

—Pronto, Alcalá... Pronto.

César Alcalá no se hizo ilusiones. Allí adentro, pronto significaba nunca.

Detrás de una cancela herrumbrosa se extendía el maltrecho jardín de la cárcel. Una brigada de presos de confianza, los menos conflictivos, cavaba una zanja. Terminaban de romper la capa de hielo con piedras y picos. Estaban contentos. El trabajo les mantenía el cuerpo caliente y durante unas horas al día podían huir de las cucarachas y de las ratas de sus celdas. A veces la niebla se levantaba, y de reojo espiaban el muro coronado de alambre de espino. Las mujeres y las familias se acercaban cuanto podían y les enviaban saludos o les mandaban pelotas de tenis, haciéndolas volar por encima de la concertina. Muchas no alcanzaban su objetivo, pero algunas caían en el jardín y el afortunado escondía a toda prisa el paquete de tabaco, el dinero o la droga que venía en su interior.

César envidiaba aquel trabajo. Al menos aquellos hombres intercambiaban miradas, sonrisas, gestos cómplices con otros seres humanos. Trabajar codo a codo con alguien, sentir el brazo de otro, les ayudaba a no enloquecer. Los veía desde su celda y sentía envidia de ellos, los consideraba privilegiados, a pesar de que esos hombres trabajaban hasta que las manos les sangraban y se les caían las uñas congeladas de los pies. Eso no era peor que estar todo el día sentado frente a una pared de hormigón, sin hablar apenas con nadie, sin poder acallar la voz interior que día tras día lo iba destruyendo.

—Si no salgo pronto de esta celda, si no consigo una ocupación, me volveré loco.

El funcionario Ernesto alumbró una amplia sonrisa.

—Quizá no puedas salir todavía a las zonas comunes, pero he conseguido que tengas un compañero de celda. Al menos podrás hablar con algo que no sea tu sombra reflejada en la pared.

César Alcalá recibió la noticia como un soplo de aire.

—¿Un compañero?

La sonrisa del funcionario se desdibujó un tanto.

—Sí. Justo Romero.

La expresión de César Alcalá se petrificó.

—¿Justo Romero?

Justo Romero no era un preso cualquiera. Bajo su apariencia hueca y menuda, como si la ropa de su cuerpo se sostuviera en vilo por el aire, se escondía una determinación feroz y una crueldad que nada tenía que ver con el resto de «jefes» de la cárcel. Precisamente porque era frío, justo e inflexible, inspiraba mucho más terror que los demás. Él marcaba las reglas, unas reglas claras y diáfanas. Si se respetaban, Romero podía ser amable, buen conversador y equilibrado. Si se quebrantaban sus normas, alzaba la mano como los emperadores romanos y ante la vista de todos, inclinaba el pulgar hacia abajo, marcando la suerte inexorable de quien le hubiese traicionado. Indefectiblemente, el condenado aparecía muerto a los pocos días.

Por otro lado, su «negocio» era atípico. Romero detestaba a los yonquis, pero sobre todo odiaba a muerte a los camellos; decían que un hijo suyo había muerto de una sobredosis de heroína. Por esa razón toleraba a los traficantes fuera de su galería, pero de la cancela hacia adentro no podía entrar ni una jeringuilla.

Lo suyo era conseguir imposibles.

—Yo no trafico con el dolor. Soy un vendedor de sueños, y en un lugar como este, lo sueños son muy necesarios, ¿no te parece?

Así fue como se presentó ante César Alcalá el día que lo trasladaron hasta su nueva celda.

—He pedido que me trasladen contigo, pero no te equivoques: ni soy maricón, ni pienso protegerte. Eso perjudicaría mi negocio; tú estás marcado, y más pronto o más tarde saldrás de aquí con los pies por delante.

César contempló a aquel hombre de pequeña estatura y cara casi de niño, inofensivo como esas minúsculas bacterias que pueden gangrenar cualquier herida.

—Entonces, ¿qué haces aquí?

Romero saltó de la litera, él ocupaba la de arriba, y se acercó al inspector.

—Conozco tu historia y siento curiosidad. Yo también perdí a un hijo con catorce años.

César Alcalá dejó sus sábanas y la funda de la almohada en el camastro que quedaba libre.

—Yo no he perdido a mi hija —se limitó a decir, tumbándose con la cara hacia la pared.

Romero no insistió. Era un hombre paciente, solo siéndolo podían soportarse los doce años que llevaba cumpliendo condena por algo que nadie sabía.

Con el paso de las semanas, César Alcalá comprendió a qué se refería su nuevo compañero cuando se autonombraba vendedor de sueños. La celda era como una especie de ventanilla hacia el mundo exterior por el que pululaban cada día presos en busca de las cosas más insólitas: un medicamento concreto, un libro especial, una puta para tener relaciones, un certificado médico para solicitar el tercer grado, títulos de la UNED, un escapulario de la Virgen de Montserrat... Cualquier cosa que se le pidiese. Romero conocía a todo el mundo, desde los presos del economato al director de la prisión, pasando por asistentes sociales, personal exterior, guardias, funcionarios, incluso con el capellán tenía trato preferente. Todo el mundo le pedía favores y a todo el mundo se los cobraba puntualmente.

—¿Y tú qué, Alcalá? ¿No piensas pedirme nunca nada?

César Alcalá se mostraba renuente. Intuía que caer en las garras de Romero era peor que cualquier otra cárcel.

Dos veces al día, permitían que César saliera a un pequeño patio de no más de seis metros cuadrados con el cielo descubierto. Eran períodos cortos de veinte minutos en los que podía ver la luz del sol, cuando los demás presos estaban en las galerías. Aquella mañana hacía frío y una niebla espesa escondía los límites del muro, como si este no existiese. Como si César fuera completamente libre.

Al otro lado del muro, de manera sorprendente, escuchó las notas de un violín atravesando el dolorido silencio. El corazón se le encogió. Aquello era inesperado. Un violín rasgando la niebla de una cárcel. Tal vez era un preso tocando, tal vez alguien en la calle. Tal vez era tan solo su imaginación. ¿Qué podía importar? Se acercó arrastrando el pie derecho, definitivamente atrofiado, al límite de seguridad.

El guardia que lo custodiaba le ordenó volver a la zona segura, una absurda raya pintada en el suelo. Las leyes eran absurdas, pero debían cumplirse. Él no obedeció. Prefería morirse que moverse de allí. Lo único que quería era sentarse un minuto en el suelo y escuchar aquella música. Un minuto de humanidad.

El funcionario quiso sacarlo de allí a la fuerza, y él se defendió. Sin darse cuenta, soltó un manotazo que golpeó en la boca al funcionario. No podían quitarle ese minúsculo placer. No era nada para el funcionario, pero para él lo era todo en aquel momento. Entraron más funcionarios alertados por su compañero.

—Solo quiero escuchar la música.

No lo comprendieron.

Le dieron una tremenda paliza y lo arrastraron hasta la celda inconsciente. Dijeron que había querido escapar. ¿Escapar adónde? Solo había cuatro paredes de cinco metros de alto con espinos donde se quedaban atrapadas hasta las briznas de aire.

Lo trasladaron a la celda de aislamiento. A la mañana siguiente no lo sacaron, ni a la otra, ni a la siguiente tampoco. Durante más de una semana no vio la luz y tuvo que tirarse contra las paredes de adoquines y pegarse bien fuerte para no quedarse congelado o dormido, cosa que esperaban con impaciencia las voraces ratas con las que se disputaba el espacio y la comida.

Finalmente, vinieron a buscarlo cuando ya creía haber perdido la razón.

—Vaya, parece que las vacaciones no te han sentado muy bien —dijo Romero al recibirlo. Su voz sonó burlesca. Sin embargo, en el fondo de sus ojos había un sentimiento de tristeza y de compasión.

César Alcalá se arrastró hasta su cama. Se tumbó y cerró los ojos. Solo quería dormir.

Poco a poco llegó a formalizarse un tipo de relación entre ambos presos que, sin ser de amistad, podía ser considerada cordial. Empezaron a intercambiar recuerdos, como si pretendiesen no olvidar que todavía quedaba algo de lo que fueron ambos, antes de cruzar aquellas cancelas.

Un día, sin que le pidiese nada a cambio, Romero le consiguió un pequeño magnetófono y una cinta de radiocasete.

—Me han dicho que te gusta mucho la música clásica —dijo Romero en plan irónico, recordando el episodio del patio y el violín.

—¿Manuel de Falla?

Romero se encogió de hombros.

—Esto no es la ópera de Viena. Es lo que te he podido conseguir.

Por las noches, cuando se apagaban las luces, César Alcalá utilizaba una linterna para leer bajo la manta. Romero sabía que lo que leía el inspector no eran libros ni revistas. Eran pequeñas notas manuscritas, cientos de ellas que Alcalá escondía en una caja de zapatos bajo la litera. Después de leer aquellas breves frases, César Alcalá contemplaba largamente las fotografías reconstruidas con celo de su hija y de su padre, colgadas sobre el cabezal. A veces Romero lo oía llorar.

—¿De quién son esas notas que recibes?

—No sé de qué notas hablas.

—Como quieras...

Pasaba el tiempo de una manera extraña, como si no existiera. Todo era continuidad, el mismo instante repetido una y otra vez. Las mismas rutinas, los mismos gestos, el mismo hastío. Sin darse cuenta, o sin poder evitarlo, la esperanza de Alcalá iba diluyéndose, como la de todos los hombres que vivían dentro de aquellos muros. Poco a poco iba olvidando el pasado, su vida anterior, los olores de la realidad. Únicamente aquellas notas que le llegaban de tanto en tanto parecían reanimarlo, como una gota de agua cayendo sobre una tierra sedienta. Pero ese efecto revivificador duraba poco, y el inspector volvía a sumirse en la letargia habitual.

Hasta que esa rutina se rompió una mañana, cuando al regresar a su celda encontró sentado en su cama a un tipo vestido con un elegante traje negro, como el de un director de banco.

César Alcalá asomó la cabeza hacia el pasillo. No había ni rastro de Romero. Después examinó con cuidado a su visitante. Dedujo que era inútil preguntarle cómo había conseguido que lo dejaran entrar en la galería y en su celda.

—Está usted sentado en mi litera. ¿Qué es lo que quiere?

El hombre despreció con su mano de dedos largos lo que veía.

—No es muy cómodo este hotel, y a juzgar por su aspecto viene de otro de peor catadura. ¿No se cansa de estar aquí, luchando por un miserable espacio con mangantes de tres al cuarto?

César Alcalá sopesó cuánto duraría un tipo como aquel entre aquellos mangantes del «tres al cuarto». Desde luego, no tres años.

—¿Viene de parte de Publio? Si es así, dígale a ese hijo de puta que no he dicho nada, ni pienso hacerlo, mientras cumpla su palabra.

—¿Se refiere a esto? —El hombre sacó del bolsillo interior de su americana una nota con papel de arroz sin matasello y la arrojó a los pies de la cama.

César Alcalá se apresuró a rasgar el sobre y a leerla, concentrado, con los ojos brillantes.

De repente, le asaltó una inquietud tremenda.

—¿Cómo sé que son de ella?

El hombre sonrió.

—No lo sabe, ni tiene manera de saberlo. Pero es lo único que tiene, ¿verdad? Y se seguirá aferrando a esa creencia mientras siga aquí.

—No le he dicho nada a nadie —dijo con terquedad el inspector, guardando avariciosamente aquella nota bajo su camisa.

—Eso está bien. El equilibrio es la clave de la armonía. Si todos cumplimos nuestra parte, nadie sufre.

César Alcalá miró con odio a aquel hombre. No les bastaba con haberle quitado a su hija, a su mujer, no se contentaban con encerrarlo de por vida, por intentar matarlo una y otra vez en la cárcel. Llevaba tres años soportando todo aquello, tres largos años sin abrir la boca, pero aun así, le enviaban anzuelos para ponerle a prueba.

—Dile a tu jefe que es inútil que siga intentando matarme aquí dentro.

El hombre fingió no saber de qué le hablaba el inspector.

—Hay algo que debemos pedirle. Dentro de unos días, probablemente venga a visitarle una persona. Querrá saber algunas cosas. No se niegue a colaborar con ella, gánese su confianza. Pero no se le ocurra mencionar a Publio ni el «negocio» que tenemos juntos. Periódicamente me pondré en contacto con usted y me dará cumplida cuenta de lo que esa persona le explique.

—¿Quién es esa persona?

El hombre se puso en pie. Cuando se encaminaba hacia la cancela, se detuvo y giró en redondo, abriendo los brazos.

—Ya lo sabrá... Tengo entendido que aquí es donde ahorcaron a su padre, en esta misma cárcel. ¿No es paradójico y cruel el destino? Si usted quisiera, inspector, podría curar todas las afrentas del pasado y del presente de una sola estocada.

—No sé a qué se refiere.

El hombre esbozó una sonrisa canina.

—Yo creo que sí lo sabe.

Cuando se quedó solo, César Alcalá se sentó en su cama con los codos apoyados en las rodillas y la cabeza sujeta entre las manos crispadas. Junto al cabezal, al lado de su hija, su padre lo contemplaba con seriedad, con aquellos ojos que se apagaron sin llegar a ver todo lo que el mundo guardaba para él. Se preguntó qué clase de hombre hubiera podido llegar a ser, de haber vivido más tiempo. ¿Qué hubiese pensado al saber que su hijo se hizo policía? ¿Cómo se habría llevado con su nieta, Marta?¿Y con su nuera, Andrea? ¿Se habría sentido orgulloso de él? Todas esas preguntas ya no tendrían respuesta. Su padre estaba muerto. Y aunque en su niñez aquella fue una desgracia que creyó no poder superar nunca, lo cierto era que el mundo había seguido girando aquellos años.

Cuando un hombre muere, justa o injustamente, no ocurre nada especial. La vida sigue a su alrededor. El paisaje ni siquiera se altera un ápice, no hay más sitio en el mundo, si acaso un poco más de dolor en los que viven de cerca esa muerte. Pero incluso ese dolor es pronto olvidado por la perentoria necesidad de seguir viviendo, de trabajar, de recobrar la rutina. A los que están junto al cadáver del que acaba de ser ahorcado en el patio de la prisión no les queda mucho tiempo para despedirse, bajo la atenta mirada de los soldados que custodian el patíbulo. Apenas el hijo, un niño de diez años, roza los pies descalzos de su padre colgando de una soga, mira al suelo mientras el verdugo corta el nudo y el cuerpo cae como un fardo.

Se escuchan las risas de los soldados, los chistes hirientes. Los familiares deben rezar un padrenuestro aunque ninguno de ellos cree en ese Dios vestido de armadura y yugo con flechas al que invocan aquellos animales vestidos de camisa azul y botas altas de cuero. Pero rezan bien alto, que les oiga el capellán de la prisión. Tienen miedo y se sienten avergonzados de su miedo. Miedo a que les acusen también a ellos, miedo de que un vecino los delate con cualquier excusa, y ellos quieren seguir viviendo, aunque vivir es lo más difícil. Cambiarán de pueblo, emigrarán a Barcelona o a Madrid, se esconderán entre la masa silenciosa, gris, desconcertada y temblorosa que se mueve por las calles de las ciudades en este tiempo aciago.

Incluso, los más allegados, llegará un día en el que maldigan al hombre colgado en el patíbulo. ¿Por qué tuvo que enamorarse de la mujer de un jefe de Falange? ¿En qué pensaba? Con una fascista, con la mujer de un fascista, con la madre de un fascista. A nadie le interesará la verdad.

¿Qué verdad?, dirán aquellos que viven escondidos detrás de las siglas y de las banderas, esos mismos que jamás vieron una cárcel porque huyeron con los bolsillos llenos a Francia cuando todo se perdió. Traerán con ellos a sus héroes, sus leyendas, sus mistificaciones. Acusarán a diestro y siniestro. Se llamarán demócratas y pondrán flores a sus muertos.

Pero nadie se acordará del joven profesor rural que se

enamoró de una mujer demasiado grande para sus sueños. Su nombre se borrará para siempre, perdido en un expediente policial. Uno de tantos.

Mientras César Alcalá reflexionaba sobre todo eso, entró en la celda su compañero, Romero.

—¿Qué te pasa?

César Alcalá se secó las lágrimas con el antebrazo.

—Nada, Romero. No me pasa nada.

—Pues últimamente parece que te estás deshaciendo como un azucarcillo, *amigo*.

Era la primera vez que utilizaba esa palabra. Amigo.

—Por cierto —dijo Romero, saltando a la litera superior—. Me ha dicho Ernesto que te dejarán salir de nuevo al patio, pero que procures controlar tu entusiasmo por la música clásica, si no quieres volver a la cueva de san Ignacio a meditar. Dice que es su regalo de Navidad.

César Alcalá se tumbó en su litera. En aquel extraño mundo en el que vivía, un funcionario honesto podía recordarle a la Navidad, y un preso peligroso podía ser, sí, su mejor amigo.

Sacó la nota escrita que había guardado en su camisa y la leyó una vez más, antes de esconderla con las demás, bajo la litera:

«Estoy bien. Espero que no me olvides; yo pienso en ti y en mamá cada día. Sigo confiando en que pronto me saques de aquí. Os quiere, vuestra hija Marta. 20 de diciembre de 1980.»

CAPÍTULO 10

María pidió un café y encendió el enésimo cigarrillo de la mañana. Dentro de la cafetería unos jóvenes mojaban churros en chocolate. Sobre sus cabezas colgaban en la pared grandes fotografías en blanco y negro de la ciudad a principios de siglo: la Gran Vía con el subsuelo agujereado por las obras del metro, hombres de aspecto cetrino, serios incluso cuando sonreían bajo sus anchos bigotes y sus sombreros blancos de paseo, trolebuses, tranvías y carros de tiro.

Pensó en la colección de fotografías antiguas de su padre, pero lejos de reconfortarla, la imagen de Gabriel le provocaba una desazón inconcreta. Dos días antes, la enfermera que lo cuidaba había llamado: se despedía. No hubo manera de convencerla para que recapacitase.

—No es una cuestión de más dinero, señorita Bengoechea —le había dicho por teléfono la enfermera—. Yo soy una profesional, y su padre, sencillamente, ha decidido tirar la toalla. No se deja cuidar, y yo no puedo permanecer impasible contemplando cómo se deteriora día a día. Es como si hubiese decidido suicidarse. Mi consejo es que lo ingrese en una clínica.

Mientras recordaba esa conversación, María tomó un

sorbo de café. Notó que los labios le temblaban en el borde de la taza. Se concentró en que el temblor no se desplazase a los dedos.

—¿Qué narices me está pasando? —masculló, cerrando el puño. Otra vez aquellos malditos temblores y el cuerpo vuelto del revés. Fue al baño cuando intuyó que estaba a punto de vomitar el café.

Durante unos minutos interminables hundió la cara en un sucio retrete. No expulsó nada sólido. Solo el café y un hilillo de saliva con sabor amargo. Se sentó en el suelo de terrazo sucio, dobló las piernas y metió la cabeza entre las rodillas, rodeándolas con los brazos. Apagó la luz unos instantes. Eso la relajaba. Más tarde se lavó la cara descompuesta y se observó en el espejo sucio de salpicaduras y de pintadas soeces. Suspiró hondo. Las sienes le batían con fuerza y tuvo que desabrocharse la chaqueta y sujetarse al lavamanos para no perder el equilibrio.

Poco a poco se fue encontrando mejor. La ola ya había pasado por encima y solo quedaba un rumor lejano que se iba alejando del cerebro.

—Es solo un ataque de ansiedad —se dijo.

Fingió una sonrisa, y vestida con ella, salió del servicio y regresó a su mesa a esperar.

La puerta de la cafetería se abrió. Entraron varios clientes. Les resplandecía de frío la cara. El coronel Recasens entró tras ellos y se quitó el abrigo. Su cara era seria, parecía de mal humor. Se dejó caer en la silla, que crujió peligrosamente, y soltó sobre la mesa la cartera de piel y los dos periódicos que traía: *El Alcázar* y *ABC*

—Me alegro de volver a verla tan pronto, María —dijo a modo de saludo, sin darse cuenta de la palidez de la abogada, mientras se volvía hacia el camarero para pedir un café con leche regado con un largo chorro de coñac—. Ha estudiado la documentación que le dimos, supongo.

María asintió, sin apartar la mirada de su taza de café.

—Esa niña, Marta, ¿es cierto que la secuestraron?

Recasens apoyó los codos en la mesa y bajó el tono de voz.

—Me temo que sí. Es absolutamente cierto. Era la hija

138

del inspector Alcalá. Tenía doce años. Pocas semanas después del secuestro, la esposa del inspector se quitó la vida, desesperada...

—Habla de la muchacha en pasado, como si estuviese...

—¿Muerta? No tenemos pruebas de ello. El cuerpo nunca se ha encontrado. Pero en todos estos años no hemos hallado un solo indicio que nos diga lo contrario. El único vínculo que nos une a esa niña es Ramoneda, su ex cliente. Y desde que asesinó a su mujer y a su amante desapareció sin dejar rastro.

—¿Cree que fue él, Ramoneda, quien secuestró a la niña?

Recasens guardó silencio. Cruzó las manos sobre la mesa y miró fijamente a María.

—No. Ramoneda solo era el correo, un matón de tres al cuarto que trabaja para otro. —El coronel abrió la primera página de *El Alcázar* y señaló con el índice la fotografía del diputado Publio.

María observó con consternación la fotografía. Publio tenía aire de buena persona. Mostraba una calma extrema, su sonrisa era bondadosa y su apariencia impecable.

—Parece incapaz de hacer algo malo —murmuró.

Recasens asintió. Publio era el abuelo perfecto, el esposo que toda mujer querría tener, el político en el que todos podrían confiar. En la billetera llevaba una fotografía de su esposa, de sus dos hijas y de sus nietos que mostraba orgulloso en cualquier ocasión. Y sin embargo, buena parte de las minutas que pasaba al Partido eran de sitios como el Regàs, la Casita Blanca o lugares de alterne de la calle Valencia, además de las cenas en los restaurantes más caros de la ciudad, donde siempre pedía mesa para dos. Sus acompañantes, uno diferente para cada ocasión, eran masculinos, guapos, jóvenes, fornidos, distinguidos, homosexuales y de gustos muy, muy caros.

Todos hacían la vista gorda. Publio tenía contactos al más alto nivel en el Gobierno, con los militares, la Iglesia y la banca. Con esas credenciales era difícil negarle nada.

—Es conocido por su tendencia a convertir en conspiración cualquier tertulia de café, pero excesivamente lábil e inconcreto como para poder ser acusado directamente de golpista, aunque es persistente voz inspiradora de desastres entre los cenáculos y mentideros del ejército. Publio es un hombre inteligente. Nunca se mancha las manos.

—Pero si sabe que está detrás del secuestro de la hija del inspector, ¿por qué no le detiene?

—No es tan sencillo. No existen pruebas que le incriminen directamente. Y sin pruebas ningún juez se atreverá a ponerle la mano encima. Publio es uno de los hombres más poderosos de este país. Está bien protegido. —Recasens hizo una significativa pausa. Cogió aire y dejó salir las palabras despacio, conscientes de su peso—. Pero existe una persona que tiene suficiente información como para hacerlo caer: César Alcalá. El inspector llevaba años investigándole. Y creemos que guarda en alguna parte las pruebas que incriminarían al diputado.

María empezaba a comprender.

—Entonces es con él con quien deberían hablar, y no conmigo.

—César Alcalá no hablará con nosotros. Si ha leído el informe, sabrá el motivo. No puedo culparle de que no se fíe de nadie. Investigaba a uno de los hombres más oscuros de esta joven democracia, y cuando creyó que podría atraparlo, secuestran a su hija. Nadie le ayudó a buscarla, nadie movió un dedo, a pesar de que se cansó de repetir que era Publio quien estaba detrás del secuestro. Al contrario: César Alcalá está en la cárcel, su hija desaparecida del mapa, y el único hombre que podría darnos alguna pista sobre su paradero, Ramoneda, está prófugo de la Justicia.

María había leído el informe. Pero no comprendía cómo el inspector seguía empeñado en su mutismo, a pesar de que su hija había desaparecido.

—¿Por qué no denuncia lo que sabe sobre Publio? Al menos podría vengarse de él.

—Marta. Es una garantía de silencio. Han convencido al inspector de que la muchacha está en su poder y de que la matarán si él habla.

—Pero usted ha dicho que no existen evidencias de que siga viva. ¿Y es cierto? ¿Está viva?

—Lo que importa es que el inspector así lo cree.

—¿Pero es cierto o no?

Recasens recapacitó.

—No lo sabemos.

María bebió un sorbo de café y encendió un cigarrillo. Necesitaba pensar y ganar algo de tiempo para aclarar las ideas.

—Y exactamente ¿qué espera de mí, coronel?

—Estoy convencido de que César Alcalá querrá hablar con usted, María.

María se mostró escéptica. Si había alguien a quién César Alcalá tenía razones para odiar, era ella.

—Conseguí que lo encerrasen en la cárcel, y por lo que yo sé no le va muy bien allí.

Recasens fumaba con los ojos entrecerrados. De vez en cuando dejaba caer la ceniza en el interior de la taza. La ceniza flotaba un instante sobre el resto de café y luego se convertía en una masa pegajosa. Estuvo un rato sin decir nada. Se limitaba a mirar hacia la calle, apoyando los codos en la mesa. Finalmente lanzó una bocanada violenta de humo por la nariz y la boca. Aplastó la colilla en el platillo de la taza y miró a María con una concentración que alarmó a la abogada.

Extrajo un pequeño sobre de su maletín de piel y se lo pasó a María por encima de la mesa.

—Usted y el inspector Alcalá tienen en común más de lo que cree, María.

María abrió el sobre. En el interior había una fotografía de color sepia. Era el retrato de perfil de una joven hermosa. Tenía el rostro a medio desvelar, cubierto en parte por una pamela ancha que caía sobre su ojo derecho. Fumaba como una actriz de cine, con la boquilla del cigarrillo elegantemente cerca de los labios, ligeramente entreabiertos. Tenía una mirada extraña, como la puerta de una jaula entreabierta, como una trampa seductora.

—¿Quién es?

—Se llamaba Isabel Mola. ¿Recuerda que le pregunté si había oído ese nombre alguna vez? Usted dijo que no. Tal vez su rostro le refresque la memoria.

María frunció el ceño. Nunca había visto a esa mujer, ni su nombre le decía nada.

—¿Qué tiene que ver conmigo o con César Alcalá?

Recasens miraba su café, escondiéndose en el poso negro de la taza y en las burbujas de la crema. Notaba una marea de palabras que le subían de las tripas. Intentaba contenerlas. Alzó la cabeza despacio y sonrió enigmáticamente.

—¿Por qué no se lo pregunta usted misma al inspector? —Se levantó de la silla con lentitud y se puso el abrigo—. Yo invito —dijo, dejando un billete de cien sobre la mesa.

—Ni siquiera querrá verme.

Recasens se encogió de hombros.

—Inténtelo, al menos. Pregúntele por Isabel. Ese será el punto de partida. Dele esperanzas, asegúrele que hacemos cuanto podemos para encontrar a su hija. María de nuevo sintió náuseas, pero el estómago estaba vacío. Se dobló un poco sobre el vientre y su mirada tropezó con el billete marrón de cien arrugado sobre la mesa. A través de la ventana su reflejo se emborronaba y se confundía en el tono gris de los otros transeúntes que iban arriba y abajo por la estrecha calle, embutidos en sus bufandas y cubiertos con grandes paraguas negros sobre los que resbalaba la lluvia.

—¿Lo hará, María? ¿Irá a ver al inspector a la cárcel?

—Sí... Lo haré... —musitó ella. Las palabras se le escaparon sin fuerza, casi sin voluntad.

De repente, sintió la necesidad de salir a toda prisa de allí.

A los dos días, María acudió a la cárcel Modelo.

En la planta de las oficinas el ambiente era recogido. No parecía una cárcel, sino una oficina contable cualquiera. A lado y lado de los pasillos se alineaban balduques, tomos enciclopédicos de actas y registros de todo tipo. Cuando se cogía un papel de las estanterías atestadas se levantaban cientos de partículas de polvo que durante un instante quedaban flotando en el aire, atravesadas por la luz de una lámpara de mesa.

Un funcionario le trajo los impresos que debía rellenar

para visitar a César Alcalá. La hizo sentar entre dos cajas archivadoras. El funcionario se retiró arrastrando los pies, con el tono mortecino de los papeles que tocaba grabados en su piel. María lo miró y pensó que, al final, somos lo que hacemos.

Con la autorización cumplimentada se dirigió hacia la gran puerta de hierro que daba entrada al recinto carcelario. En la garita de acceso al módulo la recibió, muy envarado, un guardia, que se ablandó penosamente cuando María mostró su credencial de abogada.

—¿A quién quiere visitar? —le preguntó el guardia, algo turbado.

María dijo el nombre de César Alcalá. El rostro del funcionario se transformó en una superficie granítica. La miró de arriba abajo como si antes no la hubiese visto y «ordenó» que esperase.

Vinieron dos funcionarias a buscarla. La obligaron a pasar por un control exhaustivo. Registraron su bolso, la hicieron vaciar los bolsillos, quitarse el cinturón y el sujetador.

—¿El sujetador? —preguntó María, sin comprender.

—Son las reglas. Si quiere pasar, entregue el sujetador.

A María aquello le pareció abusivo e intolerable, pero ninguna de las dos guardias se dejó intimidar por sus amenazas.

—Es por su propia seguridad —dijo una, guardando las pertenencias en una bolsa de plástico.

—Vaya, me siento mejor, gracias —contestó ella con ironía que ninguna de ellas pareció percibir.

La hicieron entrar en una sala de espera con largos bancos de madera. En un rincón dos mujeres jóvenes charlaban animadamente. Eran gitanas, apenas unas niñas. Iban pintarrajeadas y vestían ropa muy ceñida y zapatos de tacón. Desde la otra parte de la sala podía notarse el perfume barato que usaban. Las dos miraron a María.

—Qué, ¿también vienes a desahogar a tu muchachito? —dijo una de ellas, haciendo el gesto de chupar un pene. Las dos gitanas se rieron de un modo que le puso los nervios de punta a María. Luego se olvidaron de ella y volvieron a su cháchara. Al cabo de unos minutos llamaron por megafonía a una de ellas.

Cuando se quedaron solas, la otra gitana miró a María con una mezcla de lástima y simpatía.

—¿Es tu primer vis a vis? —Una vez al mes permitían a los presos que se «portaban bien», la gitana insistió en eso con sorna, tener relaciones íntimas con sus novias o esposas durante una hora.

—Sí, aunque no es exactamente a eso a lo que vengo.

La gitana se mofó:

—Aquí no tienes que sentir vergüenza. Todas venimos a lo mismo. Tranquila. No está mal. La cama está limpia y hay ducha con agua caliente. El problema es que tengas ganas o no, tienes que «fichar». Los pobrecillos pasan mucha necesidad y no es cuestión de ponerse remolona. A mí me jode, porque vengo con la regla, pero haré lo que pueda. —Se rio con una brutalidad llena de tristeza. Debajo de toda aquella apariencia de furcia barata y del maquillaje grotesco, asomaba la timidez de una pobre niña que se entregaba a su compañero sin intimidad, sin preámbulos y sin romanticismo. Tenía que soportar con fingida chulería los comentarios procaces de los funcionarios y las miradas sucias de los otros presos al cruzar la cancela.

Llamaron por megafonía a la gitana. Se levantó y suspiró como quien va a la guerra, pero se recompuso enseguida. Le guiñó un ojo a María y salió contoneando el culo.

María se quedó sola un buen rato. Apenas había pensado en lo que iba a decirle a César Alcalá si aceptaba verla. Después de diez minutos se escuchó un chasquido en el altavoz y una voz femenina:

—Bengoechea Guzmán, María: locutorio número seis.

Entró en un cuarto de paredes desnudas con una cama de sábanas dobladas junto al cabezal. Había una silla frente a una ventana que daba a ninguna parte. Un cuadro vulgar de un frutero era la única nota de color en la habitación. En el techo zumbaba un fluorescente de luz molesta. A la derecha había un plato de ducha de obra y unos jaboncitos apilados sobre una toalla de baño. La puerta exterior era metálica y tenía una trampilla corredera a modo de visor.

Encima había un gran reloj redondo que marcaba cada segundo que pasaba.

María se preguntó cómo era posible que alguien pudiera excitarse con aquel decorado. Olía a desinfectante industrial. Nunca había estado en un sitio así. Era todo frío y aséptico. Silencioso. Miserable a pesar de la aparente pulcritud. Triste. Sin emociones ni sentimientos.

Estaba nerviosa y le sudaban las manos. Le habían quitado los cigarrillos en la entrada. También las pastillas para el dolor de cabeza. Notaba un leve zumbido en el oído derecho, como el aleteo de una mosca atrapada en alguna parte de su cerebro. Empezó a sentirse mal. Quería salir. Se asfixiaba.

En aquel momento se escuchó el chasquido de la cerradura de la puerta y esta se abrió de par en par, dejando paso a un hombre cuyos nervios se tensaron como cables al reconocerla.

César Alcalá arqueó las cejas. La examinó con atención durante unos segundos. Sus ojos bascularon y su expresión se suavizó incomprensiblemente. De modo que esa era la visita que debía esperar. El cabrón de Publio no dejaba de sorprenderle.

María observó las manos esposadas del inspector.

—¿No puede quitarle los grilletes? —le preguntó al funcionario que custodiaba a César Alcalá.

El funcionario dijo que no. Obligó a César Alcalá a sentarse en una silla y después se retiró a la penumbra como si quisiera desmarcarse de la situación, pero recordando que, aunque invisible, permanecía vigilante.

—¿Tiene un cigarrillo? —dijo César Alcalá, clavando sus ojos en María.

Ella se sentó frente a él. Entre ambos había una mesa metálica con la superficie pulida en la que se reflejaba con intensidad la luz del techo.

—No. Me los han quitado a la entrada.

César asintió, como si toda la vida hubiese estado allí, frente a la mujer que consiguió meterlo en la cárcel.

—En aislamiento no nos permiten fumar —dijo—. Temen que podamos cortarnos las venas con la colilla endurecida o que prendamos los colchones para abrasarnos vivos. Nos dejan morir poco a poco en este sótano pero les da miedo que nos suicidemos. Es por el papeleo, ¿sabe? A los funcionarios les horroriza la burocracia.

María puso cara de circunstancias.

Durante varios minutos, el inspector la examinó.

—Está cambiada, abogada —dijo, con una mueca de ironía, como si eso le decepcionase.

—Usted tampoco tiene muy buen aspecto, inspector —se atrevió ella a responder. Era cierto. En el cráneo rapado de Alcalá sobresalían bultos de heridas mal cicatrizadas y golpes de color morado. Tenía la piel tatuada con la luminiscencia pálida y floja de la cárcel.

Él sonrió, asintiendo.

—Al principio de estar aquí intenté cuidarme. Fue mientras creí que mi recurso prosperaría y que lograría salir, al menos con un indulto. Pero luego los días empezaron a acumularse, uno encima del otro, y acabé por dejarme ir, como todos. En un sitio como este no tiene sentido alimentar esperanzas. Lo único que consigues es hacerte más daño. —Permaneció en silencio, observando la superficie de la mesa como si contemplase el fondo de un lago. Luego se incorporó, irguiendo los brazos y mostrando las esposas—. Es irónico. Pero en parte debo estarle agradecido por encerrarme aquí. Al menos ahora puedo compadecerme de mí mismo.

María se sintió violenta. Era la calma absoluta del inspector al hablarle, su falta de emociones, lo que la violentaba.

—Supongo que me odia.

—Supone bien. Pero no se engañe. Aquí el odio es algo que se macera despacio, que se vuelve racional y que al ser estéril se enquista como un tumor en el cerebro del que es imposible librarse... Es difícil de entender.

María miró el reloj de la pared. El tiempo que le habían dado se escapaba deprisa.

—¿El nombre de Isabel Mola le dice algo?

Notó en el inspector un destello de sorpresa y luego que la mirada se le ensombrecía. Solo fue un instante. Alcalá enseguida recompuso el gesto, como si echase una pesada cortina sobre su alma.

—Tiene usted muchas narices viniendo aquí después de todo lo que ha pasado... —dijo el inspector con aparente indiferencia. Y sin embargo, había algo en él que pareció removerse pese a su voluntad.

El funcionario salió de la penumbra. Suspiró y echó una mirada de reojo al reloj. Se acababa el tiempo.

—No ha contestado a mi pregunta —insistió María.

El inspector se puso en pie:

—Así es, no lo he hecho. Primero debería saber por qué me lo pregunta.

María frunció el entrecejo.

—Un hombre vino a verme. Dijo que usted y yo tenemos en común un vínculo con esa mujer.

Los ojos de César Alcalá se iluminaron con incredulidad. Examinó a la abogada con minuciosidad, tratando de adivinar algo sobre ella.

—Eso es absurdo.

—Puede que no tanto —dijo ella. Sacó del bolsillo la fotografía de Isabel Mola que Recasens le había dado, y se la mostró—. Es ella, ¿verdad? Esta es la mujer que asesinó su padre en 1941. Conozco la historia. Me he informado. Lo que puede que usted no sepa es que mi padre, Gabriel Bengoechea era forjador en aquel tiempo, y que trabajó para los Mola. Fabricó una hermosa catana para el hijo pequeño, Andrés. Tal vez su padre le habló alguna vez de *La Tristeza del Samurái*.

César Alcalá negó lentamente con la cabeza, como si no terminase de creer lo que le decía esa mujer, como si esa revelación lo sobrepasara. Alzó lentamente los ojos vidriosos.

—¿Y eso es lo que nos hace herederos de un pasado en común?

—No lo sé. —Fue la sincera respuesta de María.

El inspector miró hacia un lado, buscando algo en su memoria. Luego enderezó los hombros, como si quisiera levantarse sobre su decadencia.

—¿Por qué no? Puede ser divertido —dijo, como si hablase consigo mismo. El funcionario lo obligaba ya a caminar hacia la puerta—. Venga a verme, si quiere. Hablaremos sobre Isabel, sobre nuestros padres, y sobre espadas y tristezas.

A partir de ese momento, visitar a César Alcalá se convirtió en una rutina para María. Cada mañana acudía a la cárcel con el ánimo extraviado, sin saber qué se encontraría. César Alcalá no era un hombre fácil. No se fiaba de ella. Al principio ambos se limitaban a sentarse el uno frente al otro en silencio, dejando que los veinte minutos de la visita se agotasen entre miradas de recelo. Poco a poco, María fue comprendiendo lo que la cárcel puede hacerle a un hombre: anular todos sus afanes, convertir el silencio en la manera más certera de comunicarse y de conocer a alguien. La abogada aprendió a no apremiar al inspector con preguntas pueriles; solo se quedaba sentada frente a él, esperando, sin saber exactamente qué.

Fue el propio César Alcalá quien empezó a hablar. Al principio de cosas sin importancia, describía las rutinas carcelarias, comentaba alguna noticia aparecida en los periódicos, preguntaba cosas del mundo exterior. Hasta que una tarde, mientras el sol se iba escondiendo detrás de los muros y los inquietantes sonidos de la cárcel se agigantaban, el inspector le preguntó cuál era el motivo real de que María le visitase día tras día.

María hubiese podido darle cualquier respuesta. Decirle que lo hacía porque Lorenzo y el Coronel Recasens así se lo habían pedido; asegurarle al inspector que su única intención era ayudarle. Pero nada de eso explicaba en su totalidad las razones que la empujaban a acudir cada mañana allí. Y la pregunta que llevaba tiempo quemándole la garganta salió a borbotones:

—¿Cómo pudo hacerle a Ramoneda lo que le hizo?

El inspector desvió la mirada. No le gustaba hablar de aquello. Pero María descubría en aquellos silencios cosas inquietantes, cosas que el inspector no quería desvelar, y que intuía que tenían algo que ver, directa o indirectamente con ella.

Cuando su hija Marta desapareció, César Alcalá se volvió loco. Acudía cada mañana a la plaza en la que Marta fue vista por última vez. Era lo único que podía hacer: rebuscar en las papeleras, escrutar cada baldosa del empedrado, cada ventana de los edificios colindantes, las caras de los transeúntes, buscar cualquier indicio, cualquier señal que le indicase el camino para encontrarla.

Al cabo de una semana sin noticias, sin saber qué había sido de su hija, dónde estaba, sin que nadie pareciese tomarse en serio su desaparición, vio aparecer entre las ráfagas de aire a un mendigo que pasó junto a él arrastrando cabizbajo su carro de basura, dejando las roderas en la nieve. Andaba como un animal de carga, empujando el mentón hacia adelante, impulsándose con todo el cuerpo sin soltar la boquilla parduzca que le colgaba en los labios. Apenas desvió un instante sus ojos enrojecidos por el vino y el frío para mirar al inspector y sonrió con burla. O tal vez solo fue una mueca de fatiga que enseguida desapareció.

A simple vista era como los demás mendigos que pululaban por el centro. De edad indescifrable. Tenía la cara llena de costras. Una barba espesa y sucia endurecía su cara. Se cubría con varios jerséis y con un abrigo que le venía grande y que arrastraba por el suelo. En el pantalón de tergal se dibujaba una mancha de orines secos a la altura de la entrepierna. Los dedos, gruesos y velludos, terminaban en uñas negras, mordidas y llenas de padrastros.

—Pero de repente, la cara de aquel mendigo, su mirada, me resultaron familiares: Ramoneda, un confidente que de vez en cuando pasaba informes a la brigada a cambio de algunos favores. «¿Qué vienes buscando por aquí?», le pregunté. Ramoneda se encogió de hombros. Se quitó de la boca la colilla babeada y abrió los brazos, se quitó en actitud de respeto el gorro de sucia lana que le cubría la calva apretándolo contra el pecho. Solo quería darme las condolencias, dijo. Entonces entornó la mirada, que se tornó líquida, sacó algo arrugado del bolsillo y me lo mostró. Era la cinta del pelo que llevaba puesta Marta el día que desapareció. «Alguien me ha pedido que le diga que su silencio es el precio por la vida de su hija.»

El inspector no le dejó decir nada más. Como una marea enardecida e imparable se desató la ira de aquel padre que ansiaba alguien contra quien verter tanto dolor, tanta incertidumbre y tanta frustración. Sin darse cuenta de lo que hacía, cegado por el odio, sacó su pistola y la hundió en la boca de Ramoneda, haciéndole saltar un diente.

—¡¿Dónde está mi hija?!

Ramoneda truncó sus palabras en un grito agudo y muy breve. Ensangrentado, se tambaleó y cayó a los pies del inspector, que empezó a patearlo como a un fardo, gritándole la misma pregunta una y otra vez. La plaza, poco transitada, servía de altavoz para los gritos y los golpes, y no tardaron en asomarse vecinos a las ventanas de los edificios colindantes.

—Dime lo que sabes ahora mismo o te reviento —le advirtió el inspector a Ramoneda, haciendo caso omiso de la gente que poco a poco se iba acercando a ellos.

Ramoneda escupió restos de labio partido. Los ojos fuera de sí del inspector hacían muy creíble su amenaza.

—Yo solo soy un mensajero, inspector. No sé nada más.

—¿Quién te ha dado esta cinta del pelo?

Ramoneda titubeó. César Alcalá le golpeó con brutalidad la cabeza contra los adoquines.

—Un par de matones. Creo que trabajan para don Publio —sollozó Ramoneda.

De repente, la mirada de César Alcalá se tornó gélida. Alzó la cabeza y vio el bullicio que se estaba formando. No tardaría en aparecer una patrulla uniformada, y en cuanto saliera a relucir el nombre de Publio, aquel cabrón se le escurriría de las manos como un pez. Pensó con rapidez.

Sacó las esposas y engrilletó a Ramoneda, obligándolo a ponerse en pie.

—Soy policía —gritó a la gente que se agolpaba frente a ellos. Esgrimió su credencial como si fuese un crucifijo que espantaba a los vampiros. La gente se abrió a su paso con miradas cargadas de odio, mientras el inspector arrastraba a Ramoneda hacia el coche, aparcado a cincuenta metros. De repente, el mendigo se revolvió dirigiéndose a la multitud.

—¡Me va a matar! ¡Ayúdenme!

La gente empezó a enervarse y alguien comenzó a gritar:

—Ya está bien, torturadores, putos fachas. No se puede tratar así a la gente. Franco se ha muerto, cabrón...

Se sucedían los gritos y la gente se iba envalentonando. Alguien lanzó una piedra que impactó en el hombro del inspector, que no soltó a Ramoneda. Cayeron botellas y latas a su alrededor. El inspector obligó a Ramoneda a entrar en el coche golpeándole las costillas.

Consiguió ponerse al volante pero la gente rodeó el coche y empezó a zarandearlo. Y lo hubiesen linchado allí mismo si el inspector no hubiese sacado la pistola por la ventanilla encañonando a la turba, que se abrió lo suficiente para salir de allí, acelerando con chirriar de ruedas.

Lo que ocurrió después, César Alcalá hubiese preferido no tener que recordarlo. Se repugnaba a sí mismo cada vez que se miraba las manos, cada vez que escuchaba en su mente los gritos de dolor de Ramoneda en aquel sótano donde lo tuvo encerrado una semana de locura. Le hizo cosas terribles, cosas de las que no creía capaz a ningún ser humano. Pero César Alcalá no era humano en esos momentos, era como un perro rabioso que mordía y desgarraba sin ser consciente del dolor que causaba, solo del dolor que él sentía.

No sirvió de nada. Ramoneda se hubiese dejado matar, o quizá sencillamente no sabía más de lo que le dijo: que hombres relacionados con Publio se habían llevado a su hija.

Aquella noche volvió a casa con los nudillos rotos y en carne viva de tanto golpear, con el alma convertida en un agujero negro por el que se escapaba a borbotones el hombre que había sido hasta entonces. Sabía que no tardarían en venir a detenerlo. No le importaba. Había perdido a su hija, creía haber matado a un hombre a golpes. Ya no era César Alcalá, era un desconocido.

Encontró a su esposa Andrea en la habitación de Marta. Sentada en su cama, jugando con las muñecas de su hija alineadas en el estante de la pared, musitando nanas, como si aquellas muñecas de trapo pudieran devolvérsela.

César Alcalá le contó lo que había hecho.

Durante mucho rato Andrea contempló la carne rota de las manos de su marido, sin un ápice de compasión; parecía no comprender lo que César le estaba diciendo.

—¿Me has oído, Andrea? He matado a ese hombre.

Ella asintió con la mirada ausente, el pelo revuelto y la expresión de una de aquellas muñecas sin vida.

—¿Qué pasará ahora? —acertó a preguntar, como si de repente recuperase la cordura.

César Alcalá se dejó caer contra la pared hasta sentarse en el suelo. Hundió la cabeza entre las piernas.

—Mañana iré a entregarme, si es que no vienen a buscarme antes. Me mandarán a la cárcel.

Por la mañana, César Alcalá encontró muerta a su esposa.

Se había pegado un tiro en la cara y yacía en la cama de su hija. Al recordarlo, el inspector Alcalá no podía quitarse de la cabeza aquella mancha grumosa sobre el papel rosado de la habitación de Marta.

César Alcalá guardó silencio, como si las palabras fueran succionadas por las imágenes que proyectaba su memoria.

—¿Por qué eligió esa habitación, y no el baño, la cocina, el dormitorio? —se preguntó en voz baja, recordando el cuarto de la niña, la colchita con volantes de blonda de su cama salpicada de sangre, el estupor sangriento del rostro de sus muñecas amontonadas en la estantería.

María no supo qué contestar. Pensaba en su madre, colgando de una viga. En los silencios de su padre. En su ignorancia fingida sobre lo que ocurrió realmente.

CAPÍTULO 11

Finca de los Mola (Mérida). Enero de 1942

Andrés miraba con los ojos entornados a través de la ventana al jardinero alineando los tiestos de flores, y al final de la mirada una leve nube. Los hijos de los peones se atacaban arrancando mojones de tierra del suelo. En una esquina el servicio doméstico cargaba los muebles de la mudanza en dos camiones aparcados frente a la casa. Todo tenía una increíble sincronía, entraba una cosa, salía otra, sin fricción, creando una atmósfera flotante, irreal.

A su madre no le gustaban aquellas tardes grises, a él tampoco. La echaba de menos. Le gustaba colarse en su dormitorio.

Cuando entraba en aquella habitación el mundo real se deformaba, perdía consistencia y las cosas que afuera le importaban dejaban de tener sentido allí dentro. En todos los rincones se escondían antiguos silencios. Tocar y profanar sus objetos era casi un pecado. Con esa sensación, observaba los vestidos de época colgados en las perchas. Eran como fantasmas que andaban en pos de una gloria que se fue para siempre. Varias sombrereras de colores apagados por el polvo se amontonaban en un equilibrio difícil, asomando plumas, cintas y encajes. Zapatos de tacón chato esperaban sin brillo el final de sus pasos, creyendo que su descanso era solo eso, un descanso, y no su entierro. Pelucas, collares, alhajas de cabaret, que hacían más mentiroso su oropel, sin luces en las que brillar ni bailes en los que lucir.

Publio entró en la habitación sin llamar. Para el amigo de su padre no existían las puertas en aquella casa. Era como de la familia.

—No deberías estar aquí. A tu padre no le gusta. ¿Ya has preparado el equipaje?

Andrés se volvió hacia la ventana de nuevo.

—No entiendo por qué debemos marcharnos. Esta es nuestra casa.

Publio se acercó y acarició la nuca del niño.

—Y seguirá siéndolo. Podrás venir a pasar las vacaciones. Pero tu padre tiene que trasladarse. Es muy importante para su carrera. Además, Barcelona te gustará, ya verás. Hay mar, y he oído que tu padre ha comprado una casa muy bonita, con el tejado de color azul. Es como un auténtico castillo.

Andrés no se dejaba convencer.

—Pero si nos vamos, madre no sabrá dónde estamos cuando vuelva. No podrá encontrarnos. Igual que Fernando.

—Haremos como Pulgarcito: dejaremos migas por el camino para que puedan encontrarnos. ¿Qué te parece?

Andrés se quedó pensativo:

—¿Cómo son las personas en Barcelona?

Publio sonrió.

—Igual que aquí; incluso puede que mejores: he oído que las chicas son muy guapas, aunque un poco delgadas.

Una vez, Andrés oyó decir al profesor Marcelo que su madre era una mujer de apariencia atractiva pero que estaba demasiado delgada para su gusto. Andrés no tenía una opinión al respecto. Para él su madre era, simplemente, la mujer más guapa del mundo... Si al menos Fernando estuviera allí, todo sería más fácil.

Alzó los ojos al escuchar los ruidos que venían del jardín. Se escuchaba el sonido cobrizo de una campana, y por el camino de gravilla que bordeaba la casa surgió un muchacho en bicicleta, tarareando una canción. Era el cartero del pueblo. Andrés enderezó mucho el cuello. Quizá traía carta de su madre, o de su hermano Fernando. Pero se desilusionó al ver cómo el cartero pasaba de largo con su pedaleo monótono y feliz.

—¿Por qué no vas a merendar? Luego ve a ver a tu tutor y pórtate bien. Es tu última clase con él, y ya eres todo un hombrecito.

En la cocina le estaban preparando una merienda especial con motivo de su undécimo cumpleaños. A Andrés le gustaban los olores que venían de allí, mezcla de humedad, chocolate y churros, pero no se sentía contento. Comió sin ganas. Después cruzó las estancias de la casa, ya casi vacía, arrastrando los pies con sus libros bajo el brazo. Ya no había mucha gente en la casa como antes, ni se hacían fiestas con orquestas, señores fumando grandes puros y señoras entreteniendo el azar con juegos tan poco inocentes como el mus o el cinquillo.

Llegó hasta el aula. Tan pronto abrió la puerta oyó la voz del profesor Marcelo, reclamándole atención.

—Fíjate en esto, Andrés. —Sobresalía en su mesa una esfera armilar, instrumento astronómico compuesto por aros que figuraban las posiciones de los círculos de la esfera terrestre. El profesor hizo girar el globo que en el centro representaba la Tierra. Bordeó la mesa y se acercó a la pared en la que pendía una reproducción del mapamundi de los Médicis cuya última representación de los límites conocidos era el *Oceanus Occidentalis*.

—Es auténtico. Tiene un valor incalculable —dijo el profesor, disimulando su preocupación. Abarcó con un gesto del brazo ese gran trazo negro que era el mar, recorrió la costa de Asia a través del mar de la China y detuvo el índice sobre el archipiélago del Japón—. ¿Recuerdas el nombre antiguo de la capital del Japón? Lo estudiamos hace poco.

Andrés asintió lentamente. Luego fue a la pizarra y escribió el nombre de la capital: «Edo».

Marcelo recapacitó un segundo.

—Muy bien. Ahora vuelve a tu silla. Haremos un ejercicio de dictado.

Andrés fue hasta su pupitre y mojo la pluma en el tintero, pero no empezó a escribir.

—¿Es verdad lo que dicen? ¿Estoy loco? —preguntó de repente volviéndose hacia la mesa tras la que Marcelo recitaba un dictado que él se negaba a seguir.

Marcelo se quedó un instante callado con la mirada fija en el libro abierto. Después se quitó las gafas, las dejó entre sus páginas y se levantó con lentitud. Resultaba extraño el contraste entre la suavidad de sus movimientos y el desorden de su expresión dominada por algún pensamiento obsesivo y secreto.

—¿Quién te ha dicho eso?

—El capataz, y también el hijo del jardinero.

Marcelo endureció la mirada. Pero enseguida volvió su expresión dulce y comprensiva.

—¿Qué es lo que saben ellos de la locura? —dijo acariciando la cabeza de Andrés—. No importa que te digan esas cosas, no les hagas caso. —Su voz parecía ausente, y su atención estaba ahora concentrada en algo que no estaba allí, visible, sino en alguna parte lejana y desconocida. Su rostro tenía tintes trágicos, alimentado por una seca desesperación.

Andrés escrutaba su expresión.

—¿Pasa algo malo?

—No, nada —dijo Marcelo. Luego recapacitó—. Eres especial, Andrés. No como los demás niños o adultos que conoces, pero eso no tiene por qué ser algo malo. Lo que tú hagas con ese don, solo lo sabremos con el tiempo.

—¿Qué es un manicomio? Allí es donde me han dicho ellos que voy a ir, y que me atarán con correas y que me harán cosas horribles.

—No pronuncies esa palabra. Eso no es cierto, yo no lo permitiría, y tu padre tampoco; él te quiere.

—¿Vendrá usted a Barcelona? Allí tenemos ahora una casa como un castillo con las tejas de color azul.

Marcelo volvió a su mesa.

—Creo que no. Pero para ti, seguramente será lo mejor.

—Pero yo no quiero ir a ningún sitio, me gusta estar aquí —protestó Andrés, que por nada del mundo quería estar fuera de casa cuando su madre y su hermano mayor decidieran regresar a buscarlo, porque estaba convencido de que así sería. Su madre le traería algún regalo extraordinario de ese lugar en el que estaba —«el extranjero»— y también quería ver a su hermano cuando entrase por la puerta grande, con su bonito uniforme de teniente, cargado de medallas. Seguro que le traería uno de esos sombreros de pelo que usan los soldados rusos.

—Te entiendo. Pero las decisiones las toma tu padre.

De modo que tenía que hablar con su padre.

Cuando su progenitor estaba en el despacho, Andrés apenas hacía ruido al caminar ni podía saltar en el suelo de mármol dispuesto con losas blancas y negras, como si se tratara de un tablero de ajedrez. Estaba prohibido alterar el silencio que dominaba toda la casa.

A veces podía entrever la sólida espalda de Publio montando guardia como un perro atento. Publio le sonreía y, llevándose el dedo a los labios, le indicaba que no debía hacer ruido. Publio le caía bien, a pesar de que se daba cuenta de que todo el mundo le tenía miedo. A lo mejor por eso le gustaba. Porque él no le tenía miedo y los demás sí.

Cuando Andrés se presentó en el despacho sin llamar, dispuesto a hacerse valer —porque ahora era el hombre de la casa—, y exigió una explicación, su padre lo miró con extrañeza, como si él no fuese su hijo, sino un desconocido que lo importunaba.

La nariz de su padre se afilaba con sus gafas redondas, y en las yemas de los dedos aparecían unas manchas amarillentas de nicotina. Olía a loción, incluso se había dado brillantina en el pelo, cortado las uñas y la planchadora se había esforzado en que la raya del pantalón quedase ajustada a la pernera, y tanto la chaqueta como la camisa de cuello almidonado estaban perfectamente lisos. Los zapatos también estaban lustrosos. Parecía un muñeco de cera.

—¿Quién te ha dicho que entres sin llamar?

Andrés se sintió un poco intimidado, pero hizo su pregunta con toda la seguridad de que fue capaz.

—¿Por qué tengo que irme a ese sitio horrible, tan lejos?

—Porque lo digo yo. Y ahora sal de aquí hasta que aprendas modales y dejes de comportarte como un niño mimado —fue la escueta respuesta.

En los ojos de Andrés había lágrimas. Pero eran lágrimas frías, que a la luz del quinqué brillaban como el filo de una navaja. Su cuerpo entero temblaba como una hoja raquítica azotada por el viento.

—¿Todavía estás aquí? —dijo su padre, frunciendo el ceño.

Andrés salió corriendo de la casa, hacia los campos de vides que circundaban la finca. Aquellos parajes resultaban ideales para sus acostumbradas y súbitas desapariciones. El lugar al que escapaba era un sitio prohibido, la frontera peligrosa en la que los dos mundos irreconciliables de la finca se encontraban. Allá donde habitaban, casi escondiéndose, los jornaleros de las tierras de su padre. Se trataba de una zona reseca en los límites de la propiedad, una tierra enferma que al toser escupía polvo rojizo, cerca de la alberca en la que las ranas competían en un ensordecedor concurso de sonidos. No corría ni una brizna de aire y los excrementos de los puercos se sostenían en la atmósfera casi como algo sólido.

Al cabo de treinta minutos, apareció Publio.

—Te estaba buscando. Deberías volver a la casa. A tu padre no le gusta que merodees por aquí.

—No me gusta estar allí.

«Allí» era el mundo al otro lado de la valla que acababa de saltar, un lugar feo donde lo obligaban a estudiar, a vestirse con pantalones cortos y en el que lo forzaban a desgañitarse cantando en un idioma antipático y macizo como el alemán, hasta que le supuraban las cuerdas vocales.

Publio sonrió.

—Te entiendo, de verdad. Es difícil el mundo de los mayores... Y cuando vienes aquí, ¿qué es lo que haces?

Andrés guardó un silencio grave. Cogió una rama seca y se puso a desmenuzar la corteza, caviloso.

—Cazo gatos —dijo, señalando uno negro que huía a grandes saltos hacia un matorral.

Publio miró fijamente al niño, como si buceara en sus pupilas, y sonrió con ese modo desconcertante y misterioso que nunca permitía saber si la suya era una sonrisa triste o alegre. Los ojos de Andrés eran hermosos, como los de su madre. Grandes, profundos y abismados, pero sus pupilas eran unas viajeras errantes que iban de un lado a otro sin que pudiera contenerlas. Estaba a punto de echarse a llorar.

Aquel niño no tenía la culpa de nada. Era diferente. Esa diferencia era algo difícil de definir.

—Tengo algo para ti. —Sobre el hombro, Publio llevaba algo envuelto en un paño. Lo desenvolvió y lo dejó sobre las rodillas del niño—. Lo prometido es deuda: una auténtica catana. La ha forjado Gabriel para ti expresamente.

Los ángulos del rostro de Andrés se marcaron desmesuradamente y las pupilas le brillaban. ¡Una auténtica catana! Sus dedos tocaron con pudor, casi con miedo la vaina de madera, lacada en negro. Tenía un pasador para colgarla a la cintura con un hermoso cordel bordado en oro.

Inesperadamente, Andrés pasó sus brazos cortos alrededor del cuello de Publio y se abrazó a él.

Publio sintió el tacto húmedo de las lágrimas del niño sobre su mejilla y experimentó una sensación extraña y confusa. Poco acostumbrado al cariño, se azoró, sin saber exactamente qué debía hacer. Se quedó muy quieto, hasta que Andrés dejó de llorar.

Entonces cogió al niño en brazos y se alejó despacio hacia la casa de los Mola. Algún día, cuando Andrés fuese mayor, tendría que explicarle por qué las cosas habían sucedido de aquel modo, y cómo funcionaban las complejas reglas de los adultos. Trataría de hacerle entender la absurda realidad en la que los sentimientos no valen nada frente a las razones de otra índole. Que el poder, la venganza y el odio son más fuertes que cualquier otra cosa, y que los hombres son capaces de matar a quien aman y de besar a quien odian si ello es necesario para cumplir sus ambiciones. Sí, cuando Andrés se hiciera adulto, debería decirle todo eso.

A medida que pasaban los días el humor de Marcelo se tornaba más taciturno.

—¿En qué estás pensando?

Marcelo desvió la mirada del plato de sopa y observó a su hermana, sentada frente él en la mesa. Guardaron silencio, pensando cada uno cosas distintas.

—Los Mola se trasladan a Barcelona.

—¿Significa eso que te vas a quedar sin trabajo?

—No se trata de eso. Me preocupa Andrés. No sé qué será de él bajo la influencia de un hombre como Publio. Deberías ver su última ocurrencia. Le ha regalado una espada japonesa auténtica. Y Andrés se pasea con ella todo el día. Ese arma está tan afilada que podría cortar una nube, y la dejan en manos de un niño como él.

La hermana de Marcelo se frotó las manos violentamente.

—Deberías preocuparte más por tu propio hijo y dejar que esos ricos se apañen con sus cosas.

Marcelo examinó con atención a su hermana. Era unos años mayor que él, y posiblemente ya no se casaría de nuevo. Ella había decidido venirse del pueblo para hacerse cargo del pequeño César cuando enviudó. Nadie le había pedido ese sacrificio, pero su hermana lo asumió como un deber, cuando en realidad los utilizaba a él y a su sobrino para esconderse de su propio fracaso como mujer. Por mucho que se lo propusiera, ella jamás alcanzaría a comprender qué sentimientos empujaban aquella repentina amargura en el corazón de Marcelo.

—Andrés se siente solo en esa casa. Sin su hermano, sin su madre, está perdido.

Su hermana dejó caer una risa sarcástica.

—Por lo que he escuchado, esa Isabel es de cascos bastante ligeros. No me extrañaría nada que ande zorreando por ahí con alguno.

El rostro de Marcelo se había petrificado, grabándose en sus mejillas y en sus párpados entornados un horror y una desilusión que lo destruían todo. Todo parecía haberse esfumado, engullido por una masa movediza invisible, pero que estaba allí, en la estancia.

—Hablas así porque nunca has sentido nada entre las piernas ni en ese corazón amargado que bombea bilis en lugar de sangre.

—¿Cómo te atreves? Solo es una desconocida, y yo soy tu hermana —dijo ella, levantándose hecha un basilisco. Salió de la cocina, pero se detuvo y volvió sobre sus pasos—. ¿Crees que soy idiota, hermano? Sé lo que sientes por esa mujer, lo que has sentido desde el primer día que la viste. Y te voy a decir una cosa por tu bien: apártate de esa gente o nos traerás la ruina a todos.

Marcelo apretó los puños.

—Ya es demasiado tarde —musitó, aunque su hermana no pudo oírle porque había salido dando un portazo.

Durante más de una hora Marcelo Alcalá se quedó sentado frente al plato de sopa fría, mientras su sombra se iba alargando contra las paredes y la noche entraba a degüello por las ventanas. Sentado con la vela de la mesa como único punto de luz, permanecía ausente, inmerso en pensamientos oscuros que tensaban sus facciones. De repente oyó el quejido de la puerta.

En el umbral apareció su hijo César. Sus enormes ojos se abrían mucho, arqueando las pestañas como pértigas.

—Padre, hay un hombre en la puerta que quiere hablar con usted.

Detrás de la figura escueta de César apareció la molicie siniestra de Publio, esbozando una sonrisa amenazante. Marcelo se puso muy rígido al ver al lacayo de Guillermo Mola.

—Hola profesor. Hace una noche estupenda y he pensado que podríamos dar un paseo en mi coche.

Marcelo tragó saliva. Sobre Publio corrían muchos rumores. Todo el mundo temía los arrebatos de aquel hombre con apariencia casi ascética. Había instaurado un régimen de terror basado en su fe inquebrantable en la violencia como mecanismo depurativo.

—Es muy tarde, don Publio...

Publio puso una mano amenazante sobre el hombro del hijo del profesor, César.

—No tienes nada que temer, profesor. Solo quiero que charlemos amistosamente sobre Isabel Mola.

Marcelo se encogió en la silla. Nadie sabía de qué crimen sería acusado en los tiempos que corrían, nadie podía sentirse a salvo. Muchos eran arrestados por la noche, sorpresivamente; dejaban sobre la mesa el plato de sopa caliente sin probar, las mujeres saltaban de la cama desconcertadas y corrían a abrazar a sus bebés que lloraban mientras los hombres de Publio destrozaban la casa, registraban cajones, armarios, rajaban los colchones, robaban la cubertería, las joyas, el dinero, o hacían bromas lascivas con la ropa interior que encontraban en la cómoda.

—Vamos a dar un paseo, profesor.

Marcelo sabía cómo terminaban esos paseos. Con aire de derrota, cogió su chaqueta.

—Ve arriba, César. Y dile a tu tía que tal vez mañana no venga a desayunar. —Marcelo se inclinó hacia su hijo y le dio un abrazo frío, echando fugaces miradas a través de la puerta, como si temiese algo. Cuando se separaron, sus ojos tenían una mirada melancólica, tintada con una dulce ironía.

—Cuando usted quiera —dijo, mirando a Publio.

César observó las manos nerviosas de su padre y su cuerpo empequeñecido mientras se dirigían al coche aparcado en la calle.

Publio se volvió en el umbral y le dirigió al niño una mirada compasiva.

—No llores por tu padre, muchacho. Los héroes no existen. Y los de la infancia menos que ninguno.

CAPÍTULO 12

Barcelona. Víspera de Nochebuena de 1980

Para un anciano como él, los años ya no se escondían sino que se mostraban con desfachatez en las arrugas, en las manchas de la piel y en las caderas desbocadas. Sin embargo, el diputado Publio asumía con firmeza su vejez. Sin un aspaviento, los trajes de corte francés y los pañuelos de seda, los sombreros de ala ancha y los botines con botones de su juventud habían quedado sepultados bajo el hábito del luto más estricto que lucía en todas las ocasiones en las que aparecía en público, dándole un aire ascético.

Ahora, los ojos le brillaban como si se los hubiera pintado con níquel, su luz era macilenta, y el pelo despeinado aligeraba aún más su rostro ojeroso de fantasma. En la boca se le había colgado un rictus de mártir, muy distinto de la arrogancia del antiguo Publio, elitista y caprichoso.

Ver caminar a un hombre de ese estilo por el suburbio, era algo digno de recordar.

El coche oficial se detuvo en una esquina. Publio bajó la ventanilla y observó con un poco de asco la masa gris de edificios y antenas que se extendía un poco más allá de la avenida.

—¿Seguro que quiere que lo deje aquí, señor? Si quiere puedo acompañarle. Este suburbio es peligroso.

Publio subió lentamente el cristal tintado de su ventanilla. No tenía por qué hacerlo, pero deseaba encargarse personalmente del asunto que lo había traído hasta aquí.

—Este suburbio no es peor que el lugar en el que me crié —le dijo al chofer mientras se abrochaba el abrigo y salía del vehículo.

El arrabal era el intestino grueso por el que se expulsan los excrementos de la urbe. Pero incluso dentro de esos micro mundos existían lugares peores; lugares que se descubrían a medida que se iban atravesando círculos concéntricos hasta llegar al corazón mismo de la miseria. Lugares a los que no llegaba la literatura ni el romanticismo de la pobreza, sitios en los que nadie podía entrar sin salir contaminado por el miasma de la más absoluta degradación.

Aquella tarde, mientras buscaba inútilmente la señalización de las calles eufemísticas, pues ni siquiera eran tales, Publio se adentró sin dudar en una de esas fronteras invisibles.

El diputado se cruzó con algunas gentes pequeñas en su andar, en su postura de perros apaleados y asustadizos, gente que dejaba partes de sus ojos en cada esquina. Dos hombres discutían en plena calle a grito limpio. Una mujer sentada en una silla de mimbre deshilachado le daba un pezón agrietado y oscuro a un bebé ansioso. En las esquinas languidecían prostitutas demacradas por culpa de la heroína y la hepatitis. Era patética su dignidad con bragas de volantillos, con su maquillaje de yeso; payasos mudos de ingenio cáustico que ofrecían su espectáculo con la cabeza erguida, ignorando la vulgaridad que las envolvía, orgullosas con grandes pelucones y zapatos de tacón, ataviadas con vestidos y medias que dejaban ver piernas y brazos sin depilar.

Algunas de ellas trataron de llamar la atención del anciano, que las ignoró. La miseria formaba parte de la dramaturgia de aquel lugar, y los hombres como Publio disfrutaban del espectáculo carente de sutileza, adentrándose en ese inframundo con el instinto de lo adecuado: jugar con la vulgaridad siempre que no se caiga en ella.

En ese aparente manicomio subterráneo, en esa ciudad de mariposas con las alas en llamas, todo estaba permitido, cualquier vicio era satisfecho, por chabacano o amoral que fuera, si se tenía dinero. Y él tenía más que suficiente.

—¡Chusma! —gruñó Publio, escupiendo al suelo.

Había estado allí dos semanas antes, con motivo de la inauguración de una escuela. Y no había dudado en estrechar manos y repartir besos entre aquella amalgama de miseria. Pero ahora, lejos de las cámaras y de los periodistas podía mostrar sin disimulo la repugnancia que aquel lugar le producía. En cierto sentido, Publio era como los escultores del hierro que tratan la fealdad de la materia hasta convertirla en arte, y que cuando ven su obra completa sonríen y se van, sin importarles lo que pase después.

Él era igual: inauguraba una plazoleta de cemento, ponía la primera piedra de una escuela y declaraba que invertiría millones que nunca aparecerían. Y después desaparecía. Pero aquella tarde venía para algo muy distinto. Algo para lo que no quería testigos.

Se adentró en un callejón oscuro de chabolas muy bajas. Al fondo se destacaban las torres de ladrillo de una fábrica abandonada. Observó el entorno hostil del complejo en ruinas, las edificaciones apuntaladas con hierros, los charcos sucios en la calle embarrada, los cables de la luz combados entre fachada y fachada.

Después de dudar un momento, se dirigió hacia una casa que tenía las ventanas de madera pintadas de verde y una puerta tapiada con ladrillos y cemento. En el piso superior, unas cuerdas abombadas por el peso de la ropa tendida y mojada amenazaban con romperse. Una mujer de brazos con las carnes flácidas canturreaba en un balcón con varias pinzas en la boca.

Publio forcejeó con las tablas de una puerta. Del interior venía una vaharada pestilente de orines y excrementos. La luz del exterior apenas desvelaba un poco la oscuridad. Se adivinaba una escalera de mano que subía hacia un falso techo. Entró con paso vacilante.

Palpó los límites inciertos de la escalera y miró arriba. Se veía un pedazo de cielo por los agujeros del techo. Subió poco a poco, asegurando cada paso antes de posar el pie, hasta una buhardilla que era demasiado baja para permitir estirar el cuerpo.

Con la cabeza gacha exploró el entorno. A cada paso, espesas telarañas se enredaban en el pelo.

El mobiliario era insignificante: una mesa de madera, dos sillas, un jergón en el suelo y una alacena baja y chata. A esa liturgia de celda monástica se sumaba un armario de madera y un escritorio que la humedad había bufado.

Apoyado sobre el escritorio, de espaldas, un hombre escribía concentrado y fumando con el entrecejo fruncido. Tan absorto estaba que parecía una iguana disecada.

—Te estás volviendo descuidado, Ramoneda. Ni siquiera me has oído llegar —dijo Publio.

Ramoneda se volvió con el rostro parcialmente iluminado por la escasa luz que entraba a través de los agujeros en el techo. Disimuló su sorpresa y dejó suavemente la pistola que había cogido de la mesa.

—¿Qué le trae a mi casa, diputado?

Publio miró a su alrededor con cara de asco.

—Vengo a proporcionarte un trabajo.

Ramoneda reprimió una sonrisa de satisfacción. En los últimos años no había tenido ninguna. Vagabundeaba de un sitio a otro vendiendo su sangre o ejerciendo como chapero para sobrevivir. Ocasionalmente había hecho alguna cosa para mafiosos de tres al cuarto, pero trabajar para don Publio era diferente. Era sinónimo de una buena paga.

—Hace ya mucho que no recurría a mis servicios.

Publio escrutó con severidad a aquel mendigo. Estaba más delgado de lo que recordaba la última vez que lo vio, justo antes de que desapareciera tras asesinar a su mujer y al enfermero que se acostaba con ella. Sabía que después de eso, Ramoneda se había aficionado a estrangular prostitutas y a matar a gente por la que nadie preguntaba. Su vida trashumante le permitía ir dejando cadáveres anónimos que nadie relacionaba con él.

—Supongo que no andas muy sobrado de dinero —dijo, acercándose y dejando sobre la mesa un sobre con un buen fajo de billetes de mil.

Ramoneda comprobó el contenido. Luego pasó la lengua por su labio agrietado.

—Usted dirá...

—¿Tienes algún conocido en la Modelo?

Ramoneda no tuvo que pensar mucho.

—A nadie con quien dejaría a mi madre. Pero sí, conozco a gente allí.

Publio no se anduvo por las ramas.

—Quiero que encuentres a alguien que se encargue de César Alcalá. El dinero no importa... Pero quiero que se haga ya.

Ramoneda pareció decepcionarse. Esperaba algo más excitante. Después de todo, él y el inspector eran viejos «amigos».

—¿Y no le parece mejor enviarle el recadito con un poco de contundencia? La letra con sangre entra. Ya sabe, al estilo del que le envió hace unos años... A menudo me he preguntado qué fue de su hija. ¿Aún la tiene ese monstruo amaestrado suyo?

Publio apretó los dientes, algo amarillentos gracias a los puros que se fumaba entre sesión y sesión del Congreso.

—No es bueno tener tanta memoria, Ramoneda. Y tampoco es muy inteligente por tu parte intentar morder la mano que viene a darte de comer.

Ramoneda se rascó la entrepierna, mirando de soslayo a Publio.

—No me asusta, diputado.

Publio pasó la yema del dedo índice sobre una superficie cubierta de polvo.

—Entonces quizá te asuste que mañana mismo alguien te arranque los ojos y que te corte la lengua —dijo con parsimonia, como quien menciona algo sin importancia.

Ramoneda guardó el dinero.

—Solo bromeaba, diputado. Ya sabe que puede contar conmigo para lo que quiera... Mientras lleguen sobres como este.

Publio sonrió. Algún día, a no mucho tardar, tendría que deshacerse de ratas como Ramoneda. Pero de momento le resultaba útil.

—Hay otra cosa. Se trata de María Bengoechea. Supongo que la recuerdas.

Ramoneda se arrellanó en la silla. Aquello se ponía interesante.

—Le escucho, diputado.

Aquella Nochebuena fue la mejor en mucho tiempo para Ramoneda. Después de comprar ropa nueva y cenar en un buen restaurante, compró la compañía de una prostituta de la zona alta. No era como esas putas grises de la zona del puerto. Esta olía a limpio, la lencería era de encaje y sonreía con todos sus dientes perfectamente alineados.

Pagó una buena habitación, con bañera redonda y una cama grande. Tardó en tener un orgasmo, y aun cuando lo logró no fue gran cosa. Pero se sentía satisfecho.

Respiró con fuerza al terminar. Se separó del cuerpo de la chica y se tumbó en la cama hacia arriba, extenuado después de un nuevo esfuerzo que había resultado estéril, mientras la nueva luz le desvelaba el rostro a través de la cortina echada. El corazón latía desbocado debajo de las costillas, y el pecho apenas controlaba su expansión. Gotas de sudor recorrían hacia los lados el bosque enzarzado de pelos de las ingles que la prostituta acariciaba con fingido mimo.

—Tengo que irme —dijo de mal humor Ramoneda.

La joven se revolvió entre las sábanas. Las camas de los hotelitos de citas olían de una manera particular después de hacer el amor. Un olor prestado, desagradablemente aséptico. Ramoneda observó con desagrado a la muchacha estirándose como un gato, rebozándose con aquel olor. A veces, muy de cuando en cuando, añoraba una cama de verdad, y una mujer que durmiera con él sin tener que pagar por ese lujo.

Se sentó desnudo en una silla, mientras fumaba con lentitud un cigarrillo al que arrancó la boquilla, lanzándola al suelo.

Qué misterioso le parecía el mundo. Un mundo mucho más vasto de lo que había podido imaginar. Había desgastado sus pobres energías en alcanzar la siguiente loma, el próximo horizonte, convencido de que desde lo alto avistaría su destino. Pero por más que alargara los pasos, por más que desgastase su cuerpo hasta herirse los pies, siempre aparecía un nuevo obstáculo que salvar. Su vida continuaba fluyendo hacia abajo, derramándose miserablemente con unos trapicheos que jamás hubieran podido sacarle de la pobreza. Estaba harto de huir y de esconderse en lugares donde no querrían ni vivir las ratas. Apenas lograba sobrevivir, evitando el contacto con la gente. El paso del tiempo, el camino y la suciedad lo habían transformado en un perro callejero, uno de esos animales vagabundos mugrientos y flacos que cruzan de vez en cuando un pueblo con el rabo en alto, el lomo erizado y los dientes a la vista.

A veces trataba de recordar a César Alcalá y aquellas semanas encerrado en el sótano de una casa. Se esforzaba por revivir las palizas del policía, el dolor de los alambres en los testículos, las patadas en la cabeza, las inmersiones en un cubo de agua helada. Tenía muy presente el rostro descompuesto del policía frente a él, sudando, escupiendo saliva mientras lo golpeaba, y cómo, al pasar los días, el estado de ánimo de Alcalá fluctuaba hacia una debilidad cada vez más evidente, que terminó por convertirse en una súplica.

Ramoneda se sentía orgulloso de haber conseguido quebrar la voluntad del inspector con su silencio. El día que lo vio llorar y suplicarle que le dijese dónde había escondido a su hija, se sintió el ser más poderoso de la Tierra y supo que el inspector era un cobarde, un padre desesperado y vulgar. El dolor se transformó en una victoria continua.

A partir de ese momento, Ramoneda descubrió en su interior a un ser hasta entonces desconocido. Un ser que los demás no sabían apreciar, como su esposa y aquel enfermero, que se acostaban juntos en su lecho mientras creían que él no les escuchaba gemir y gozar. El hombre que era antes no hubiese soportado aquella humillación, pero el nuevo Ramoneda supo esperar su momento, se cargó de razones, día tras día; cada vez que aquel maldito enfermero eyaculaba sobre su cara riéndose, mientras le gritaba «esto, de parte de tu mujer», Ramoneda no se inmutaba, dejaba que el semen recorriera su rostro aparentemente dormido; esperaba su momento, y cuando llegó, descubrió con placer que había nacido para eso: para matar sin contemplaciones, sin remilgos.

Matar a Pura y al enfermero no fue un acto de venganza. Cebarse con ellos antes de quitarles la vida no fue un acto de rabia acumulada. Fue la confirmación de que no le temblaba el pulso, de que sus gritos de agonía no le descentraban, de que sus súplicas no le reblandecían. Descubrió extasiado que matar no era un problema para él. Lo que le importaba era el acto mismo de mirar a los ojos a su víctima antes de cerrárselos para siempre. Había conocido a otros que se jactaban de ser unos auténticos profesionales, pero él se reía de esos pistoleros que mataban a distancia, con un disparo, sin un punto de encuentro entre la mirada del verdugo y la de la víctima. Él no era de esos; le gustaba darles a los demás la oportunidad de alzar la vista y entrelucir el rostro del Diablo antes de eliminarlos.

Se levantó y se acercó hasta la silla donde había colgado la ropa. Bajo la americana asomaba la culata de su pistola. Se vistió con parsimonia, recogió sus cosas en una pequeña bolsa de viaje y se ajustó el arma en los riñones. Antes de salir deslizó sobre la habitación una mirada de hastío que se enquistó en los glúteos celulíticos de la prostituta.

Se sentía ligero. Ese estado de ánimo, casi místico, era el que le permitía disfrutar con lo que hacía. Bajo la camisa nueva de seda que había comprado sentía latir con fuerza su corazón. Ya no era un simple chivato, ni un aprendiz. Ahora era un auténtico profesional, y cobraba lo que valía. Podía permitirse entrar en una sastrería y hacerse un traje a medida, comer en un buen restaurante, pagarse una puta cara para toda la noche, ¿qué más necesitaba? Los zapatos de piel le atornillaban los dedos de los pies, poco acostumbrados a las cerrazones, cierto, y los guantes a juego le resultaban incómodos... Sin embargo, al detenerse un instante frente a un escaparate, reconoció que aquella era la apariencia de un triunfador.

Dejó ir un suspiro maligno antes de seguir su camino.

El próximo encuentro con María le proporcionaba una extraña inquietud. Casi un instante de felicidad.

Se detuvo ante un indigente que mendigaba en la acera. Tenía la cara mordida por las ratas y las manos envueltas en harapos.

—Hace unas horas, yo era como tú. Así que no desesperes, tu suerte puede cambiar. —Se inclinó sobre el cacillo del indigente. Le quitó las pocas monedas que contenía, se las guardó en el bolsillo y se alejó, deseándole feliz Navidad.

La iglesia estaba atestada de gente. Como en las catedrales medievales, las lápidas de los prohombres de la comarca alfombraban el suelo de losas de mármol de color café. Había un retablo detrás del altar, donde unos querubines sostenían una Biblia abierta con las escrituras en hilo de oro.

El sacerdote, con su terno perfectamente planchado, acariciaba con el dorso de la mano el mantel de lino que cubría el altar. Altos candelabros custodiaban el cáliz de oro. Decenas de rosas frescas decoraban el pesebre todavía vacío. Su olor dulzón se mezclaba con las velas y con la humedad de la tela rancia que destilaban la casulla del oficiante.

Unos bancos más atrás, María miraba de reojo a su padre. Gabriel sostenía su sombrero entre las manos inquietas, incómodo con la corbata y la americana.

El órgano de la capilla se arrancó con melodía fúnebre. Hubo un frisar ruidoso de ropas cuando todos se volvieron hacia una de las puertas laterales a la sacristía por la que aparecieron un militar anciano y una mujer, que llevaba en brazos la figura del niño Jesús.

—Mira, hija, ya sacan al niño. Lo más bonito de la Navidad.

A María le parecía sorprendente que su padre todavía pensase con esa inocencia, romántica e irrenunciable, en la Nochebuena. Estuvo tentada de preguntarle por qué estaban allí, en la Misa del Gallo, qué tenían ellos que ver con aquella gente que llenaba la iglesia. Pero contuvo su curiosidad. Su padre parecía realmente afectado, y su expresión era de recogimiento.

Hubo un murmullo admirativo. La mujer que llevaba al niño Jesús lucía el duelo perfecto. Vestida con un sobrio traje negro, sus pasos resonaron en las losas de mármol como un réquiem. Sin ningún tipo de maquillaje, ni aderezo, la blancura descarnada de su piel la convertía en una mortaja andante. Avanzó hacia el altar con sobriedad. Se asemejaba a una *madonna* serena y crepuscular.

Detrás de ella avanzaba por el pasillo central el anciano militar ridículamente altanero, con su uniforme de gala, con la mandíbula crispada y la cabeza erguida. Miraba a lado y lado del pasillo con sus ojos amarillentos y fieros como un perro precavido, presto a saltar y morder. A pesar de su aparatosa vestimenta, no podía disimular su decrepitud. Casi inspiraba lástima. Arrastraba la funda del sable por el suelo. El golpeteo metálico sobre las losas de mármol donde dormían sus gloriosos y pútridos antepasados era como la llamada implorante del militar a los suyos para que viniesen a rescatarle.

A la hora de la comunión, los asistentes se fueron levantando para hacer cola frente al sacerdote, que alzaba con sus manos la hostia. Él mismo la mojaba en el vino del cáliz y la colocaba en la lengua de los comulgantes.

María no se movió del sitio. En casa nunca fueron religiosos, al menos no del modo habitual. Existía una cierta religiosidad, eso sí. En la biblioteca de su padre había una biografía de san Francisco de Asís que durante un tiempo atrajo su atención cuando era niña, sobre todo por sus grabados de animales y aquellas hermosas palabras que empezaban «hermano lobo...». Pero nada más. Dios no era una existencia real en sus vidas, como tampoco lo era toda aquella simbología cristiana de la transmutación del pan y el vino en el cuerpo y la sangre de Cristo.

Sin embargo, para sorpresa de María, su padre se apoyó en el bastón y se puso en pie penosamente.

—Quiero comulgar.

Estaban ya llegando junto al pesebre. A su lado, el sacerdote tendía la pequeña hostia, casi transparente.

—El cuerpo y la sangre de Cristo...

—Amén.

Con la ayuda de María, Gabriel besó la punta del pie de yeso del niño Jesús. El maniquí era feo, ceroso y gordo. Le habían peinado y vestido con un elegante camisón blanco bordado de azul. Entre sus manos cruzadas, alguien había puesto una rosa sin espinas.

Al volver hacia su asiento, la mirada de María se detuvo junto a una de las columnas del fondo. Apoyado con cierta desfachatez junto a la pila de agua bendecida, un hombre le sonrió con un poso de ironía que la asustó. Reconoció en él al mendigo con el que unas semanas atrás se había cruzado en la calle y que las había seguido a ella y a Greta por las calles del Raval. Aunque ahora vestía con un traje de corte caro. Entonces se dijo que eran paranoias suyas. Pero ahora estaba segura de que era él, y de que la miraba directamente a ella.

Al salir de la iglesia, los presentes respiraron aliviados al verse liberados de esa atmósfera asfixiante, un clima de tristezas exacerbadas por el largo y monótono sermón del sacerdote oficiante. Poco a poco, los asistentes a la misa se fueron desperdigando formando pequeños conciliábulos, charlas que pretendían distender la tensión emotiva vivida unos momentos antes, cuando hacia el final de la ceremonia, el anciano militar —María supo que era un teniente de la Guardia Civil retirado— había subido al púlpito para recordar a los muertos del Cuerpo en aquel año de feroces atentados, con unas palabras sencillas, llenas de entereza.

Algunas personas se acercaron para interesarse por la salud de Gabriel con una sonrisa autocensurada, aduladora y estúpida. María asistía en silencio a las frases hechas, impuestas por la tradición, sumida en aquella farsa, pero al mismo tiempo fuera de ella.

Entonces volvió a ver al mismo hombre. Apartado, la observaba con cinismo. Luego se alejó disimuladamente hacia una de las galerías del claustro cercano, fingiendo estudiar la hermosa colección de esculturas clásicas que jalonaban el paseo.

María dejó a su padre en compañía de sus vecinos y siguió al desconocido.

El hombre demoró el paso, hasta detenerse por completo cuando comprobó que María le seguía. Libre de las miradas indiscretas, mostró su verdadera cara. Su boca se puso rígida, como artrítica, y el fondo de sus pupilas se hizo turbio, como el fondo de un charco recién pisoteado.

María se acercó con cautela.

—¿Le conozco?

El hombre se volvió hacia ella y la escrutó con intensidad. Entornó la mirada, observando el patio en el que departían los asistentes a la misa. Abrió una cajetilla y se puso un cigarrillo en la boca.

—Tiene una memoria corta, abogada. Soy Ramoneda.

María retrocedió inconscientemente con la boca entreabierta. Apenas le recordaba. Solo lo había visto un par de veces en el hospital. Entonces tenía la cara desfigurada y estaba en coma. Pero al observar al hombre detenidamente no era difícil descubrir las cicatrices dejadas por las heridas, ocultas bajo una espesa barba rojiza.

—No se asuste. No voy a hacerle nada —dijo él, y aplastó el cigarrillo que estaba fumando bajo la bota.

María se acarició nerviosamente el pelo. Ramoneda se dio cuenta de que miraba en dirección al patio empedrado de la iglesia. Gabriel estaba sentado junto a unos parterres con las manos en los bolsillos y gesto de extravío.

—Vaya, cuánto tiempo, Ramoneda.

Ramoneda la miró con desprecio, de arriba abajo.

—No parece que se alegre de verme. No se lo reprocho. Imagino que ya se habrá enterado de lo que hice con mi mujer y con el tipo que se la follaba.

María sintió que le mordían aquellas palabras, escupidas con asco, casi con ira. Se dirigió hacia la entrada de la iglesia sin mirar atrás. El cuerpo se le estremecía con un mal presagio. Hizo un saludo vago y se alejó apresuradamente.

Ya estaba a punto de llegar junto a su padre cuando Ramoneda la alcanzó por la espalda, sujetándola por el hombro. Al sentir el peso de aquella mano, María pensó que iba a explotarle el corazón.

—Solo quería charlar un poco con usted, María.

María no se volvió inmediatamente. Fingió no escuchar su nombre. Pero él lo repitió con más fuerza, como si la asaetara por la espalda. Finalmente, se giró exasperada.

—¿Qué quiere de mí?

Ramoneda se concentró en un punto alejado de ambos. Parecía pensar en algo de extrema gravedad.

—Me han dicho que se separó de su marido. Y que ahora vive en «pecado» con una chica muy hermosa... Greta, creo que se llama, ¿verdad? Es romántico observarla en la playa que hay delante de la casa que tienen en Sant Feliu. Se le da bien la pesca. Pero en esta época del año la playa es un lugar solitario. Si le ocurriera un accidente nadie se daría cuenta hasta que fuera demasiado tarde. —Ramoneda torció la mirada. Contemplaba ahora a Gabriel—. Ocurre lo mismo con su padre. En este pueblucho y sin enfermera que le cuide. Podrían asaltarlo y hacerle cualquier cosa. Sí, sería una pena. Por suerte, usted es una mujer inteligente y sabe cómo proteger a los suyos.

María no daba crédito a lo que estaba escuchando.

—¿Qué es esto? ¿Me está amenazando?

Ramoneda sonrió maliciosamente. En realidad eran sus ojos los que lo hacían. Su boca apenas se crispó un poco.

—Solo la estoy previniendo. Sé que me andan buscando por la desaparición de Marta Alcalá, la hija del inspector. Le diré lo mismo que le dije en su día a Alcalá: no sé nada. Me pagaron para dar una información. La di. Cobré. Punto y final. Dígale a su ex marido y a ese viejo de Recasens que dejen de azuzarme como si fuese un perro. Ya sabe lo que ocurre cuando se acorrala a un perro: se revuelve y muerde lo que tiene a su alcance. Y si quiere un consejo: olvídese del inspector y de todo lo que tiene que ver con él. Me sabría mal que le sucediese algo a usted o a sus seres queridos... Feliz Navidad, abogada. —Se abrochó el abrigo, dirigiéndose con pasos lentos y poderosos hacia la salida.

CAPÍTULO 13

Barcelona. 27 de diciembre de 1980

María entró en el restaurante. Las camareras ya estaban colocando los manteles. Era temprano y aún no había clientes. Se escuchaba música de piano en el hilo musical.

Se acercó el camarero. Era un tipo solícito, almibarado y demasiado guapo. Un maduro seductor, seguro de la fuerza de atracción de su barba canosa y de su pelo bien cortado y sin teñir. Le faltaba naturalidad y su colonia le pareció nauseabunda a María.

—¿Almorzará sola? —Sin disimulo, la mirada del camarero acarició los pezones de María.

—No; quiero una mesa para dos —respondió ella, abrochándose el último botón del escote.

El camarero se sonrojó. Carraspeó y la acompañó hasta una mesa del fondo. Le entregó la carta de platos. Era una carta cara, con papel de textura gruesa y rugosa. Lorenzo quería impresionarla.

Pidió una botella de vino blanco mientras esperaba. Cuando el camarero se alejó, abrió el bolso y se tragó dos píldoras de naproxeno. Sus dolores de cabeza, cada vez más virulentos y repentinos, ya no le daban tregua. Se dijo a sí misma, sin mucha convicción, que tenía que ir al médico.

—Después de fiestas —dijo en voz alta, como para convencerse. Encendió un cigarrillo y se sirvió otra copa de vino, mientras repasaba los acontecimientos de los últimos días.

Tenía miedo. Todavía no le había contado a nadie, excepto a Lorenzo, su encuentro con Ramoneda. No quería preocupar a Greta. Las cosas se estaban torciendo entre ellas y lo último que necesitaba era crear más problemas en su relación. Pero lo cierto era que apenas podía dormir. Fumaba continuamente, nerviosa e incapaz de concentrarse en nada que no fuese la imagen de Ramoneda, su sonrisa fría, su mirada asesina. ¿Cómo la había encontrado? Eso no importaba, el caso era que lo había hecho. Ahora sabía dónde vivía, y sentía continuamente la presencia de sus ojos espiando sus movimientos, los de Greta, los de su padre. Esa presión iba a hacerle estallar la cabeza.

Al poco rato apareció Lorenzo, vestido con un traje oscuro que realzaba su imagen.

Se quedó un momento en el quicio de la puerta, observando a María con el pomo en la mano, como si no se decidiese a entrar o salir. De repente sonrió, con una sonrisa amplia, seductora, de esas capaces de sostener las amistades útiles. Antes de que María pudiera levantarse, él ganó la distancia que les separaba.

—Estás muy guapa —dijo con una voz bien timbrada. Sus ojos buscaban la mirada de María con franqueza.

María pensó que en cierto sentido, Lorenzo continuaba siendo atractivo, elegante, aunque distante pese a su aparente cercanía. Se recompuso con un gesto infantil el pequeño recogido que llevaba encima de la cabeza, con una coquetería que salía de algún lugar que no controlaba, como si quisiera demostrar algo. ¿Que todavía era joven? ¿Que era ahora más atractiva que a los veinticinco?

—Me dijiste que no sabíais nada de Ramoneda. ¿Cómo puede ser que se haya presentado delante de mí, en casa de mi padre? Ese hombre me ha amenazado de muerte —dijo con un punto de irritación para consigo misma por haberse dejado arrastrar a aquella aventura.

Lorenzo apartó la mirada hacia una imaginaria mota de polvo que apartó con la mano. Estaba ganando tiempo.

Su actitud reacia puso sobre alerta a María.

—¿No te sorprende?

—En realidad, no. Sabemos que Ramoneda te está siguiendo desde hace varias semanas.

María enrojeció de cólera. Tuvo que apretar los labios para no dejar ir un insulto a gritos.

—Pero, ¿qué narices estás diciendo?

—Cálmate, María. Deja que te lo explique: tenemos vigilado a ese cabrón. Pero no nos interesa detenerlo todavía. Ramoneda es el único que puede llevarnos a la hija de César Alcalá, y por ende, a Publio. Seguimos sus pasos y esperamos que cometa un error que permita incriminar al diputado. Cuando eso suceda, iremos a por ambos.

María se sintió como un cebo vivo. Era una oveja atada a un árbol para atraer a los lobos.

Lorenzo intentó tranquilizarla.

—Tenemos un plan, y tú eres la piedra angular. Deja que te lo explique con calma mientras almorzamos.

María se puso en pie. No tenía nada que escuchar.

—Me habéis utilizado. Habéis puesto en peligro a Greta, a mi padre y a mí. Olvídame, Lorenzo. Lo digo en serio; no quiero saber nada de esto.

Ya se estaba poniendo el abrigo cuando Lorenzo la retuvo de la mano.

—Tú no lo entiendes, María. No puedes entrar y luego salir de esta historia como si nada. Te guste o no, ya estás en ella. Si decides marcharte, no podremos protegerte de Ramoneda. Ahora que ya te ha encontrado, no te dejará en paz. No le conoces. Ese hombre es un psicópata.

—Olvídame, Lorenzo. Cada vez que entras en mi vida es para joderme.

Salió a la calle sin escuchar las llamadas de Lorenzo y paró un taxi.

Cuando llegó a casa empezaba a oscurecer y los latigazos violentos del crepúsculo dibujaban crestas sonrosadas en la fachada.

Le dio una rápida y nerviosa calada al cigarrillo, bajó

la ventanilla dos dedos y lo lanzó fuera. El taxista la miró con un reproche por el espejo interior. Ella se encogió de hombros. En la radio hablaba el presidente de la Generalitat, Pujol. Era un discurso identitario y apasionado. María cerró los ojos porque no podía cerrar los oídos. No quería llenar su cabeza con voces absurdas hablando de patrias y de banderas. Solo quería darse un buen baño.

Encontró a Greta remendando con una púa una red extendida en la playa. Tenía la falda recogida y los muslos llenos de arena. Parecía tener todo el tiempo del mundo por delante. Al lado, en un cubo descolorido, dos peces de lomo gris boqueaban agonizantes.

María se sentó en la arena junto a ella. Deslizó su mejilla cerca del pelo y le dio un beso tibio en el cuello.

Greta la miró con extrañeza. Últimamente, María no solía mostrarse tan cariñosa como antes.

—¿Ocurre algo? Hoy te has levantado temprano —dijo.

—No podía dormir... Le he dado esquinazo otra noche a las pesadillas —dijo María con una sonrisa cansada.

—No sabía que tuvieses pesadillas.

—¿Y quién no las tiene?

Greta se quedó esperando que dijese algo más, pero María hizo un gesto ambiguo, como si hubiese hablado más de la cuenta.

—¿No tenías que ver a un cliente en Barcelona? —le preguntó Greta.

—Una entrevista sin interés. —María mintió. Las mentiras pequeñas e inútiles ya formaban parte de una rutina a la que ambas se habían acostumbrado.

Fue a sentarse en la popa de la barca varada, encogida en su tabardo, mirándose las manos, como si acabase de descubrir en ellas algo maligno y monstruoso.

—¿Sabes lo que dicen los marineros? Que todo lo que echamos al mar nos lo devuelve, tarde o temprano, la marea.

Greta escuchó despacio, como si no acabase de entender lo que decía. Dobló con parsimonia un aparejo y lo guardó en el cubo. Luego alzó la cabeza y taladró a María con sus ojos infranqueables.

—¿A qué viene eso ahora?

María examinó detenidamente a su compañera. La tenía allí, al alcance de sus palabras, al borde de sus dedos, pero a veces se sentía tan vacía como una noche sin estrellas. Había llegado a la conclusión de que sus años de matrimonio con Lorenzo la habían dejado seca, incapacitándola para volver a entregarse a alguien. Sí, claro que amaba a Greta, pero lo hacía de un modo hipócrita, con cautela, sin darse toda.

—Por nada —dijo, cambiando de tema—. Bajar a Barcelona me ha puesto de mal humor; supongo que es eso lo que me pasa.

Greta guardó silencio. Un silencio insidioso que rompió abruptamente. Estaba seria, pensativa, visiblemente incómoda.

—Seguro que es por eso... O puede que tu estado de ánimo se haya torcido porque has estado viéndote con Lorenzo a mis espaldas. ¿No crees que merecía saberlo?

María la miró con un punto de sorpresa. Luego desvió la mirada hacia la playa desierta.

—Has terminado por enterarte igualmente. ¿Qué importancia tiene?

Greta buscó durante unos instantes interminables alguna grieta en el gesto marmóreo de María. Pero esta no se inmutó. Su rictus era frío y hermético.

—¿Por eso estás tan distante? Apenas duermes, te levantas temprano. Siempre escondes algo en esos silencios tuyos. No sé qué te pasa, María, no sé de qué huyes... Pero algún día tendrás que dejar de correr hacia ninguna parte. Puedes decírmelo, no me moriré.

—¿Decirte qué?

—Que echas de menos a ese cretino...

—No saques las cosas de quicio, ¿quieres? Es una anécdota, nada más. No quería que te molestases, por eso no te he dicho nada.

—Ese es el problema, María. Tengo la sensación de que últimamente todo es anecdótico entre nosotras.

María empezaba a impacientarse. Suspiró con fuerza.

—No me pasa nada; solo necesito un poco de tiempo para aclararme. Y lo que menos necesito ahora es que me montes una escenita ridícula de celos... No sabes lo que está pasando, no tienes ni idea.

Greta no decía nada, pero el corazón le latía rabiosamente, movido por una emoción violenta. Su mirada penetrante mordía la piel de María.

—Pues ilústrame.

María se sintió dolida por el pensamiento de su pareja. Se puso en cuclillas y cogió un montón de fina arena que dejó caer entre los dedos. Qué absurdo le parecía en aquel momento el arranque de celos de su compañera. Y sin embargo, debería haber comprendido que creyera algo así. Ella lo hubiera hecho.

Después de todo, estaba mintiéndole. Tal vez no de la manera que ella sospechaba, pero una mentira solo engendraba otra mentira más grave para ocultar la primera. Quizá lo mejor era permitir que Greta alimentase esa ficción, alejarla de ella durante un tiempo para ponerla a salvo.

—Tal vez me esté replanteando algunas cosas —le respondió evasivamente.

Greta observó detenidamente a María. La conocía suficiente como para saber que no le estaba diciendo todo lo que pensaba.

—¿Qué cosas?

María abrió las manos y se palmeó con fatalidad los muslos.

—Quizá me lo estoy cuestionando todo; puede que me esté preguntando cómo se te ocurre acusarme de querer volver con el hombre que me ha estado maltratando durante años. ¿Qué clase de confianza tenemos la una en la otra? O puede que tengas razón: últimamente discutimos demasiado, nos enfadamos por nada... Tal vez sería mejor darnos un descanso. Estar solas durante un tiempo. —Bajó la cabeza y tragó saliva antes de concluir—: Me gustaría estar sola una temporada.

Por la mañana, en la cárcel, César Alcalá comprendió que María no había tenido una buena noche. La abogada tenía el rostro descompuesto por la falta de sueño y los ojos hinchados de llorar. El inspector estiró las manos para que el funcionario le quitara las esposas y se sentó al otro lado de la mesa, frente a ella. Esperó a que María apartase los ojos de un cuadro sin ningún interés que colgaba de la pared.

—¿Una mala noche?

María dejó caer una ironía:

—Una mala vida, en realidad.

César Alcalá no dio síntomas de encajar la broma. Permaneció ante ella con la cabeza erguida y las manos sobre la mesa. De vez en cuando masajeaba sus muñecas, que tenían la marca de las esposas.

—¿Por qué no me cuentas lo que pasa?

María se lo contó todo. Las palabras salieron a borbotones de su boca como si hubiese estado esperando la oportunidad de hablar. Cuando terminó, respiraba entrecortadamente y lloraba. César Alcalá había estado escuchando con gesto hierático. Dejó que María se calmase.

—De nuevo Ramoneda. Es como esos pájaros del mal augurio. Cuando él aparece, algo malo se avecina —dijo con la garganta seca—. Dime una cosa, María. ¿Crees que es casualidad que Ramoneda aparezca ahora en tu vida, precisamente cuando vienes a visitarme? No. No hay nada casual en eso. Y ese soplón no tendría las narices de dejarse ver, sabiendo que lo busca medio cuerpo de policía, si no fuera porque tiene el respaldo de alguien poderoso.

María terminó la frase:

—Alguien como Publio. Temen que hables conmigo, que me cuentes lo que sabes.

César asintió.

—Es cierto. No lo haré, al menos mientras tengan a mi hija.

Hacía días que la abogada deseaba abordar una cuestión delicada. Le pareció que aquel era el mejor momento:

—¿Y si Marta no está en su poder?... ¿Y si...?

César la atajó de raíz.

—Perdí a mi padre pero no perderé a mi hija. Ella está viva. Lo sé. Habla con tus jefes. Diles que nadie tiene más deseos que yo de hundir para siempre a ese mal nacido de

Publio. Pero que si quieren mi colaboración, primero deberán traerme a mi hija, viva y a salvo.

—Están en ello, César. Ramoneda es quién puede llevarnos hasta tu hija. Y me están utilizando a mí como carnaza para hacerle salir de su cueva. Nos jugamos todos mucho...

—Entonces, será mejor que no nos equivoquemos —zanjó con frialdad el inspector César Alcalá.

Unas horas más tarde María regresó a casa.

Greta ya no estaba. Supo que la había abandonado antes de entrar en el dormitorio y ver la nota sobre la cómoda. Greta tenía una letra difícil, de médico:

«Estaré unos días fuera. Te haré saber dónde.»

María se dejó caer sobre la cama.

Allí estaba el armario de Greta abierto con algunas perchas sin ropa y huecos en la hilera de zapatos. Tampoco estaba la bolsa de viaje, ni los abalorios de su tocador.

¿Por qué no le importaba? ¿Por qué no era capaz de reaccionar? Era como un saco roto por las costuras y toda la fuerza se escapaba por esas grietas, sin poder hacer nada para impedirlo. Simplemente se quedó allí tumbada, tapando los ojos con el antebrazo y escuchando el rumor de las olas a través de la ventana. No hubiera hecho nada el resto de sus días. Quedarse allí quieta, fosilizada, esperando con los ojos cerrados y la mente en blanco.

Entonces sonó el interfono de la entrada y María dio un salto de la cama. A aquellas horas solo podía ser Greta. Tal vez se lo había repensado; ya habían discutido otras veces y al final siempre se reconciliaban. Corrió a abrir la puerta. Le diría toda la verdad sobre Lorenzo, y César Alcalá, le hablaría de Ramoneda. La verdad. En aquel asunto la verdad era como una luz quebrada que proyectaba largas sombras sobre sentimientos tan dispares como la culpa, la curiosidad o el sentido del deber. Pero juntas encontrarían una solución. Sí, eso es lo que debería haber hecho desde el primer momento, decir la verdad y asumir juntas las consecuencias.

Para su sorpresa, la entrada estaba vacía. Entonces su

pie descalzo pisó algo. En el suelo humeaba una colilla. A lo lejos divisó la figura inconfundible de Ramoneda, alejándose hacia el rompiente de la playa.

Ramoneda se había apostado en una esquina desde la que podía divisar aquella bonita casa junto a la playa. Era una finca bonita, aunque a él le resultase demasiado plácida.

—La típica burbuja donde se esconden los ricos —se dijo, mientras contemplaba a través de la cancela las mimosas del jardín y una pequeña fuente de aire anticuado.

Ramoneda nunca había tenido una casa. Cuando era pequeño su único hogar fueron los centros de acogida, los internados y los reformatorios. Y en esos lugares no existían mimosas ni fuentes con mujeres de mármol derrochando agua por caños en forma de jarra. Solo barrotes, humedad, comida recalentada y dormitorios colectivos.

Escuchó el motor de un coche acercándose. Era María que llegaba en taxi. Ramoneda apretó los puños. Sentía en erección todo su cuerpo, como traspasado por una corriente eléctrica.

—Todavía no —se dijo.

Esperó a que entrara en casa. Una por una, las luces de las estancias por las que ella pasaba se iban encendiendo dejando ver el paso fugaz de su sombra. Ramoneda escuchó que llamaba a Greta. Luego la vio entrar en el dormitorio, remover las cosas de su novia y dejarse caer en la cama. Estaba hermosa con esa expresión de afligido abatimiento. Era tan fácil acceder a ella... Bastaba acercarse a la puerta principal y llamar al timbre. Lo hizo por puro placer. Deseaba hacerla sentir su presencia.

Escuchó sus pasos apresurados. Se regocijó con la cara de miedo y frustración que ella pondría al abrir y encontrarlo a él en lugar de Greta, que era a quien esperaba. Le costó vencer a su voluntad de quedarse en el umbral. No quería contradecir a Publio y perder un buen trabajo. Solo debía asustarla.

—Pronto. Muy pronto nos veremos. —Tiró la colilla que fumaba y se alejó hacia la playa.

CAPÍTULO 14

Sierra de Collserola (Barcelona).
Principios de enero de 1981

Sumida en la oscuridad, Marta escuchaba caer la lluvia con fuerza. Toda la casa goteaba por dentro y crujía como una vieja asustada. Se acurrucó en un rincón con las piernas encogidas. A través de los pequeños agujeros entre los ladrillos que tapiaban la ventana podía ver el exterior. Era el único modo que tenía de saber si era de día o de noche. De vez en cuando se acercaba y pegaba el ojo para ver una pequeña porción del jardín. Apenas alcanzaba a distinguir el voladizo del cenador. Frente a los grandes sicomoros de la entrada había estacionado un coche negro. El mismo coche que aparecía cada cierto tiempo conducido por el anciano que traía las provisiones. Al principio trataba de llamar su atención llamándolo a gritos, pero aquel hombre estaba demasiado lejos para oírla, o lo que era más descorazonador, simplemente la ignoraba.

Recogió con la mano los eslabones de la pesada cadena que la unía por el cuello a la pared y volvió junto al colchón. Las rozaduras de la argolla le causaban heridas que le escocían y que no podía rascarse. La cadena le permitía moverse en círculos como un perro atado; así podía llegar a cualquier parte excepto a la puerta, atrancada por fuera.

Ni siquiera se planteaba escapar. Hacía ya mucho tiempo que había desistido de esa idea y su esfuerzo se concentraba en no volverse loca después de tantos años de encierro y oscuridad.

No le habían dejado demasiadas cosas: una escudilla para la comida, un cazo para el agua y un orinal para sus necesidades que una vez al día venía a recoger su carcelero. Era el único momento en el que la puerta se abría, dejando entrar una rendija de luz que iluminaba la habitación y que le había permitido hacerse una idea de lo miserable que era su encierro. El guardia se negaba tercamente a contestar sus preguntas; pero al menos se avino, después de varios meses de súplicas, a entregarle una pequeña vela, cerillas, un poco de papel y un lápiz.

Escribir era lo único que la mantenía lúcida, pero debía economizar al máximo la vela que se iba consumiendo inexorablemente. Apoyada en la pared húmeda la encendía durante unos minutos y se apresuraba sobre el escaso papel de que disponía. Amparada por el círculo de luz débil y titilante de la llama se soplaba en los dedos para desentumecerlos. Escribía cualquier pensamiento que le venía a la cabeza. Pensaba en cómo era su vida antes de aquel cautiverio, recordaba a su madre, y se repetía machaconamente que su padre seguía buscándola ahí fuera. Sabía que él nunca se daría por vencido. Se agarraba a ese clavo ardiendo para sobrevivir. Luego apagaba la vela y contemplaba el papel un buen rato en la oscuridad antes de guardarlo en el abrigo enrollado que le hacía las veces de almohada.

A medida que pasaban los días en aquella oscuridad sin que sucediese nada, la voluntad de Marta iba desapareciendo. Permanecía arrinconada durante horas, con la mirada fija en los agujeros de la ventana tapiada, con la mente en blanco. Pensaba que tal vez harían con ella lo que les hacían a las brujas en ciertos pueblos de Flandes durante la Edad Media: las emparedaban en las fachadas de las catedrales dejando una breve apertura horizontal por donde les echaban la comida, y las dejaban allí hasta que morían, muchas veces después de años y años de encierro. ¿Era eso lo que su carcelero tenía planeado para ella?

Sin embargo, una noche se rompió su rutina de féretro. Se abrió la puerta y dos sombras se recortaron sobre el umbral. Uno de los hombres susurró algo al oído del otro, este asintió y le dijo a Marta que se pusiera en pie. Nunca los había visto antes, ni había escuchado sus voces. Estos debían de ser nuevos.

Obedeció arrastrándose a un lado. Uno de los hombres registró su ropa, volteó el colchón y finalmente dio con los papeles escondidos en su abrigo. Ella intentó arrebatárselos pero el hombre la apartó con un gesto violento, mirándola con aire triunfal. Los dos hombres desaparecieron, llevándose consigo también el cabo de la vela y las cerillas. Por suerte, Marta había escondido el lápiz en sus bragas y los hombres no se atrevieron a registrarla a fondo.

Al cabo de media hora volvieron. Le quitaron sin miramientos la cadena y la sacaron a empujones de la habitación sin decir una palabra. En el trayecto veloz, Marta apenas pudo reconocer algunos cuadros llenos de telarañas, cortinas deshilachadas y muebles cubiertos de polvo amontonados en los rincones. La hicieron entrar en una habitación que servía como secador de embutidos. Era un lugar frío lleno de ganchos y cadenas que colgaban de las vigas del techo. Olía a tripa de cerdo.

Sentado en una silla, un hombre con el cuerpo abrasado la miraba con ojos casi sin párpados. Se movía, gesticulaba, pero era un muerto. Solo los cadáveres tenían aquel tono verdoso en la piel seca que asomaba bajo su ropa de algodón. Sostenía un papel en la mano. Fumaba un puro que desprendía un olor mareante. A Marta le revolvió el estómago ver la desfachatez con la que aquel fantasma la examinó. Conocía de sobras esa expresión demencial y destructiva. Y sabía lo que iba a pasar.

—Por favor, siéntate —le pidió el hombre cuando se quedaron solos. Como Marta no obedecía, empujó hacia ella una silla—. Por favor —insistió con inflexible educación.

Finalmente Marta accedió. Se sentó frente a él en la

esquina de la silla, de lado, apretando las manos contra el regazo.

El hombre tenía un papel entre los dedos sin uñas.

—¿Qué significa esto?¿No has tenido bastantes problemas, ya? —Era el papel arrugado en el que había estado escribiendo aquellos días.

Marta se mordió el labio para que no se le escaparan las lágrimas. Tenía ganas de hacerlo, pero no iba a desmoronarse delante de aquel monstruo. Desvió la mirada. La luz entraba a raudales y tuvo que entrecerrar los ojos para acostumbrarse.

—Si quieres papel y lápiz, no tienes más que pedírmelo a mí —dijo el hombre. Abrió un cajón y le puso delante una cuartilla en blanco y una pluma—. Aquí tienes suficiente luz, así que empieza a escribir.

Marta contempló la hoja en blanco como si fuera un abismo.

—¿Qué debo escribir? —preguntó con la humildad que los años de golpes le habían obligado a adoptar.

—Primero anota todos tus pecados, y los de tu familia.

El labio inferior de Marta empezó a temblar. ¿Cuántas veces había pasado ya por lo mismo?

—¿Por qué me hace esto? —gimió débilmente.

—Escribe —insistió el hombre, golpeando con el índice desfigurado la hoja en blanco.

Marta contempló el papel. Lentamente levantó la vista y sostuvo la mirada del hombre. Vio cómo se endurecía su expresión y cómo la malicia asomaba a sus ojos. Había estado cientos de veces frente a él, pero no lograba acostumbrarse a la horrible desfiguración de su cara. Todo en él era una llaga verdosa. Su cuerpo quemado apenas tenía consistencia; su piel, su carne, sus huesos se mantenían unidos por nervios de aire que podían deshacerse con un suspiro.

—Disfruta con esto, ¿verdad?

El hombre se inclinó hacia adelante. El nauseabundo olor que le salía de la boca sin labios abofeteó las mejillas de la muchacha.

—No hay consuelo para lo que tu familia me hizo, Marta Alcalá. Ni siquiera la venganza me lo da, pero puedo redimirte con el mismo dolor que me dieron los tuyos. Sé qué clase de mujer eres. Te crees mejor que yo. Me consideras un bárbaro. —Cogió la pluma y se la ofreció—. Entiendo que te cause repulsa, lo entiendo, de verdad. Eres esa clase de mujer que eleva el ego de cualquier hombre: guapa, culta, voluptuosa... Sabes que dominas a los hombres, piensas que tus piernas y tus tetas lo pueden todo. Pero conmigo no te van a servir tus encantos. Yo lo único que veo es un cordero, un cordero que debe expiar los pecados de otros. Y créeme, haré lo necesario para exprimirte hasta sacarte todo lo que llevas dentro. Te dejaré vacía, Marta, como vacío estoy yo. Y sí, disfrutaré haciéndolo. Así que no me provoques, porque nadie vendrá a rescatarte. Escribe el nombre de los asesinos de tu familia, escribe sus pecados. —Su voz era glaciar, tranquila y amenazante. Como la mirada de pedernal.

Marta cogió la pluma. Los dedos le temblaban. Suspendió un instante la afilada punta en el aire.

—¡Empieza a escribir! —gritó de repente el hombre, dando un golpe con la palma de la mano encima de la mesa.

Marta se encogió. Tomó la pluma y con trazo titubeante escribió:

«Yo, Marta Alcalá, nieta de Marcelo Alcalá, declaro que mi abuelo fue el vil asesino de Isabel Mola...»

Entonces, su mano se detuvo.

—Continúa. —El hombre la cogió por el cuello. La estaba ahogando.

«...Y que mi padre, César Alcalá, así como yo misma, somos también culpables de ese crimen, pues llevamos tan ignominioso apellido...»

El hombre pareció darse por satisfecho. Aflojó la presión sobre su cuello y acercando al oído de Marta su boca babosa le escupió palabras afiladas como agujas.

—Todo el mundo te da por desaparecida, nadie sabe que estás aquí, y eso significa que eres mía. Puedo hacerte lo que quiera, golpearte, torturarte, puedo ordenarle a mis hombres que te violen... Quizá engendres otro maldito depravado que añadir a tu familia.

De repente Marta sintió un fuerte golpe en la nuca y dio de bruces contra el suelo.

A partir de ese momento se abrieron las puertas del infierno.

Se sucedieron los golpes, los gritos y los insultos. Aquel monstruo la obligaba a permanecer en cuclillas. Cuando las piernas se le dormían y los dedos de los pies le sangraban y se caía al suelo, la arrastraba por los pelos y la obligaba a empezar otra vez. Después la zarandeaba, pasándola de mano en mano. Le tocaba los pechos por encima de la ropa, le metía la mano en la entrepierna y le decía toda clase de obscenidades en la cara. El hombre hablaba, amenazaba, cambiaba el ritmo y se tornaba amable y complaciente, y luego volvía a ser agresivo. Pero Marta no oía la mayor parte de lo que le decía. Veía moverse su boca sin labios pero las palabras se esfumaban en cuanto tocaban el aire. Su mente vagaba en otra parte.

Cuando se cansó de aquella danza tenebrosa, el hombre la desnudó. Marta no se resistió. No era más que una muñeca de trapo. Lo dejó hacer.

El hombre la observaba con parsimonia. Reconoció que era hermosa, a pesar de los cardenales que le llenaban buena parte del cuerpo y de la suciedad de excrementos resecos en la cara interior de los muslos. Se acercó despacio. Tirando de la cabellera hacia atrás, obligó a Marta a que lo mirase a los ojos.

—¿No comprendes tu situación todavía? Te arrancaré los ojos con una cuchara, quemaré esos bonitos pezones negros que tienes, te joderé por cada uno de tus bonitos agujeros hasta que me harte... Y aun así, no te dejaré morir. No hasta que yo lo decida.

Marta no contestó. Se tapaba como podía el pubis y el pecho. Sus ojos tenían una mirada de abandono, sin luz, sin esperanza.

No era esa la mirada que el hombre quería provocar. Esperaba un temblor bovino en sus pupilas, la asunción de todos los terrores que ella pudiera imaginar. Un pánico tal que la arrojase al vacío, que la empujase a decir lo que él quisiera escuchar. Era metódico y frío, la violencia era un medio para alcanzar un fin; únicamente cuando ya había obtenido el resultado apetecido se convertía en un placer.

Sin embargo, Marta le estaba desmontando los esquemas. No luchaba, no conservaba esperanzas, no se mostraba suplicante ni tampoco altiva. Era como un saco hueco que absorbía los golpes transformándolos en aire. El hombre sabía que tarde o temprano tendría que matarla. Conservarla con vida se había tornado demasiado peligroso. Pero empezaba a temer que ni siquiera así obtendría satisfacción. Y lo que él no aceptaría nunca era una derrota de esa magnitud. Nadie se le escapaba cuando se lo proponía. Nadie. Ni vivo ni muerto.

Abrió la puerta e hizo un gesto a los hombres que esperaban fuera. Marta respiró aliviada. Tal vez ya se había terminado todo, de momento.

Pero estaba equivocada. La llevaron a un baño cochambroso. En el excusado flotaba una masa de aguas fecales pestilente. El alicatado de la ducha se caía a trozos y goteaba un grifo oxidado. En la bañera descascarillada flotaban en el agua embozada cucarachas y moscas.

—¿Te apetece un baño? Hueles a perros muertos —dijo uno de los hombres. El otro soltó una carcajada. Marta retrocedió, pero la obligaron a entrar a empujones.

—Dicen que morir ahogado es una muerte terrible y larga en la que los pulmones se debaten por respirar hasta que estallan, literalmente —dijo uno de ellos, mientras orinaba sin pudor en el wáter atascado.

Sin mediar palabra, el que sujetaba por el cuello a Marta le sumergió la cabeza en el wáter. Una, dos, tres veces. Y cada una de las veces, cuando Marta sentía que iba a morir la sacaban, como si tuviesen calculado al segundo cuánto podía aguantar. Parecían divertirse viendo cómo se embadurnaba de excrementos, cómo escupía bilis para poder respirar, tosiendo y vomitando a la vez.

—Ya vale, el jefe no quiere que se nos muera —dijo uno de ellos, cuando se hartaron de aquello.

—El pelo. Hay que raparla al cero —dijo el otro, cogiendo una maquinilla eléctrica.

Marta observó con terror cómo se acercaba aquel individuo con la maquina enchufada. Y entonces empezó a llorar desconsoladamente y a suplicar.

—Por favor... Mi pelo no... Por favor.

Los dos hombres se miraron desconcertados. Había soportado todas las humillaciones sin venirse abajo, sin una súplica..., ¿y de repente se derrumbaba porque iban a cortarle el pelo al cero? El desconcierto dio paso a una risotada cargada de burla.

—Queremos ver qué guapa estás con el cráneo pelado —dijo el de la maquinilla, acometiéndola sin ninguna contemplación.

Cuando era niña, uno de los mayores placeres de Marta era esconderse en el dormitorio de su madre. Tenía un enorme ropero con un precioso muestrario de vestidos, zapatos y joyas dispuestos con exquisita pulcritud. Ese era el adjetivo que mejor definía a su madre: exquisita. A Marta le encantaba sentarse a los pies de la cama y contemplar cómo su madre se alisaba la larga cabellera negra durante minutos y minutos frente al espejo del tocador. Era un pelo hermoso, de guedejas brillantes que le caían con elegancia hasta media espalda. Marta también tenía el pelo largo y sedoso. Era el legado de su madre. Desde niña lo cuidaba con baños de espuma especial, lo vaciaba con un largo cepillo de púas romas, lo recortaba en las puntas. Su madre se sentía orgullosa de su pelo, y ella también. A veces se bañaban las dos juntas y reían enjabonándose la cabeza, y luego se cepillaban la una a la otra, canturreando. Eran como dos gatos que se lamen y se acicalan haciendo su vínculo de amor más y más fuerte. En el pelo de Marta estaban enterradas las caricias de su madre, el olor de los aceites de aquel dormitorio, las noches de complicidad entre ambas. Entre sus guedejas, Marta guardaba lo mejor de la infancia.

También de eso la despojaron. Mientras escuchaba el ruido de la maquinilla eléctrica devastando su cabellera, lloraba en silencio. Veía caer a sus pies desnudos los mechones de pelo, como una lluvia del pasado.

De nuevo en la oscuridad de la habitación, se tocó el cráneo rasurado y se sintió más desnuda que nunca. Se tumbó en el suelo recogida sobre sí misma como un feto, tiritando de frío. Se mordió las manos para que los guardias no oyeran su llanto y así estuvo durante horas, pensando en los suyos, en cada detalle nimio de su vida anterior.

Recordó a su padre, los consejos que siempre le daba cuando estaban sentados a la mesa los tres. «Marta, no apoyes los codos en la mesa, no sorbas la sopa, no te levantes hasta que tu madre te lo diga.» Ella y su madre se miraban a través de la jarra de agua y sonreían con complicidad. Su padre era demasiado estricto, pero no se enteraba de nada de lo que ocurría en casa.

Pensaba en su casa, en la última vez que lo vio: su padre estaba afeitándose en el baño. Sobre su cabeza pendía amenazante un viejo termo eléctrico. Había que ducharse con rapidez, antes de que el sordo gorgoteo de la cañería anunciase que se terminaba el agua caliente. Se vestía con cuidado. Aquella última tarde se puso el traje gris y la camisa a juego, la que llevaba cuando tenía que ir a algún juicio. Luego se anudó la corbata con un nudo demasiado grueso para la moda pero que a él le gustaba. Se peinó el pelo, negro y corto sin secar hacia un lado, dejando colgar sobre su ancha frente una onda del flequillo. Se puso unas gotas de colonia de Agua Fresca detrás de las orejas y en el dorso de las muñecas. Suspiró con hondura, pasó la palma de la mano sobre la superficie agrietada del espejo para limpiarla de vaho y se miró.

—¿Te parece que tu padre está presentable? —le preguntó a través del reflejo cuarteado del espejo.

—Sí, papá. Estás estupendo —le dijo ella, y le besó en la mejilla, llevándose en aquel último beso un poco de colonia pegada a los labios.

Ese rescoldo que ya no le calentaba apenas era lo único que le quedaba de su vida anterior. Intentó dormirse mecida por aquellos recuerdos. Sabía que su padre nunca dejaría de buscarla, que removería cielo y tierra hasta encontrarla.

Sabía que aunque todo el mundo la olvidase, él no lo haría. Nunca. Y a esa idea se aferraba con desesperación.

CAPÍTULO 15

Mérida. Enero de 1942

El soldado nunca había visto una barbería como aquella. Era pequeña y elegante, con estantes de cristal en las paredes, a reventar de colonias, afeites y cremas. Los sillones giratorios eran de color rojo y tenían un reposa nucas para el lavado de cabeza.

El barbero era un profesional de escuela. Hombre bajito, enjuto, de bigote fino y poco pelo, había aprendido el oficio en París, y decía, con no poca suficiencia, que en Europa cortar el pelo era todo un arte lleno de preámbulos. Trabajaba con una bata blanca en cuyo bolsillo superior asomaba un peine y el mango de unas tijeras. Se aplicaba a lo suyo con seriedad y concienzudamente, ajeno a los dolores de muñeca o a los pelos que le saltaban a la cara como cerdas puntiagudas.

—¿De permiso para visitar a la novia?

El joven soldado sonrió con cierta tristeza. No había novia a la que visitar, ni familia con la que pasar aquel permiso. Ni siquiera conocía a nadie en Mérida. Había sido trasladado allí unos días antes sin motivo aparente. Al menos, le habían dado el fin de semana para pasear por la ciudad. Y aquello era más divertido que vigilar una cantera abandonada.

—¿Le gusta cómo va quedando? —le preguntó el barbero. El sonido del afeitado era rasposo y amenazante, como si un yugo horadase un campo seco muy cerca de los tallos verdes. El gesto preciso al recoger la espuma en el filo de la navaja era un arte hipnótico que el barbero practicaba como pocos.

El soldado era de los que gustaba quedarse abstraído en su propia imagen frente al espejo. Escrutó su perfil de una manera ausente, como si por un segundo no se reconociera. Hizo una mueca extraña, y luego se acarició el mentón, satisfecho.

Al salir a la calle, el soldado sonrió. El corte de pelo y el afeitado le relajaban la cara, y el suave ir y venir del aire entre las coladas de los edificios le parecía agradable. Estaba contento, pero no como un niño, o como alguien que celebra algo. Su alegría era pausada, y la demostraba sin aspavientos, limitándose a canturrear mientras caminaba. Cuando era niño, decían que tenía buena voz, y que imitaba más que bien a las grandes como Lucrecia Bori o Conchita Badía. Tarareaba una cancioncilla vulgar, «La Muslera», quizá dolido por un amor perdido:

> *El día que tú te cases,*
> *se harán dos cosas a un tiempo:*
> *primero tu boda,*
> *después mi entierro.*

Poco a poco se había ido evaporando el temor de los primeros días al ver que nadie le hacía preguntas acerca de la mujer muerta en la cantera. Era como si no hubiera ocurrido. Sin embargo, esa aparente calma lo inquietaba. No conseguía quitarse de la cabeza al oficial del Servicio de Inteligencia Militar; por las noches se despertaba asustado, temiendo encontrarlo frente a su catre. Pero lo cierto era que también aquel siniestro personaje se había esfumado.

En una esquina, un músico ambulante vestido con una guerrera de soldado italiano tocaba la guitarra y cantaba una canción en su idioma. Era una melodía evocadora, de ritmo tranquilo. Se detuvo un momento a escucharlo. Luego continuó su paseo hacia la ribera del río. En los meandros cenagosos descansaban algunos vagabundos, gente que huía del hambre, campesinos en su mayoría que abandonaban los cultivos y se dirigían hacia las ciudades. Formaban una riada tan potente como estéril; cansados y polvorientos reventaban los sacos de la basura rebuscando comida podrida.

Cerca de la estación se topó con una gran multitud estancada. En la parada de autobuses atestada de gente, de bultos y equipajes, algunos niños se separaban de sus padres y estos los llamaban a gritos, gritos que se confundían con los llantos y con otros gritos hasta formar una cacofonía mareante. De repente, el soldado se vio arrastrado por esa marea. Alzó la cabeza por encima del gentío hacia el principio de aquella masa que avanzaba despacio, encauzada por un pasillo de vallas que terminaba frente a una mesa, donde dos guardias civiles comprobaban discriminatoriamente documentos y equipajes. Cuando le tocó el turno mostró la cartilla militar. Los guardias eran inconfundibles con los tricornios con cogotera y visera enfundados en hule. Ocupaban las dos orillas del control envueltos en sus capas, con una especie de joroba desplazada hacia abajo que no era otra cosa que la cartera de camino.

Observaron con renuencia al soldado. Uno de ellos tenía un lustroso bigote que le ocupaba todo el labio superior y debajo de la barbilla le brillaba el barboquejo. Al hablar exhalaba un vaho espeso. Examinó con detenimiento la cartilla, comparando la fotografía del documento con la cara del joven.

—¿Está todo correcto? —preguntó el soldado.

—No. No está correcto —dijo el guardia civil, haciéndole un gesto a su compañero para que se acercase—. Es este —le indicó—. Colócale los grilletes.

Antes de que el soldado acertase a comprender lo que estaba ocurriendo los guardias lo tiraron al suelo y lo esposaron, arrastrándolo hasta el interior de la estación de autobuses. Lo metieron en un pequeño cuarto y le quitaron los grilletes.

—Desnúdate —le ordenó uno de ellos.

El soldado intentó explicarles que se encontraba de permiso, y que estaba destinado en el cuartel de artillería de

Mérida. Pero aquel agente de rostro cerril negó con la cabeza y dictó sentencia sumaria.

—No hay ningún error. Tú eres Pedro Recasens, con orden de captura por haber desertado de tu cuartel. Te van a cortar las pelotas, jovencito.

El soldado no daba crédito a lo que estaba escuchando. Aquello era un enorme error. Solo tenían que llamar a la comandancia para comprobar que lo que estaba diciendo era cierto.

—Le digo que me acaban de trasladar y que estoy de permiso de fin de semana.

Las protestas cesaron cuando uno de los guardias le dio un revés en la boca con el dorso de la mano. Le saltaron del labio unas gotas de sangre.

—He dicho que te desnudes. —Lo trataron a empellones y a gritos, lo zarandearon como un músculo sin hueso y él se dejó hacer, cabizbajo y tembloroso. Volvieron a registrarlo con una minuciosidad exasperante. Se metieron dentro de sus calzoncillos, de los pantalones, de los zapatos.

Una y otra vez le preguntaban las mismas cosas, sin escucharle ni importarles las respuestas que daba. Aquella era una danza macabramente ensayada. Desnudo frente a unos desconocidos, alumbrado por un flexo de luz enferma. No existía nada más penoso. Se tapaba con pudor los genitales y desviaba la mirada, avergonzado. Durante unos minutos los guardias le observaron, deliberaban entre sí; se repetían las preguntas: cómo te llamas, de dónde vienes, por qué has desertado... Recasens negaba hasta el absurdo, hasta la náusea.

Al final, como si de repente se hubiesen aburrido de aquel juego, dejaron de hacer preguntas. Le tiraron la ropa y le hicieron vestir. Recasens pensó que por fin iban a dejarle marchar, pero se equivocaba. Lo hicieron sentarse en una silla y lo dejaron solo sin darle ninguna explicación.

A los pocos minutos la puerta volvió a abrirse y entró un hombre vestido de paisano. El recién llegado encendió un cigarrillo Ideales sin boquilla que sacó de una cajetilla arrugada y miró con una sonrisa franca a Recasens.

—Me llamo Publio y vengo a ayudarte.

—Yo no he hecho nada. Dicen que he desertado, pero no es cierto. Tengo permiso del comandante.

Publio le dio una calada al cigarrillo, entrecerrando los ojos.

—Lo sé. Tu comandante nos debe algunos favores, y yo le pedí que te diese un permiso de dos días. —Sacó un documento y se lo mostró a Recasens—. Este permiso.

—Entonces todo está aclarado —dijo Recasens con una leve esperanza.

—Este permiso no vale nada, Pedro. Es falso. A efectos legales, hace dos días que escapaste de tu acuartelamiento. He hecho averiguaciones sobre ti. Sé que luchaste contra nosotros en el Ebro. Con tus antecedentes, imagina lo que va a pasarte.

Pedro Recasens palideció. Comprendió que aquel hombre le había tendido una trampa, pero no entendía el motivo.

Publio se apoyó en la pared con las manos en los bolsillos. Observaba a Recasens con lástima. En el fondo, se sentía mal por aquel pobre desgraciado.

—¿Eres religioso?

Pedro Recasens no entendía la pregunta. Dijo que sí, porque supuso que era lo que tenía que decir.

—Eso está bien. A donde voy a mandarte, te hará falta una fe poderosa. Aunque a los rusos no les gustan mucho los católicos.

—¿Los rusos? —preguntó incrédulo el soldado.

El hombre asintió.

—Te voy a mandar al frente soviético, esta misma semana. A no ser que hagas algo por mí.

El soldado juró y perjuró que estaba dispuesto a hacer cuanto fuera necesario para que lo dejasen en paz.

—Eso está bien, que colabores. Acompáñame.

—¿Adónde?

—Ya lo verás.

Más allá del acueducto de los Milagros se extendía la vega, con los campos de cereales, los viñedos y los olivares.

Piaras de cerdos y rebaños de ovejas entorpecían el paso de los caminos que ascendían en suave pendiente, curva tras curva, hacia la loma. Desde la cima se divisaba una hermosa vista sobre la ciudad. Una red de aljibes y cloacas, de baños y termas recorrían toda la antigua colonia emérita desde los pantanos de Proserpina. Hacia el norte se distinguía la basílica de Santa Eulalia. Bordeando la ciudad, el Guadiana se extendía como una cinta brillante cruzada por varios puentes.

Mientras conducía su coche, Publio mantenía la mirada firme hacia los olivares que se extendían en la otra orilla. Su rostro se diluía en el cauce tranquilo del río. El soldado lo miraba de reojo pero no se atrevía casi ni a respirar. Continuaron subiendo por la ladera de la montaña hasta desembocar en un sendero recto de grava, escoltado a ambos lados por altos cipreses que se mecían con mansedumbre. Pronto apareció la magnífica finca de los Mola.

La casa era un hervidero de operarios que trabajaban silenciosa y eficientemente, como una brigada de hormigas cabizbajas empaquetando muebles, cuadros, libros y cargándolos en camiones con las lonas echadas. La mayoría eran prisioneros condenados a trabajos forzosos. Muchos de ellos no habían cometido más delito que estar del lado republicano cuando estalló la guerra. Cada mañana, al amanecer, los traían de la cárcel de Badajoz y volvían a recogerlos al ponerse el sol. Iban uniformados con un mono desgastado de color azul, alpargatas llenas de agujeros y un número cosido en la manga. Muchos presentaban heridas mal cicatrizadas en la cara, moratones en las piernas y en los brazos y un color azafranado que delataba que padecían diarreas crónicas. Trabajaban bajo la mirada de un funcionario de prisiones gordo que no paraba de gritarles y de insultarlos.

Publio aparcó junto a la cancela e hizo bajar a Recasens. Entraron en la finca y se dirigieron hacia un gran limonero que quedaba algo apartado.

Sentado en el suelo había un hombre que ya no era joven, pero que todavía no era viejo. Estaba engrilletado y le habían golpeado la cara. Era vigilado a cierta distancia por jóvenes soldados que fumaban sentados a la sombra de unos sicomoros con los fusiles apoyados en la tapia.

—¿Reconoces a este hombre? —le preguntó Publio a Recasens.

—No lo he visto en mi vida —contestó sin vacilar el soldado.

—Míralo bien —insistió Publio. Y tendenciosamente le preguntó si no era ese el hombre que había visto con una mujer la noche que estaba de guardia en la cantera.

El soldado no necesitaba fijarse mejor. No, aquel no era el hombre. Estaba seguro. Pero a juzgar por la mirada de Publio comprendió que su futuro dependía de lo que dijese. Tragó saliva.

—No lo sé con certeza —tartamudeó—. Estaba oscuro.

Publio lo cogió por el hombro y le susurró amenazante que eso no era cierto: aquella mañana hacía un sol despejado y Recasens vio sin ningún género de dudas llegar a la cantera a aquel hombre con una mujer. Después escuchó dos disparos y vio cómo ese hombre huía en el coche a toda prisa.

—Voy a volver a hacerte, por última vez, la misma pregunta: ¿Es este el hombre que mató a Isabel Mola?

Recasens hundió los ojos en el suelo polvoriento.

—Sí, señor.

—¿Lo ratificarás ante el tribunal?

—Sí señor, lo haré —dijo el soldado con un hilillo de voz, apenas audible.

Entonces aquel hombre al que no había visto en su vida alzó la cara, amoratada por los golpes, y lo examinó con la mirada de un perro que no comprende por qué lo apalean.

Pedro Recasens nunca olvidaría esa mirada, que le acusaba sin palabras. Pero él no era culpable de nada, se dijo. Era tan víctima como ese ser indefenso. Solo era un soldado que quería irse a casa. El prisionero le sostuvo la mirada, enrojecido por la rabia. Recasens se alivió un poco: siempre es mejor la rabia que la vergüenza.

—Está bien. Puedes irte —le ordenó Publio, visiblemente satisfecho.

Cuatro días después, Publio trasladó a Marcelo al juzgado.

Marcelo examinó detenidamente al hombre que se presentó como juez de instrucción. Físicamente parecía ese tipo de persona de poca monta al que solo redimía un cierto éxito en su trabajo, un triste espíritu de domingo por la tarde, al que imaginaba con una afición poco arriesgada, quizá coleccionar sellos. Su aspecto físico era desagradable: demasiados kilos sustentados sobre piernas poco musculosas y cortas. Una papada cada vez más parecida al bocio, una cabeza de apariencia poco privilegiada, sin pelo, con las orejas separadas en exceso del cráneo, y una nariz demasiado pequeña para tanta mejilla.

—Siéntate en esa silla —le ordenó Publio, que se retiró al fondo de la estancia.

El juez dio un par de vueltas, revolviendo con aire distraído algunos papeles. Debajo de la mandíbula le había salido una rojez.

—Usted no entiende la situación, joven. La autopsia revela que se encarnizó con doña Isabel. Negándose a declarar no me facilita las cosas.

Marcelo cerró los ojos. ¿Cuántas veces iban a preguntarle lo mismo?

—Ya dije lo que tenía que decir cuando me detuvieron. Yo no maté a doña Isabel. Le tenía mucho aprecio, era una buena persona y nos llevábamos bien. No soy un loco ni un asesino. Me tienen aquí encerrado y sin poder hablar con nadie por algo que yo no he hecho. Si me dejaran hablar con don Guillermo, él comprendería que están en un error.

—Un testigo llamado Pedro Recasens ha declarado que lo vio marcharse del lugar donde apareció el cuerpo de la señora Mola.

Marcelo desvió la mirada hacia Publio. Imaginó que el testigo era el pobre soldado que él había amedrentado en la casa de los Mola.

—Entonces ese testigo vio a un fantasma. No estuve allí, ni aquel día ni ningún otro.

El juez achinó los ojos y miró brevemente pero con intenso odio a Marcelo.

—¿Por qué la mató?

—No lo hice.

—Miente —bufó el juez, secándose los labios con un pañuelo. De reojo miró a Publio, que asistía al interrogatorio apoyado en la pared con los brazos cruzados, sin decir nada—. Hay maneras menos amables de sacar una confesión —sentenció el juez volviéndose hacia el profesor.

Marcelo entendió que la amenaza cobraba forma en la presencia hierática del esbirro de don Guillermo.

—Ya me lo han demostrado. Conozco sus métodos, y lo que ustedes entienden por justicia. Justicia de carniceros.

Publio se acercó a Marcelo por detrás, sin prisas. Sin mediar palabra le dio un puñetazo en la nuca. Las vértebras del cuello del profesor crujieron como un papel arrugado y cayó al suelo.

El juez utilizó un tono más conciliador.

—Mire, usted mató a doña Isabel. Desconozco los motivos, y no concibo que alguien decida hacer algo tan atroz, pero no estábamos ninguno de nosotros en su cabeza para saber qué le pasó para convertirse en un desquiciado. Tal vez, si me lo explicase, encontraríamos alguna causa que atenúe los hechos, quién sabe, tal vez podamos pedir la conmutación de la pena capital por una sentencia a perpetuidad. Pero para que eso sea así, tiene que confesar su culpabilidad.

Marcelo intentó incorporarse. Le daba vueltas todo. Publio lo ayudó a levantarse cogiéndole el brazo y lo sentó de nuevo en la silla. Su mirada, tan risueña y serena, daba miedo.

—Ya le he dicho que no he hecho nada —balbució Marcelo, frotándose la nuca.

El rostro seboso del juez se enrojeció colérico. Tragó saliva y dio un puñetazo en la mesa.

—Estúpido —escupió—. Si lo que quiere es confesar por las malas, sea. Allá usted. —Miró a Publio con determinación y salió de la estancia dando un portazo.

Cuando se quedaron solos Publio y Marcelo, el aire se hizo más espeso y la habitación más pequeña. Publio se quitó la chaqueta y la colocó con cuidado en el respaldo de una silla vacía. Se arremangó las mangas de la camisa y se colocó las ligas en el antebrazo para no mancharlas.

—¿Te duele? —le preguntó a Marcelo, señalando la nuca.

Marcelo no contestó.

—No quería darte tan fuerte, pero no se puede faltar al respeto a los jueces. Les gusta saber que son ellos los que mandan y los demás los que obedecen.

Marcelo miraba al suelo, consciente de lo que iba a pasar, preguntándose si iba a ser capaz de soportarlo sin quebrarse. Sin embargo, pasaron los minutos sin que sucediese nada. Publio se limitaba a mirarle, incluso hubiese dicho que lo hacía con simpatía. En un momento, se acercó y encendió un cigarrillo.

—¿Quién conoce realmente a estos ricachones aristocráticos? —dijo, encogiéndose de hombros. Sopesó un momento el asunto, llenando de incertidumbre a Marcelo—. ¿Entiendes lo que te digo?

No. Marcelo no lo entendía.

—Te confesaré una cosa. Nunca me gustó Isabel —dijo Publio. Esta vez su actitud era diferente. Parecía más relajado. Pero Marcelo no se fiaba. Supuso que ahora le invitaría a tomar un café o a fumar para ablandarlo. Pero no hizo nada de eso. Publio apoyó los antebrazos en el respaldo de la silla y frunció el entrecejo.

—Las mujeres, sobre todo las mujeres guapas y acostumbradas a mandar, son algo petulantes. Sienten esa necesidad imperiosa de dominio. Isabel era de esas. Muchas veces he sentido ese lazo, demasiado parecido a la prostitución. Tú quieres algo que ellas tienen: una mirada, que pronuncien tu nombre, que te den una llave que accede a lo que buscas. Pero una recompensa obtenida sin esfuerzo no entusiasma su instinto cazador. A cambio de esa promesa, ellas quieren algo de ti: tu cuerpo, tu admiración, tu sumisión. He aprendido a jugar con esos anhelos infantiles, a dar y quitar sin entregar realmente nada. Eso me lo enseñó Isabel. Pero tú entraste en su juego, te dejaste seducir y luego, al ver que todo era un burdo entretenimiento, enloqueciste. La mataste en un arrebato. Eso es lo que ocurrió, y esa es la confesión que firmarás.

—Yo no la maté. Usted sabe que no lo hice.

—Es cierto, lo sé —dijo Publio con sinceridad—, pero eso, en realidad, es lo de menos. Un detalle sin importancia.

—¿Un detalle sin importancia?

—Dentro de cuatro días trasladan a Guillermo Mola a Barcelona; es un ascenso muy importante en su carrera, incluso se comenta que van a nombrarlo ministro. Un ministro no puede permitirse ciertos escándalos, ni dejar cabos sueltos. Y yo soy el hombre que ata cabos, ¿comprendes? Y no saldremos de esta habitación hasta que esto quede solucionado.

—Una declaración firmada sin garantías no tiene ningún valor en un juicio.

Publio sonrió. Realmente, la fe de Marcelo le conmovía.

—No lo entiendes. Tú ya estás condenado, con juicio o sin él. Alguien te ha elegido como cabeza de turco, y eso es irrevocable. Con un poco de suerte, puede que te libres del garrote o de la horca y que todo sea más rápido delante de un pelotón de fusilamiento. Incluso puedes creer al juez y pensar que serán magnánimos con tu vida. Es una putada, lo sé. Pero así son las cosas.

Marcelo sintió arcadas. Miró con incredulidad a Publio, como si no pudiera concebir semejante injusticia.

—¿Y la verdad no importa?

Publio aplastó el cigarrillo con el zapato.

—La verdad es la que te he dicho. No soy cínico, soy sincero. Y puestos a serlo, te diré que estoy convencido de que realmente estabas enamorado de Isabel. Todos lo estábamos de una manera u otra. Al final, la habrías acabado matando tú también. Sé que formabas parte del grupo que preparó el atentado contra su marido, y que pretendías ayudarla a escapar a Lisboa con Andrés. Y si ella te hubiese pedido que apretases el gatillo contra Guillermo, tú mismo lo habrías hecho, ¿no es cierto? Después de todo, eres culpable.

Marcelo miró con odio a Publio. Tenía la sensación de que era como un ratón atrapado en una caja, un ratón asustado al que muchos ojos observaban con interés científico.

Jamás hubiese imaginado un final como aquel para su triste y anodina vida. Ahora iban a matarlo por algo que no había hecho, y lo único que podía hacer era resignarse a su suerte, o bien luchar. Era un gesto inútil y absurdo, él lo sabía. Defender hasta las últimas consecuencias su inocencia solo iba a acarrearle más dolor, más sufrimiento. Publio acababa de decírselo: ya estaba condenado. Pero en aquel último gesto de resistencia, Marcelo encontraba el poco de dignidad que siempre quiso tener. De manera que no confesó.

En los días siguientes los interrogatorios se sucedieron sin interrupciones. Publio recurrió a un funcionario venido expresamente de Madrid.

El verdugo era un tipo de aspecto discreto, con apariencia de padre de familia y misa los domingos. Llegaba temprano, con un pequeño maletín rígido de piel. Saludaba con una sonrisa tímida a todo el mundo. Se llamaba Valiente y fumaba unos cigarrillos franceses muy delgados que dejaban su olor flotando en el aire durante horas en la sala de interrogatorios. Trabajaba parsimoniosamente, sin alterarse. El suyo era un trabajo sometido a un método estricto, de manual pormenorizado para obtener un resultado buscado con la máxima rapidez.

—Este es un trabajo aburrido. Desde los tiempos de la Inquisición, la tortura se ha perfeccionado tanto que no queda ni un resquicio para la imaginación o la improvisación —solía lamentarse.

Empezaba por abrir el maletín delante de Marcelo, extendiendo sobre la mesa una ristra de hierros y herramientas de formas extrañas y siniestras. Las colocaba por orden, de menor a mayor, mientras enumeraba de manera didáctica para qué servían y cómo se utilizaban, las consecuencias que provocaban y el grado de dolor que podía llegar a infligir. Cuando terminaba su exposición, se arremangaba la manga y, con ánimo de bendito, se volvía hacia la ofuscada víctima, convenientemente atada en una silla, y le preguntaba:

—¿Tiene alguna pregunta? ¿No? Bien, empecemos con la clase práctica si le parece.

Valiente era un buen profesional. No experimentaba ningún tipo de estímulo morboso ante la sangre o el sufrimiento. No era un sádico. Podía provocar un tormento horrible en sus víctimas, sin prestar atención a sus gritos, a sus llantos o a sus súplicas, pero nunca se excedía. Jamás se le había muerto un detenido durante el interrogatorio. La experiencia había adiestrado su mano, conocía desde el primer momento los puntos débiles de la anatomía, pero sobre todo del espíritu, que masacraba. No se dejaba engañar por los alaridos ni por los desmayos. Sabía con ciencia exacta qué grado de sufrimiento podía asumir cada ser humano, y no se detenía hasta que ese vaso se colmaba, sin llegar a rebasarlo nunca, pero sin ser tacaño en su aplicación.

Sin embargo, al cabo de una semana, Valiente fue a ver a Publio. Traía la cara desencajada y había desaparecido de él ese aire armonioso y tranquilo que tan indefenso le hacía parecer. Publio temió que Marcelo hubiese muerto sin firmar la declaración. Pero no se trataba de eso.

—Ese hijo de puta no cede. Es la primera vez que me pasa —dijo el verdugo, cargando sus palabras de un odio que se había hecho personal, pues aquel poeta de aspecto frágil ponía en entredicho su fama y sus capacidades. Por primera vez en su dilatada carrera, Valiente había llegado a perder los estribos, cruzando peligrosamente el límite de lo permitido. Marcelo yacía medio muerto en la celda, pero no había soltado prenda. Con una resignación perpleja, Valiente miró a Publio y le dijo lo que pensaba:

—A lo mejor dice la verdad y resulta que es inocente.

Publio no se inmutó ante esa posibilidad.

—No te pagan para que descubras la verdad, sino para que le saques una confesión.

El verdugo se resignó. Limpió con alcohol su instrumental, borrando las huellas de sangre y los restos de vísceras y pelos; recogió su maletín y se despidió con un gesto contrariado.

—Más vale que lo mates, entonces. No confesará.

Marcelo no sentía el cuerpo, ni el entorno, ni la habitación en la que estaba. Tenía conciencia de querer abrir la boca, pero algo en su interior le robaba las palabras y le obligaba a dejarse llevar por el verdadero anhelo de su tristeza, por su dolor y la raíz profunda de esa desesperación que le nublaba los ojos. Dormir. Era lo único que deseaba hacer. Dormir y no despertar. Su fantasma, la sombra de sí mismo, salía de su cuerpo y le rondaba en la cabecera de la cama, con una sonrisa paciente. Esa visión de él mismo velando su propio cadáver se había convertido en una especie de virus, una infección de la sangre, de la ilusión por vivir. A ratos tenía tanta fiebre que sentía hervir el cerebro y burbujear la sangre circulando por sus venas como si fuera lava. En otros momentos, en cambio, era como un trozo de hielo, como un fósil petrificado en un glaciar.

Cuando vinieron a buscarlo, sintió que le levantaban unos brazos fuertes. Alguien lo cubrió con una manta. Voces nerviosas, apremiantes. Lo arrastraron fuera. No se sostenía de pie. El verdugo lo había roto por todas partes. Imaginó que iban a matarlo.

El frío del exterior era limpio, diferente a la humedad enferma de la celda. Una luminosidad extraña que entraba en la oscuridad de sus ojos cerrados. Intentó abrirlos. Quería llenarse los ojos antes de cerrarlos para siempre. Borrones de cielo, un edificio. Las rejas de una de las puertas del perímetro y al otro lado, en la calle, la libertad.

Cuando lo subieron al patíbulo, oyó la voz de Publio, mientras le vendaban los ojos.

—Tengo que reconocer que eres un tipo con coraje. Pero ya es tarde. Van a ahorcarte.

Marcelo sintió la soga estrechándose alrededor de la garganta. Luego nada. Una espera inacabable. Un golpe de palanca. Una trampilla abriéndose y la sensación de que el estómago le subía a la boca al caer.

Pero en lugar de quedar colgando, sus pies cayeron sobre una pila de sacos de arena. Risas, burlas. De nuevo a la celda.

Publio lo dejó derramarse por entero en el suelo sucio, observándolo como se observa a un perro al que le han amputado una pata.

—Tenemos que acabar con esto, Marcelo. Ya no hay más tiempo. Mañana van a colgarte: y esta vez no será un simulacro. Comprendo lo que has hecho, lo que has querido demostrarte a ti mismo, y créeme, lo admiro. Pero ya no sirve de nada seguir resistiendo. Ahora tienes que pensar en tu hijo. César es un buen chico, las monjas dicen que es un muchacho muy despierto, con un gran futuro. Pero al lado de gamberros y asesinos, lo único que le espera es ir de hospicio en hospicio hasta terminar en una cárcel, convertido en un vulgar delincuente. Tú puedes evitarlo. Si firmas, tienes mi palabra de que me encargaré de él, le daré un futuro mejor del que le espera. Si no lo haces, lo abandonaré a su suerte.

Marcelo contempló a Publio con los ojos enrojecidos.

—¿Le dirás la verdad? ¿Le dirás que su padre no fue ningún asesino?

Publio encendió un cigarrillo y lo puso en los labios tumefactos de Marcelo.

—No, amigo mío. Eso no puedo hacerlo, lo siento.

Marcelo fumó el cigarrillo con dedos temblorosos. Tosía y escupía sangre.

—Entonces, llama a tu verdugo. No firmaré.

Marcelo Alcalá no fue ejecutado a la mañana siguiente. Tuvo que esperar sin saber cuándo ni cómo sucedería, con los sentidos atrofiados y los nervios desechos cada vez que escuchaba el sonido de la cancela al abrirse. Publio ordenó trasladarlo a Barcelona con otros presos en un tren militar. Allí fue interrogado de nuevo y torturado hasta la saciedad. Pero no cedió.

Y una mañana, la hermana y el hijo del preso Marcelo Alcalá tuvieron que presenciar el baile cruel del profesor colgando de una soga. Tuvieron que escuchar las burlas de los guardias y la vejación del cuerpo de su ser querido.

César Alcalá nunca olvidaría aquella escena, ni al hombre llamado Publio que apoyado en la barandilla del patíbulo disfrutaba del espectáculo fumando un cigarrillo, como quien va a pasar una tarde a los toros.

CAPÍTULO 16

Antigua finca de los Mola (Mérida). Enero de 1981

El amanecer emergió cargado de niebla, como si trajera en su color gris el recuerdo de lugares olvidados. En las
casas aisladas de los jornaleros, perros sucios ladraban sin
motivo, las veredas estaban llenas de árboles sin hojas y el
graznido de unos pájaros que volaban en círculos era inquietante. Publio observaba desde la balaustrada del balcón la
vieja higuera junto a la que le regaló cuarenta años atrás *La
Tristeza del Samurái* a Andrés. Muchas cosas habían cambiado desde entonces, pero la higuera continuaba en su sitio,
retorcida, frágil, enferma. Pero sobrevivía. Como él mismo,
se negaba a abandonar esta tierra.

Un sendero empedrado atravesaba un tepe de césped
bien cuidado. Al final se abría una rotonda con una fuente
de piedra y más allá se descubría la presencia imponente de
un edificio de arquitectura colonial con docenas de ventanas
cubiertas por la enredadera y dos escalinatas de mármol
que ascendían por cada flanco de la fachada hasta un porche, en el que dormitaba un gran dogo de piel brillante y
oscura. El enorme perro apenas levantó las orejas cuando el
diputado Publio salió a dar su paseo matutino.

Solía ir a sentarse en la terraza del bar. Se colocaba en
la parte de atrás, en la penumbra, y desde allí observaba al

mundo desde su pequeñez de hombre discreto y apocado. Se escondía del mundo detrás de su sombrero de ala caída sobre el ojo derecho y de una sonrisa irónica y cruel. Siempre llevaba en el bolsillo del gabán un papel arrugado con algún pensamiento que nunca se atrevía a hacer verbo; lo dejaba ahí, atrapado en el papel; los escribía continuamente, en cualquier parte donde le asaltase la inspiración.

—Será por culpa de esta mierda de tiempo que no mejora que me vienen los recuerdos —se decía en voz baja, entrecerrando los ojos.

Llovía. A través de la cortina de agua que barría el horizonte se adivinaban las luces de la carretera y las diminutas candelarias que bordeaban el monte. Las casuchas descendían casi hasta el límite del barranco. De aquellas laderas había bajado hacía más de sesenta años Publio, prometiéndose no volver jamás. Y toda una vida después, apenas había logrado alejarse unos pocos kilómetros.

Para sus antiguos vecinos, aquellos que le llamaban despectivamente «el hijo del cabrero» cuando era niño, Publio, don Publio, como le llamaban ahora con respeto, había triunfado donde la mayoría fracasan. Era diputado, presidente de varias comisiones parlamentarias y sus negocios eran la envidia de cualquiera. Por eso, sus paisanos apenas lograban comprender cómo pudiendo elegir cualquier otro sitio para descansar, había decidido comprar la vieja villa de los Mola.

En apariencia, Publio se congratulaba de su suerte pero sentía a veces el peso de aquel trabajo agotador, desmoralizante e inútil, y le entraban ganas de abandonar, y se preguntaba qué habría sido de él de haber montado un negocio ambulante de pollos asados o de dedicarse a cualquier otra cosa. Por supuesto, esos pensamientos eran efímeros. Pero últimamente demasiado recurrentes.

Se pasó la mano por la cabeza, sobre la que resbalaban gruesas gotas, quedando suspendidas en sus cejas y en la punta de la nariz. Ni él mismo comprendía por qué se sentía así. Pero sabía que ese estado de ánimo llevaba tiempo larvándose y que se había acentuado desde que aquella abogada, María Bengoechea, había regresado a la vida del inspector Alcalá, precisamente ahora, en el momento en el que Publio pensaba hacer la última gran jugada de su vida.

Hacia media mañana dejó de llover. Al poco apareció una tropa de críos que llenaban el cielo de cometas de colores y formas distintas que sacaban a volar, probando su pericia con los cordeles entre las coladas y los tejados de las casas. Publio observó durante mucho rato aquella danza en el aire inmóvil, con una expresión de triste perplejidad. Su padre nunca le hizo una cometa, y él pasaba las tardes sentado en una piedra viendo las piruetas de aquellos trozos de papel y tela entrelazados con cañas.

De pronto los niños detuvieron sus carreras y se quedaron muy quietos, observando a aquel anciano que los miraba como si hubiesen hecho algo malo. Publio se remendó la nariz y maldijo aquella nostalgia que le estaba sorbiendo el cerebro.

—Te estás haciendo viejo, y ya vives más hacia atrás que hacia delante —se dijo entre susurros, como si el inconsciente se le escapase por la boca, para luego sumirse en una extraña letargia.

Aquel día no estuvo brillante en la tertulia del Casino, aunque en el concepto genuino de la palabra, Publio nunca fue un buen orador. Sabía hablar y defender sus hipótesis desde unas premisas claras, pero le faltaba convicción. Su voz no era de las que se infiltraba en el auditorio para enardecer. Resultaba demasiado técnico, excesivamente estoico.

—¿Y qué piensa usted, Publio, de esta pantomima que nos ha montado Suárez? ¿Será una cosa provisional, o cree que el rey forzará las cosas a favor de Calvo Sotelo? —le preguntó en un momento de la conversación alguien.

Traído del ronzal, Publio se dejó llevar hasta su interlocutor.

—Los políticos me hacen gracia —dijo—. Siempre esperan que ocurra algo, que la casualidad o un milagro cambie las cosas. Pero yo soy ateo, «gracias a Dios». No espero a que otro cambie lo que quiero cambiar yo.

Los presentes recibieron el chiste con un reproche silencioso y una mirada del estilo «Roma no paga traidores».

—Eso mismo es lo que se rumorea que andan diciendo algunos militares que todos conocemos. Y el Gobierno, mientras tanto, mira para otra parte —dijo alguien.

Publio miró con desprecio a los presentes. Sabía que era aceptado por su dinero y por sus influencias. Pero no era uno de ellos, no formaba parte del círculo de sangre. Solo eran unos advenedizos, que tenía cogido por los cojones a aquellos cobardes y timoratos que tenían la palabra hecha de gelatina. Quién más, quién menos, le debía favores; unos le halagaban, otros lo criticaban. Pero todos le temían. Y él sonreía con cinismo, convencido de que nada había cambiado desde 1936. Todo el empeño y toda la sangre vertida en aquella contienda no habían servido de nada. Apenas hacía cinco años de la muerte de Franco, y volvían a florecer los malos vicios, como las malas hierbas. España era de nuevo un secarral con vocación de desierto, habitado por pobres bestias nihilistas. Solo los animales amansados durante décadas eran capaces de dejarse llevar de manera tan dócil al matadero, capaces de creer, deseosos incluso de engullir, cualquier cosa que les viniera dicha por los ungidos en el poder. Cualquier cosa, con tal de darle un poco de fe a su lánguida existencia, pero incapaces de coger el toro por los cuernos.

Pero todo eso iba a cambiar.

—Ahora es distinto. Hay otras cosas en juego. ¿No han leído la editorial que viene hoy en *El Alcázar*?: ETA, GRAPO, FRAP... Suman más de ciento veinte muertos en el curso del año, el último el del catedrático de derecho Juan de Dios Doral.

—Yo lo he leído —intervino alguien—. Invocando el espíritu de «Santiago y cierra, España», se exige la dimisión del vicepresidente del Gobierno, Fernando Abril Martorell, y, parafraseando a Tarradellas, un críptico «golpe de timón».

Publio fingió sentir cierta desazón.

—Los políticos ponderamos el respeto a la ley, y nuestra obligación es oponernos a cualquier transgresión del orden jurídico, venga de donde venga.

Uno de los interlocutores soltó una sonora e hiriente carcajada.

—¿En serio lo cree? ¿O es que siente la necesidad de

ponerse delante de los micrófonos y de las cámaras de televisión para salvarnos, diputado? Eso es lo que se dice en las tertulias de todo el país.

Publio apretó la mandíbula. De pronto sus ojos se nublaron con una rabia sorda. Pero logró contenerse, aunque no olvidaría la cara, ni las palabras, de aquel impertinente.

—Yo estoy en contra de la violencia terrorista y de los desmanes de algunos que en nombre del Estado lo único que pretenden es dividir esta nación. Si me limitase, como los demás, a callar y a asentir, sería permitir que todo se viniera abajo, que la violencia de los terroristas nos destruyera.

El hombre que había hablado no se amilanó. Al contrario, al calor del vino y de los gestos de aquiescencia de algunos de los presentes, alzó la voz. Publio lo conocía bien. Era un general auditor llamado García Escudero.

—Violencia la hay en todos lados: los Guerreros de Cristo Rey, el Batallón Vasco Español. ¿No son terroristas esos rapados que se pasean con bates de béisbol todas las noches por el parque del Retiro? Me acuerdo de esa joven estudiante, Yolanda García Martín, la que mataron a palos los ultras Hellín y Abad, solo porque era miembro del Partido Socialista de los Trabajadores. Apuesto a que usted no aprueba la detención de los dos ultras de Fuerza Nueva a los que les han pillado cinco mil bolígrafos pistola... En cambio, seguramente nuestro diputado sería capaz de encontrar la justificación necesaria para exculpar a los policías que han matado al etarra Gurupegui en la DGS, o a los funcionarios que torturaron hasta la muerte al anarquista Agustín Rueda en la cárcel de Carabanchel. Y supongo que no es necesario que hablemos de los cinco abogados laboralistas que los ultras asesinaron en Atocha...

Publio sonrió de manera sarcástica. Se bebió dos copas de vino tinto seguidas. Cuando iba a buscar la tercera se dio cuenta de que alguien le observaba atentamente desde el extremo de la sala.

—¿Qué coño hace ese aquí? —murmuró entre dientes.

El hombre que le miraba se acercó. Caminaba con la columna recta y daba pasos largos. Tenía las manos algo crispadas. Debía de tener pocos años menos que Publio, y era atractivo. Al menos eso les debió de parecer a un par de señoras que le miraron furtivamente al pasar.

—Buenas tardes, diputado —dijo a modo de saludo, abriendo poco la boca, como si las palabras quisieran correr afuera pero él las retuviese con la lengua.

Publio desvió lentamente la mirada. Permaneció callado un minuto. Finalmente alzó la vista y observó al hombre con solemnidad.

—Has envejecido mucho desde la última vez que nos vimos, Recasens.

—Ha pasado mucho tiempo, efectivamente —titubeó Pedro Recasens.

Publio dejó oír un gruñido suave, como si le impacientase la parsimonia del otro.

—Tengo entendido que ahora trabajas para el CESID.

Recasens guardó silencio un momento, buscando las palabras adecuadas.

—Entonces, ya sabrá para que he venido, diputado.

Publio conocía bien su lugar en el mundo y lo ocupaba sin remilgos. Era inmensamente rico y eso, pudiendo no querer decir nada, lo decía todo: a su lado se tenía la vaga y permanente impresión de que algo iba a suceder. Bastó un leve movimiento de sus cejas pobladas, grises y revueltas, para que acudiera solícito un camarero con un vaso de whisky envuelto en una servilleta de papel; con un gesto displicente de su dedo ensortijado, los hombres que le rodeaban se alejaron para dejarles un espacio de intimidad.

—¿Has venido hasta aquí para fastidiarme el fin de semana? Ya somos viejos conocidos, Recasens. Tú haces tu trabajo y yo el mío, cosa que de vez en cuando ha provocado algún roce legal, pero no tienes nada contra mí; si no, ya habrías pedido al Supremo una orden para detenerme.

Recasens lo estuvo observando sin decir nada. Quizá aquel era el hombre que más había odiado en su larga vida. Lo tenía al alcance de su mano, era fácil cogerle la tráquea y rompérsela antes de que ninguno de los presentes pudiera intervenir. Y sin embargo no podía tocarlo. Nadie podía.

—He venido a verle para que quede claro que en el CESID

no somos estúpidos. Sé lo que está haciendo, Publio. Sé lo que está preparando.

Publio escuchaba dando cortos sorbos de whisky y chasqueando la lengua satisfecho. Su cara pálida parecía un laborioso trabajo de marfil. De frente despejada y pelo escaso, tenía un aire de rey déspota y despreocupado; con su vestimenta irreprochable, de negro riguroso, languidecía en una bella y aparentemente ociosa jubilación. Pero aquella teórica mansedumbre era solo una apariencia. No era ningún botarate ocioso.

—¿Te refieres a los rumores sobre un golpe de Estado? Todo el mundo sabe lo que pienso, no me escondo. Pero yo no tengo nada que ver con eso, y aunque así fuera, no podrías demostrarlo, lo que viene a ser lo mismo, ¿verdad? En cambio, estás molestando a un cargo electo, y eso podría costarte tu flamante puesto de coronel —dijo, haciendo un gesto despreocupado con la mano.

—Ya no es como antes, Publio. Franco ha muerto, y yo ya no soy un recluta asustadizo al que puedas enviar a Rusia para que lo maten —dijo Recasens con ironía—. Las circunstancias son muy diferentes ahora.

—Las circunstancias no son nada —atajó con cierta tirantez Publio, acercándose a un gran ventanal que daba al jardín del Casino—. Aborrezco a los que se declaran esclavos de las circunstancias, como si estas fuesen inmutables.

Sabía de lo que hablaba. No siempre había sido rico. Cuando era niño vivía en un barrio sin asfaltar, sin alumbrado ni agua corriente. El transporte lo hacían pequeños carros y destartalados coches de tiro en los que la chiquillería se colgaba para ir de un lado a otro. En su infancia reinaban los piojos, las chinches y la tuberculosis. Pero solía decir que era feliz en aquella época; amparado en la ignorancia que proporciona la niñez supo sobreponerse a sus circunstancias. Miró con odio a Recasens.

—Si quiero quitarte de en medio, no necesito enviarte a Rusia. Cualquier callejón me bastará.

Pedro Recasens apretó los puños dentro de los bolsillos de su chaqueta. Lamentaba no haber traído una grabadora.

—Entonces vigilaré mi espalda, diputado. Pero si ni los

rusos ni los nazis pudieron conmigo, dudo que puedan tus matones de tres al cuarto. Y tampoco creo que te atrevas a hacerle nada a la abogada... —Publio fingió no comprender. Recasens sonrió con hartura. Aquellos juegos absurdos le cansaban—. Sabemos que has mandado un mensaje a María Bengoechea; del mismo estilo que vienes enviando desde hace años a César Alcalá para que mantenga la boca cerrada en la cárcel. ¿Por qué tienes miedo de que esa abogada pueda romper el pacto de silencio que tienes con el inspector?

—No sé de qué me hablas —dijo Publio llevándose el vaso a los labios.

Pedro Recasens le aferró la muñeca deteniéndole. Unas gotas de licor salpicaron la chaqueta del diputado.

—Sabes perfectamente de que te hablo, hijo de puta —susurró Recasens entre dientes—. Hablo de la hija del inspector. Sé que la tienes tú. Esa es tu garantía. Pero no te durará siempre: viva o muerta, la encontraré. Y entonces, ya no habrá nada que le impida al inspector revelar lo que vienes haciendo desde que ordenaste el asesinato de Isabel Mola, culpando de esa muerte a su padre. No importa que me amenaces, Publio; cada día que pasa eres más débil, el poder se aleja de ti, y te quedarás solo: Y yo estaré ahí, esperándote.

Publio estuvo a punto de perder la compostura y de gritarle a aquel maldito advenedizo que a sus ojos seguía siendo el mismo recluta que declaró como perjuro contra Marcelo Alcalá, pero se contuvo, consciente de que decenas de ojos estaban puestos en él. Se desembarazó de la mano de Recasens y se limpió con el dedo pulgar las gotas derramadas sobre su chaqueta.

—Estas gotas que has derramado de mi whisky tienen más valor que todos los litros de sangre que corren por tus venas de cadáver, coronel.

Recasens sobrepasó la figura de Publio y contempló el jardín. Qué ingenuas y alejadas de sí le parecían las sombras granuladas que se filtraban a través de los cristales. Escuchaba el juego de los niños, los ladridos alegres de un perro pastor alemán. Se oía el rumor sordo del jardinero cortando el frontal del parterre. Aquella parecía la estampa viva de la felicidad. A nadie se le podía ocurrir que fuera de aquel barrio, sepultado bajo el hedor, hubiese otro mundo diferente.

La única nota disonante de aquella representación, el único resquicio que permitía desmantelar aquella mentira, eran los hombres que permanecían junto a la ventana. Dos enormes masas de músculos con el ceño fruncido, la ropa apretada y los bultos de sus pistolas evidentes bajo la ropa. Los guardaespaldas de don Publio.

Aquella noche en la antigua finca de los Mola, a pesar del frío, la sirvienta abrió un poco la ventana para que el ambiente cargado del salón se distendiera. Desde el jardín llegaba el olor de la hierba recién segada. Publio, que presidía la reunión, no pudo evitar la añoranza, rodeado de olivos, enfrascado en el cultivo de sus hortalizas y sus flores. Pronto, cuando todo se consumase, podría retirarse para siempre. Pero ahora, lo que urgía era ceñirse a los hechos, concentrarse en los preparativos para que todo saliera según lo acordado.

Juan García Carrés explicaba a los presentes que su secretario ya había acordado la compra de los autocares que llevarían a Tejero y a sus hombres al Congreso. Falangista de los de antes, era el único civil presente en la reunión. Delataba su condición el traje negro con pajarita, como si de una cena de empresa se tratase. A Publio le molestaba su aspecto orondo y su bigote de actor mexicano, y que no parase de sudar y de secarse la frente con un pañuelo arrugado.

El resto, repartía responsabilidades con gravedad: el teniente coronel Tejero sería el encargado de entrar en el Congreso. A pesar de que había sido detenido en el 78 por la intentona de secuestrar a Suárez y a sus ministros con la ayuda del capitán Ynestrillas, en la llamada «Operación Galaxia», parecía el más convencido.

Sin embargo el papel principal iba a recaer sobre un hombre de aspecto bondadoso, reconcentrado, que escuchaba con aspecto circunspecto al fondo de la mesa.

Alfonso Armada Comyn había sido, además de tutor del rey, cuando este era príncipe, secretario de su «Casa». De él dependía que los demás gobernadores militares creyeran que el monarca respaldaba la intentona golpista.

En un aparte, el capitán general de Valencia, Jaime Milans del Bosch, discutía la intervención de los acorazados con los jefes de la división Brunete: Luis Torres Rojas, José Ignacio San Martín y Ricardo Pardo Zancada.

Algo apartado de todos ellos estaba Lorenzo, departiendo entre cuchicheos con un superior suyo, vestido de paisano, al que todos llamaban amistosamente José Luis. Era un hombre de aspecto inteligente, con nariz puntiaguda y fuertes entradas que despejaban su frente. En sus manos quedaban los hilos que movían los servicios secretos, aunque nadie sabía exactamente en qué sentido lo hacían.

Se acordó que el día para dar el golpe sería el 23 de febrero a las 18.00, con motivo de la votación de investidura del nuevo presidente, Leopoldo Calvo Sotelo. Los presentes se conjuraron para tener éxito, sin derramamiento de sangre. El autodenominado grupo de los «Almendros» brindó con gravedad por el éxito de su empeño.

Hacia el final de la cena, un camarero se acercó a Publio y le entregó una nota doblada. El diputado se puso las gafas para leerla. Apretó la mandíbula y salió discretamente.

En el porche de la casa esperaba Ramoneda.

—¿Qué haces tú aquí? —le increpó de mal humor Publio.

Ramoneda fumaba con aire un tanto chulesco. Lanzó una bocanada hacia arriba, apoyado en una columna.

—Dijo que quería verme, así que aquí estoy.

Publio sintió que se le enrojecía la nuca. Masculló algo incomprensible, desviando la atención hacia el interior de la casa, de donde salía una animada conversación.

—¿Acaso dije que te presentaras en mi casa cuando está llena de invitados?

Tenía muchos enemigos, demasiados a aquellas alturas como para permitirse un resbalón. Además, aquella misma mañana Publio había mantenido una agria conversación con Aramburu, el director general de la Guardia Civil, advirtiéndole contra cualquier ilegalidad. A medida que se acercaba la fecha, se hacía más difícil mantener sus planes en secreto. Sabino, el jefe actual de la Casa Real también sospechaba algo, como el jefe del Estado Mayor, Gabeiras. Dadas las circunstancias de precariedad con las que el plan iba a llevarse adelante, cualquier error podía acabar con el golpe antes de iniciarse. Y eso no estaba dispuesto a permitirlo, por nada del mundo. Necesitaba pensar, tomar decisiones con rapidez. Ya no podía darse marcha atrás.

—Quiero que te encargues de algo muy urgente. —Cogió un papel del bolsillo, escribió algo de forma apresurada y se lo entregó a Ramoneda.

Ramoneda sonrió con insolencia. Aquel era un reto de lo más exigente, pero le halagaba la seguridad con la que Publio le confiaba la tarea.

—Esto le va a salir un poco caro. Cobro plus de nocturnidad y prima por sobreesfuerzo.

Publio miró irascible a Ramoneda.

—Además, todavía no has cumplido tu parte en el otro encargo que te di: César Alcalá sigue con vida.

—No por mucho tiempo.

—Escucha bien, psicópata de los cojones. Haz lo que te digo y te forraré de oro. Fállame y te rebozaré con tu propia mierda. Y ahora, lárgate.

Al volver a la estancia, nadie se dio cuenta del estado de ánimo de Publio, excepto Lorenzo. Disimuladamente apartó una cortina y vio alejarse a Ramoneda, inconfundible con su traje de chulo barato y una sonrisa de hiena en la boca.

—¿Qué hace ese aquí? —le preguntó a Publio, acercándose a él con discreción.

El diputado lo fulminó con la mirada.

—Hacer lo que deberías haber hecho tú, que es para lo que te pago.

Lorenzo tragó saliva. Tenía un mal presentimiento.

—Yo estoy cumpliendo con mi parte. Fui a ver a César Alcalá a la cárcel, le entregué la nota de su hija y le advertí de que debía mantenerme informado de cuanto hablase con

María. Y sé que no le ha dicho nada importante sobre lo que sabe de nosotros.

Publio negó con la cabeza. Detestaba tanto a Lorenzo como a la mayoría de todos aquellos mercenarios suyos a sueldo. Realmente, ya no sabía en quién podía confiar. Ahora le parecía absurdo aquel plan de mezclar a la abogada con César Alcalá. Pensaba que de esa manera podía averiguar dónde escondía Alcalá las pruebas contra él que había reunido a lo largo de aquellos años. Confiaba en que el rencor de Alcalá o la bisoñez de María hiciesen el resto. Pero de momento no servía para nada.

Pero ahora tenía un problema mucho más serio.

—Esta mañana vino a verme tu jefe. Sabe que nosotros tenemos a Marta.

—Solo lo supone. No tiene pruebas —dijo Lorenzo, sin estar demasiado seguro. Recasens no se lo contaba todo.

Publio entrecerró los ojos. Era arriesgado lo que se proponía, pensó observando al jefe del CESID, que charlaba en un aparte con Armada. Era arriesgado, pero debía hacerse, se dijo, maldiciendo por no haber acabado con Recasens cuarenta años atrás, cuando era un simple recluta asustadizo. Ahora sería mucho más difícil.

Pero confiaba en Ramoneda.

CAPÍTULO 17

Puerto de Barcelona.
16 de enero de 1981. Seis días después

Un niño vagaba entre los cascos oxidados y herrumbrosos de los mercantes abandonados en un muelle apartado del puerto; saltaba como un mono de circo de una grúa de carga a otra, entre las aguas pestilentes, intentando pescar carpas del puerto, enormes peces que eran al mar lo que las ratas a los vertederos. Nadie se preocupaba de él, y eso era algo natural. Le bastaba la compañía de su perro, un cruce pulgoso con la mirada de un color verde huraño que le acompañaba en todas sus correrías.

De repente el perro alzó las orejas. Echó a correr. El niño lo siguió llamándolo a gritos, pero el perro no se detuvo hasta llegar a un pasillo oscuro formado por contenedores apilados, y gruñó erizando el pelo del lomo.

—¿Qué te pasa, hombre? —preguntó el niño, tratando de taladrar la oscuridad de aquel pasadizo. De repente, entrecerró los párpados inclinando hacia delante el cuello. Su boca se abrió con asombro, dio media vuelta y huyó lleno de espanto.

Solo se veían los pies descalzos, asomando bajo la manta que cubría al cadáver. Eran pies feos, velludos y de dedos retorcidos, con grandes callosidades en el talón. Le faltaban las uñas y en su lugar habían quedado grumos de sangre seca. El olor era nauseabundo.

—Los cadáveres huelen siempre igual. A perros muertos —se dijo el inspector Marchán, escupiendo al suelo. Encendió un cigarrillo, protegido de la lluvia bajo un paraguas negro. Unas marcas de saliva seca se le pegaron en las comisuras de los labios. Señaló con la punta del cigarrillo los dedos deformados del cadáver—. Destápelo.

El ayudante del inspector apartó la manta con un movimiento enérgico y esta hizo un arco en el aire, como el capotazo de un torero.

El muerto estaba tumbado boca arriba en un charco de agua, semidesnudo, mutilado hasta los descosidos. Por la forma de los huesos se había descoyuntado los hombros y se había partido las rodillas. En el lugar en el que debían estar los testículos solo había una gran mancha oscura.

—Puede que lo hayan tirado desde ahí arriba —dijo el ayudante del inspector, señalando el paredón metálico por el que resbalaba una capa de agua sucia, que se alzaba varios metros por encima de sus cabezas.

Marchán no dijo nada. Se inclinó un poco y alumbró con la linterna el cuerpo y el rostro sanguinolento. Diminutos insectos se arrastraban por la cavidad de la boca, como si se asomaran a un pozo al que no se atrevían a bajar. La expresión del cadáver era terrible, como si hubiese anticipado en un segundo de pasmosa certeza su propia muerte. Era evidente que aquel pobre desgraciado había luchado por su vida. El forense debería certificarlo, pero al inspector le pareció que no toda la sangre ni la carne atrapada en las uñas del muerto era suya. Tal vez aquella resistencia feroz había alimentado la saña de su asesino o de sus asesinos.

—¿Quién te ha hecho esto?¿Por qué? —dijo sin emoción. Removió el cuerpo sin ningún reparo. Volteado como un saco, el cadáver era la constatación, nada metafísica, de que la muerte únicamente era la ausencia de vida. Para Marchán, todos los muertos tenían la misma expresión. Se les encorvaba la nariz como un aguilucho, y los ojos se hundían hacia dentro, como buscando refugio en la propia oscuridad que se avecinaba. No encontraba nada religioso, ni místico en un cuerpo sin vida. Polvo, miasmas, heces descompuestas y una pestilencia horrible. Lo mismo daba si los muertos eran ricos o pobres, soldados despanzurrados por una bayoneta o civiles reventados por una bomba. Hombres, niños, viejos, mujeres... Todos se convertían en algo triste y polvoriento. Eso era lo que había aprendido en aquellos años de sucio trabajo. Sabía por experiencia que aquel caso, como tantos otros muertos anónimos, posiblemente nunca se resolvería, por mucho que dijeran las estadísticas. Las estadísticas eran para engordar a los necios. Y él no lo era, se dijo con una sonrisa cínica.

Marchán era un cínico. Al menos, eso era lo que decían los que creían conocerle, en realidad muy pocos. Imperturbable, extremadamente distante, con una permanente sonrisa torcida en su cara.

Sin embargo, aquella noche, acercándose a la barbilla hundida del muerto, murmuró algo que sonaba extraño en su boca.

—La conciencia es una rama demasiado quebradiza.

El ayudante lo miró de reojo, mientras anotaba algunos datos en su pequeña libreta.

—¿Por qué lo dice?

Marchán contemplaba la cascada de gotas cayendo al vacío. Muchas se estrellaban contra el cadáver.

—Por nada —dijo. Cogió la cartera con la documentación del muerto y se apartó del círculo de luz de la linterna—. Esto se complica —gruñó al descubrir un carné profesional del Ministerio de Defensa. Frunció el ceño y desvió la mirada hacia el muerto. Después de todo, tal vez el ensañamiento de quienquiera que hubiese hecho aquello no respondía a un impulso de rabia. Más bien parecía un trabajo de tortura meticulosa.

—Pedro Recasens, coronel del ejército en servicio de Inteligencia... Eso significa que eras espía, ¿verdad? Quien te ha hecho esto debía de estar muy interesado en sacarte alguna información. Apuesto a que se la diste. Tal vez te resististe al principio, pero al final cediste, ¿no es cierto? Nadie podrá culparte, si lo hiciste. Basta con ver esta carnicería.

—Aquí hay algo más, inspector. —Su ayudante había encontrado un papel doblado en el interior de la camisa del muerto—. «Asunto Publio: María Bengoechea a las 12.00.» —El agente guardó un segundo silencio, como recordando algo. Alzó la mirada hacia su jefe—. ¿No es...?

Marchán asintió, entre sorprendido y molesto. Sí, era la abogada que unos años atrás había logrado encarcelar a su compañero y amigo, César Alcalá. Le hizo una gracia amarga ese giro absurdo y casual del destino.

¿Por qué estaba su nombre en poder de un espía muerto del CESID? ¿Qué significaba, una cita probablemente, para hablar sobre ese «asunto Publio»? No lo sabía, pero pensaba averiguarlo. Por una vez, las estadísticas no mentirían. Pensaba llegar hasta el final de aquel caso, costara lo que costara.

Una hora después, no lograba concentrarse. Sentado en la mesa de su despacho con la luz apagada, Marchán observaba la lluvia tras la ventana. El tecleo monótono sobre el cristal y las siluetas difusas de los coches aparcados en la calle le hipnotizaban. Era el maldito tiempo, pensó, aquel tiempo tan cambiante el que le provocaba esa sensación de angustia inexplicable. Cerró los ojos, apretándose la sien. El cerebro iba a explotarle. Pero no era la lluvia, ni la pegajosa humedad lo que le había cambiado el humor. Él lo sabía. Y no obstante, ya había tomado la decisión definitiva hacía semanas. Y sabía que no iba a cambiarla. No a estas alturas, cuando ya nada de lo hecho tenía remedio.

—Entonces, ¿por qué no dejo de darle vueltas a lo mismo? —Se frotó el pelo, exasperado.

Había decidido jubilarse, asqueado y harto de cómo funcionaban las cosas, desmoralizado por todo lo que había visto en aquellos años: injusticias como la sufrida por su compañero Alcalá —un cabeza de turco, estaba seguro— y harto de las coacciones de sus superiores para que enterrase definitivamente el caso de la desaparición de Marta.

Y justo ahora aparecía aquel muerto, y de nuevo el nombre de la abogada María Bengoechea. Y por encima de todos ellos, cómo no, el inevitable diputado Publio.

Sin embargo, se lo había prometido a su esposa. Lo dejaba. Definitivamente. No quería meterse en problemas. No quería poner en peligro su pensión. Cuando era joven vivía cada día sin saber qué impulso le animaría mañana. Pero las cosas habían cambiado a su pesar, sin que él se diese apenas cuenta. Ya no era un niño al que se le podían perdonar las irresponsabilidades, había excedido con creces esa edad que le permitía perderse en sus ensoñaciones. Se esperaba de él que trabajase duro como lo estaba haciendo, que cumpliese su tiempo de vida sin ansias, con tranquilidad, vislumbrando una vejez no muy lejana. Sustentar esa ficción le había costado sus mejores años. Y ahora, cuando ya veía el final, se proponía destrozar todo eso, como si fuese un juego de su capricho.

Buscó la llave de la caja fuerte que disimulaba detrás de una estantería de archivos. Entre los papeles que guardaba secretamente escogió un sobre del fondo. Lo vació sobre la mesa. Allí estaba cuanto había podido reunir sobre la desaparición de Marta en aquellos años. Repasó minuciosamente cada dato, cada nombre, cada lugar. Era extraña esa sensación de saber algo que los demás desconocían y no hacer nada al respecto.

—Mierda —gruñó. Guardó en su maletín la documentación y se puso el guardapolvo.

El edificio estaba silencioso. Los agentes del turno de noche tomaban café de una máquina nueva. Los escritorios descansaban vacíos. Se escuchaba de fondo una radio emisora con el lenguaje críptico de los patrulleros. Nadie se había enterado todavía de la muerte de Recasens. Eso le daba algún tiempo de ventaja a Marchán, antes de que vinieran de Madrid a quitarle el caso.

Se dirigió a la salida.

La calle era un muro oscuro y sucio, sin cielo, sin estrellas, como si la ciudad fuera una monstruosa masa muda y sorda. No había coches, ni transeúntes. Solo el asfalto mojado donde brillaba la luz de una farola y árboles en las aceras sin hojas en las ramas. Marchán bajó al metro. El ambiente era más cálido, cargado de aire subterráneo. Había pocos pasajeros en el andén. Las personas formaban a su alrededor un cerco de miradas ausentes, cansadas y cabizbajas. Estaba en la genética de esos seres grises mirar a otro lado, seguir caminando sin ruido.

Él mismo se encaminaba cabizbajo a su casa, aferrado a la barra del vagón, distrayendo la mirada en el mapa de estaciones de la línea verde que conocía de memoria. Se preguntó angustiado si valía la pena poner en juego todo lo que había conseguido durante aquellos años.

—Y, ¿qué es lo que vas a perder, imbécil? —se dijo a sí mismo.

Todo un mundo: su pequeño apartamento de una zona residencial con jardín comunitario y pista de pádel, las revistas de bricolaje a las que estaba suscrito, la mujer con la que vivía y a la que ya no amaba; esa misma mujer que dentro de unos minutos le ayudaría a quitarse el abrigo y le serviría un vaso de whisky preguntándole qué tal el día en la oficina. Y él diría «bien cariño, muy bien» y se metería pronto en la cama para no tener que dar explicaciones. Tal vez haría el amor sin prisa, como las medusas que rozan una piedra, y tendría que cerrar los ojos y pensar en una modelo de calendario para excitarse mínimamente.

Ladeó la cabeza con una sonrisa irónica.

—Cretino —murmuró—. Soy un pobre cretino.

Las luces fugaces del vagón corrían sobre el túnel del metro. Nada parecía valer la pena. Nada.

En la cafetería Victoria hacían unas empanadillas buenísimas para desayunar. Estaba ya bastante llena pese a la hora temprana. La clientela era todo un catálogo de noctámbulos resacosos, prostitutas con el maquillaje descorrido y ganas de irse a dormir apurando la última copa con sus chulos, funcionarios de prisiones del turno entrante y trabajadores de las fábricas cercanas. Todos se multiplicaban a través de los espejos gigantes de las paredes, enmarcados en pan de oro que confundían las perspectivas reales del local.

En una butaca de tapizado verde se sentaba una vieja llamada Lola que leía las manos. La vieja Lola casi no tenía clientes; a nadie parecía interesarle el futuro en aquellos tiempos, y uno no notaba que estaba allí, excepto cuando el pestazo de una flatulencia suya inundaba la cafetería.

—¿Quieres que te lea el futuro?

María no tenía futuro, pero igualmente la dejó mirar su mano. La vieja examinó los surcos de la palma.

—Tu destino... Tu destino es trágico... —dijo torciendo la boca como si lo que veía fuera algo sorprendente y doloroso, incluso para ella, vieja lechuza acostumbrada a ver cualquier cosa.

María se apartó incómoda, mientras la anciana repetía como el graznido de un loro verde y sucio lo mismo.

—Tu destino está maldito. Solo eres el eslabón de una cadena de dolor que aprisiona a alguien.

—Eh, vieja, no molestes a los clientes o tendré que echarte —gritó un camarero por encima del barullo de la cafetería. La vieja Lola retrocedió a desgana, como una sombra, sin apartar la mirada de la abogada.

María fue a sentarse frente a la ventana, en una de las mesitas redondas con desayuno para uno, con una tetera de porcelana, un gran tazón y una empanadilla en el platillo con relieves de flores, junto al periódico doblado de la mañana.

Alguien puso la radio. En la Ser anunciaban los próximos conciertos del pianista americano Billy Joel en Madrid y Barcelona. Después, la voz de Juan Pardo puso melodía a un anuncio de chicles «Cheiw Junior, a cinco pesetas por tacote», y a continuación empezó el noticiario: en una curiosa estadística se decía que en el año anterior habían muerto por enfermedad mental 955 personas; un 28% de las mujeres se había incorporado al mercado laboral, según el Ministerio de Trabajo; la revista *Mecánica Popular* anunciaba la llegada de un vehículo innovador de la Volkswagen llamado Golf...

Aquel torbellino de acontecimientos la aturdía. No significaban nada más que ruido. Y sin embargo era el latido cotidiano de la vida. Desayunó sin prisas, volviendo la cabeza de vez en cuando hacia la ventana, tapada en su mitad superior por una cortina de encaje que tamizaba la luz exterior. A través de ella contemplaba siluetas frente al portalón gris de la cárcel. Todavía era demasiado temprano para las visitas, pero ya había gente haciendo cola.

El humo empavonaba los cristales. Las copas de los árboles tiritaron con una violenta ráfaga de viento. Empezaba a llover. El tintineo contra los cristales se transformó en una melodía sorda e intensa que desdibujó por completo la calle bajo la lluvia. Delante de la cafetería se detuvo un carro tirado por un caballo percherón.

A María le sorprendió ver algo así en plena calle Entenza: el animal, de estatura gigantesca y musculatura robusta, soportaba con estoicismo el aguacero. Sus grandes crines rojas caían empapadas sobre el lomo alto que temblaba nerviosamente. Tenía las patas cubiertas de pelambrera, y por ellas resbalaba el agua creando ríos diminutos que morían en un charco bajo la panza hinchada.

Últimamente no leía bien la periodicidad del tiempo, se mezclaban en su mente las cosas, algunas empezaba a olvidarlas, cosas simples como un número de teléfono o una dirección; pero al mismo tiempo cobraban relevancia detalles y momentos que creía olvidados para siempre. Aquel caballo, por ejemplo. En alguna parte de su infancia también hubo un caballo. No recordaba al animal, pero sí su nombre: Tanatos. La palabra vino sola a los labios, una de esas palabras hermosas que merece la pena saborearse en la boca. Tenía unos ojos enormes de bruto. Unos ojos impenetrables. Como el animal que ahora estaba viendo. Era extraordinaria la mansedumbre con la que soportaba la quietud y el azote de la lluvia. En la cafetería todo era ruido, charla, voces y risas. Nadie reparaba en la tormenta, ni en el percherón. Nadie, excepto aquella loca vieja que la contemplaba con insistencia, reparaba tampoco en ella.

Cerró los ojos. A veces tenía la sensación de vivir en un lugar invisible para el resto de los mortales; una tierra inhóspita, oscura y fría. Solo aquel animal parecía darse cuenta. Apareció en la calle el carretero, cruzó en dos zancadas y saltó al estribo del carro. Dio un latigazo con las riendas sobre la espalda del percherón y mil esquirlas de agua salieron disparadas en todas direcciones. El animal se puso en marcha despacio, sin ira pero sin decisión propia, y se alejó calle arriba, arrastrando tras de sí la cola de la tormenta. María sintió una angustia indefinible, que de alguna manera la conectaba con el destino de aquel bruto de carga.

De repente irrumpió a su lado una voz.

—¿Es usted la señorita Bengoechea?

De pie junto a la mesa había un hombre. La tormenta lo había cogido de lleno y parecía un espantapájaros chorreante. El pelo aplastado sobre la frente le abombaba la cabeza y la camisa pegada al cuerpo marcaba una barriga prominente. La luz del exterior alumbraba parcialmente su frente perlada de gotas de lluvia. Era una frente ancha, surcada por profundas arrugas. Tenía la sien canosa, y la sombra de su nariz se proyectaba sobre los labios resecos, enmarcados con una perilla rubia bien perfilada.

Sin pedir permiso se sentó.

—¿Nos conocemos? Porque no creo haberle invitado a sentarse —dijo María, con un tono bastante seco.

Él sonrió y encajó el desplante como si nada.

—No le robaré mucho tiempo, y le interesa escuchar lo que tengo que decirle. —Había algo veladamente amenazador en sus palabras, en su modo de apoyar las manos cruzadas encima del mantel y en la manera de mirar a la abogada.

—¿Quién es usted? —María miró interrogativamente a aquel hombre de edad avanzada, una edad indescifrable. Pero él se limitó a recostarse en la silla y a abrir las manos con resignación.

—Tenía ganas de conocerla personalmente. Es usted una mujer testaruda, ¿verdad?

—No sé a qué se refiere.

Su mirada se concentró en las manos de María, luego se deslizó hacia el cuello y se detuvo en sus ojos con determinación.

—Hace cinco años metió a César en la cárcel. Era un reto difícil, pero usted lo consiguió. Ganó su cuota de fama. Desde entonces siento curiosidad por saber qué clase de persona es usted: ¿una trepa o una idealista? Y ahora, por fin la conozco.

María no podía creer lo que estaba escuchando. Miró alrededor como si buscase a alguien que corroborase que efectivamente estaba escuchando lo que creía escuchar. Pero todo el mundo andaba a lo suyo, sin prestarles atención.

—¿Quién es usted y qué quiere de mí? —volvió a preguntar, asombrada.

Alguien se acercó a una vieja gramola e introdujo una moneda. El aparato emitió un par de crujidos metálicos, como si tosiese, y enseguida sonó una canción de Los Secretos: «Ojos de perdida». El hombre sonrió con nostalgia, tal vez con melancolía. Era difícil de saber. Estuvo con la mirada fija en el aparato durante unos segundos, como si pudiese ver a los músicos entre las pistas del disco. Luego volvió a María.

—Me llamo Antonio Marchán. Soy inspector del Cuerpo Superior de Policía. —Señaló por la ventana la puerta de la cárcel—. Y ese hombre al que va a ver, César Alcalá, fue mi compañero y amigo durante más de diez años... Por eso tenía ganas de conocerla personalmente, abogada.

María asimiló el golpe con aparente indiferencia. Sin embargo le costó no demostrar el nerviosismo que se apoderó de ella. Fingió buscar un mechero en el bolso.

—¿Y ha venido solo para decirme eso? —dijo después de carraspear como si le costase tragar saliva.

Marchán fue directo. Casi brutal. No era una acción preconcebida para molestar a la abogada, aunque esta no le gustaba. Era su manera de hacer las cosas. Economizar esfuerzos. Puso sobre la mesa una fotografía del cadáver de Pedro Recasens. La única en la que su rostro molido era más o menos identificable.

—Apareció muerto ayer en los muelles de la dársena de la Zona Franca. Lo trituraron antes de matarlo. Le voy a hacer dos preguntas, y espero de usted dos respuestas, igualmente concisas. Primero, ¿por qué tenía Recasens su nombre anotado en un papel que decía «asunto Publio»?

María sintió que se mareaba. No eran sus mareos habituales ni el dolor de la nuca el mismo que sentía ya casi a diario. Era aquella fotografía, la manera abrupta en que Marchán le acababa de dar la noticia. Se reclinó hacia atrás y respiró con profundidad. El inspector no dejaba de mirarla. No daba tregua, pretendía acorralarla con la sorpresa para no darle tiempo a preparar una excusa. Era bueno aquel inspector. Brusco pero bueno en su trabajo. Sin tiempo para improvisar una respuesta, María dijo una verdad a medias. Lo que le permitían decir las circunstancias. Sí, conocía a Pedro Recasens. Los había presentado su ex marido Lorenzo. Efectivamente sabía que era agente del CESID, Lorenzo también. Ambos le habían pedido que se entrevistase con César en la cárcel. No podía decir para qué. Si Marchán deseaba conocer los detalles tendría que hablar con Lorenzo. Ella no podía comprometerse más.

—Y ¿qué me dice del «asunto Publio»? ¿Qué es?

María apretó las mandíbulas. Por un momento sopesó hablar abiertamente con aquel policía. Tal vez era su oportunidad de desahogar el miedo y la tensión que llevaba acumulada desde que sabía que Ramoneda andaba merodeando cerca. Pero Lorenzo había sido claro: nada de policía. Si Marchán intervenía en aquel caso, ya podía despedirse de la oportunidad de atrapar a ese psicópata que la había amenazado a ella y a su familia. Si Ramoneda ya había escapado una vez de la policía, nada impedía que pudiese hacerlo una segunda vez. Por mucho que le costase, solo podía confiar en que Lorenzo cumpliría su palabra de atraparlo. Además, César tampoco quería que la policía interviniese. Si se enteraba, quizá no querría seguir hablando con ella. Y entonces todo estaría perdido.

—De ese asunto no sé nada.

Marchán la escrutó con intensidad. Sabía reconocer cuando alguien le mentía. Y aquella mujer lo estaba haciendo. La cuestión era, ¿por qué motivo?

—Ha dicho que tenía dos preguntas. Ya las ha hecho, y yo tengo prisa, inspector.

—Le diré lo que yo creo, abogada: creo que me miente. Y eso la deja en una situación difícil. Cuando hay un homicidio miente el culpable o quien trata de encubrirlo.

María no se dejó intimidar por aquella treta tan vieja. Poner a alguien entre la espada y la pared era lo que llevaba haciendo toda la vida en los tribunales de Justicia. Ella sabía escurrirse como un gato de aquellas tenazas.

—Pues entonces acúseme formalmente o deténgame. Pero me da la sensación de que no quiere o no puede hacer ni lo uno ni lo otro. Sinceramente, no creo que me vea como a una sospechosa. Quiere información, y yo no puedo dársela. Ya le he dicho que la persona adecuada es mi ex marido, Lorenzo.

Marchán se frotó la mejilla. Casi le hacía gracia aquello.

—Si aviso a su marido, antes de que salgamos de esta cafetería aparecerá aquí con dos de sus hombres y me quitará el caso. —Se puso en pie, recogiendo la fotografía del cadáver—. Al menos, dígame una cosa: ¿Recasens pensaba ayudar a César a encontrar a su hija? —María asintió. Marchán guardó un momento de silencio, como si buscase el modo de decir lo que iba a decir—. Y, ¿le pareció sincero? ¿Realmente pensaba hacerlo, intentarlo al menos?

María dijo que sí. Recasens parecía sincero. Entonces, ella misma se formuló una pregunta difícil de responder.

—¿Cree que lo han matado porque había descubierto algo sobre el secuestro de Marta?

—Es una posibilidad —respondió el inspector abrochándose el abrigo. Se iba a despedir cuando preguntó tímidamente—: ¿Cómo está Alcalá?

María se dio cuenta de que aquel policía se sonrojaba, tal vez carcomido por la vergüenza. La abogada recordaba a cada uno de los testigos que declaró a favor de Alcalá en el juicio. Ninguno pudo ayudarle, pero al menos algunos de sus compañeros dieron la cara. Y entre ellos no estaba Marchán. Tal vez el inspector sentía la amargura de no haber podido o no haber querido dar la cara por César.

—Está bien, teniendo en cuenta las circunstancias.

—Me alegro —dijo Marchán, con una breve inclinación.

—Antes ha dicho que César «fue» su compañero y amigo durante diez años. ¿Significa eso que ya no lo es?

Marchán sonrió con amargura. Fue a decir algo, pero finalmente reprimió el impulso de hacerlo.

—Cómase el desayuno, yo invito. Y no se marche muy lejos. Tal vez tenga que llamarla. De momento, para mí, usted es tan sospechosa como cualquiera de la muerte de Pedro Recasens.

María se dio cuenta de que esta vez el inspector hablaba en serio.

—Y ¿qué razón podría tener para hacer algo así?

Marchán la miró como si no comprendiese la pregunta.

—No hay que tener un motivo, pero en su caso parece claro: la culpa.

María no daba crédito.

—¿La culpa?

Marchán se preguntó un poco confuso si la abogada estaba haciendo teatro o si realmente no sabía de lo que le estaba hablando.

—Si hay alguien que tenga motivos más que suficientes para odiar a Pedro Recasens, es César Alcalá. Y usted se siente en deuda con él, eso es evidente. Haría cualquier cosa por redimirse ante sus ojos. —Luego se alejó dejando a María con su perplejidad.

Tras el cristal de la cafetería la vieja Lola contemplaba a la abogada desde la calle. Las láminas de agua resbalando sobre la ventana difuminaban su cara. Era como si la contemplase un fantasma.

CAPÍTULO 18

Barcelona. Dos horas después

Era tan solo una intuición. Después de todo, tal vez estaba perdiendo el tiempo, se dijo María, desalentada ante los miles de expedientes acumulados en los pasillos del archivo del Colegio de abogados.

El aire cargado de polvo antiguo entró por sorpresa en sus pulmones. Sonrió con un punto de nostalgia. Hacía años que no había vuelto allí. Y aquel olor le traía los recuerdos de sus años de estudiante, las horas y horas perdidas entre aquellos sumarios judiciales. Una escalera encajada en un riel recorría de punta a punta la estantería de varios metros de largo por otros tantos de ancho. Ordenados por fechas había cientos, miles de carpetas de color marrón cerradas con gruesos lazos de tela. Algún día todo aquello sería pasto de las llamas o de las trituradoras. En la planta de abajo había visto los nuevos ordenadores. Decenas de funcionarios se aplicaban en transcribir a un soporte informático toda aquella información. Sin embargo, tardarían años en hacerlo. Y tal vez no lo conseguirían por completo nunca. Los tiempos cambiaban, se dijo. Pero lo que no cambiaba era la aparente calma de aquel lugar decimonónico.

Las grandes ventanas del edificio dejaban entrar grandes chorros de luz que alumbraban aquel silencio monástico. Era curioso ver el afán con el que los hombres habían pretendido ordenar, constreñir y sistematizar las pasiones humanas, los celos, la ira, la muerte violenta, la delación. Eso era la Justicia, pensó María, mientras repasaba con los dedos aquellos estantes: la pretensión absurda de que la naturaleza humana puede ser dominada por el poder de la ley. Reducirlo todo a un sumario de unas pocas páginas, ordenar el hecho, juzgarlo, archivarlo, y olvidarlo. Así de simple. Y sin embargo, bastaba el silencio de aquel lugar para escuchar el murmullo de las palabras escritas, de sus protagonistas, los gritos de las víctimas, los odios nunca olvidados de las partes, el dolor que jamás cesaría. Todo aquel orden no era más que una simple apariencia.

María desdeñó ese tipo de pensamiento que terminaría por convertirse en una divagación sin sentido. Se concentró en su búsqueda. Retrocedió con la escalera del archivo hasta el año 1942. A juzgar por la cantidad de sumarios, fue un año de trabajo intenso. Eso sin contar los que nunca llegaron a su sitio, que se perdieron o que sencillamente jamás fueron instruidos. Se preguntó ociosamente a cuántos de los condenados en aquella época podría haber defendido ella con el sistema actual. ¿Cuántas pruebas habrían sido obtenidas de manera fraudulenta? ¿Cuántos falsos testimonios?¿Cuantos fallos de instrucción? ¿Cuántos inocentes juzgados, condenados, asesinados? Era mejor no pensarlo.

—Aquí estás: La causa 2341/1942. Causa instruida por el asesinato de Isabel Mola.

No sabía lo que venía buscando ni esperaba encontrar nada particular. Se había familiarizado en aquellas semanas con el caso. Isabel, esposa de Guillermo Mola fue asesinada por el tutor de los hijos de Isabel. Marcelo Alcalá. César no hablaba mucho de aquello: nadie hablaba de aquello, y Alcalá tampoco había sabido decirle por qué Recasens insinuó en su momento que ella y el inspector tenían en común el suceso de esa mujer muerta en 1942. María le había preguntado a su padre, pero Gabriel no recordaba nada, más allá de que durante un tiempo, cuando vivían en Mérida antes de que ella naciese, hizo algunos trabajos artesanales para Guillermo Mola y sus hijos, que eran muy aficionados a las armas.

Sin embargo, después de hablar con Marchán, María había tenido la sensación de que todo aquello no era sino un puzzle con las piezas a la vista pero que no encajaba de ninguna de las maneras. Tal vez allí, en aquel sumario, encontraría una clave, algo que le permitiese ordenar sus ideas.

Bajó la carpeta de la estantería y la llevó hasta una de las pequeñas mesas metálicas que había a cada extremo. Estaba sola. Aparte de estudiantes que preparaban su tesis, que buscaban jurisprudencia o que simplemente sentían curiosidad, nadie solía subir al archivo. De modo que nadie la molestaría.

Abrió la carpeta casi con temor religioso. Era como abrir una puerta por la que podían escapar a lomo de las virutas de polvo todos los fantasmas que habían protagonizado aquella historia.

Lo primero que encontró fue una ficha policial con los bordes amarillentos a causa de la humedad. La ficha de Marcelo Alcalá. Le sorprendió ver una anotación en la que se decía que el profesor era el máximo dirigente de un grupo de comunistas que había atentado contra Guillermo Mola, antes de asesinar a su esposa. No parecía ese tipo de hombre. La fotografía de la reseña policial mostraba a un ser empequeñecido, ridículo con una americana de hombreras demasiado anchas que le hacían caer hacia delante los hombros, sin consistencia. Sostenía entre los dedos la cartulina con su número de detenido y no era difícil imaginarse el temblor de sus dedos, el miedo en sus ojos. Apretaba la boca con un gesto de abandono, de desesperanza. Eso debió de ser poco antes de que lo ahorcaran. Tal vez ya se había dictado la sentencia y el reo solo esperaba que se cumpliesen aquellos trámites burocráticos sin ser consciente de ellos, como un fardo o una mercancía que unos y otros movían de aquí para allá con el fin de darle a la ejecución un carácter legal, armonioso. Todo debía hacerse siguiendo un macabro protocolo, del que aquel pobre desgraciado era simple espectador.

Dejó la ficha a un lado y abrió la declaración. Estaba escrita a máquina, copiada con papel de calco. Era escueta, apenas unas pocas frases cortas:

Yo Marcelo Alcalá, natural de Guadalajara, de treinta y dos años de edad y profesor de escuela primaria de profesión, declaro por la presente que soy el autor material de la muerte de Isabel Mola. Declaro que la maté disparándole en la cabeza en una cantera abandonada que usa el ejército para prácticas de tiro, cercana a la carretera de Badajoz.

También declaro que fui el instigador y autor del intento de asesinato de Guillermo Mola el día 12 de octubre de 1941 frente a la iglesia de Santa Clara. Declaro que otros me ayudaron en esta tarea, cuyos nombres son Mateo Sijuán, Albano Rodríguez, Granada Aurelia, Josefa Torres, Buendía Pastor y Amancio Ojera.

A quien corresponda.

28 de enero de 1942.

Abajo una firma de trazo extraño, forzado. Tal vez le obligaron a firmar; puede que ni siquiera fuese su verdadera firma. Quizá, nunca llegó a hacer esa declaración. Demasiado escueta, demasiado fría. No había detalles, no había motivación. No había culpa ni odio... Y aquella lista de nombres delatados. Quizá ni siquiera conocía a esas personas. Un puro trámite. María comprobó las fechas. Entre la confesión y la ejecución de Marcelo apenas transcurrieron dos días.

—Ningún procedimiento normal hubiese permitido semejante premura —dijo en voz baja, negando con la cabeza.

Entonces descubrió el pico de una fotografía en un pequeño compartimento. Tiró hacia fuera con cuidado de no romperla. Era una fotografía doblada por la mitad; el papel estaba amarillento y se pegaba como si hubiera pasado tanto tiempo guardada allí que no quisiera mostrarse. María la extendió bajo la luz del flexo:

Era un retrato de guerra, de una guerra antigua hecha en blanco y negro. Se veía un carro de combate ligero alemán estacionado frente a una aldea nevada; junto al carro posaba con cara quemada por la nieve y demacrada por la penuria un oficial tanquista y dos operadores y artilleros.

Uno de ellos era el propio Recasens. Más joven —a María le costó reconocerlo bajo una copiosa capa de mugre—, pero sin duda era él. Todos lucían el uniforme alemán desmadejado y sucio con el escudo de España cosido en la manga. Además, Recasens sostenía entre los dedos un estandarte con el yugo y las flechas de Falange. María le dio la vuelta a la fotografía: «Frente de Leningrado, Navidad de 1943».

No tenía sentido que aquella fotografía, posterior en casi dos años al sumario, estuviera allí. Sin duda alguien la había dejado en la carpeta... Alguien que sabía que tarde o temprano ella iría allí y la encontraría.

—Eso es absurdo —se recriminó a sí misma. Nadie podía prever que aquella mañana iba a tener la intuición de ir al archivo en busca del sumario de Isabel Mola. Ni siquiera ella misma.

Por tanto debía de existir otra razón: Marchán había dicho que Pedro Recasens acumulaba más méritos que nadie para ser odiado por César Alcalá. Ella había achacado esa frase al hecho de que tanto Recasens como Lorenzo, como el propio Publio, manipulaban a César en un sentido u otro, utilizando para ello la desaparición de la hija del inspector. Además era absurdo: César no conocía personalmente a Recasens. Lo único que sabía era lo que ella le había contado.

Algo llamó la atención de María. Un folio escrito a mano, al fondo de la carpeta. La declaración de un testigo de cargo. Un testigo que declaraba, sin ningún género de duda, haber visto cómo Marcelo Alcalá asesinaba a Isabel Mola.

El testigo Pedro Recasens.

César Alcalá se despertaba sobresaltado y se acercaba al umbral de la cancela sin reconocer el lugar en el que estaba. Sabía que aquella jaula era real pero parecía una alucinación suya.

Al menos, Romero le había traído libros. Los había por todas partes, en el suelo, en los estantes, sobre la mesa y encima de la cama desordenada. Algunos estaban abiertos con las tapas vueltas del revés. En la cárcel había adquirido la mala costumbre de quererlos y a la vez maltratarlos: escribía sobre ellos, subrayaba lo que le interesaba y muchos estaban deshojados. Pero era evidente que ellos, los libros, también le querían, que se habían acostumbrado a sus lecturas compulsivas, a su modo imposible de ordenarlos. Estaban allí, desperdigados, como huérfanos esperando el regreso de su dueño. Sus lecturas eran su prótesis sentimental.

También tenía cigarrillos. Los primeros días miraba la cajetilla con nostalgia, pero no se atrevía a tocarla, por si todo era una broma. Pero luego vio que podía fumarlos a placer, y que cuando se le terminaban María le traía diligentemente otra cajetilla. Romero era, sin duda, un mago capaz de conseguir cuanto se proponía.

Aquello casi no parecía un presidio, pero a veces, inesperadamente se le aparecía la imagen de su hija, despojada de la vanidad que había tenido en vida, el pelo revuelto, enredado, el flequillo cubriendo sus ojos verdes. Y entonces volvía a tener pensamientos de hombre libre, pensamientos que iban más allá de aquellas paredes, de las rutinas carcelarias como hacer la cama, entrevistarse con María, trabajar en el jardín o pasear con Romero. Entonces le atosigaba la necesidad de escapar de su prisión, de buscarla. Era inevitable pensar en lo que haría cuando la encontrase; adónde irían, qué cosas se contarían, dónde empezarían de nuevo una vida lejos de todo aquel espanto pasado.

Pero el ruido de una cancela cerrada de golpe, la voz imperativa de un guardia, o la mirada amenazante de otro preso, le devolvían a su miserable agujero.

Aquella mañana Romero escribía tumbado en su litera. César Alcalá nunca le preguntaba a quién escribía cada día aquellas largas cartas. No era asunto suyo. Y la curiosidad era un instinto que dentro de aquellas paredes se adormilaba hasta casi desaparecer. Fue el propio Romero el que extendió las cuartillas sobre el colchón con aire satisfecho.

—Ya está; terminado.

César Alcalá lo miró de reojo. Su compañero de celda

parecía realmente feliz. Tanto que sacó de detrás de una baldosa un pequeño botellín de ginebra y le ofreció un trago furtivo.

—¿Qué celebramos?

Romero abrió los brazos, como si fuera evidente:

—Está terminado: mi primer relato. El tema no es muy original, lo sé: habla de la cárcel. —Romero se quedó pensativo. Luego empezó a apilar los folios escritos con caligrafía apretada—. En realidad no es una cárcel física, no es un edificio con barrotes y guardias... Es otro tipo de prisión.

Por primera vez desde que se conocían, César Alcalá vio a Romero inseguro, casi avergonzado. Su compañero de celda le entregó el montón de folios.

—Me gustaría que la leyeras.

—¿Por qué yo?

—Porque en cierto modo, tú eres el protagonista.

César Alcalá contempló sorprendido a Romero.

Romero miró al suelo, restregando una colilla con el zapato. Luego se sentó en el taburete frente al patio enrejado. Algunos presos jugaban en la pista de baloncesto sin hacer caso de la lluvia.

—A mí no puedes engañarme con tu amargura, Alcalá. Llevo muchos años aquí, he tenido todo tipo de compañeros, buenos y malos. He visto de todo: motines, asesinatos, amistades, amores... Y sé lo que te pasa. Te he observado. Tarde o temprano saldrás de aquí. Esa abogada que te visita cada día conseguirá sacarte. Y entonces, cuando estés fuera, ya no te servirán estas cuatro paredes para esconderte.

—¿A qué viene todo este cuento, Romero?

Romero se volvió hacia Alcalá.

—Tú lee la novela. Si no te gusta quémala... Y si te gusta, quémala también. Pero eso no cambiará las cosas. Sé quién eres, y sé lo que hay dentro de ti, esperando para despertar.

En aquel momento asomó junto a la cancela de la celda un funcionario. César Alcalá tenía visita.

—Saluda a tu abogada de mi parte —dijo Romero, tumbándose a fumar en la litera.

Cuando César Alcalá entró en el locutorio el rostro de

María era imperturbable, sin vida. Permanecía apoyada en la pared con las manos cruzadas sobre su bolso. Parecía una estatua de yeso.

El funcionario le quitó las esposas al inspector y salió cerrando la puerta. A través de la mirilla con cristal enrejado permanecía expectante.

—¿Va todo bien? —preguntó Alcalá, masajeándose las muñecas.

María le había hablado de sus dolores de cabeza y de los mareos que de vez en cuando la obligaban a sentarse en cualquier sitio apretando la cabeza con las manos, hasta que el mareo desaparecía, dejando cada vez con más insistencia un resto de migraña que ya era casi continuo. Había prometido ir al médico, pero César Alcalá no confiaba en que lo hubiera hecho. Podía decirse que, sin ser amigos, al menos había entre ambos una corriente de intuiciones que les hacía comprenderse sin necesidad de conocerse.

—¿Otra vez los dolores de cabeza?

María examinó en silencio al inspector durante más de un minuto. Lentamente abrió el bolso y sacó un papel antiguo y amarillento.

—¿Sabes qué es esto? Me la he jugado sacándolo sin permiso del archivo del Colegio de abogados.

César Alcalá cogió la hoja y la examinó con detenimiento. Luego se sumió en un silencio caviloso.

—¿Me has mentido, César? —le preguntó María. Con un tono de voz que en sí ya era una afirmación.

César Alcalá se pasó la mano por la frente. Le dio la espalda a María y se quedó fijado a la pared, preguntándose si no era ya hora de ser sincero con ella.

—Mentir, decir medias verdades, callar... ¿Qué diferencia hay?

María se encorajinó. Lo último que necesitaba en aquel momento era que la hicieran sentirse estúpida.

—No utilices ese tono cínico conmigo. Yo no soy uno de tus compañeros de celda ni uno de los guardias que te vigilan.

César Alcalá la miró con frialdad.

—No hay ni un atisbo de ironía en mis palabras. Lo digo

completamente en serio... ¿Quieres saber si conocía a Recasens? Sí, lo conocía. ¿Significa eso que te he mentido? Significa mucho más que eso, pero hay respuestas que yo no puedo darte.

Aquello le pareció demasiado a María, que dio rienda suelta a su indignación:

—Tú conocías la existencia de Pedro Recasens mucho antes de que apareciese en mi vida. Es el hombre que delató a tu padre. Fue su declaración la que lo llevó a la horca. Esta declaración. Y todo este tiempo me has dejado hablar y hablar del viejo coronel, como si no supieras quién era.

César Alcalá la observó sin decir nada. La cárcel le había enseñado a tomarse las cosas con calma. Antes de malgastar las palabras prefería escuchar atentamente, examinar la mirada hiriente de aquella mujer, sus dedos crispados arrugando la declaración del viejo Recasens. María era todavía la misma abogada arrogante, vanidosa y endiosada que lo había llevado a prisión. Trataba de disciplinar esa arrogancia, pero sin darse cuenta se comportaba como si estuvieran de nuevo en la sala del tribunal y él fuese una vez más el acusado.

—Estás muy segura de que me conoces, ¿verdad, María? —dijo con calma—. Nada se escapa a tu control. Lo confías todo a tu inteligencia y a tu intuición. —Tras una pausa, añadió—: Pero no deberías cometer el mismo error dos veces: te equivocaste juzgando a las personas hace casi cinco años. Eso debería haberte enseñado que no puedes pretender conocer el alma de los seres humanos. Puede que en los expedientes que descansan en tu mesa todo sea negro o blanco. Pero aquí, entre las personas no vale ese maniqueo punto de vista: los hombres estamos pintados con grises. Como yo. Como tú.

María no supo que decir. Rara vez la sorprendían con una reacción inesperada. Pero César lo acababa de hacer. Las palabras que quería pronunciar se esfumaron de su mente.

César Alcalá se sintió satisfecho al notar el desconcierto de la abogada. Ya con un tono de voz más decidido, pero sin perder la calma, continuó hablando.

—Para ti soy un preso, aunque te esfuerzas por quitar ese estigma de tu mente. Sin embargo no puedes hacerlo, lo noto en tu mirada. Quise matar a un hombre y estuve a punto de hacerlo. Soy culpable y por tanto podría considerarse mi penitencia como justa. Por eso te molesta mi actitud. Crees que debería mostrarme agradecido de tu compañía, de tu amistad. Piensas que no muestro suficiente admiración ni respeto hacia ti a pesar de que gastas tu tiempo y tus energías en ayudarme a encontrar alguna pista de mi hija o un resquicio legal que pueda sacarme de aquí... Y tienes razón. No te estoy agradecido, no te debo nada, no me siento en deuda contigo, y desde luego no me considero amigo tuyo. Sé por qué estás aquí: por Publio. No por mí. Recasens y tu ex marido te convencieron para que hicieras algo bueno, una acción noble y justa: «convence a ese obstinado para que te diga dónde guarda las pruebas contra Publio. Prométele que encontraremos a su hija, que lo sacaremos de la cárcel, lo que sea. Pero convéncele». Eso es lo que te dijeron, ¿verdad? Pero no te importa que esas pruebas que escondo sean la única garantía, falsa si quieres, un espejismo tal vez, pero la única que tengo, de que mi hija seguirá con vida. Mientras yo no hable ella respirará. Eso no es asunto tuyo, ¿verdad? Tan pronto como te dijese dónde están esos papeles desaparecerías porque tu justa misión ya estaría cumplida. Entonces atravesarías estas cancelas sombrías para no volver. Saldrías a la calle con paso apresurado para respirar el aire puro y darías gracias a Dios por tu libertad. Y yo no te juzgo por eso. No tengo derecho a hacerlo. Tal vez tengas razón. Soy un preso. Culpable, por tanto. Pero, ¿qué me dices de ti? Tú también cargas con una culpa que no has pagado, una culpa que no te pertenece, cierto, pero de la que eres responsable, a pesar de todo. Y del mismo modo que yo pago por la mía, tú deberás hacer otro tanto con la tuya.

Quieres respuestas a preguntas que ni siquiera sabes a dónde te llevarían. Conocía a Pedro Recasens, es cierto. Vino a verme hace tres meses. Me contó lo de la declaración contra mi padre... ¡Cuarenta años después! He pasado toda mi vida creyendo que mi padre era un farsante, un asesino de mujeres. Me hice policía para ser su simple antítesis... Y de repente aparece ese fantasma del pasado y me dice que todo fue una farsa urdida por Publio para encubrir el crimen de uno de sus hombres. ¿No te parece curioso? Aparece ese agente del CESID para decirme que, si quiero, puedo vengar la muerte de mi padre cuarenta años después... Y luego apareces tú, con tu culpa, con tus remordimientos, con tus promesas... Dices que Recasens aseguraba que tú y yo estamos unidos por el destino de Isabel Mola... Puede que sí, o puede que todo esto no sea más que un teatro, una farsa más... Ahora, ¿qué es verdad y qué es mentira, María? ¿En quién confiar? ¿En ti? ¿En ese viejo que ya está muerto? No. De lo único que puedo fiarme es de mi propio silencio. Dices que quieres ayudarme. Si es así, si de verdad quieres hacerlo, sácame de aquí y consígueme una pistola. Yo me encargaré de Publio. Y te aseguro que esta vez averiguaré dónde está mi hija. ¿Lo harás?

María se había ido acurrucando sobre sí misma, incapaz de contener aquel torrente frío, casi gélido, de palabras, dichas sin odio pero sin piedad también.

—¿Lo harás? ¿Me ayudarás a escapar de aquí? —insistió César acercando mucho el rostro al de la abogada, casi hasta tocarse.

—No puedo hacerlo —balbuceó María, tragando saliva—. Va contra la ley... Seguro que encontramos una manera legal... Un indulto... Algo...

César Alcalá le pidió alzando la mano que no siguiera por ese camino. Demasiados abogados le habían prometido cosas similares y ya no tenía paciencia para seguir escuchando las mismas cantinelas.

—Entonces, si no vas a ayudarme, no vuelvas por aquí para lavar tu conciencia. En mí no encontrarás más comprensión, ni respuestas para tus preguntas. Yo no soy un santo compasivo. —Alcalá se puso en pie y extendió las manos hacia la puerta tras la que esperaba el funcionario para esposarle. Pero antes aún se volvió a mirar a la abogada—. Antes de que nos separemos, deja que te diga una cosa: tú confías en que Lorenzo te mantendrá a salvo de Ramoneda, ¿verdad? Te equivocas. Hace semanas que paso informes de nuestras conversaciones a un hombre del diputado que viene a verme periódicamente. Yo le digo de qué hemos hablado tú y yo y él me entrega una nota escrita por mi hija. Es su fe de vida. Ese hombre, del que nunca te he hablado, es Lorenzo, tu ex marido. El mismo que te metió en esto, el que te ha prometido salvarte de Ramoneda y luego te ha utilizado como anzuelo para hacer salir de su madriguera a ese maníaco. El mismo que te abandonará a tu suerte en cuanto Publio decida eliminarte, como ha hecho con Recasens. Lo ha vendido, o ha permitido que lo asesinen, que es lo mismo. Querías respuestas, aquí tienes una. Ya ves cómo de amarga puede ser la verdad, una pequeña porción de verdad, María. Y cómo de equivocada estás en tus elecciones.

Aquella tarde María Bengoechea llamó a Greta. Necesitaba hablar con alguien conocido, aferrarse a algo amable, escuchar una voz amistosa. Pero lo único que escuchó fue el sonido del timbre al otro lado de la línea sin que nadie contestase. Dejó el auricular encima de la cama y salió a la terraza a fumar un cigarrillo.

Se sentía aturdida. Apenas unas semanas antes era una persona totalmente distinta, con horizontes bastante claros. Tenía sus problemas, como todo el mundo; su trabajo sobrellevaba un grado de insatisfacción más o menos asumible, y funcionaba con esos pequeños sueños diarios que permiten seguir viviendo sin demasiado derroche de energías. Pero de repente, allí estaba, apoyada en la barandilla de un balcón, peleándose con el viento para lograr encender un pitillo, con vistas al mar, un día con el cielo cubierto de nubes de color carbón, sintiendo que las cosas se le escapaban de las manos, que su vida, tal y como la había conocido, estaba a punto de derrumbarse. Llorando sin saber si lo hacía por rabia, por autocompasión o por desesperanza. Estaba sola en aquella vorágine de traición y mentira.

Y la soledad la aterraba. Apuró el cigarrillo y salió del balcón en busca del teléfono, incapaz de atreverse a creer la idea dañina que poco a poco iba creciendo en su cabeza.

CAPÍTULO 19

Cerca de Leningrado. Diciembre de 1943

El fotógrafo militar agrupó a la familia de campesinos ante la entrada de la cabaña. Estos obedecían su voz de mando sin rechistar, sigilosamente, acostumbrados a ser movidos de un lado a otro por los avatares de aquel frente cambiante, los alemanes a un lado, los soviéticos al otro. Cuando el fotógrafo colocó el trípode de madera con la cámara, se volvió hacia el oficial que esperaba junto a sus compañeros en el blindado aparcado a un lado de la cuneta helada.

—Ahora, teniente, colóquese junto a la muchacha. —El fotógrafo del ejército alemán hablaba español con un acento que al teniente le pareció divertido. Un español gangoso, casi incomprensible—. ¿Puede sonreír, por favor? Y si no le importa, que la chica le coja el brazo.

El teniente apretó la mandíbula. Sonreír, aquel estorbo burocrático que venían arrastrando desde las afueras de Leningrado, le pedía a él y a sus tripulantes que sonrieran. El termómetro marcaba cuarenta grados bajo cero, jamás había hecho tanto frío a este lado del lago, el combustible se congelaba en el depósito del blindado, la torreta estaba agarrotada, como sus miembros, pero ellos tenían que sonreír a escasos kilómetros del frente, mientras un telón de humo cubría la orilla opuesta del lago, después de los intensos bombardeos de la artillería soviética para ablandar las defensas alemanas. Un fuego de setenta toneladas de metal por minuto, que en cuatro días de bombardeo ininterrumpido había lanzado treinta y cinco mil proyectiles.

El propagandista colocó detrás de ellos, encima del tejado de caña del que colgaban carámbanos transparentes, un cartel llamando a la guerra popular contra las tropas bolcheviques. Los perfiles de Hitler y Franco, superpuestos sobre una bandera de la División Azul, permanecían marcialmente impasibles al sufrimiento y al sacrificio.

—El Generalísimo tiene buena pinta. Y el Führer está morenito en ese retrato. Parece que haya estado veraneando en Mataró —dijo, con un cinismo lleno de hartura, Pedro Recasens, uno de los tripulantes del blindado, que a duras penas había conseguido encender una cerilla para prender un cigarrillo.

El teniente asintió con una sonrisa comprensiva. Sentía un aprecio especial por aquel cabo, reclutado a la fuerza para luchar en una guerra tan absurda como todas las guerras. Se habían conocido en el campamento de Polonia, mientras hacían la instrucción bajo la supervisión de los oficiales nazis. Ninguno hablaba de su pasado. El pasado no existía. Solo aquella guerra. Pero a pesar de eso, ambos habían trabado una amistad que iba más allá de la simple camaradería entre soldados y que pasaba por encima de los rangos jerárquicos del ejército.

—Este Hitler me recuerda a un judío de Toledo que yo conozco —dijo entre risitas Recasens.

El fotógrafo del ejército fingió no escuchar el comentario irreverente. De conocer el comportamiento indisciplinado de aquellos españoles indignos de llevar el uniforme de la Wehrmacht, el propio Hitler habría ordenado fusilarlos en vez de conducirlos al frente de Leningrado. Pero a pesar de su indisciplina eran soldados experimentados, habían luchado tres años en la guerra española, y serían muy útiles cuando empezasen las últimas ofensivas de los soviéticos.

—Teniente, ¿podría pedirles a sus hombres que adopten una postura adecuada? Algo de marcialidad y de entusiasmo sería suficiente.

El teniente observó en silencio los rostros asustados de

la familia de campesinos que habían sacado de su miserable guarida para escenificar aquel encuentro. No quedaban hombres en el pueblo, los *mujiks*, los guerrilleros, habían sido hechos prisioneros y fusilados sin contemplaciones allí mismo; los cadáveres, casi sepultados por la nevada, aparecían allá donde habían sido abatidos, como fardos tirados en la blancura. Un fuerte viento rasgaba el silencio de aquel lugar fantasmagórico que los combates, la represión y el tifus petequial habían dejado desierto.

—Acabemos de una puta vez con esta farsa —exclamó el teniente, escupiendo en el suelo—. Vosotros, colocad el blindado aquí, y sonreíd como si nos fuesen a devolver mañana mismo a España. ¡He dicho los tres! Pedro, baja ahora mismo y ponte con los demás.

Sus hombres obedecieron sin entusiasmo. El fotógrafo obligó a una joven rusa a coger del brazo al teniente español. Una tras otra, tomó las impresiones necesarias en las placas que guardaba inmediatamente en forros de tela. El oficial evitaba mirar a la joven campesina que le cogía el brazo derecho, pero sentía su mirada como un chorro hirviendo sobre su barba de cuatro días helada.

—¿*Spanier*? —le preguntó la campesina. Le preguntaba si era español, y no se lo preguntaba en ruso, sino en alemán.

Después de diez minutos, el fotógrafo consideró que ya había suficiente. Recogió la cámara y cargó en una camioneta el cartel de Franco y el de Hitler. Los campesinos corrieron a refugiarse dentro de las chabolas. Sin embargo, la mujer no se movía. Continuaba observando con insistencia al teniente.

—Español, *kamaradenn*... —balbuceó, al tiempo que atraía al teniente hacia la parte trasera de la cabaña, esgrimiendo una sonrisa desdentada y prematuramente envejecida. Deslizó hacia atrás el trozo de esparto que le hacía de abrigo y dejó a la vista un cuello alargado, pálido, y el escote de un pecho casi imperceptible que se sacó con la mano derecha, mostrando el pezón agrietado, punzante y oscuro, mientras con la izquierda hacía el gesto de llevarse comida a la boca.

—Yo tengo una lata de patatas —dijo Recasens, rebuscando nervioso en el zurrón que le colgaba en bandolera, sin apartar la mirada codiciosa del pezón de la mujer. Los otros tripulantes del blindado se acercaron, rodeándola como lobos siberianos, lobos grises bajo una intensa nevada.

El teniente se apartó a un lado, apoyándose en la pared de mojones helados, mientras sus hombres se turnaban con los pantalones bajados hasta las rodillas para penetrar a la mujer tendida sobre el suelo sucio y helado, dejando cada uno, junto a ella, algo de comida. No se escuchaba nada, excepto el leve jadeo de los hombres empujando con urgencia, y el sonido amortiguado en la lejanía de las explosiones, que iluminaban el cielo de colores azulados y violetas. Los copos de nieve caían con intermitencia sobre los cuerpos extendidos en el suelo, sobre las respiraciones entrecortadas, sobre la comida que la mujer abarcaba con el antebrazo sin mirar a los hombres que, uno tras otro, la poseían.

Cuando el último de ellos se quedó inerte sobre la mujer después de un estertor humillante, el teniente Mola dio la orden de partida. Mientras sus hombres subían en silencio al blindado se acercó a la mujer, que permanecía tumbada en el suelo, con las piernas abiertas y el vestido subido por encima de las rodillas. Era un vestido de colores vivos, una mancha de primavera en aquel invierno infernal.

Ella le miraba con una mirada sin fondo, sin reproches, sin perdón. Extendió los brazos hacia él y se abrió un poco más de piernas, cerró los ojos. Los párpados pronto le quedaron cubiertos de nieve, como parte de la cara sonrosada, como los pechos vacíos, odres viejos. Parecía un cadáver, un cadáver petrificado por el invierno con un gesto de supervivencia desesperado.

Fernando Mola se bajó los pantalones, se inclinó sobre ella y la penetró.

—Mírame —le pidió a la mujer—. Ella no entendía el idioma, pero sí el tono suplicante de aquella voz. Se miraron sin nada en los ojos. Dos muertos que trataban inútilmente de darse vida mientras nevaba sobre Rusia.

A finales de diciembre llegó la orden de ponerse en marcha hacia las posiciones de vanguardia. La trinchera de Fernando y sus hombres era deprimente. Sobre una tarima de madera se extendían los jergones de gruesa tela que hacían de suelo impermeable. Dormían en sacos de piel, con un capote forrado, una capucha de esquimal, guantes, esquís y las raquetas para la nieve. Se alimentaban destripando peces que acaban de pescar por el procedimiento de abrir un agujero en las aguas heladas con afilados cuchillos. Allí pasaban la mayor parte del tiempo, alimentando una estufa con leña de abedul. Durante la larga noche observaban al enemigo que en algunos puntos estaba a quinientos metros. Con un susurro por el teléfono de campaña comunicaban al mando sus posiciones y entonces enviaban un perro con una carga explosiva adosada al vientre. Esos perros estaban adiestrados para comer debajo de los carros. Cuando los dejaban ir, los animales hambrientos se lanzaban campo a través hacia los carros soviéticos. Los rusos les disparaban desde sus posiciones, y muchos perros explotaban antes de llegar a los objetivos, pero algunos conseguían meterse debajo de la oruga de los tanques y entonces los hacían estallar.

Desde su escondite, Fernando y Recasens hacían apuestas, como si estuvieran viendo una carrera de galgos, para ver cuál de los perros lograba su objetivo y cuál no. La crueldad era parte inconsciente de su día a día, y ver morir a un perro despanzurrado siempre era más divertido que escuchar los alaridos inacabables de un herido agonizando a campo abierto durante toda la noche.

De vez en cuando, cuando los bombardeos parecían debilitarse por el efecto de su propio impulso destructor, Fernando salía del agujero cavado en el hielo y se acercaba a la orilla helada. Desde un montículo de tierra negra, endurecida por las heladas, podía fumarse un cigarrillo tranquilo, observando el paisaje sin demasiado peligro. La melancolía se pintaba de colores azules y sonrosados en aquellas latitudes de grandes zonas pantanosas y mucho bosque. Los paracaidistas rusos con el mono guateado, armados con el Pah —pha 41, quedaban colgados de los abetos, abatidos por los españoles de la División Azul. A lo lejos, en una de las riberas, se advertía la batería de un acorazado preso en el hielo, hondeando la bandera roja. Aquella era una guerra fantasmal, con tres horas de luz, donde se perdía la noción de la noche y el día.

Fernando estaba cansado. Y no era la falta de sueño, el hambre, ni el frío lo que le carcomía por dentro. Aquel paisaje desolado, humeante, era como su interior. Publio y su padre habían elegido aquel paisaje para enviarlo a morir porque en su vastedad, en su brutal extensión, la guerra lo devoraría sin dejar rastro. Sin embargo, aquella tierra helada, que servía de sudario para miles de muertos, parecía no aceptar su suicidio. Seguía con vida, cuando otros, ansiosos de volver, habían caído tan pronto llegaron al frente.

La guerra le había cambiado. Ya no era el hombre apasionado por la literatura, ni el idealista febril, convencido y visionario. A veces, incluso la imagen de su madre se difuminaba y tenía que recurrir a la carta que había recibido en Alemania mientras se formaba con el ejército hacía casi dos años. Era de Andrés. Una carta breve, con letra infantil, en la que le explicaba que su madre había aparecido asesinada en una vieja cantera. El asesino de su madre no era otro que su antiguo tutor, Marcelo Alcalá. Lo habían ejecutado en la cárcel de Badajoz.

Su padre no se dignó a escribirle al respecto, ni se molestó en contestar sus telegramas. Ni siquiera permitió que se le diera permiso para acudir al entierro. Lo único que le quedaba a Fernando de su madre era aquella fotografía que Andrés le había enviado junto con la carta. Un retrato en la que su madre parecía una actriz de cine, fumando con su pamela. La guardaba en el bolsillo interior de su guerrera como un talismán. Las letras prietas y de trazo irregular de su hermano y la fotografía de su madre eran lo único que lo mantenía ligado al pasado. La única razón por la que no enloquecía como su hermano pequeño.

La última carta de Andrés era desalentadora. Estaba escrita desde una casa de salud mental en Barcelona, donde se había trasladado la familia Mola. A su padre le iba bien, era uno de los ministros más cercanos a Franco. Pero según decía Andrés, eso no le dejaba tiempo para ocuparse de él.

De modo que su hermano pequeño había ingresado para curarse de uno de sus frecuentes ataques de «ansiedad». Así era como llamaban eufemísticamente a su enfermedad. A Fernando le dolía leer aquella carta llena de dolor. Sentía que su hermano estaba desamparado, que lejos de él y de su madre se iría perdiendo irremisiblemente en el pozo de la locura, sin que él pudiera hacer nada por evitarlo.

Mientras yo me consumo en esta habitación de paredes acolchadas, tú estás en la batalla, luchando contra las hordas, combatiendo a brazo partido como hacen los héroes. Le pregunto por ti a Publio cuando me visita, pero no me dice nada. Papá ni siquiera viene a verme, debe de pensar que mi enfermedad es contagiosa. Nadie me habla de ti. Es como si ya estuvieses muerto, pero yo sé que estás vivo, y que volverás. Te quiero, Fernando.
Tu hermano que se consume en sueños.

Fernando dobló la manoseada carta y la guardó. Andrés no podía entender, ni siquiera sospechar, que aquella barbarie no tenía nada de heroica, y sí mucho de miseria, de frío, de olor a carne quemada. No es heroico ver a un soldado con las piernas amputadas aunque le cuelgue al cuello la Cruz de Hierro, ni es heroico violar a niños y empalar a sus padres. No es heroico llorar durante un bombardeo con la cara hundida en el fango.

Desde la distancia, Fernando se creaba la ilusión de que todo era un mal sueño y que cuando terminase regresaría a España y allí estaría su hermano esperándole. Lo sacaría de aquel manicomio, irían a un lugar lejano y seguro donde empezar de nuevo. Una nueva vida, lejos de su padre, lejos de Publio. Lejos de todo. Pero entonces las sombras del crepúsculo invadían los bosques y los pantanos helados y los caminos que rodeaban su posición. El frío arreciaba, y el teniente se ponía de pie, frotándose las manos, exhalando el humo azulado del cigarrillo que se le consumía en los labios amoratados. Y recordaba que lo real era el infierno.

Dio una última ojeada a la línea lejana del horizonte, allí donde entre las sombras se movían siluetas de soldados españoles que quizá mañana, durante la ofensiva que se preparaba, estarían muertos. O quizá sería él, después de tanto buscarlo, el que encontraría un último cielo al que mirar mientras moría. No teorizaba sobre su muerte o la de los otros. Ni sobre el dolor que podía infligir o sufrir. Nada parecía real, simplemente su cuerpo se dejaba ir, ausente a sí mismo, como un abrigo más para protegerse del frío. Todo ocurría de modo fantasmagórico, flotando, lleno de ausencia.

Escuchó la nieve crujir detrás de él bajo el peso de alguien que se acercaba. Era Recasens.

—Han traído algo para ti. Lo tienes en el refugio —dijo, con tono seco, dándose inmediatamente la vuelta por donde había venido. Recasens era parco en palabras. Sus gestos eran bruscos, como sus manos anchas y venosas, como su andar de leñador siberiano, hundiéndose a cada paso en la nieve hasta las rodillas. Los copos helados caían sobre su capote y sobre el máuser que llevaba cruzado en la espalda, con la bayoneta calada. Fernando volvió detrás de él al agujero cavado en la nieve. Entraron en el refugio jadeando. Otros soldados estaban cubiertos con el poncho, arrebujados entorno a la improvisada chimenea. El humo de la leña mojada irritaba los ojos y apestaba el pequeño cubículo, alumbrado por las llamas ascendentes o descendentes, que reflejaban las siluetas de los hombres en las paredes empalizadas.

—Ahí lo tienes —señaló Recasens con el palo que utilizaba para azuzar la lumbre un sobre postal.

Todos observaban el sobre con expectación. Ninguno de ellos había recibido correo o paquetes en el frente durante aquellos meses, y todos conocían lo difícil que era cruzar las líneas de suministros.

—¿No lo vas a abrir? —preguntó Recasens, como si también estuviese escrito su nombre, en lápiz negro y en español, junto al del teniente Fernando Mola.

El teniente cogió el sobre y lo examinó con extrañeza. No eran directrices del mando militar. Esos documentos venían siempre cifrados y eran entregados en mano, no por un enlace corriente. Además, era evidente que la carta había sido abierta, censurada y vuelta a cerrar.

—Viene de España —dijo, con voz ensoñada. España parecía el nombre de la Atlántida: un lugar inexistente. Su mirada se tornó afligida. Buscó la imposible intimidad en un rincón, parapetándose con el antebrazo. Los otros, decepcionados, le concedieron un momento de discreción apartando sus miradas a la lumbre, único efecto que podía sofocar su curiosidad por lo que contenía el paquete.

Fernando se mordió la mano, entumecida por el frío. Intentaba disimular ante los demás, pero no podía contener la emoción. Leyó despacio.

—¿Malas noticias? —le preguntó Recasens al ver el vacío infinito que se abría en los ojos del teniente, abrumado e incapaz de reaccionar.

Fernando sacudió la cabeza. Se acercó a la lumbre y, despacio, entregó el papel a las llamas.

—Mi padre me ha desheredado y a mi hermano lo han declarado incapaz. Está encerrado en el sanatorio de Pedralbes. Ya no tengo nada, ni una mísera peseta, ni una familia junto a la que regresar —dijo lacónicamente, mientras el fuego tornaba de azul la carta, antes de convertirla en cenizas. Era la primera vez que Fernando hablaba con alguien de algo relacionado con su pasado.

De repente hubo un estruendo. Las paredes del refugio temblaron y una fina capa de nieve y ramas de abeto cayó sobre ellos.

—Ya ha empezado el ataque —dijo con tono fúnebre Recasens.

—Pues vamos a por ellos —gritó Fernando, cogiendo su subfusil y abriendo la trampilla del refugio. Un aire glaciar inundó inmediatamente el habitáculo, apagando la débil llama de la chimenea.

La noche resplandecía como en una tormenta, llena de fulgores rojos y azules que se sucedían continuamente seguidos de fuertes explosiones y una lluvia de fango y metralla. Bajo el fuego, los hombres avanzaban arrastrándose por la nieve, parapetándose detrás de otros cuerpos sangrantes y carbonizados. Unos soldados arrastraron una parihuela con un herido que balanceaba los brazos sin manos, gritando como un loco. Otros corrían hacia la retaguardia, huyendo despavoridos, tropezándose con la nieve y perdiendo el armamento. Fernando y los suyos, agazapados en el cráter de un obús, con los rostros tensos, sucios de sangre y barro, veían ante sus ojos desfilar el horror de un modo inconsciente, cotidiano, insensibilizados por el frío y el miedo.

Hacia el alba todo se paralizó. Entre la niebla, los últimos soldados españoles de la División Azul avanzaban por el bosque resquebrajado y humeante. Una incómoda quietud se había apoderado del paisaje, como la calma que precede a la galerna, únicamente rota por el chisporroteo de algunas chozas ardiendo y por el quejido quedo de los heridos agonizantes. Fernando y sus hombres avanzaron, abriéndose paso entre rostros desolados por la lucha y el agotamiento. Después de veinte minutos de penoso avance avistaron las cúpulas humeantes de una capilla ortodoxa, entre dos colinas con forma de giba.

Un oficial alemán les salió al paso. Era de las ss. Se abrigaba con un grueso abrigo con cuello de piel y un gorro con las orejeras sin atar. En el cinturón asomaba la culata de su pistola sobre la que apoyaba una mano enguantada. Se detuvo frente a Fernando con la mirada desafiante.

—Hemos hecho prisionero a un oficial ruso de origen español. Queremos que lo interrogue.

Detrás de una alambrada, una fila de hombres apiñados esperaba bajo la ventisca. Iban desarmados, muchos de ellos descalzos y sin ropa de abrigo. Los habían hecho formar para revista y sus respiraciones de vaho entrecortado se mezclaban con los remolinos de copos de nieve que volaban sobre sus cabezas gachas. Fernando sintió una extraña desazón.

El oficial ss alzó el brazo.

—Ese es su prisionero, teniente. Creemos que es un oficial español al servicio de la nkvd, la Inteligencia Militar Soviética. Hemos intentado sonsacarle, pero es duro. Dice que solo hablará con un oficial de la División Azul.

Un soldado le dio al prisionero un golpe en la cadera

con la culata del fusil obligándole a salir de la fila y adelantarse.

—¿Cómo te llamas? —le preguntó Fernando.

El prisionero se tocaba la cadera dolorido. Tenía las manos tapadas con tiras de manta. Las puntas de los dedos estaban congeladas y las uñas ennegrecidas.

—Solo hablaré con tus superiores —respondió con arrogancia.

Fernando enarcó las cejas. Aquel tipo tenía agallas.

—¿Eres oficial de inteligencia militar? —le preguntó Fernando, encendiendo un cigarrillo y poniéndolo en la boca del prisionero.

El preso sonrió con la boca torcida.

—Haga venir a un superior suyo, teniente. Conmigo está perdiendo el tiempo. No diré nada.

Aquella seguridad del prisionero en sí mismo desconcertó al teniente. Sus extremidades temblaban de frío y enseguida empezaron a aparecerle ronchas sonrosadas. Era el gélido viento de Leningrado mordiendo su carne. Apretó los dientes que le castañeaban, pero su mirada no se inmutó cuando Fernando se acercó con una bayoneta cuya punta afilada clavó bajo el párpado derecho.

—Eres un prisionero ruso. Trabajas para la Inteligencia Militar. Puedo arrancarte las tripas y luego volver a meterlas en tu barriga para volver a empezar tantas veces como quiera. Y nadie va a impedirlo. Así que más vale que me digas quién eres.

En aquel momento, el cabo Recasens se acercaba cabizbajo. Al alzar la vista se detuvo en seco. No se contrajo un solo músculo de su cara, a pesar de que al ver al prisionero sintió una punzada tan intensa que temió desmayarse, como si le hubieran clavado una bayoneta entre las costillas. Al primer sentimiento de consternación, sucedió en su ánimo una súbita ira interior. Observó desde lejos al prisionero. Lo había visto una sola vez en toda su vida. Estaba cambiado, como seguramente también lo estaba él mismo. Aquella maldita guerra y aquel frío inacabable lo transformaba todo. Pero era él, sin duda.

Fue en aquel momento cuando germinó un propósito frío

y cruel, un instinto de venganza que le acompañaría el resto de sus días. Se abalanzó sobre el prisionero y le propinó un puñetazo, tirándolo de bruces al suelo helado. El preso culebreó sobre la nieve, dejando tras de sí gruesas gotas de sangre que le caían del labio partido. El resto de prisioneros contemplaba la escena con miedo e impotencia, encañonados por los soldados.

Sorprendido por la acción de Recasens, el teniente tardó en reaccionar. Cuando lo hizo lo apartó con violencia.

—¿Se puede saber qué te pasa? No he dado orden de que nadie golpee a este hombre.

—Como quieras, teniente, pero tenemos que hablar. Conozco a este hombre.

Tosiendo, el prisionero se puso de rodillas, y apoyándose en el muslo se levantó, tambaleante. Sus ojos eran como ascuas y el labio amoratado le temblaba de frío y rabia.

Fernando miró a Recasens como si este hubiese bebido. Se apartaron unos pasos.

—¿Qué estás diciendo?

Recasens no apartaba la mirada del prisionero.

—Ese hombre mató a una mujer delante de mí. Hace dos años, en una cantera abandonada de Badajoz. Se identificó como oficial del Servicio de Inteligencia «nacional». No es un rojo, es un farsante y un asesino. Me obligaron a declarar contra un pobre desgraciado al que acusaron del asesinato. Dijeron que si no lo hacía me enviarían aquí. Mentí para salvarme y mi testimonio condenó a un inocente. Y me mandaron a esta mierda de guerra de todas maneras. —Recasens alzó la mano y señaló con el índice al prisionero—. Y todo por culpa de ese hijo de puta. Fue él el asesino.

Las ráfagas de la ventisca estrellaron esas palabras contra la cara del teniente. Recordó la desgracia de su hermano, la muerte de su madre, su destino. Y entonces sintió por dentro un dolor de animal desgarrado.

—Ese hombre al que acusaste... ¿Cómo se llamaba?

Recasens sacudió la cabeza. Recordaba perfectamente su nombre. Cada noche veía la misma imagen. La imagen de un hombre ahorcado por su culpa.

—Alcalá... Se llamaba Marcelo Alcalá.

El oficial de las ss se acercó impaciente.

—¿Qué es lo que pasa, teniente?

Fernando observó con una mirada de cuchillo al prisionero.

—Necesito interrogar al detenido con calma.

Le hizo un gesto a Recasens. El cabo cogió por los pelos al prisionero y lo llevó a rastras hasta un edificio en ruinas donde interrogaban a otros prisioneros elegidos. Del interior llegaban gritos desgarradores de sufrimiento. Los soldados alemanes se cebaban desnudando y clavando en el suelo helado con piquetas y bayonetas a varios prisioneros. Era un espectáculo goyesco, una lujuriosa orgía de sangre y dolor. Los ojos de Fernando se abrieron con desmesura. Su mirada era de extravío, como si hubiese perdido la memoria de quién era y quién había sido.

—Desnúdale —le ordenó a Recasens. El cabo obedeció con brutalidad, rasgando sin contemplaciones los harapos del prisionero.

Fernando desenfundó su pistola Luger, tiró de la corredera y la amartilló, clavando la boca del cañón en la sien del prisionero.

—¿Conociste a una mujer llamada Isabel Mola? ¡Contesta!

El prisionero parpadeó, desconcertado al escuchar aquel nombre. Abrió mucho los ojos y su rostro se puso pálido.

—Tú... ¿Eres Fernando Mola?

Fernando apretó con más fuerza su pistola, fuera de sí.

—¿Es cierto lo que dice Recasens?¿Mataste tú a mi madre?

En ese momento se escuchó griterío al otro lado de la puerta. De repente esta se abrió de par en par y apareció el mismísimo general Esteban Infantes, jefe de la División Azul, secundado por su Estado Mayor.

—¿Qué ocurre aquí? —bramó, mirando alternativamente a Fernando y al prisionero. Fernando se cuadró militarmente. Aunque todo su cuerpo temblaba de ira.

—Interrogo a un prisionero ruso, mi general.

El prisionero respiró aliviado.

—Encantado de volver a verle, general. Veo que le ha llegado a tiempo mi mensaje. Los soviéticos están a punto de lanzar la última ofensiva. Vendrán con sus T-34 y con aviación. Creo que debería ordenar una retirada masiva.

El general asintió. Era evidente que conocía a aquel hombre. Miró a Fernando con brusquedad.

—Es usted imbécil, teniente. Ha estado a punto de matar a uno de nuestros hombres infiltrados en las líneas rusas. —Ordenó que le dieran al prisionero un abrigo y que lo sacasen de allí.

Fernando no daba crédito a lo que estaba sucediendo.

—Este hombre, mi general, es sospechoso de haber cometido un crimen en España... Mató a mi madre.

El prisionero ni siquiera se inmutó.

—Mi general, yo dejaría un pequeño retén de contención para ganar algo de tiempo mientras nos retiramos. Es probable que los hombres que lo formen no sobrevivan, pero la patria sabrá recordarlos como héroes. En mi opinión, el teniente Mola es el idóneo para sostener esa posición el máximo de tiempo, y ese cabo de ahí, Recasens, debería permanecer fielmente al lado de su superior hasta el final —dijo. Contempló con tristeza a Fernando. Se acercó a él y mirándole a los ojos le quitó con un gesto seco su pistola Luger—. Creo que me quedaré tu pistola como recuerdo. —Luego se encaminó hacia la puerta.

—¡No puede hacer esto! —le gritó Fernando al general—. Este hombre es un asesino.

El prisionero se detuvo. Se volvió lentamente, contemplando el horror de los otros prisioneros, agonizantes, empalados y crucificados en el suelo.

—Soy un asesino, cierto. Pero mira a tu alrededor, Fernando. Dime quién de nosotros no lo es.

Dos horas más tarde, arreciaba la nevada. Apenas una docena de hombres habían cavado con premura sobre el hielo agujeros en los que parapetarse mientras la tierra temblaba bajo el peso de las columnas de tanques rusos que aparecían en el horizonte.

Fernando cerró los ojos. A su lado, Recasens rezaba el padrenuestro. Fernando fijó el punto de mira de su subfusil hacia el frente.

—¡Abrid fuego! —ordenó cuando los tanques ya se abalanzaban sobre ellos. Y mientras uno a uno sus hombres iban muriendo aplastados por las orugas de los imparables carros blindados, él no dejaba de disparar y de llorar, seguro de su muerte inminente.

CAPÍTULO 20

Barcelona. 2 de febrero de 1981

No había sido fácil, pero al final Gabriel se había dado por vencido. Ya apenas conservaba un poco de movilidad, y su vida se deterioraba con tanta rapidez que era imposible seguir haciendo las cosas más simples sin ayuda. Al principio había adoptado una actitud ofendida, como si él mismo se negase la evidencia de que era ya un viejo, una carga insoportable para los demás, incluso para sí mismo. En otro tiempo, un tiempo que de tan lejano parecía no haber existido, no se hubiese permitido la debilidad de llegar a esta situación denigrante. Él mismo se hubiera pegado un tiro para que lo enterraran junto a su esposa en San Lorenzo. Eso, se dijo, habría tenido una gracia estética, casi un rizar el rizo: descansar junto a su esposa suicidada, después de tanto tiempo de odiarse en silencio. Porque de algo estaba seguro Gabriel: los muertos odian con mayor intensidad que los vivos. Y él notaba, cada vez que subía a la tumba, el odio de su esposa.

Gabriel terminó por asumir que al final se había convertido en una especie de mueble que podía ser movido de un lado a otro y aparcado en un rincón sin ningún pudor. Esa sensación de abandono no podía quitársela de encima, a pesar de que su hija procuraba visitarlo a menudo.

Tal vez ese era el motivo por el que había decidido dar aquel paso que estaba a punto de dar.

Acarició con la mano el paquete que llevaba bajo el brazo, consciente de que al cruzar la puerta giratoria que se abría ante él ya nada volvería a ser igual. Aun así, respiró con fuerza y entró en el vestíbulo de la residencia con paso decidido.

Detrás de un mostrador alto, un joven con gafas de montura metálica atendía el teléfono. Gabriel esperó de pie, hojeando unos trípticos que explicaban cómo conseguir un viaje a Lanzarote con el IMSERSO. En el hilo musical se escuchaba música clásica. Vio a un par de ancianos paseando con un andador y algunas enfermeras con batas blancas y cofias. Todo era limpio, senil, tranquilo. Un lugar aséptico donde las pasiones ya no tenían cabida.

—¿En qué puedo ayudarle? —le preguntó el joven cuando colgó el teléfono. Parecía algo afeminado, quizá por su perfume excesivamente dulce, como su voz y su manera de mover las manos.

—Quisiera ver a Fernando Mola.

El joven puso cara de sorpresa.

—Perdone, ¿a quién?

Gabriel repitió el nombre. El joven se puso nervioso y miró por encima del hombro, como si temiera que alguien lo hubiera escuchado.

—Me temo que aquí no se aloja ningún cliente con ese nombre.

—No sé cómo se hará llamar ahora ese cabrón. Tal vez se ha cambiado el nombre. Pero a juzgar por tu cara, sabes de quién te hablo. Mi nombre es Gabriel Bengoechea. Dile que he venido a verle.

El joven dudó. Se secó la palma de la mano en la pernera del pantalón, como si sudara.

—Esto no es lo habitual —tartamudeó—. Las visitas debe autorizarlas el supervisor. El señor al que usted se refiere no suele recibir visitas a estas horas. Seguramente está haciendo su terapia de aguas.

Terapia de aguas. Aquello parecía un balneario para viejos ricos.

—Pues tendrá que dejarla para otro momento.

El joven salió del mostrador y se alejó por el vestíbulo. Regresó al cabo de unos minutos, con la cara blanca como el yeso. —Ha habido algún problema, pero ya está solucionado. Acompáñeme, por favor.

Gabriel no le preguntó a qué clase de problema se refería, pero era evidente que alguien le había dado una buena bronca.

Atravesaron un corredor de amplios ventanales que daban al exterior. A lado y lado algunos ancianos se bañaban con la luz del sol, sentados en sillas de mimbre. Parecían estatuas almacenadas en los sótanos de un museo. Apenas levantaban la vista al pasar junto a ellos. Atravesaron una serie de arcos encalados hasta una zona de penumbra donde la temperatura era más baja. Por el techo corrían las cañerías del agua y se escuchaba el fluir del agua. El joven dijo que estaban bajo la zona de las piscinas. A pocos metros se detuvo. Sacó una llave y abrió una puerta.

—Espere aquí.

Aquella no era la manera habitual de proceder con las visitas. Gabriel asomó la cabeza a la habitación. Era una estancia amplia y soleada. El techo abovedado era bajo, con dos arcos en cruz y una gran piedra en la cruceta. Apoyados en las paredes se amontonaban decenas de cuadros de factura vulgar. Al fondo había un tablón sujeto sobre dos caballetes y botes con pinceles. Olía a pintura y aguarrás. Parecía el taller de un pintor.

—¿Esta es la sala de visitas?

El joven se ruborizó. Estaba visiblemente incómodo.

—Yo cumplo órdenes. Espere aquí —repitió.

Gabriel entretuvo la espera con los cuadros amontonados en el suelo. Al levantar el primero, centenares de partículas de polvo quedaron suspendidas en el aire, como si la pintura hubiera tosido. Era un paisaje campestre, con un formalismo que hubiera hecho enrojecer de risa a cualquier entendido en arte. Los otros eran de factura similar, escenas de caza, campos, ríos y bosques. Todos nevados, bajo cielos plomizos. Bien pintados, pero sin ninguna fuerza. Sin embargo, había algo común a todos ellos y diferente a cualquier otra pintura de factura parecida: los paisajes estaban poblados por personas desdibujadas cuyos contornos eran borrosos, manchas grises, negras o blancas que deambulaban entre los colores más vivos de la pintura. Eran como penitentes o fantasmas. A Gabriel, como a cualquiera que los observase detenidamente, aquellos rostros sin cara le incomodaron.

A los pocos minutos se abrió la puerta. Apareció un hombre. Tanto por su vestimenta como por su actitud severa denotaba que no era un simple jubilado que pasaba su tiempo haciendo barcos de papel o pintando cuadros de escaso valor. Miró a Gabriel como cuando se sorprende a alguien fisgando en tus cosas. Luego desvió su atención hacia las pinturas del suelo. Sus pupilas titilaron como en el reflejo de un vaso de agua.

—Es difícil pintar de memoria —dijo, articulando con dificultad las palabras—. La memoria se va desgajando como una cebolla. Y al final solo quedan sensaciones: de frío, de miedo, de hambre... —Alzó la cabeza y se enfrentó a Gabriel—. De odio... Cuesta pintar el recuerdo de una sensación.

Gabriel le sostuvo la mirada sin decir nada.

El hombre se alejó un poco y le dio la espalda mientras encendía un cigarrillo. Se volvió con el cigarrillo en la mano y lo llevó a los labios temblorosos.

—Así que ya recuerdas quién soy. —Tosió con fuerza al dar una calada al cigarrillo, tirándose la ceniza encima del pijama. Afiló la mirada como una aguja puntiaguda que pretendía romper la pupila.

—Sé quién eres. Lo supe desde el momento en que apareciste ante mí. La pregunta es: ¿Porqué ahora, después de cuarenta años? ¿Qué quieres de mí, Fernando? —dijo Gabriel, sosteniendo aquella mirada abrasadora y electrizante.

Fernando Mola se apartó a la ventana. Bajo la luz que se filtraba, su imagen era patéticamente débil, como un grumo de polvo que está a punto de deshacerse. Miró por la ventana. Daba a un patio descuidado, lleno de zarzas y matojos y a un muro de ladrillo. Más allá asomaban las copas de unos pinos enfermos. Estuvo un rato contemplando aquella vista desoladora. Aplastó el cigarrillo consumido en el cenicero y cruzó los dedos sobre el regazo.

—Ya es un triunfo escuchar mi nombre en tu boca.

Gabriel apretó los nudillos hasta hacerlos crujir.

—Al parecer te preocupas por mantenerlo en secreto. El recepcionista me ha negado que existiera ningún Fernando Mola en esta residencia.

—Tengo que tomar mis precauciones. Hay gente a la que no le gustaría descubrir que sigo con vida.

—Yo pensaba que estabas muerto, como tu padre, como tu hermano. Es lo que me dijo Publio. Que todos estabais muertos.

—Y tal vez el viejo cabrón de Publio tenga razón: tal vez estamos muertos todos los Mola y yo solo soy un fantasma, algo que tu conciencia no puede olvidar. Lo lógico sería haber muerto en aquellos campos de Leningrado, aplastado por los tanques como casi todos mis hombres, y no sobrevivir con un disparo en la cara —murmuró Fernando. Al abrir la boca se adivinaba una dentadura devastada—. Pero a lo peor soy real, lo que significa que Publio te mintió. Y que tú no conseguiste que me mataran los bolcheviques, ni sus tanques, ni sus desiertos de hielo, ni los campos de prisioneros de Siberia. Sí, puede que sea un fantasma bastante consistente y duro de pelar.

Fue un asalto demoledor. Las palabras de Fernando se zafaban debajo de las tripas de Gabriel y golpeaban una y otra vez con acierto demoledor y sistemático.

—¿Qué quieres de mí?

Fernando dejó vagar la mirada por los cuadros que llevaba años pintando. Aquellos cuadros formalmente hermosos con algo destructivo y horrible que los poblaba. ¿Qué quería de Gabriel? ¿Qué?, cuarenta años después...

—¿Sabes que Pedro Recasens ha muerto? —Fernando sintió un nudo de cólera al darse cuenta de que aquel nombre no significaba nada para Gabriel. Sin embargo se contuvo. Llevaba muchos años, demasiados, preparando aquel momento. Y no iba a permitir que las emociones le traicionaran—. Pues deberías recordar su nombre. Recasens era coronel del CESID.

—Yo ya no me dedico a esas cosas —fue la lacónica respuesta de Gabriel.

Fernando asintió. Gabriel era ahora un jubilado que cultivaba flores junto a una tumba en un pueblo del Pirineo. El pasado no parecía importarle; daba la sensación de haberlo borrado de su memoria. Sin embargo, en la mirada huidiza de Gabriel había un quiebro, una rotura por la que se escapaba lo que trataba de ocultar. Mentía.

—Puede que ya no seas un espía al servicio de Publio. Los tiempos cambian, ¿verdad? Incluso a los que un día fuisteis imprescindibles se os acaba condenando al ostracismo. Debe de ser duro para ti fingir que nada de lo ocurrido te importa. Pero estoy seguro de que recuerdas a Pedro Recasens. Era un buen hombre al que tú le truncaste la vida. Era un simple soldado vigilando una cantera. Si hubieras llegado con Isabel diez minutos más tarde, él ya habría terminado su guardia, y nada de lo sucedido después hubiera ocurrido: la delación en falso de Marcelo Alcalá, la guerra en el frente soviético... Es curioso cómo se decide el destino de un hombre con unos pocos minutos de margen. Aquella guerra y los años siguientes en el campo de prisioneros nos cambiaron hasta convertirnos en otros seres que nunca creímos posible ser. Recasens era un hombre sencillo, recto, directo y franco. Pero tú torciste su vara.

Fernando respiró con fuerza para reprimir el llanto. Pero sus ojos centelleaban al recordar las penurias vividas en aquel lejano gulag de Siberia, sin comida, sin ropa, sin esperanza. Él no hubiera sobrevivido de no ser por la fe de Recasens, de su fuerza para sobreponerse al dolor y al sufrimiento. Empujado siempre hacia delante por un odio que crecía y crecía sin medida, allí donde solo el odio podía mantenerlos con vida. Recasens aprendió a navegar en las aguas fecales de aquel campo, se construyó un personaje inventado, supo penetrar en las entrañas de un sistema que odiaba hasta la náusea. Y un buen día los liberaron. Recasens prosperó, le llenaron de condecoraciones al volver a una patria que ya no sentía como suya. Hizo carrera militar, él, que despreciaba los uniformes. Y se convirtió en espía. El mejor de todos ellos. Y todo eso solo con un objetivo: dar con los que habían causado su desgracia, encontrar el modo de destrozar sus vidas como ellos lo destrozaron a él.

—No tardó en dar contigo. Pero eras el protegido de Publio, el amigo del ministro Mola. Intocable. Pero supo esperar durante años. Esperar es lo único que queda cuando no estás dispuesto a rendirte. El odio necesita llenarse de paciencia para convertirse en una emoción útil. Y créeme: diez años en un campo ruso te adiestran bien en ese sentido.

Gabriel respiró con hondura. Respiraba sin sentir el aire, tenía la sensación de ser tan invisible para los demás como los demás lo eran para él. Se sentó en el suelo, como una marioneta rota. Era la segunda vez que pasaba por aquello. La primera, treinta y cinco años atrás, fue cuando su esposa descubrió las cartas de Isabel guardadas en el baúl. Aquellas cartas fueron la soga con la que su esposa se colgó de una viga. Aquellas cartas de las que nunca había querido deshacerse. Una parte de él murió con su mujer, ahorcado también en aquel dintel. La parte más importante de él, pero siguió respirando, superó esa ausencia definitiva de esperanza. Y lo hizo por María, por su hija. Creyó estúpidamente que bastaría el peaje del remordimiento y de las pesadillas de por vida. Ingenuo. Todo estaba allí otra vez, sucediendo de nuevo. Y la realidad de lo que había hecho le perseguiría una y otra vez, siempre, sin darle tregua hasta el día de su muerte.

—Yo hice todas esas cosas —murmuró asintiendo—. Hice todo eso de lo que me acusas. E hice mucho más, cosas que ni siquiera puedes imaginar. Y nada podrá ser cambiado, ni borrado, ni vivido otra vez. Nada de lo que yo pueda hacer importa... Así que no entiendo qué buscas: ¿venganza? Por Dios, tengo cáncer. Hace más de tres años que debería estar muerto, y estoy cansado de esperar. Y si lo que pretendes es infligirme dolor o vergüenza, no te esfuerces. Nada de lo que hagas superará lo que ya he sentido antes. Estoy tan seco por dentro como tú, Fernando.

Fernando esbozó una sonrisa triste. ¿Qué era aquel hombre? ¿Un cínico?, ¿un hipócrita?, ¿un monstruo...? O simplemente un viejo decrépito, enfermo, cansado y consumido por los remordimientos. ¿Qué pudo ver su madre en él?

—Quiero escucharlo de tu boca. Quiero oírte decir que fuiste tú quien primero sedujo y después asesinó a mi madre.

Gabriel temblaba por dentro y por fuera. Sentía algo que nunca había sentido hasta entonces con tanta nitidez. La derrota. El cansancio. La vejez. La muerte cercana. Allí estaban los dos, frente a frente, como dos perros viejos y desdentados, cargados de rencores pasados, dispuestos a matarse aunque ya no les quedara ni tiempo ni fuerza para otra cosa. Consumar el odio era cuanto esperaban ya. ¿Qué podía decir? ¿Que realmente llegó a enamorarse de Isabel? ¿Que todos los días de su vida había pensado en ella? ¿Que también él había pagado el precio de sus actos? O tal vez podía decirle a Fernando que cuarenta años atrás era otro hombre, tenía otras ideas, confiaba en aquel Gobierno y en lo que hacía. Nada de eso tenía sentido ya. Solo sonaban a excusas. Y ya estaba harto de justificarse, de intentar perdonarse sin conseguirlo.

—Yo asesiné a tu madre. —No buscaba que lo compadeciera. No lo necesitaba. Y Fernando se dio cuenta.

Gabriel era ya demasiado viejo para albergar esperanza alguna. Bastaba con ver los derrames aflorando en su piel, las arrugas que rompían su expresión, el pelo que iba cayendo, ya sin vigor. Tenía el color púrpura de los entierros. Pero quedaba algo que aún podía ser dañado, una grieta en la que hurgar para hacerle sufrir.

—¿Se lo has confesado a tu hija? ¿Le has contado el tipo de hombre que eres?

Gabriel se estremeció por dentro.

—Ya no soy ese hombre.

Fernando respondió con una carcajada seca.

—Lo que uno fue lo será para siempre. Los hombres como tú no cambian. Puede que hayas reprimido tu verdadera naturaleza y que hagas creer a todo el mundo que eres un viejo jubilado que se dedica a malgastar la vida que le queda. Pero yo no te creo. Sé que eres el mismo. Apuesto a que tu hija ni siquiera sospecha que su padre es un farsante, un monstruo disfrazado de derrota.

Gabriel no dijo nada. Se limitaba a escuchar. Cuando

Fernando guardó silencio, ambos se quedaron frente a frente, como dos perros viejos que se gruñían sin dientes.

—Urdiste el atentado contra mi padre para encubrir la muerte de mi madre y convertir ese acto en un trampolín político para él. Fue mi padre quién ordenó la muerte de mi madre. Y tú fuiste el brazo ejecutor. Permitiste que un inocente, Marcelo, pagara por tu culpa con su vida. Y además, quizá tu hija ni siquiera sabe que su madre se suicidó porque descubrió todo lo que tú habías hecho... Gabriel Bengoechea... El forjador de armas de San Lorenzo... Eres pura escoria. ¿Eso es lo que pensaría tu hija?

Gabriel no se hacía ilusiones respecto a los sentimientos hacia él de su hija. Tenía muy presentes sus miradas casi siempre reprobatorias.

—No se sorprendería demasiado. Incluso sería para ella la confirmación de lo que siempre ha sospechado: que no soy un buen padre, que nunca supe demostrarle que la quiero... Sería su razón definitiva para aborrecerme —dijo con una tristeza que no era nueva. En realidad, no importaba. Pronto el cáncer le quitaría de en medio y dejaría de molestar a María con su presencia. Pero al menos deseaba llevarse sus secretos con él. Quería dejar a su hija un resquicio de duda, una posibilidad para que ella pudiera inventar un recuerdo al que poder añorar. Tal vez, si su hija permanecía en la ignorancia lo querría un poco más cuando estuviera muerto de lo que lo había querido en vida.

Gabriel se dio cuenta de que tendría que negociar ese silencio con Fernando. Pero no podía imaginar lo que este querría a cambio. Fuese lo que fuese, no iba a permitir que María supiese nada de todo aquello.

Fernando no parecía tener prisa. Recorrió con la mirada aquella estancia que utilizaba como taller de pintura. Le gustaba su silencio monacal y el olor del aguarrás y las pinturas. Era un buen lugar en el que refugiarse. Un buen lugar para olvidar. Porque muy a su pesar, se daba cuenta de que incluso su odio hacia Gabriel, hacia Publio y hacia su propio padre era algo que debía sostener con esfuerzo. Estaba cansado. Si miraba hacia atrás no veía más que angustia y rabia. Ni un rincón de paz, ni un momento de calma. Su vida se había consumido y no sabía con qué fin. Lo único que le quedaba, su única razón para seguir adelante, era aquel hombre que se sentaba frente a él, consumido también y seco por dentro por el mismo odio que él había alimentado. Le costaba reconocerlo, pero casi se veía reflejado en Gabriel. Y eso le irritaba.

Observó el paquete envuelto en papel grueso de embalaje que Gabriel sostenía entre las piernas de forma vertical, apoyando en él las manos como si se tratase de un báculo.

—¿Es lo que pienso? —dijo señalando el envoltorio.

Gabriel asintió. Se levantó de la silla y depositó con delicadeza el paquete sobre una mesa. Rasgó el envoltorio y retrocedió dos pasos. Ambos hombres examinaron el paquete con idéntica admiración. Durante unos segundos, sin que ellos fueran conscientes, algo hermoso los unió.

Fernando se adelantó. Sus dedos rozaron la superficie alargada y pulida de la funda, de piel y madera teñida de negro.

—Es una espada preciosa, aunque nunca entendí por qué la bautizaste con ese nombre tan poético: *La Tristeza del Samurái*.

Gabriel se encogió de hombros. En realidad una catana no era una espada, sino un sable.

—Es mucho más mortífera y manejable que una espada. La espada golpea. El sable corta —dijo con entonación profesional, sin emoción—. En cuanto al nombre, no se lo puse yo. Era el que tenía el modelo original en el que me basé para hacer la réplica. La verdadera perteneció a Toshi Yamato, un guerrero samurái del siglo XVII. Fue uno de los héroes más sangrientos de su tiempo, venerado por su vigor y su crueldad en la batalla. Sin embargo, Yamato era en realidad un hombre que odiaba la guerra, le repulsaba hasta la náusea empuñar su catana y enfrentarse a los enemigos. Le horrorizaba morir. Logró vivir buena parte de su existencia constriñendo su verdadera naturaleza, pero al final, incapaz de seguir con aquella farsa, derrotado por sí mismo en su lucha por convertirse en quien no podía ser, decidió suicidarse ritualmente. Ese ritual, el *seppuku*, es muy doloroso: consiste en practicarse varios cortes en el vientre y el suicida puede agonizar durante horas con los intestinos fuera. Por suerte para Yamato, uno de sus fieles lo encontró agonizando, se apiadó de él y lo decapitó con su propia catana. De ahí el nombre de *La Tristeza del Samurái*. Este arma encarna los mejores valores del guerrero: valentía, lealtad, fiereza, elegancia, precisión y poder, pero al mismo tiempo también lo peor: muerte, dolor, sufrimiento, locura asesina. Yamato pasó toda su vida luchando para nunca vencer entre esas versiones irreconciliables de sí mismo.

Fernando escuchó aquella historia con interés. Apenas conocía nada de la cultura de los samuráis. Eso siempre fue cosa de Andrés. Nunca logró entender por qué su hermano sentía una fascinación tan profunda por un mundo que nada tenía que ver con el suyo y del que jamás formaría parte. Recordaba vagamente los cuentos que su madre leía, cuentos de un guerrero medieval en el Oriente lejano. Eran cuentos breves, ilustrados con dibujos de guerreros japoneses con sus armaduras, sus arcos y sus catanas. Cuentos de honor, de lucha, de victoria. Ahora, a la luz de los acontecimientos, todo eso le parecía lejano y ridículo.

—Resulta extraño que un hombre como mi padre te encargase una réplica de un sable con tanta historia sobre los valores y las luchas intestinas de un hombre.

—Creo que tu padre no sentía ningún interés por los samuráis o sus códigos de conducta. Probablemente no conocía la historia de la catana. Me pidió un regalo para tu hermano Andrés. «Algo diferente —dijo—, que sea caro y bonito. Original. Una de esas armas japonesas.» Sin embargo, tu hermano Andrés se sintió cautivado enseguida por ella. Recuerdo su admiración al tocar la hoja, su seguridad al empuñarla aunque no era más que un niño. No se separó nunca de ella hasta... Hasta que murió... Supongo que recuerdas el incendio.

Fernando cerró un instante los ojos. Recordaba llamas, gritos, gente saltando por las ventanas del piso superior, otros que chillaban atrapados tras las ventanas con barrotes. El olor de la carne quemada, los cascotes cayendo sobre las cabezas afeitadas de los internados en el sanatorio que se pisoteaban en la puerta para escapar. Sí, recordaba el incendio perfectamente. Fue el 6 de noviembre de 1955. El fuego empezó a las seis de la tarde en una de las habitaciones de la planta dos. Los bomberos no pudieron sofocarlo hasta cuatro horas después. Para entonces habían quedado entre las cenizas del edificio veinte internos muertos. Cadáveres humeantes, atrofiados, petrificados en un gesto de horror.

—He pensado que querrías tenerla. Cuando Publio dijo que Andrés había muerto en el incendio del sanatorio, le pedí que me la vendiese. Es la mejor hoja que he forjado nunca.

Fernando se quedó pensativo. Ahora que estaba a punto de consumar todos sus planes, no sentía nada. Absolutamente nada. Y sin embargo, sintió cómo su boca se abría con una sonrisa cínica, una sonrisa que se transformó en una carcajada ajena a su voluntad.

—¿Pretendes comprar mi silencio ante tu hija con esta espada? ¿Crees que el recuerdo de mi hermano me ablandará? No me conoces, Gabriel. No tienes ni idea.

—Todo eso es pasado.

—¡Y yo sigo en aquel pasado! —gritó de repente Fernando, perdiendo el control—. Para mí no es tan sencillo como fingir que olvido, dedicarme a criar una hija, o retirarme a un pueblo del Pirineo a afilar cuchillos. —Tanteó el bolsillo en busca de algo. Con gesto ofuscado sacó una fotografía y la puso casi en la cara de Gabriel—. Sigo aquí, anclado a ella, sin poder hacer otra cosa que recordar y odiarte, a ti, a mi padre, a Publio... Me odio, soy como un perro loco que se muerde la cola y que se devora a sí mismo, por haberme dejado atrapar por ella. ¿La reconoces? Mírala bien: quiero que se la enseñes a tu hija para que comprenda que el nombre de Isabel no es una simple ficha forense en uno de sus sumarios de abogada. Quiero que vea, que comprenda, que toque y que sienta a mi madre. Solo así comprenderá la enormidad de tu crimen. Solo así se cerrará el círculo.

Gabriel entornó la mirada. Cogió la fotografía y al tocarla sintió que todos sus recuerdos se hacían carne. Allí estaba Isabel, con su rostro pequeño enmarcado en una pamela que le velaba la mirada, fumando con aquel gesto natural que convertía en elegancia cuanto hacía. Recordó de manera dolorosamente real las noches con ella, el olor de sus cuerpos sudorosos, las palabras dichas, las promesas incumplidas. Las montañas de mentiras. ¿Cómo explicarle a María que llegó realmente a amar a esa mujer? ¿Cómo explicarle que entonces hizo lo que hizo renunciando a ese sentimiento por una lealtad diferente, que en su estupidez él creía más elevada? ¿Cómo podía ella entender aquellos años turbios en los que él se manchó de sangre las manos convencido de que su causa era la justa? No podía hacerlo. Sencillamente porque ya ni siquiera él lo creía. Nadie lo perdonaría. Nadie.

—No permitiré que metas a mi hija en esto. —Imperceptiblemente, sus ojos se desviaron un segundo hacia la catana. Haría lo necesario. Lo necesario. Una vez más.

Fernando se dio cuenta de sus intenciones pero no se amilanó.

—Y ¿qué harás? ¿Matarme? ¿Con esa catana? Tendría su gracia, después de todo. Incluso nuestras vidas cobardes y malgastadas tendrían un final dramático, casi histriónico. Pero no lo vas a hacer... No somos uno de los samuráis de mi hermano. No merecemos un final con honor. Somos perros y moriremos mordiéndonos el uno al otro. Y el que quede vivo se retirará a un rincón lleno de basura y se morirá solo, a oscuras, lamiéndose las heridas. Sí, perros viejos. Eso es lo que somos.

Gabriel bajó la mirada. Se apartó de la mesa. Tenía razón. Ellos estaban acabados, pasara lo que pasara. Pero su hija María todavía era joven, todavía tenía esperanzas.

—No puedes hacerla cargar con mis culpas. Ella es inocente, no sabe nada.

Fernando negó con vehemencia.

—La ignorancia no exime de la culpa. ¿No te parece curioso que sea ella precisamente la que metiera en la cárcel a César Alcalá? ¿Acaso crees que es casual que ahora vea al hijo de Marcelo en la cárcel? No existen las casualidades, Gabriel. Fui yo, con la ayuda de Recasens, quien lo tramó todo. Yo hice que la mujer de Ramoneda denunciara el caso ante tu hija, le pagué para que lo hiciera. Y he sido yo quien convenció a tu hija a través de Recasens para que volviera a ver al inspector para sonsacarle sobre Publio. Yo he sido quien la ha empujado hasta el punto al que tú no quisiste llevarla. A enfrentarse con la verdad... Ahora ella tiene la oportunidad de redimirte.

—¿Y qué oportunidad es esa?

Fernando hizo una pausa, limpiándose la saliva. Había sopesado mucho las palabras que iba a decir y era consciente del significado de cada una de ellas. Eran las palabras más difíciles que iba a pronunciar en toda su vida. Pero ya no había remedio.

—Yo puedo ayudarla a encontrar a Marta, la hija de César Alcalá. Pero tengo dos condiciones: la primera es que César Alcalá me entregue a mí, y solo a mí, las pruebas que tiene contra el diputado Publio. Sé que el inspector no se dejará convencer. Así que la segunda condición es que le cuentes todo sobre mi madre a tu hija. Y que ella se lo explique a César Alcalá. En manos del inspector quedará la decisión.

Fernando retrocedió despacio. De repente se sentía muy cansado. También él se había transformado en un monstruo. Había sacrificado a cuantos quería para conseguir destruir a aquel hombre y cuantos le rodeaban. Recasens estaba muerto, Andrés, Marta, Alcalá... Pronto ardería en el infierno por lo que había hecho. Pero el infierno ya era un lugar conocido.

—Esas son mis condiciones.

Gabriel no conocía todos los detalles sobre el trabajo de su hija, pero conocía lo suficiente para saber que aquella propuesta entrañaba algo trágico.

—¿Tú sabes dónde está esa muchacha, Marta Alcalá?

Fernando eludió contestar directamente.

—Lo que yo sé es que Publio terminará por ordenar que la maten, tal y como ha hecho con Recasens. Y si no consigue saber dónde esconde las pruebas el inspector, matará también a tu hija. Ambos lo conocemos y sabemos que es muy capaz de hacerlo.

CAPÍTULO 21

Sierra de Collserola (Barcelona). 3 de febrero de 1981

Al otro lado de la casa se escuchaba un leve gemido, como el lamento de un perro moribundo. El hombre se acercó a la sinfonola y puso un disco de música clásica para borrarlo. Se sentía mal, como un padre que debe castigar a su hija; pero era necesario.

Empezó a girar sobre sí mismo al ritmo de la música. Su cuerpo se combaba desnudo, sincronizando los movimientos con la respiración. De repente, su mirada tropezó con el retrato que colgaba en la pared y detuvo su danza. La mujer parecía observarle con un reproche benevolente desde el marco de colores sepia, y sus labios parecían hablarle. El hombre cerró un segundo los ojos, recordando sus ardientes susurros. Al abrirlos de nuevo el único murmullo que percibió fue el goteo del grifo sobre la pica.

Se asomó a la ventana y apartó un poco la gruesa manta que impedía la entrada de la luna. Lo hizo con cuidado. La luz nacarada encendía su cuerpo despellejado como una antorcha. Contempló con inquietud el sendero desbrozado que llegaba hasta la casa.

—¿Cuándo vendrán? Estoy preparado —se preguntó.

Pero como en los días anteriores, el sendero estaba desierto. Solo podía esperar, esperar y desesperarse. La sequedad en las pupilas lo obligaba a utilizar colirio y parecía que estaba llorando continuamente. Pero era un efecto aparente. En el incendio se le quemaron también las lágrimas, además del corazón.

Se puso el kimono y se abrazó. Tenía frío. Su piel no retenía ningún olor. Era como abrazarse a un muerto. Se tocó el cuerpo en la semioscuridad. Estaba despierto, dolorosamente despierto. Palpó su cabeza afeitada al cero.

Escuchó a Marta arrastrase en la otra habitación. No se hacía ilusiones con respecto a la posibilidad de que ella terminase amándolo. Eso era ser poco realista. Además, el amor era una debilidad que le resultaba insufrible. Lo único que esperaba de ella era obediencia. Obediencia ciega, anulación completa, admiración mayestática. Quería convertirse en su Dios y conseguir su devoción absoluta.

Cuando la vio la primera vez, creyó que sería la candidata perfecta. Su cutis era tan delicado y mostraba una serenidad tan parecida a la que él recordaba en Isabel, que apenas pudo reprimir el deseo de secuestrarla en el mismo momento. Pero tuvo que contenerse. Un buen estratega plantea todos los escenarios posibles, busca el mejor momento, cuenta con la logística oportuna y elabora un plan para después del ataque. Se preparó a conciencia durante meses, arriesgando más de lo necesario.

Confiaba en que ella opondría resistencia, no podía ser de otro modo. Pero también estaba seguro de que sabría subyugarla. Las etapas de la relación con ella estaban determinadas: primero el terror, después la incomprensión, la derrota, el abandono, la resignación, y finalmente la entrega. Sin embargo no hacía progresos. La crueldad, la violencia y el terror no bastaban para convencerla de que fuera de él no tenía existencia posible. En todo aquel tiempo no había dejado de luchar. Al principio violentamente, después sumiéndose en un silencio de muerte, y más tarde tratando de seducirlo para ganarse su confianza. Estúpidamente había sucumbido a sus encantos y se había dejado engañar.

Antes permitía que ella paseara por la casa, incluso salir al pequeño jardín trasero. No había peligro allí, el alto muro los protegía de miradas indiscretas y era imposible que ella pudiera escalarlo. Esa libertad pareció redundar al principio en su estado de ánimo, que mejoró mucho. Se comportaba con él como una verdadera cortesana, sin dar muestras de sus pensamientos propios, como le había enseñado. Únicamente estaba pendiente de sus deseos, de servirle. A veces, incluso, cuando reclamaba su derecho a yacer con ella, no oponía una resistencia animal mordiendo y pateando, tampoco se mostraba pasiva como una recriminación muda. Lograba ablandarlo con una mirada de súplica o de complicidad, según el momento, y él desistía gustosamente de forzarla. Pero todo fue un espejismo. Ella se había revelado tan buena estratega como él. Tardó más de un año en ganarse su confianza. Entonces, una noche intentó escapar por una de las ventanas sin tapiar. Pudo atraparla cuando ya casi alcanzaba la cancela.

No volvería a cometer el mismo error. Se acabaron las contemplaciones. Se acabó la libertad. Viviría el resto de sus días desnuda, atada con una cadena al cuello y comiendo en el suelo. Si algo no podía soportar, era la traición.

Marta escuchó la puerta abrirse. Ni una sola fibra de su cuerpo se inmutó, aunque el corazón se le desbocaba. A su lado, el hombre se desnudó con parsimonia, dobló la ropa con cuidado y la colocó en el banco de madera. Luego la arrastró por un eslabón de la cadena hasta el colchón y se acostó junto a ella, abrigándose con el calor de su cuerpo. Tomó la mano de Marta y la llevó hasta su pecho, obligándola a tocar aquellas heridas.

Marta no se dio cuenta de que él estaba llorando hasta que sintió las lágrimas caer en su mano. Contuvo la respiración para no vomitar ante el tacto de aquel cuerpo despellejado lleno de horribles quemaduras que convertían el tórax y las piernas en una enorme cicatriz escamada y negra.

—¿Por qué lloras? —dijo, arrepintiéndose inmediatamente, sorprendida de sus propias palabras.

Él dejó ir el cuerpo de Marta como si de repente se hubiera muerto. La verdad poco importaba en aquellas paredes tapiadas.

—Porque muy pronto ya no te necesitarán. Y Publio no dejará que me quede contigo. Tendré que matarte.

Los ojos de Marta seguían brillando en silencio como siempre, tanto que parecían estar al borde de las lágrimas. No existía nada más invasivo que aquella mirada.

—Y ¿por qué no me dejas escapar?

Él se incorporó sobre un hombro. A pesar de la oscuridad, veía la cara de espanto de Marta.

—Tu suerte está unida a la mía, lo quieras o no.

Marta se armó de valor.

—En realidad, ya estoy muerta. Tú me mataste.

La cara de él se contrajo. Se levantó y fue en busca de un cubo de agua y de una esponja.

—No quiero hablar más de esto... Ahora lávame para la cena.

Marta se vio obligada a cumplir una vez más el repulsivo ritual de lavar el cuerpo de aquel monstruo con la esponja. Debía hacerlo despacio, con leves movimientos circulares, como si abrillantase una delicada copa de cristal. Y mientras lo hacía, descubría de nuevo cada rincón de aquella geografía atormentada que había ido creciendo ante sus ojos a lo largo de los años. Cuando terminó, el hombre la liberó de la cadena.

—Prepara la cena —le dijo saliendo del cuarto.

Marta lloró de agradecimiento al sentir el alivio de la mordaza cayendo al suelo. Se incorporó tambaleándose sobre las piernas famélicas y caminó con resignación hacia la sucia luz del pasillo.

La cocina era tan miserable como el resto de la casa. En una esquina estaba el fogón de butano con un armario de fórmica descolgado en la pared y un estante pintado de color azul, donde se alineaban los vasos, rayados, los platos y los paños de cocina. Sobre la mesa cubierta con un hule agujereado con marcas de cigarrillos había varios tarros con etiquetas escritas a mano: café, azúcar, sal, pasta.

Marta apartó los tarros y encendió una vela que sustentó en un recipiente de olivas vacío. Colocó un plato y una cuchara limpia junto a dos servilletas de papel. Sirvió vino de una de las botellas que había en el estante. Después se acercó al fogón en el que humeaba una olla con agua hirviendo. Por un instante sopesó la posibilidad de lanzarla contra él. Pero el hombre la observaba vigilante a una distancia prudente, jugueteando con la hoja de una navaja. No tenía ninguna posibilidad de conseguirlo. Y además sabía que no estaban solos. En alguna parte de la casa estaban los guardias que la custodiaban. Vertió una porción de fideos, oreó un poco de sal y comprobó que todo estaba a punto.

—Listo —dijo.

Él se acercó despacio, cogió por detrás el cuello de Marta sin violencia pero con firmeza y le susurró al oído.

—¿Listo qué?

Marta tragó saliva.

—Listo... Gran Señor.

—Esto ya es otra cosa, ¿verdad? —dijo él, palmeándose los muslos. Apenas le dolía la piel aquella noche, y eso facilitaba cierta sensación de bienestar.

Marta se retiró a un lado. Hasta que él no terminase no podía comer ella, y lo que cenaría serían las sobras que él dejase. Así funcionaban las cosas.

—¿En qué piensas?

Marta escuchó aquella voz tenebrosa. Entonces sobrevino lo de siempre. La soledad y el horror. En la oscuridad sintió que esa vida pasada que ya casi no recordaba se desvanecía como si nunca hubiese existido.

—En nada.

Él entornó los ojos. A ella también la había carcomido la maquinaria de los desengaños. En sus ojos solo había tristeza y resignación. Imaginó que también él acabaría así pronto. De vez en cuando, al moverse hacia delante para sorber la cuchara, le subía hasta la nariz la fragancia de su cuerpo. Era un aroma triste, como una escasa gota de lluvia flotando en la hoja seca de un árbol raquítico.

Publio había dicho que todo acabaría pronto. ¿Querría ella acompañarle cuando todo se hubiese cumplido? En el fondo de su corazón sabía que no, que tendría que matarla como hizo con las que compartieron su espera antes que ella. Sin embargo, todavía conservaba una remota esperanza. Se levantó y se acercó a la ventana. Ya no llovía y las gotas de agua resbalaban sobre los maderos como insectos brillantes atrapados por la luz de la luna.

—Ya he terminado. Puedes cenar.

Marta coló con parsimonia los fideos en el escurridor. No tenía hambre, pero se obligó a servirse un tazón. Se sentó en la mesa y se sirvió un poco de vino.

—Ve a vestirte —le ordenó él cuando acabó la sopa. Marta tembló. Sabía lo que aquello significaba. Sin embargo no podía hacer nada para evitarlo. Fue al cuarto y regresó al cabo de unos minutos.

Él la observó detenidamente. El parecido era asombroso, sobre todo cuando se ponía aquella ropa. Estaba espléndida con su disfraz de dama japonesa. El kimono era azul y tenía bordadas hermosas y extrañas flores de hilo negro. Realmente parecía una hermosa princesa oriental, con la cara pálida, los ojos muy rasgados con jena y el perfil de los labios marcado con un lápiz grueso.

—¿Es ella? —preguntó Marta.

—¿A quién te refieres?

—La ropa que guarda ahí dentro, en la habitación cerrada... ¿Es de esa mujer del retrato?¿Por eso me obliga a hacer esto?

Él miró fijamente a Marta. Su boca se quebró una décima de segundo en un gesto de disgusto. Cerró los ojos. El pasado era un desierto acechante que crecía a cada momento. Viento silbando entre las ruinas de una ciudad abandonada, llena de cadáveres secándose al sol entre las piedras resquebrajadas. Ese aire caliente, mortal, lleno de moscas polvorientas era lo único que tenía en la cabeza.

La primera vez que mató, ni siquiera fue consciente de lo que estaba buscando. Tenía apenas diecisiete años. Encontró una barra americana con las persianas medio bajadas. El letrero luminoso ya estaba apagado. El camarero le recibió con mala cara. Le sirvió y dejó la botella en la barra. Luego se puso a empujar la mierda de un lado a otro detrás de la barra con una escoba mugrienta. Con las luces encendidas aquel lugar mostraba su verdadera cara. Moqueta llena de manchurrones y quemaduras de cigarrillos. El suelo de linóleo pegajoso y desconchado. Paredes sucias y agrietadas. A él le daba igual. No venía en busca de lo estético. No venía en busca de nada. Tampoco compañía. Ignoró a la puta que se le acercó, una mucama entrada en años que se desperezó como un gato hambriento al verle entrar. La vieja Dalila se alejó rumiando en su boca sin dientes el fracaso de sus carnes demasiado usadas y caídas.

Tomó el relevo una joven débil y febril, con las huellas indelebles de la heroína en su boca amarillenta y en su rostro macilento. Se sentó a su lado sin decir nada, consciente de sus pocas posibilidades, pero aun así decidida a intentarlo. La muchacha le enseñó con heroicidad desesperada un coño negro de labios caídos y agrietados que él rechazó con una mueca de tristeza. La joven insistió. Tomó la mano de él y la llevó a su entrepierna fría. Él dejó posarse los dedos en la maraña de vello púbico como una mariposa agotada. La joven sonrió, una sonrisa de perro callejero contento con una caricia. Finalmente accedió a ir con ella. Había algo en su rostro de ojos pequeños y piel apagada que le resultaba atractivo.

—¿Cómo te llamas? —preguntó ella, aprisionando con delicadeza, pero al mismo tiempo con firmeza, su pene decaído.

No estaba borracho, ni siquiera había bebido lo suficiente para fingirlo. Sencillamente era incapaz de tener una erección en condiciones.

—Puedes llamarme Gran Señor.

La joven sonrió, abrió la entrepierna y se apretó contra el muslo de él, señalando una puerta. Sus ojos eran ahora selváticos y sonreían con malicia.

—De acuerdo, Gran Señor. Esa es mi habitación. —Subieron una escalinata de mármol desgastado que ascendía al piso superior. Entraron en la habitación. Era una estancia limpia. Decoraba la pared un desnudo de Bellini. Un hermoso desnudo de una mujer que se cubría con rubor el pubis. Él sonrió ante tanta inocencia fingida. Se acercó a la ventana abierta. No quería estar allí, pero allí estaba. La joven se había quitado los zapatos y estaba tumbada en la cama, boca arriba, con la pierna derecha ladeada sobre la izquierda protegiéndole la entrepierna. El vestido resbalaba por su piel hasta la ingle, mostrando el encaje de una liga y la insinuante presencia de un sexo desnudo. Un tirante caído sobre el hombro indicaba el camino de un pecho punzante protegido por una luz llena de matices cálidos. Él se acercó a la cama amplia, con cabezal de hierro y dosel. Su mano encontró con naturalidad el paso entre las piernas de la mujer hasta el sexo seco que se abría sin dudas ante sus dedos.

Se sentía vacío. Ninguna de sus amantes le colmaba más allá del instante ínfimo del orgasmo, y después, enseguida, aparecía el hielo en sus ojos. En su alma. El sexo no era diferente a cualquier otro acto fisiológico, comer, excretar, dormir...

—¿No vas a desnudarte? —le preguntó la puta. Él sonrió. Se quitó la gabardina—. ¿Y eso qué es? —preguntó sorprendida la joven—. ¿Una espada?

—Una catana —le aclaró él, antes de cortarle la cabeza con un certero golpe. Todavía recordaba bien aquella sensación confusa de placer y remordimiento: la cabeza sangrante de la prostituta entre sus manos; su cuerpo sin vida, sangrando a borbotones por la carótida, caía de lado sobre la alfombra. Sobre la cama, la catana con la hoja manchada de sangre y restos de cuero cabelludo. Había sido fácil, se dijo; mucho más fácil de lo que había pensado.

Nunca más había vuelto a experimentar la misma sensación, a pesar de buscarla una y otra vez en tantas muertes. Solo Marta le transmitía algo semejante. Mantenerla con vida, jugar cada día con la posibilidad de asesinarla, le hacía sentirse bien. Perdonarle la vida era algo que lo transportaba a un estado de semidiós. Algo que deseaba prolongar indefinidamente. Cerró los ojos, estremeciéndose con un placer suave, nada ostentoso, hasta que perdió la noción de aquello que era y no era. Su mente dejó de gritarle para sumirse en un letárgico silencio y experimentar las múltiples sensaciones que lograban alejarlo de su vacío.

Obligó a Marta a ponerse de espaldas y la penetró por

detrás. Y mientras lo hacía notaba la presencia de la mujer del retrato en la habitación de al lado, mirándolo con un mudo reproche.

—Nunca me entendiste, madre —gimió, tratando de apartar aquella mirada muerta de su nuca.

CAPÍTULO 22

Barcelona. Agosto de 1955

Allí estaba todavía. Formando frente al barracón de los prisioneros alemanes y españoles de la División. ¿Cuántos quedaban? Apenas unas docenas de los miles que llegaron al campo de prisioneros en 1945. Sin embargo, ellos sobrevivían, de manera antinatural, incomprensible, continuaban formando bajo la nevada, cada mañana, una tras otra, rodeados de desierto siberiano. Ni siquiera había rejas, ni muros, ni alambradas. Apenas soldados. Toda la estepa era su cárcel. ¿Qué hora era? Tal vez por la mañana, no lo recordaba. El sol en aquellas latitudes es como un reflejo de la luna. Nunca se mueve. El frío, las respiraciones vaporosas, el golpe de los pies descalzos contra la nieve. El hambre. Eso sí lo recordaba. ¿Para qué los habían hecho formar? Pedro era optimista. Nos van a soltar, decía cada vez que los obligaban a salir del barracón de manera extraordinaria. Pero Fernando no se fiaba. Se temía lo peor. Había visto trabajar en las cercanas vías del tren a las partidas de presos chechenos, georgianos y ucranianos. Los guardias los trataban peor que a perros. No comían, trabajaban envueltos en harapos, con las manos desnudas. Dormían envueltos en mantas raídas y morían por centenares. Estaba claro que el propósito de los guardias era diezmarlos. Fernando y los otros presos al menos tenían un techo agujereado, agua que podían hervir, algunas patatas que robar. Si los guardias decidían suplir las bajas de la brigada de trabajos forzosos con ellos, no iban a sobrevivir.

Pero aquella vez tuvo razón Pedro Recasens. El guardia les miró con su mirada llena de vodka y de tundra. Los señaló con el dedo enguantado y, sin emoción, dijo las palabras: «Estáis libres. Volvéis a España. Agradeced al camarada Stalin su generosidad para con vuestro general Franco».

—Perdone, señor; vamos a cerrar ya el comedor.

La voz del camarero le sacó de aquel túnel de fogonazos en la memoria. Sorprendido, se descubrió de nuevo sentado frente a un plato de sopa fría, ante dos camareros de aspecto cansado que sostenían un mocho junto a sus pies. Parecían molestos. Fernando se disculpó, como si hubiese que pedir perdón por su insolencia y temiese ser castigado a palos. Pero aquellos no eran soldados borrachos con palos, no le iban a obligar a pelear con otro preso, a matarse a mordiscos mientras ellos apostaban. Eran camareros de verdad. Sus uniformes eran de pajaritas y chalecos pulcros. Inconscientemente se tocó la cicatriz de la bala que le había quedado en la mejilla derecha. Soltó una carcajada que asustó a los camareros. Era libre. Estaba en casa.

En casa. Eso era mucho decir. Salió a la calle y observó desconcertado el trajín que subía hacia la Rambla. Era un día hermoso. Los árboles eran verdes, los puestos ambulantes de flores reventaban de colorido. La gente iba arriba y abajo en ropa de verano. El calor. El calor le sorprendió. Se tocó la frente. Estaba sudando. En el cielo brillaba un sol hiriente. De repente se sintió triste, perdido. No sabía adónde ir, no sabía qué hacer, ni cómo comportarse. Era libre y no sabía qué hacer con su libertad. Encendió uno de los últimos cigarrillos rusos que le quedaban. En el bolsillo aún le quedaban unos rublos que ya no le servían para nada. Tenía treinta y tres años. Y debía empezar una nueva vida. Tiró las monedas de rublo y se alejó hacia la Rambla. Si había soportado todo lo pasado, sabría afrontar lo venidero. No se volvió a mirar las chimeneas humeantes del barco que lo había traído de vuelta.

Tardó meses en sentirse capaz de volver a enfrentarse con su padre.

Finalmente compró un traje de corte barato pero pulido, un traje de segunda mano, y pidió poder ver al ministro Guillermo Mola. La respuesta a su petición tardó varias semanas en llegar a la pensión en la que Fernando y Recasens se alojaban.

La carta, con membrete oficial, fue escueta:

> El señor Ministro lamenta comunicarle que su agenda no le permite, ni le permitirá en el futuro, entrevistarse con usted. Asimismo, le ruega que no trate de comunicarse con él o se verá obligado a denunciarle ante la policía. Respecto a la persona por la que usted pregunta, el señor Andrés Mola, el señor Ministro le prohíbe expresamente que trate de visitarlo.
>
> Firmado,
>
> PUBLIO O.R. SECRETARIO PERSONAL

—No debería sorprenderte. Ya esperábamos algo así —dijo Recasens, apartando un momento la mirada de los impresos que estaba rellenando. Había decidido presentar sus méritos de guerra para opositar a la Escuela de la Defensa—. Después de todo me he vuelto un auténtico profesional en matar y sobrevivir, lo lógico es que me quede con ellos —había dicho con ironía al tomar la decisión.

Fernando guardó la carta en un cajón. Sabía que su padre no querría verle. No le importaba. Lo único que deseaba, contraviniendo los consejos de Recasens, que no había olvidado a Publio, era hacerle saber que estaba de regreso. Respecto a la prohibición de ver a su hermano, no pensaba obedecerla. Se puso el abrigo y la bufanda. Habían pasado seis largos meses desde su regreso.

—¿Adónde vas? —le preguntó Recasens, aunque en realidad ya lo sabía.

Fernando se plantó bajo un árbol en el margen de la plaza mientras encendía un cigarrillo. Sostuvo un instante la cerilla entre los dedos, observando la llama oscilante. Le costaba acostumbrarse a poder hacer aquellas cosas tan simples. Encender un pitillo, apoyarse en un árbol...

Sacudió los dedos y dejó caer la cerilla humeante en un charco. Al otro lado de la acera discurría una corriente densa de coches nuevos y viejos; en las aceras grupos de peatones se sacudían la somnolencia de la mañana. El ruido de las obras en la acera era enervante. La vida empujaba con fuerza, sin detenerse ante aquel hombre que sin ser viejo lo parecía, ataviado con un discreto traje gris que lo hacía invisible. A veces, un peatón que pasaba cerca lo miraba con desconfianza. Fernando no se incomodaba, se había acostumbrado. Recasens le había explicado por qué ciertas personas parecían tener miedo de hombres como ellos. Tenemos esa mirada, había dicho Pedro. Esa mirada. Sí, sus ojos estaban llenos de cosas que no habrían querido ver pero ante las que fue imposible apartar los ojos. Eso les hacía diferentes, como espectros que se movían entre los vivos, fingiendo ser uno de ellos sin serlo realmente. A Fernando no le importaba la gente. Observaba el ir y venir de los transeúntes con algo de desprecio, con un cansancio y una desconfianza infinita en los seres humanos. Eran como figuras de yeso que correteaban de un lado a otro con sus estupideces a cuestas. Ellos no podían ni siquiera imaginar lo que hombres como él o Recasens habían pasado. No podían saberlo; tampoco querían escucharlo. Por eso podían pararse a hablar de padres, hijos, nietos, viajes, paisajes... Por eso podían reírse. Él no reía nunca. En el gulag estaba prohibido reír. Recordaba a un preso mongol que infringió la norma y rio porque alguien contó un chiste a hurtadillas. Los guardias le rompieron los dientes con una pala. Pero el mongol siguió riendo, una risa absurda y desdentada, hasta que los guardias lo mataron a palos, y lo dejaron extendido en la nieve manchada de sangre con su risa petrificada.

Fernando consultó su reloj. Era casi la hora. Se fue acercando al edificio del otro lado de la calle sintiéndose mal, con la sensación desmoralizante que se tiene al abrir un armario oscuro, atestado y desordenado que no se sabe por dónde empezar a ordenar.

A través de la verja se veía el jardín que iba virando a ocre con la lengua del sol. Las fuentes y los cipreses rodeaban el edificio y le infundían algo de calma. Algunos pacientes paseaban atentos a los estremecimientos del agua, otros contemplaban desde un banco el cielo inmenso y limpio. Nada parecía más plácido que aquella mañana y aquel lugar. Y sin embargo, todas aquellas almas estaban carcomidas por dentro.

Pocos minutos después apareció una enfermera que dejó en un rincón una silla de ruedas sobre la que dormitaba, aturdido por las drogas, un paciente.

Fernando tragó saliva. Era su hermano Andrés. Recasens había hecho bien su trabajo. Allí estaba su hermano, tal y como Pedro había descubierto. Y sin embargo, no tenía nada del niño que Fernando dejó atrás hacía más de trece años. Andrés era ahora un joven de pelo largo y lacio y una barba casi pelirroja que crecía mal cuidada desde debajo mismo de sus ojos. Su cuerpo había crecido sin guía, como un árbol anárquico y desbalagado. Se adivinaba una piel blanquecina surcada por venas azules bajo la bata que le cubría apenas hasta las rodillas. Recibía oblicuamente la luz del sol con los ojos entrecerrados. Fernando lo observó mucho tiempo. Tal vez ya nunca querría volver a despertar del abandono en el que se había sumido, amparado en su enfermedad. Pero Fernando no podía permitirlo.

Esperó a que la enfermera volviese dentro del edificio y se encaramó por encima de la verja. Algunos pacientes le vieron cruzar con paso decidido el espacio que le separaba de su hermano, pero nadie se interpuso en su camino.

—Hola, Andrés. Soy yo, Fernando.

Andrés apenas le miró. Por culpa de las drogas los ojos se le habían girado hacia adentro, como si ya no pudiera ver nada del exterior, solo su interior oscuro y roto. Un hilo de saliva se le había secado en la barba. Olía mal. Fernando apretó las mandíbulas, incrédulo y lleno de ira. ¿Qué le habían hecho? Apenas tenía tiempo antes de que volviera la enfermera o apareciese un celador. Si le descubrían allí, se llevarían a su hermano a otro sitio y no volvería a verlo nunca más.

—Voy a sacarte de aquí hermano... ¿Entiendes lo que te digo?

Andrés ladeó un poco más la cabeza hacia los rayos de sol, como si quisiera huir de sus preguntas. Fernando sopesó con rapidez la situación. Andrés estaba atado a la silla con correas de lona por el tronco y las piernas. Además, estaba drogado. Debería cargarlo a peso, llevarlo hasta la cancela, subirlo a ella y saltar a la calle. Todo ello a plena luz del día con la calle atestada de gente. Era un suicidio. Exasperado, se acuclilló ante su hermano y comenzó a cortar las hebillas de las correas con un cuchillo que sacó del bolsillo.

—¡Escucha! Tienes que reaccionar. Vamos, levanta. Necesito que me ayudes. —Cortó las correas de la cintura y cogió a Andrés por los hombros, que se removió, gimiendo algo incomprensible.

—Vamos, Andrés. Levántate.

Pero en lugar de levantarse, Andrés se dejó caer a peso hacia un lado haciendo volcar la silla. Había algo lastimoso en la mirada desesperada de aquel hombre que trataba de escapar pero que estaba atrapado por las correas que lo ataban a la silla de ruedas; era como un perro que se arrastra con las patas amputadas, gritando y gimiendo. Fernando comprendió que nunca lograría sacarlo de allí de manera tan fácil.

Los gritos de Andrés atrajeron la atención de algunos pacientes que se acercaban con curiosidad, sin comprender qué era aquello que rompía su rutina cotidiana de locos adormecidos. Alguien empezó a gritar también, y como una corriente el grito se fue extendiendo, mezclado con gruñidos, risas histéricas o golpes. Estaba perdido. Tenía que irse. Pero sus pies se negaban a marcharse. Incorporó con esfuerzo la silla de Andrés.

—Mírame, Andrés.

Este se había magullado la cara y apretaba los dientes y cerraba con fuerza los ojos, rígido como una barra de hierro.

—Volveré a por ti, hermano. No te dejaré otra vez.

Apenas alcanzó la calle unos segundos antes de que los

celadores, alertados por el tumulto del jardín, apareciesen desde dentro del edificio.

Unas horas más tarde, incluso a pesar de los sentimientos que aplastaban a Fernando, el bosque de San Lorenzo le proporcionaba cierta calma. Al llegar a la pensión y verlo en tal estado de desesperación por el fracaso al intentar rescatar a Andrés, Recasens había decidido tratar de animarlo con una buena noticia.

—He encontrado al asesino de tu madre. Vive en un pueblo del Pirineo, a unas pocas horas en coche.

Ahora, algo más sosegado, Fernando agradecía que Recasens lo hubiese sacado, casi a rastras, de la pensión. Aquel bosque era como los de los cuentos de hadas: cientos de árboles dejaban caer al unísono sus hojas rojas, alfombrando los senderos de color carmesí, y un puente de piedra cruzaba como algo pasado el lecho del río convertido en un cauce de piedras musgosas. Solo que allí no vivía ningún príncipe, sino un monstruo.

Sentado en una gran roca, Fernando jugueteaba con una rama entre los dedos, y le preguntaba «¿por qué?» al silencio. Pero el silencio no le respondía, no demolía su temor; tan solo se reía de lo falso y azaroso que pueden llegar a ser los humanos.

Había intentado confesarse con Recasens, decir todo lo que pensaba. Pero Recasens se había negado a escucharle. Había bastado con que él pronunciase el nombre de Gabriel.

—¿Qué sentido tiene esto? ¿Por qué estamos aquí, espiando una casa desde el bosque como criminales? Mi madre murió hace mucho, mi padre es un ministro que se niega a recibirme, Publio es su secretario y mi hermano es un loco irrecuperable que ni siquiera me ha reconocido.

—Nos queda él —dijo Pedro— señalando entre la maleza alta el tejado de la casa de Gabriel—. Es un mercenario, un asesino, un traidor que nos ha destrozado la vida a ambos. ¿Por qué? Tanto daño, tanta mentira, todos esos años... ¿Por qué? —se preguntaba, contemplando la hojarasca podrida donde anidaban los gusanos de la tierra. Pero una vez más, los árboles miraban silenciosos como gigantes hieráticos, hermosos dioses indiferentes.

Fernando observó las ruinas de la casa. Habían investigado. Gabriel Bengoechea, el forjador humilde y diestro de San Lorenzo, había sido casi toda su vida un agente al servicio de Publio. Pero el suicidio de su mujer lo había cambiado todo. Gabriel tenía una hija pequeña, María. La habían visto corretear cerca de las cancelas del prado, buscando ranas en el cauce del río. Era una niña guapa, pero a Fernando le había parecido que tenía un aire triste, de persona adulta. Ahora la forja estaba abandonada, las hojas enmohecían en las paredes, el fuelle estaba deshinchado y el horno era un resto de cenizas heladas. Y Gabriel no era más que un tronco partido frente a la ventana, un ser atormentado con una hija que inspiraba lástima.

Pero no era lástima lo que Recasens experimentaba, ni siquiera asco o tristeza. Solo vacío; un enorme agujero negro que partía en dos el pasado y el presente.

—Gabriel permitió que un inocente, Marcelo Alcalá, acarrease con la culpa de su crimen, siendo así doblemente asesino. Y su jefe, Publio, me obligó a declarar contra ese hombre inocente, convirtiéndome a mí en culpable también.

Sí. Fernando lo sabía. Pero aun así, a pesar del odio que no había dejado de germinar en todos aquellos años, y que como una lumbre que está a punto de consumirse es revitalizada por un nuevo leño, había reavivado el estado tan deprimente en el que había encontrado a Andrés, se escondió en una frase de idiota aparente, torció la boca de modo repulsivo y balbuceó una sentencia terrible:

—Nadie es nunca inocente del todo.

Con amarga vergüenza, Fernando se daba cuenta de lo ciertas que eran esas palabras. El destino era extraño, formaba círculos que unían los acontecimientos sin sentido aparente hasta que de pronto todo se explicaba. Comprendía ahora que él estaba atrapado dentro de ese círculo y que de alguna manera los hijos pagan los crímenes cometidos por los padres. ¿No era el propio Fernando culpable con sus silencios cobardes cuando su padre maltrataba a su madre? No hizo nada para evitarlo. Tampoco impidió que su hermano Andrés perdiera definitivamente la cordura. Sabía lo que su hermano había estado haciendo todos esos años, había investigado sus crímenes, las atrocidades que eran ocultadas solo para no perjudicar la imagen de su padre, el ministro. Y en la guerra, incluso en el gulag, ¿cuántas atrocidades gratuitas habían cometido el propio Recasens y él mismo?

Se puso de pie y contempló la explanada que rodeaba la casa de Gabriel. La hija del forjador ascendía con calma la pendiente que venía del río. Como una redención inútil y tardía, el destino o Dios, o la simple casualidad, le había dado a Fernando aquella llave que abría el desván donde se escondían todos sus secretos, y ahora lo sabía, también todos sus horrores.

—No te engañes, Pedro. Ni tú ni yo somos mejores que Publio, que mi padre o que Gabriel. La única diferencia con ellos es que nosotros no podemos agarrarnos ya a nada, excepto a nuestro odio... Lo primero es rescatar a Andrés, sacarlo del sanatorio.

Pedro Recasens se mostraba reacio.

—No será fácil y pondremos sobre aviso a tu padre y a Publio.

Pero Fernando se mostró inflexible.

—Hay que sacarlo de ahí como sea. Después nos ocuparemos de Publio, de mi padre y de Gabriel.

A regañadientes Recasens elaboró un plan durante las semanas siguientes. Era arriesgado, pero era el único posible.

Fernando vio que alguien fumaba bajo las sombras iluminado por la luz amarillenta de una farola, y su cara, cubierta de sombras, sonreía como un animal dispuesto a atacar. Fernando avanzó hacia él sin prisas. Sus pasos resonaban en la callejuela desierta. El hombre tiró el cigarrillo y se alejó despacio. Fernando lo siguió. Las campanas de una iglesia cercana tocaron los dos cuartos, dejando su tañido flotando en aquella noche desnuda y azulada.

Se detuvieron ante una pequeña casucha abandonada. El hombre empujó la puerta entornada y entró a oscuras. Fernando dudó, mirando a derecha e izquierda. Le reconfortó en cierto modo sentir el tacto de la pistola que Recasens le había conseguido. Esperaba que el plan de Pedro fuese el adecuado. De todos modos, era la única posibilidad que tenían de sacar a Andrés del sanatorio. Entró en la casucha tras el desconocido, que se había alejado hacia uno de los rincones.

—¿Tiene lo mío? —dijo con un tono seguro. No era la primera vez que hacía aquello. Recasens había estudiado durante semanas al personal del sanatorio. Y aquel celador era el candidato perfecto para dejarse sobornar. Se llamaba Gregorio, era un malagueño de corte duro, acostumbrado a tratar con los internos más agresivos. Andrés estaba a su cuidado.

—¿Cómo sé que vas a cumplir tu parte?

—No lo sabe, pero imagino que antes de venir se habrá informado de mi reputación. Yo nunca fallo a mis clientes.

Fernando sintió que se le apretaban los puños. Por supuesto que se había informado de la calaña de aquel engendro. Vendía las drogas que tomaban los internos, les robaba las pertenencias, y si era menester, conseguía favores sexuales para clientes desviados cuya aparente vida era ejemplar. Para Gregorio, los internos del sanatorio eran como su supermercado particular. En semejante individuo debía confiar.

—¿Qué vas a hacer para sacarlo de ahí?

Gregorio prefería no entrar en detalles. Eso era cosa suya. Lo único de lo que debía preocuparse Fernando era de estar a las tres de la madrugada con el motor del coche encendido y las luces apagadas junto a la entrada lateral del edificio. Ese era el trato. Fernando le entregó el sobre con el dinero acordado. Gregorio lo contó con dedos expertos y sonrió satisfecho. Guardó el sobre y se dirigió a la puerta. En el último momento pareció recordar algo.

—Esta mañana tuvo una visita. Me ha llamado la atención, porque no suele ir a verlo nadie.

—¿Una visita?

Gregorio asintió.

—Dejó su nombre en el registro de entrada. Un tal Publio. Estuvo a solas con él una media hora. No sé lo que le dijo, pero cuando se marchó ese hombre, tuvimos que sedar a Andrés. Estaba fuera de sí... He pensado que le gustaría saberlo. —Gregorio entreabrió la puerta y se escabulló hacia las sombras de la calle.

Fernando se quedó unos minutos más pensando en lo que podría haberle dicho Publio a Andrés. Nada bueno podía salir de aquel lacayo de su padre, de eso estaba seguro. En cualquier caso, en unas horas podría preguntárselo a Andrés en persona.

Dio un par de vueltas con el coche, un viejo Citröen de color crema, por las calles de alrededor. Estaba nervioso y fumaba sin parar. Veinte minutos antes de la hora convenida con el celador aparcó el coche en un chaflán desde el que podía ver la molicie del edificio del sanatorio. Apenas había luces en las ventanas de los pisos inferiores, donde debían de estar las oficinas y las dependencias de los trabajadores y enfermeras. El resto de luces estaban apagadas. El aire arañaba los cristales de las ventanas con las ramas de los árboles y los batientes de una puerta mal cerrada golpeaban una pared.

De repente, en una de las ventanas del piso más alto del edificio Fernando creyó ver a alguien. Fue un momento muy fugaz y pensó que tal vez había sido la sombra de alguna rama. Pero entonces empezó a crecer un resplandor en la misma ventana. Al principio fue una luz titubeante, como si alguien paseara por la habitación con el cabo de una vela. Luego empezó a crecer hasta iluminar la habitación completamente. Poco a poco una columna de humo empezó a solidificarse saliendo hacia el exterior. Las primeras llamas no tardaron en asomar la lengua por el alféizar. Aquello era un incendio.

Fernando salió del coche. El fuego cobraba virulencia con rapidez, saltando de una habitación a otra en el piso superior. Curiosamente, también veía las siluetas de los trabajadores y de las enfermeras en la parte inferior. No se habían dado cuenta del peligro que corría todo el edificio.

Fernando se sobrecogió. ¿Aquel era el plan que tenía el celador para liberar a su hermano? De pronto alguien cayó desde la ventana, lanzando un grito.

Una hora antes, el celador Gregorio sonreía satisfecho, mientras forzaba a tragar a una anciana senil la sopa con brutales empujes de la cuchara. Odiaba aquel trabajo, pero le reportaba buenos beneficios. Como esta noche. Dinero fácil, como el que sacaba por hacer fotos a los viejos desnudos que obligaba a fornicar en el lavabo y que luego vendía al abogado de la calle Urgell. O como el que le habían dado por empeñar las joyas de Herminia, la loca del tercero. Conseguir que Andrés saliera de allí no iba a ser mucho más difícil y le habían pagado más que bien. Lo único que debía hacer era esperar a que se cerrasen las luces de los dormitorios superiores. Luego provocaría un incendio en los vestíbulos de acceso. Utilizaría gasolina como acelerante. Nada grave, lo justo para provocar una evacuación de los internos. Luego, entre el tumulto y la confusión no le sería difícil llevar a Andrés hasta el coche del hombre que le había contratado. No sabía qué interés podía tener aquel psicópata para nadie, pero no era asunto suyo. Ya le habían pagado, y se alegraría mucho de quitarse de encima a una mala bestia como Andrés. Y como él la mayoría de internos y de médicos. Nadie podía acercarse a esa fiera sin riesgo.

Al terminar su turno se las ideó para quedarse en la sala de guardia del piso superior. Había preparado la lata de gasolina bajo su mesa de trabajo. Juntó algunos trapos de la lavandería y los impregnó. Lo mejor era colocarlos debajo del colchón de la cama de Andrés. Una vez declarado el incendio sería el primero que evacuaría. Buscó la llave de su habitación en el panel.

Aquella noche, Andrés tuvo un sueño extraño. Despertó con la sensación de que había sido real y saltó de la cama angustiado. Tardó un poco en darse cuenta de que seguía allí, encerrado en aquel lugar deprimente. Se acercó a la ventana. El aire hacía traquetear el cristal. Se veía el jardín oscuro. Más allá de la verja había un coche aparcado. Se sacudió la cabeza abotargada por los somníferos que le administraban para dormir. Por un momento había creído que estaba lejos de allí, en una montaña nevada como las que su madre le describía en los cuentos de samuráis. Solo que en su sueño esa montaña era real y su madre se arrodillaba frente a él vestida como una gran dama japonesa, con un kimono de seda verde y un peinado lleno de piedras preciosas y recogidos florales. Su madre lo desnudaba para bañarlo como cuando era niño. Solo que en el sueño él no era un niño, sino un hombre. Su madre mojaba una esponja en una palangana y le limpiaba el cuerpo. Pero el agua era sangre y su cuerpo quedaba manchado como si estuviese mutilado o herido. Él quería irse, pero su madre le obligaba a permanecer quieto con palabras firmes pero cariñosas, igual que hacía cuando siendo niño trataba de escapar de su baño vespertino.

Andrés volvió a la cama. Quería cerrar los ojos de nuevo pero no lograba recuperar la imagen de su madre. Entonces oyó la cerradura de la puerta girando. Alguien apareció en el umbral. Reconoció al celador Gregorio. Odiaba a aquel ser miserable. Lo vio dejar unos trapos en el suelo junto a la puerta, y otros bajo la cama. ¿A qué olía? Fingió dormir. No quería que lo atasen con correas a la cama o que le inyectaran otra droga. De pronto percibió un fogonazo bajo la cama y enseguida un humo espeso le atenazó la garganta... Fuego... Tardó unos segundos en comprender lo que estaba haciendo el celador. ¡Estaba prendiendo fuego a su habitación!

Se levantó tosiendo, tapándose la boca. Corrió hacia la puerta entreabierta, pero el celador lo atrapó por el cuello, tapándole la boca.

—Todavía no —le susurró al oído—. Hay que esperar a que se cree el caos.

Andrés trató de zafarse, pero el celador era fuerte y lo sujetaba inmovilizándolo. Era por Publio, pensó con rapidez. No había querido los papeles que le había traído. Su padre le cedía su parte del patrimonio familiar a cambio de cuidarlo de por vida. Pero Andrés no había querido firmar porque lo que Publio pretendía no era cuidar de él sino dejarlo de por vida encerrado en un lugar tan horrible como aquel. De modo que Publio le había ordenado al celador que lo matase. Iba a morir y fingirían que había sido un accidente. Morir abrasado le parecía algo indigno. Se revolvió con todas sus fuerzas pero el celador no lo dejaba ir. El fuego crecía, había prendido en el colchón y en las cortinas. La humareda empezaba a ser asfixiante.

—Cálmate, estúpido, o lo echarás todo a perder —le decía el celador. Pero Andrés no escuchaba, lo único que escuchaba era el chasquido de las llamas haciéndose más y más virulentas. Aprovechó un segundo en el que el celador aflojó la presión sobre su cuello para golpearlo con la cabeza. Aturdido, el celador retrocedió hacia la ventana. Le sangraba la nariz. Andrés tomó impulso y lo empujó. El celador cayó hacia atrás estrellándose contra los cristales y cayendo al vacío.

Andrés temblaba. Su cuerpo nervudo sudaba. Notaba el calor a su alrededor pero no se movía. Estaba como hipnotizado frente a la ventana con los cristales rotos. En el pasillo empezaron a escucharse gritos. El fuego se extendía con rapidez. Prendía las puertas, los sillones, las cortinas con una voracidad descomunal. Olía a piel quemada. Andrés se miró el brazo derecho. La bata estaba ardiendo. Era su piel la que se quemaba. Se golpeó contra la pared para apagar la ropa prendida y salió al vestíbulo. Las luces no se habían encendido. En medio del humo espeso y de las llamas que lamían el suelo las paredes y el techo, formando un túnel infernal veía correr sin sentido, como ratas asustadas, a los internos de su planta. Algunos eran como estrellas fugaces. Corrían ardiendo y se lanzaban por las ventanas. Otros ni siquiera se movían. Se quedaban quietos, apoyados en la pared, fascinados ante el avance del fuego. Pero la mayoría corría en tropel hacia la escalera. Andrés también lo hizo. Se abrió paso a golpes, patadas y mordiscos. Pero era imposible avanzar. El paso de la escalera era estrecho, apenas permitía bajar a dos o tres personas a la vez. En medio de la histeria, los internos se habían abalanzado en masa hacia allí provocando un embudo. Algunos habían caído y el resto los pisoteaba sin contemplaciones, pero ni aun así lograban pasar. Hasta que la escalera, que era de madera con soportes de hierro, fue alcanzada también por el fuego. Andrés retrocedió intentando protegerse del humo. Era imposible respirar, no se veía nada, los ojos le lloraban. Trató de alcanzar una ventana para respirar algo de aire pero los demás hacían lo mismo. Iban a morir todos achicharrados o asfixiados. De pronto Andrés notó un calor muy intenso en la espalda y la nuca. Estaba ardiendo. El cuero cabelludo le prendió como paja seca. Desesperado, sin un lugar al que asirse se lanzó contra la pared de personas que se agolpaban en las ventanas. Nadie trató de ayudarle. Se apartaron de él. Andrés daba vueltas como un loco, aullando y tratando de apagar el fuego que se extendía inmisericorde. Cayó de rodillas en medio de un círculo de rostros horrorizados.

Los bomberos tardaron más de cuatro horas en acceder al último piso del sanatorio. Decían que no había habido supervivientes. Algunos cadáveres irreconocibles fueron directamente trasladados a la morgue en bolsas. Otros, agonizantes, eran cubiertos con gasas y llevados a los hospitales de San Juan de Dios y San Pablo, donde fallecieron apenas ingresados. Más de veinte personas murieron en aquel pavoroso incendio.

Durante toda la noche y hasta bien entrada la mañana, Fernando no se apartó de la verja del sanatorio donde se habían concentrado familiares angustiados, curiosos con instinto mórbido y periodistas de sucesos oliendo la carroña. La policía no permitía entrar a nadie ni facilitaba datos. Cuando finalmente los bomberos se retiraron, dos guardias armados permanecieron montando custodia junto a la verja de la entrada.

Fernando aún permaneció varias horas frente al edificio con la fachada ennegrecida. Parte del techo se había hundido sepultando a mucha gente. Las cañerías rotas rezumaban agua y las cenizas humeantes dispersaban por el barrio un olor vomitivo de carne humana.

Cuando días después se publicó la lista de fallecidos supo que su hermano Andrés había sido uno de los primeros en morir.

CAPÍTULO 23

Lorenzo se hundió en el asiento posterior del coche oficial. Apenas había dormido. Le dio al chofer la dirección y ocultó las ojeras tras unas gruesas gafas de sol. En Radio Nacional emitían una tertulia de política. Todo parecía estar impregnado de política, aquel mes de febrero. Todavía coleaba en las mentes de los españoles el momento, las 19.40 de la tarde del 29 de enero de 1981, en el que se había interrumpido la programación de TVE, para que Suárez pronunciase su famosa frase: «Presento de manera irrevocable mi dimisión como presidente del Gobierno». A partir de ese momento los sobresaltos eran continuos y los españoles vivían pendientes del telediario y de las emisoras de radio. Habían empezado las sesiones del Congreso en el que había de ser elegido el sucesor de Suárez: Leopoldo Calvo Sotelo. Aunque la investidura estaba prevista para la tarde del 23 de febrero, la televisión y los diarios llevaban días bombardeando a la población a fin de familiarizar al gran público con el rostro gris y austero del nuevo hombre fuerte del Gobierno.

—Va a ocurrir algo grave; y va a ser muy pronto —vaticinó el chofer de Lorenzo, sin apartar la vista de la carretera.

Lorenzo asintió en silencio. Sabía de lo que hablaba. Llevaba años relacionándose en secreto con los militares golpistas, desde la fallida intentona de la cafetería Galaxia. Sabía que el problema no había sido extirpado, ni siquiera cauterizada la herida. Los militares humillados por ETA, por la desidia de un Gobierno en descomposición y una sociedad en pleno cambio, era campo abonado para Publio y sus nostálgicos involucionistas, entre los que contaba a Tejero, a Milans y al propio almirante Armada. Esa gente no iba a dejar pasar el momento de inestabilidad en el Gobierno para intentar hacerse con las riendas por la fuerza, como había hecho más de cuarenta años atrás de manera cruenta el general Franco.

Pero todo eso, con ser importante, era lo que menos preocupaba en aquel momento a Lorenzo. Algo más urgente reclamaba su atención. Le pidió al chofer que apagase la radio. Necesitaba pensar y calibrar sus opciones y anticiparse a los acontecimientos. Además había discutido con su mujer. En aquellos momentos de tensión, lo que menos necesitaba era una discusión familiar. Aunque físicamente eran muy distintas, su mujer le recordaba a veces a María. Ella encarnaba los mismos impulsos viscerales, la misma mirada de superioridad a pesar de todo, el mismo orgullo. Incluso a veces, creía descubrir en los gestos de su mujer alguna mueca, alguna expresión perpleja, alguna sonrisa de las que coleccionaba María. Quizá por eso se encolerizaba más de la cuenta con ella y terminaba golpeándola.

Se miró los nudillos. Le dolía la mano y se sentía mal por haber golpeado en la cara a su mujer aquella mañana. La había dejado tumbada en el suelo del baño con el labio partido. Sabía que se había excedido, pero lo peor era que su hijo lo había visto todo. Se recriminó no haber tenido la sangre fría de cerrar la habitación, pero ya no tenía remedio. Anotó mentalmente que debería comprar unas golosinas al volver a casa, y tal vez enviar desde el despacho un ramo de flores a su mujer con una nota de disculpa.

Pero lo haría más tarde. Ahora debía concentrarse en la entrevista con el diputado. No le gustaba que Publio le hubiese citado de manera tan inesperada en su casa. Eso no presagiaba nada bueno. Se inclinó sobre la ventanilla cerrada para ver la línea difusa de la costa que se iba agrandando, con el perfil de la montaña de Montjuïc y las torres de Sant Adrià despuntando al fondo. En el bolsillo de su chaqueta notó el recorte de prensa arrugado que aquella mañana anunciaba la muerte de Recasens. Se preguntó quién sería aquel inspector de homicidios llamado Marchán. Era listo; había demorado varios días la noticia del asesinato y ahora anunciaba ante la prensa que la policía judicial se haría cargo de la investigación. Lo mejor era su manera poco diplomática de haber deslizado la sospecha de que no se trataba de un simple homicidio: «Ciertos indicios nos hacen sospechar que la muerte del coronel Recasens podría estar relacionado con altas instancias políticas y de los Cuerpos de Seguridad del Estado. Por eso vamos a pedir amparo al Tribunal Supremo». Eso dificultaría unos días más el traspaso de las investigaciones al CESID, y aun cuando pudiera sortear el escollo del Tribunal Supremo, Lorenzo debería hacerse cargo de las diligencias con discreción para no atraer la atención de la prensa.

Todo eso le daba al inspector un margen de unos cuantos días para seguir con el caso, y era al mismo tiempo su manera de guardarse las espaldas ante posibles represalias. Sí, definitivamente, aquel inspector era bastante listo. Debía investigarlo a fondo y averiguar qué interés podía tener en el caso de Recasens. Tal vez solo buscaba algo de publicidad y un ascenso. En ese caso sería fácil llegar a un acuerdo. Pero si lo que buscaba era otra cosa, sería más difícil quitárselo de encima. Imaginó que era de eso de lo que quería hablar Publio. Pronto lo sabría. El coche estaba enfilando la calle donde vivía el diputado cuando venía a Barcelona.

Publio lo recibió en un pequeño despacho repleto de libros encuadernados en piel sobre estanterías de caoba. Olía a tabaco puro y junto a dos grandes sillones de estilo barroco había una caja de habanos y una máquina de cortar boquillas.

—Supongo que has leído el periódico de esta mañana —dijo el diputado mientras tomaba uno de los habanos y lo hacía crujir cerca del oído entre los dedos—. ¿Qué sabemos de ese Marchán?

Lorenzo examinó el perfil roto de Publio. A pesar de los años se le veía vivaz, pero también a él le estaba dejando huella la presión de aquellos días.

—No mucho. Trabajó unos años con César Alcalá. Pero no declaró a su favor en el caso de Ramoneda. Tampoco lo ha visitado nunca en la cárcel. Alcalá no lo considera su amigo, sino más bien un traidor. Me lo ha confirmado él mismo cuando he ido a verlo a la cárcel. —Lorenzo obvió decirle a Publio que en su última visita había notado un cambio de actitud bastante preocupante en el inspector. Se había negado a decirle de qué había hablado con María en las últimas semanas y exigió una prueba más creíble de que su hija seguía con vida. Ya no le bastaban, decía, las notas manuscritas que Lorenzo le llevaba cada quince días firmadas por Marta. Lorenzo sospechaba que César Alcalá iba a intentar algo por su cuenta, y que lo iba a hacer pronto. Era algo lo bastante importante como para decírselo a Publio, pero no lo hizo. Notaba que el diputado estaba a punto de estallar.

El diputado encendió el habano dando largas chupadas al tiempo que lo hacía girar sobre la llama del mechero. Sostuvo el humo en la boca un segundo y luego lo dejó ir con evidente placer. No quería darle a Lorenzo la sensación de que estaba preocupado. Y sin embargo lo estaba. Y mucho. A medida que se acercaba la fecha del 23 los preparativos se aceleraban, pero al mismo tiempo imperaba cierta extrañeza y desorganización entre los conjurados. A duras penas conseguía mantener dentro del guión a los implicados. Armada era de los más díscolos. Exigía la autorización por escrito de alguien de la Casa Real, algo a todas luces absurdo, y que Publio interpretaba como un intento de Armada para saltar del barco. Otros, como Tejero, comprometían los planes con su incontinencia verbal. *Sotto voce* todo el mundo sabía o intuía en qué andaba metido el teniente coronel. Caso aparte era Cortina. Al jefe de los Servicios Secretos no le había gustado nada que uno de sus hombres hubiera aparecido mutilado hasta la muerte en un callejón del puerto. Aquella misma mañana había llamado a Publio para protestar con acritud por la muerte de Recasens. Para alivio de Publio, la ofuscación de Cortina era causada por el hecho de haberse enterado por los periódicos, y no por el hecho en sí.

Con todo, lo que no dejaba dormir a Publio era el asunto de César Alcalá. Ese maldito policía llevaba años detrás de él, y era el único que podía relacionarle con la trama golpista si esta fracasaba. Eso no tendría importancia si después del día 23 el golpe de Estado tenía éxito. Podría librarse sin problemas de todos los que le importunaban. Quitarlos de en medio como moscas molestas, como hacía en los buenos tiempos, cuando él y Guillermo hacían y deshacían a su antojo en toda la provincia de Badajoz. Pero la experiencia le había enseñado a ser precavido, y debía tomar medidas por si todo acababa resultando un fracaso. Primero debía tener en sus manos aquel dossier que el policía guardaba en alguna parte. No sabía qué contenía, ni dónde estaba, ni siquiera si existía realmente... Pero la mera sospecha era suficiente para ponerse a resguardo. Había confiado que el secuestro de Marta bastase para acallar al inspector, hasta que alguien desde la cárcel le librase del problema.

Tal vez, se dijo, había sido demasiado blando. Los años le hacían relajarse y volverse confiado. Había esperado que Lorenzo convenciese a María para sonsacar a Alcalá. Pero no había sido así. Tampoco Ramoneda había cumplido su palabra puesto que César seguía con vida... Y quedaba el asunto de Marta, un capricho demasiado peligroso que había mantenido durante demasiado tiempo a riesgo de convertirlo en su propia tumba. Todo eso debía terminarse. Debía poner tierra de por medio y destruir todos los puentes que unían a esa gente con él. Y lo iba a hacer de manera rápida y diligente, antes de que fuese demasiado tarde.

—¿Qué me dices de tu ex mujer? Prometiste que conseguiría la información que esconde César Alcalá, pero no ha sido así. Es más, creo que ahora anda investigando la muerte de Isabel Mola. Alguien del Colegio de abogados me ha dicho que estuvo fisgoneando en el expediente. El tiempo ha terminado dando la razón a Ramoneda. Con María hay que adoptar medidas contundentes, como las utilizadas con Recasens.

Lorenzo sabía que Publio tenía razón. María era un problema y no se iba a detener delante de amenazas. Había confiado en que la presencia de Ramoneda la intimidase y que la volviera más flexible, obligándola a depender de él. Pero no había sido así. Tal vez debía asumir su muerte como algo inevitable y necesario, como había hecho con Recasens, pero no lograba aceptarlo. ¿Por qué se empeñaba en protegerla? No era distinta a las otras mujeres que conocía, no era especial; solo era una ficción inventada por él. Y de nada servía engañarse con la posibilidad imposible de enamorarla, o de convertirla en una marioneta con la que jugar. Aun así, intentó convencer a Publio.

—No estoy muy seguro de que matar a Recasens haya sido buena idea. Eso ha puesto a la policía en alerta. Si ahora muere María, los problemas se multiplicarán. Todavía es una abogada de renombre, y Marchán, el inspector que investiga la muerte de Recasens, la ha relacionado ya con el crimen.

Publio hubiera esperado cualquier reacción, sorpresa, comprensión, una cierta inquietud, pero no aquel vomitivo y viscoso acto de compasión disfrazado de oportunidad.

—Lo que me molesta realmente, Lorenzo, es que me intentes manipular o que me consideres estúpido... Debes deshacerte de ella. Y lo harás tú personalmente. Meterla en esto fue idea tuya. Por tanto, eres tú quien debe solucionar el problema.

Lorenzo tragó saliva. Matar a María... Él nunca había matado a nadie. No podía hacerlo. Publio no se inmutó. Fijó sus ojos avinagrados en la punta del habano, sacudió la mano y dejó caer la ceniza.

—¿Estás seguro de que no quieres hacerlo? No tienes por qué ir a su encuentro. Dime la dirección, y yo me encargaré de todo. Tú podrás volver a tu refugio sin que nadie te moleste. Pero te aseguro que Ramoneda se tomará su tiempo. Tiene fijación con esa mujer. Y consideraré tu acto como una traición. Si no puedes hacer esto, ¿para qué me sirves?

El miedo hace su trabajo con más rapidez en los que dudan. Y Lorenzo ni siquiera sabía por qué acababa de condenarse ante Publio. Lo supo en aquel instante, bajo la sonrisa cansina de Publio dejando escapar el humo espeso del habano entre los dientes. Acababa de condenarse, estúpidamente, sin sentido, por una mujer que no amaba y que no le amaba.

Pensó en aquel momento, fugazmente, en la figura de su mujer tumbada en la cama con la boca rota y en su hijo pequeño llorando a los pies de la cama. Sintió cómo le hervía el puño con el que la había golpeado y notó una vergüenza de ser ridículo, cobarde, imbécil. Era un don nadie, un estudiante de derecho brillante que había terminado pegando a las mujeres y limpiando la mierda del culo de los poderosos. Estaba acabado; aunque triunfase aquel golpe de Estado delirante, aunque le pegase dos tiros a María y le sacase a golpes la información sobre Publio a César Alcalá, el diputado no volvería a confiar en él. Hiciera lo que hiciera, acababa de firmar su sentencia. Y lo sabía.

—Bueno. ¿Qué piensas hacer? —preguntó Publio, con el mismo tono de voz como si preguntase si el fin de semana pensaba ir a pescar. Lorenzo se pasó la lengua por el labio reseco. Sacudió la cabeza con abnegación y adoptó una posición estudiadamente servil.

—Tienes razón. Yo provoqué el problema. Y yo lo solucionaré. Me encargaré de María. —Se esforzó por parecer convincente. Deseaba hacerse perdonar su momento de duda. Publio pareció darse por satisfecho.

—Todos andamos nerviosos estos días, Lorenzo. Pero es importante que permanezcamos juntos cerrando filas... Muy bien, encárgate tú. Cuando esté hecho, házmelo saber. —Lorenzo asintió, despidiéndose apresuradamente. Publio lo vio alejarse hacia el coche. En ese instante entró en el despacho Ramoneda, que había estado escuchando al otro lado de la pared.

—No habrá creído que en serio piensa matar a María. Ese hombre es débil.

Publio se quedó junto a la ventana que daba a la calle mientras el vehículo Ford Granada de Lorenzo se alejaba. Le enfurecía no controlar la situación que estaba a punto de producirse. Aun así, lo único que podía hacer era esperar acontecimientos.

—Síguele discretamente, pero no hagas nada hasta que yo te lo diga... En cuanto al asunto de Alcalá... ¿cuándo se hará?

Ramoneda sonrió. Estaba satisfecho de sí mismo. Al final, se dijo, las cosas se harían a su manera. Aquel era el mejor trabajo del mundo. Le pagaban por hacer lo que mejor se le daba. Matar.

—Dentro de dos noches, en el cambio de turno de los funcionarios.

Publio asintió. Ya estaba todo decidido. Para bien o para mal, nadie podría parar los acontecimientos de las próximas horas. Le quedaba el asunto de Marta Alcalá... Cerrar aquel episodio no iba a ser tan fácil. Iba a ser doloroso para él, una gran pérdida... Pero no quedaba otro remedio.

Apenas dos horas más tarde, Lorenzo dejaba vagar el pensamiento, preguntándose cómo era posible que de repente toda su vida se hubiera complicado tanto. La pared sobre la que reposaba la cabeza era de estilo veneciano. La pintura brillante resaltaba su figura dándole un aire de busto hierático. La luz del puerto entraba por los grandes ventanales a través de las cortinas recogidas y se reflejaba en los manteles de blanco impoluto que cubrían las mesas. Cada una estaba adornada con pequeños ramilletes de flores naturales en jarrones de cristal tallado. En otras circunstancias aquel hubiera sido un buen lugar para una cita romántica. Lorenzo esbozó una sonrisa triste ante ese pensamiento tan alejado de la realidad del momento. Ladeó la cabeza. Enseguida su sonrisa fue borrada por un gesto de oculta repugnancia. Frente a él, separados por una mesa pequeña e incómoda en la que apenas cabían las dos tazas de café y un cenicero humeante, María fumaba con una lentitud exasperante contemplando el atardecer sobre los mástiles de los veleros atracados en el puerto deportivo.

Estaba guapa. Vestía con una falda negra que dejaba a la vista sus piernas largas y contorneadas. Inclinaba ambas rodillas hacia un lado, con el zapato de tacón del pie derecho levemente por encima del izquierdo a la manera de las señoras de sociedad, una postura demasiado recatada y artificiosa para ser cómoda. Debajo de la chaqueta a juego con la falda sobresalía el cuello de su camisa de seda blanca, con los botones del cuello desabrochados. Un tenue brillo de humedad realzaba la piel de su escote, que oscilaba a la par que su respiración tensa y contenida. Incluso en aquellas circunstancias, a Lorenzo le pareció hermosa y deseable. Era curioso, se dijo, cómo uno acaba por acostumbrarse a la belleza. Y sin embargo resultaba imposible adueñarse de ella. Pretender lo contrario era pura vanidad. Quiso acercarse, tocarla, pero sospechó que ella lo rechazaría. Se obligó a mirarla esperando que ladease al menos un poco la cabeza y que se dignase a dirigirle la palabra, pero solo percibía desprecio e incredulidad.

—¿No piensas decir nada?

María cerró un segundo los ojos. Su rostro mostraba más furia que aflicción; sus ojos entrecerrados eran como rendijas a través de las cuales destilaba una concentrada malevolencia.

—¿Qué esperas que diga? —dijo con una voz cargada de desdén—. ¿Que eres un ser despreciable? Eso ya lo sabes.

Lorenzo sintió que se sonrojaba y eso le irritó. No soportaba aquella sensación perpetua de debilidad cuando estaba frente a María. Por una vez había dejado de lado su habitual talento para la hipocresía y había confesado sin medias tintas que trabajaba para Publio. Punto por punto confirmó lo que Alcalá le había dicho: la había estado utilizando para sacarle información al inspector y pasarla después al diputado.

—Sí, trabajo para Publio. Todos nosotros trabajamos para él, lo queramos o no. También César, y tú, aunque no lo creas. Somos marionetas que él maneja a su antojo. —No había orgullo, ni vergüenza en su actitud. Tan solo resignación. Como si todo fuese inevitable.

Trató de explicarse, pero sus razones resultaban poco convincentes. Era la reacción de un hombre culpable. Se sentía juzgado por el silencio inapelable de María, que no se había conmovido en absoluto por su repentino ataque de sinceridad. La esfera en la que Lorenzo se movía, con sus intrigas, sus traiciones, sus estrategias y sus mentiras le eran completamente ajenas.

Ella nunca había compartido su mundo. Cuando estaban casados y él llegaba a casa agotado después de un largo día de trabajo esperaba que ella lo comprendiera, merecía tranquilidad y atenciones, no verse inmerso en discusiones absurdas por los pequeños problemas domésticos. Esperaba de ella que fuese complaciente, que admirase lo que él hacía y que convirtiera en propio su mundo. Sin embargo, María dejó claro desde el principio que no estaba dispuesta a sacrificar su carrera ni su personalidad, en muchos aspectos más descollante que la de Lorenzo. Era esa vanidad, esa arrogancia al enfrentarse a él la que siempre lo sacó de quicio; la imposibilidad de doblegarla. Ni siquiera a base de golpes.

Pasaban los minutos penosamente. El aroma del mar, de las flores en los jarrones y del humo del cigarrillo de María trenzaba una soga asfixiante sobre ellos. El sonido de los cubiertos de los demás comensales se acrecentaba hasta hacerse insoportable. Lorenzo hubiera preferido que ella le gritase, que le insultara. Cualquier cosa menos aquel silencio perplejo. Iba a decir algo, cuando María volvió hacia él lentamente la cabeza. Lo miró como se mira a una cucaracha en la pared.

—¿Por qué me has metido en todo esto?

Era una pregunta desconcertante, pero en cierto sentido lógica. Sería fácil decir que todo había sido fruto de la casualidad. Pero no existían las casualidades.

—¿Por qué? —repitió en voz alta Lorenzo, como si no entendiera la pregunta o la respuesta le pareciera demasiado obvia como para molestarse en contestarla. Alzó la cabeza más allá de la terraza en la que se encontraban.

La tarde se reventaba con colores grises y rojos. A lo lejos se veían los veleros del puerto deportivo de Barcelona. Eran como caballos inquietos que cabeceaban unos amarrados a los otros. Le vinieron a la cabeza los recuerdos de su infancia. Él se había criado cerca de allí, en la Barceloneta, y secretamente siempre había soñado con tener una de esas embarcaciones de recreo, cuyas cubiertas solía lavar de rodillas en los meses de amarre para sacarse unas pesetas. Hubo un tiempo en el que llegó a creer que también él merecía ser uno de aquellos ricos propietarios que navegaban a Ibiza, a Cannes o a Córcega acompañados de mujeres exuberantes y un sol que siempre les favorecía. Esa era la clave de todo. Lo reconocía por primera vez sin ambages. El dinero, el poder, salir de la charca para codearse con los grandes. Ese, y no otro, había sido su único objetivo en la vida. Y ese fin había justificado todos los medios.

Pero de repente nada de eso tenía sentido. La gente moría y mataba a su alrededor, se traicionaba, se mentía, pero nadie resultaba vencedor. Nadie. Ni siquiera el diputado Publio. Había visto el miedo en sus ojos unas horas antes, la duda a que todo saliera mal... Aunque su golpe triunfase, ¿podría descansar? No. Publio era un viejo al que no le quedarían muchos años para disfrutar su victoria, y agotaría sus últimas fuerzas luchando contra enemigos que todavía ni siquiera existían. Así era la existencia de los hombres que decidían a toda costa mantener aferrado en sus manos algo tan escurridizo como el poder.

—¿Qué esperabas de mí, Lorenzo? ¿Un castigo?, ¿una venganza? ¿Qué?

—Estabas ahí en el momento adecuado. Mi resentimiento hacia ti hizo el resto. Era el momento de castigarte, y de paso de devolverle a tu padre los meses que pasé en la cárcel por su culpa. Vi la manera de demostrarte que no eres mejor que yo, y que tu padre, con sus pruritos paternales, tampoco lo es. Él quería protegerte de mí, y sin embargo, debería ser de él de quién te protegieses.

—¿Qué tiene que ver mi padre con todo esto?

Lorenzo la miró con una sonrisa enigmática. Por primera vez, María no supo descifrar qué había detrás de ella.

—Has estado consultando el expediente sobre la muerte de Isabel Mola, lo sé. Pero supongo que no te diste cuenta de que faltaban partes importantes del sumario. —Puso encima de las rodillas su maletín y extrajo varios documentos. Que el expediente de Isabel Mola llegara a sus manos justo cuando necesitaba una razón para forzar a César Alcalá a hablar lo consideró en su momento un regalo de los dioses de la venganza. La aparición del apellido Bengoechea en la muerte de Isabel iba a permitir a Lorenzo entrelazar los destinos de María y César a su antojo, iniciando un juego de peligrosas coincidencias. Había preservado aquella parte secreta del sumario como una garantía de futuro, una carta que pensaba utilizar a su conveniencia. Pero todo había salido mal. Y ahora que nada importaba, descubría con una sonrisa de cinismo que él también había sido utilizado en aquella historia.

Lorenzo le explicó a María todo lo que sabía sobre el asesinato de Isabel Mola. Y lo hizo con una brutalidad desnuda de sentimientos. Se ciñó a las pruebas, como a María le gustaba.

Allí estaba todo escrito: las minutas que Gabriel cobraba de Publio, su verdadera identificación como agente de inteligencia, sus años de agente infiltrado en Rusia, sus informes sobre los encuentros de Isabel con los demás conjurados para atentar contra el marido de esta entre 1940 y 1941, incluyendo al propio Gabriel, que se hacía pasar por el cabecilla de todos ellos. El plan para perpetrar el atentado contra Guillermo Mola y frustrarlo posteriormente, y de esa manera desarticular, detener y matar a todos los implicados, incluida la propia Isabel. Y allí estaba, por encima de cualquier otra prueba, la carta manuscrita por el propio Gabriel en la que daba cuenta de cómo había ejecutado a Isabel en una cantera abandonada de Badajoz, cumpliendo las órdenes de Publio. En esa misma carta se relacionaba a un soldado que había sido testigo casual de la presencia de Gabriel y de la mujer en la cantera. Gabriel recomendaba «neutralizarlo» ante el riesgo de que pudiera decir algo.

—Ese soldado era Recasens. Pedro Recasens. Mi jefe en el CESID y el hombre que te contrató para sonsacar a Alcalá. Yo no supe hasta mucho después que fue Recasens quien había delatado falsamente al padre de César. No fui yo quien te metió en esto, aunque creí ingenuamente que sí lo era. Fue idea de Recasens. Él creyó que el pasado común que tenéis tú y César os haría confiar el uno en el otro. Yo, lo único que hice fue transmitir la información a Publio y ponerte a nuestro servicio sin que ni tú ni Recasens lo sospechaseis. Pero en realidad era ese viejo cabrón el que nos utilizaba a todos... Esta es la pura realidad, María.

Ambos guardaron silencio, sumergidos en sus propias contradicciones y en sus propios egoísmos. Lorenzo se atrevió a tocar el brazo de piel pálida de María. Ella lo apartó y se estremeció, como si de repente le hubiese entrado mucho frío.

—Mientes... Estás mintiendo —dijo con la mirada perdida, negando con la cabeza como si no pudiera creer lo que estaba oyendo.

—Todo son retales de verdades no dichas, mentiras que suenan a verdad, pasado, polvo, recuerdos...Y sin embargo, tú lo sabías también, María. En tu interior lo sabías. Recuerdo tus sospechas de aquellos años, el extraño comportamiento de tu padre. ¿Por qué nunca hablaba del pasado? ¿Por qué nunca te quisiste preguntar en serio el motivo del suicidio de tu madre? ¿Por qué aquella habitación cerrada detrás del leñero? Y cuando cogiste el caso Alcalá, ¿recuerdas vuestras discusiones?, ¿su oposición a que aceptases el caso? Nunca quisiste preguntarte realmente quién era tu padre. Te bastaba esa nebulosa de dudas en la que refugiarte. Preferiste irte de casa, hacerte abogada, olvidar San Lorenzo... Ahora, ya no te queda más remedio que afrontarlo.

María enterró los dedos en su cabello. Se sentía perpleja, aturdida y rota en mil pedazos.

—Necesito salir de aquí; me ahogo —dijo, levantándose.

Lorenzo no trató de detenerla. Por primera vez se sentía en comunión con María, pero al mismo tiempo ajeno y por encima de ella, como un espectador privilegiado que asiste al derrumbe de un edificio que siempre supuso de firmes cimientos. Sentía el fatalismo de los reos condenados a morir y que, una vez aceptada su suerte, se llenan de una profunda calma.

—Tienes que dejar de verte con César Alcalá y desaparecer para siempre, antes del 23 de febrero —dijo, recogiendo los papeles que acababa de mostrarle a María. No era un consejo. Era casi una orden.

María se abrochó el abrigo con gestos nerviosos. Tenía la boca crispada por un dolor intenso y repentino.

—¿Y eso porque tú lo has decidido así?

—No. Lo digo porque Publio me ha ordenado matarte —respondió Lorenzo. En su rostro no había ninguna emoción. A lo sumo, un gesto escéptico en su frente, sabiendo que incluso para María aquello sonaba grotesco. Él no era un asesino, y ella lo sabía.

Era imposible determinar si María estaba interpretando un papel, pero no mostró un atisbo de temor. Si lo que pretendía Lorenzo era intimidarla, no lo consiguió, sino todo lo contrario. Lo único que provocaron sus palabras fue la cólera de ella.

—¿Matarme? Una cosa es dar palizas a mujeres indefensas y otra muy distinta intentar matar a una persona que está dispuesta a defenderse. Recuerdo tu expresión de terror cuando te puse las tijeras en los cojones el día que decidí plantarte cara. Demostraste lo que eres, un cobarde. Como todos los de tu calaña. Pegáis, manipuláis y amenazáis mientras os sabéis fuertes. Y vuestra fortaleza es la debilidad de la mujer que pisoteáis. Pero si esa mujer os enseña los dientes, huis como las ratas. ¿Matarme, dices? Bien sabe Dios que soy yo la que debería pegarte dos tiros aquí mismo, cabrón. Así que guárdate tus consejos. Sé perfectamente qué es lo que tengo que hacer... Y créeme, no os va a gustar ni a ti ni a tus amigos.

Lorenzo tragó saliva. Se sentía cada vez más pequeño y ridículo. Y al mismo tiempo pugnaba por elevarse sobre esa sensación y contestar con vivacidad.

—Publio quiere que te mate. Si no lo hago yo, mandará a Ramoneda para hacerlo. Aunque primero hará que me mate a mí. Creo que deberías largarte lejos; busca a tu novia y olvídate de todo esto. Tal vez tengas una oportunidad.

Pero María ya no le escuchaba. Salió del restaurante dando un portazo. Su paso era enérgico y seguro. No obstante, al observarla detenidamente se percibía un leve temblor en sus hombros y el flaquear de sus piernas.

CAPÍTULO 24

Barrio Gótico de Barcelona. Aquella madrugada

María cruzó la plaza desierta de Sant Felip Neri, dejando a la derecha la iglesia y adentrándose en los callejones que desembocaban en el *call* judío. El sonido de sus tacones se quedaba enquistado en las bóvedas amarillentas de humedad. Eran pasos inseguros, como de niño aprendiendo a andar. Con el rostro hundido en el cuello del abrigo era una sombra más del pasaje escondiéndose de la luz. Se cruzó con un borracho que orinaba sobre su propia miseria apoyado en la pared. El borracho apenas abrió un poco los ojos al ver pasar a aquel fantasma de paso vacilante. María alzó la botella de ginebra a modo de brindis. Ni siquiera estaba lo suficientemente borracha todavía para dejarse caer junto a aquel desconocido, a pesar de que llevaba bebiendo sin descanso desde que había dejado en el restaurante a Lorenzo.

Hacía años que no se emborrachaba, desde su etapa estudiantil en la universidad, cuando las borracheras formaban parte de la liturgia de cualquiera que frecuentase el círculo de amigos de la pensión Comtal. A María la bebida le causaba unos escalofríos que apenas disimulaba entonces. Pero ahora, ni siquiera sentía náuseas. Quería borrarse, olvidarse de todo, pero lo que era, lo que sabía, seguía allí, metido en su cabeza, inmune a la ginebra. Quería que esa voz la dejase, que no siguiese hablando, que no levantase polvareda al pisotearle el cerebro. Todo era fantasmagórico: el recuerdo del suelo de la tumba helada de su madre. El suelo duro y la tierra negra. Aquella tumba no debía ser la de su madre, sino la de su padre; aquel cementerio de un pueblo del Pirineo. No entendía por qué. El forjador era un extraño, no era parte de la familia. Solo construía espadas, cuchillos y catanas para la familia Mola, pero no era nadie, no era nada. Un asesino. No tenía derecho a ponerle a su madre flores cada día, a disfrutar de su compañía.

María titubeó al llegar junto a un portalón de madera desconchada y bufada por la humedad. Sacó el papel del bolsillo y consultó, sin necesidad, el número de la calle. Sabía perfectamente qué era aquel lugar, pero por primera vez en mucho tiempo se sintió insegura, incapaz de golpear el picaporte metálico y de empujar con el hombro la hoja entreabierta. Alzó la mirada. Por encima de ella solo se veía una porción de cielo y decenas de jardineras de plástico colgando en las barandillas de los balcones. No pudo reprimir un estremecimiento. Aquel lugar era perfecto en su grisura y en su dejadez. Su lugar perfecto. La pensión Comtal.

Finalmente empujó la puerta sin llamar y atravesó el pequeño patio enlosado. Todo seguía igual que en los años universitarios, cuando estaba prohibido subir a chicos a las habitaciones y ella colaba por la parte de atrás a Lorenzo, burlando a la siempre atenta casera: las mismas baldosas rotas en una esquina, las tinajas con flores secas, el pozo de piedra. Se acercó a la boca y se asomó con tiento. Siempre le dieron miedo las alturas y las profundidades. El fondo del pozo no se adivinaba. Era como un agujero negro que la atraía como un imán. Hizo un esfuerzo y logró apartarse de aquel ojo ciego del que emanaban gritos y lamentos, como si fuera la antesala del mismo infierno.

Ascendió uno a uno los peldaños de cerámica de la escalera que llevaba al cubierto del piso superior. La puerta de la vivienda estaba abierta de par en par. Del interior venía olor a café recién hecho y una melodía en el tocadiscos. La reconoció de inmediato y sonrió para sus adentros. Entró. De espaldas a ella, apoyadas las manos en la mesa del tocadiscos, una figura femenina parecía contemplar la música más que escucharla.

—Es «Para Elisa», si no recuerdo mal.

La mujer apoyada sobre el tocadiscos tardó unos segundos en reaccionar. Sin volverse aún, asintió con la cabeza:

—Beethoven la compuso para una niña virtuosa que se quejaba de lo difícil que resultaba tocar sus composiciones. Es fácil imaginarse las horas interminables practicando al piano de Elisa junto al maestro; veinte dedos en una melodía sencilla y hermosa, creada y pensada para una niña.

—La mujer se dio la vuelta lentamente, como si al hacerlo así se tomara su tiempo para pensar qué hacer o qué decir al ver el rostro de María.

Ambas se quedaron frente a frente, mientras la melodía repetitiva e hipnótica de Beethoven les acunaba.

—Hola, María. Creí que no volvería a verte. Aunque debí de imaginarme que ya sabrías dónde me escondía.

María asintió. Sintió el impulso de ir hacia delante y de abrazar a Greta. Pero no lo hizo.

—No pensaba venir. Pero de alguna manera mis pasos me han traído hasta aquí.

Greta contempló con un amor crucificado la botella medio vacía que María sostenía por el cuello sin fuerza, a punto de caer. Estaba borracha, pero más allá de su embriaguez se notaba en ella una desesperación absoluta. Apenas habían pasado unas semanas desde que habían decidido separarse, pero le costaba reconocer a la persona con la que había compartido los últimos cinco años. La buscó con ahínco debajo de aquellos pliegues de piel descarnada y ceniza, pero no la encontró. María, su María había dejado de existir. Y lo único que parecía haber sobrevivido era aquel montón de carne enloquecida, un monumento al desvarío que la examinaba con pupilas de anacoreta. Por un momento sintió miedo.

—Veo que te has corrido una buena juerga.

María dejó caer con estrépito su sonrisa. Ahora le colgaba el labio inferior y miraba de soslayo.

—Podríamos decir que sí. Que hoy ha sido un día de lo más «divertido».

Greta sopesó con cuidado sus palabras.

—¿Por qué no dejas la botella y te sientas en el sofá antes de caerte redonda? —dijo, acercándose.

María se revolvió con furia ciega, empujando a Greta.

—¿Sabías que mi padre era un asesino de mujeres? ¿Puedes creerlo? El muy cerdo, hipócrita. ¡Nunca quiso que me casara con Lorenzo porque decía que veía la maldad en sus ojos! Y tenía razón; solo que lo que veía en Lorenzo era también su propio reflejo, se veía a sí mismo.

—¿Por qué dices esas cosas de tu padre, no entiendo...

María se acercó titubeante al tocadiscos y levantó la aguja, que emitió un quejido de tiza al rayar el disco.

—Lo entiendes perfectamente, Greta. ¿Cuántas veces hablamos tú y yo de la extraña manera de comportarse de mi padre desde que supo que iba a defender a César Alcalá? ¿Recuerdas que me preguntaste una vez por qué se suicidó mi madre? Yo te dije que no lo sabía, que no quería saberlo. Te mentí. Lo sabía, sabía que fue por algo que mi padre le hizo. Algo terrible que nunca quise descubrir. Ahora lo sé. Ese maldito baúl que esconde en el leñero. Tantos silencios y misterios... —María buscó un lugar al que asirse, un refugio o una huida, pero no encontró nada. Se quedó un momento suspendida en el aire, como flotando. Luego sintió que el mundo giraba muy rápido y todo se volvió borroso. Apenas sintió las manos de Greta que acudieron a rescatarla justo antes de dar con su cabeza en el canto de una mesa.

—Será mejor que te meta en la cama.

María veía el techo resquebrajado de la habitación y en primer plano la cara de Greta, algo difusa, pero familiar y protectora. Escuchaba su voz como si estuviera sumergida en una piscina.

—La estaba olvidando... Estaba olvidando el rostro de mi madre. Pensaba que era débil, cobarde por quitarse la vida...

—Hablaremos de eso por la mañana. Ahora tienes que levantarte del suelo.

María se dejó arrastrar hasta la cama. De repente sintió una tristeza profunda, algo que se rompía mil veces por dentro, un cristal que saltaba hecho añicos y que clavaba agudas agujas en su interior. Abrazó a Greta como hiciera antaño, con un amor cargado de pena.

—Me van a matar; me van a matar por lo que mi padre hizo hace cuarenta años.

Greta posó la mano fría en la frente de María, tratando de tranquilizarla.

—Nadie va a matarte. Este es nuestro escondite, ¿recuerdas? Tú me lo enseñaste. Nadie más lo conoce. Estás a salvo. Y ahora duerme un poco. Me quedaré aquí contigo.

María despertó con el cuerpo helado. La mañana temblaba de frío en un cielo sin nubes y con retazos de luz que apenas penetraban en la habitación. Junto a ella dormía apretada contra la pared Greta. La cama era demasiado estrecha para las dos y Greta se había encogido cuanto le era posible para no molestarla. María la contempló con ternura. No había pensado acudir a ella. No era justo hacerlo en las presentes circunstancias. Pero aun así, se alegraba de haberlo hecho. Ella era la única persona en la que podía confiar. La única persona que nunca le pidió nada, ni esperó nada, excepto ser amada. ¿La amaba? Apartó con delicadeza el pelo revuelto de su frente fruncida. Debía estar teniendo una pesadilla porque murmuraba con los dientes apretados. Sí, en aquel instante la amaba intensamente. Acercó los labios y la besó con suavidad. Lentamente Greta abrió los ojos, parpadeó un par de veces y la miró sorprendida. Luego recordó la noche anterior.

—Vaya, sigues aquí.

—Si quieres, puedo irme. No debería haberme presentado en un estado tan lamentable, pero necesitaba estar contigo.

—Anoche dijiste cosas terribles. Estabas furiosa.

—Eran todas ciertas. Todo lo que te dije lo es.

Como un torrente desordenado que empuja montaña abajo cuanto encuentra, María le explicó con detalles todo lo que había descubierto en las últimas horas. Le habló de su miedo a ser asesinada por Publio, le habló de sus remordimientos para con César Alcalá, y de la terrible verdad que escondía su padre. Hablaba y hablaba pero no conseguía vaciarse, hasta que explotó en un sollozo corto e intenso que le desencajó la cara.

—Toda mi vida quise ser honesta. Creí que si me armaba de principios, si me esforzaba y le daba un orden a mis actos conseguiría llevar una buena vida. Pero todo lo que fundamenta mi existencia es falso. Es como descubrir que tú misma eres una mentira. He fracasado, y ni siquiera sé quién soy, ni quién quise ser. Me siento perdida, llena de confusión, de dolor. Y no tengo respuestas.

Greta la dejó llorar y desahogarse sin intervenir. Apoyada en el cabezal de la cama se limitaba a recibir todas aquellas palabras de dolor y aquellas lágrimas que la dañaban también a ella. Encendió un cigarrillo y se lo pasó a María. Esta lo rechazó. Le dolía horrorosamente la cabeza.

—No has ido al neurólogo, ¿verdad?

María se secó la cara con la sábana. Se sentía algo más aliviada. Dejaba caer los hombros desnudos hacia delante, sentada con las piernas cruzadas entre las sábanas revueltas, frente a Greta. Dijo que era culpa de la ginebra. ¿Cómo podía haberse bebido media botella a palo seco? La resaca pasaría con una aspirina y un buen café cargado. Sin embargo, conocía lo suficiente aquel pinchazo detrás de la oreja, en el lado derecho, como para saber que el dolor de cabeza y el mareo eran algo más serio. Unas semanas atrás había decidido ir por fin al hospital a hacerse una serie de pruebas. Aún no tenía los resultados y esa incertidumbre, no podía negarlo, la tenía en vilo. Aun así, no quiso darle importancia. Tenía cosas que hacer y necesitaba que Greta la ayudase.

—Hay un policía que se llama Marchán. Fue compañero de César. Creo que puede ayudarme.

—Acabas de decir que no te fías de la policía.

—Este es diferente. Creo que tiene una deuda con Alcalá. Me dio esa sensación cuando vino a verme. En cualquier caso no tengo a nadie más. Necesito que vayas a verle. Dile que estoy dispuesta a confesar todo lo que sé sobre la muerte de Recasens y la investigación que llevaba contra el diputado. Dile que declararé ante un juez si es necesario.

—¿Y tú qué vas a hacer mientras tanto?

María se apretó los nudillos.

—Algo que debería haber hecho hace mucho tiempo.

Introdujo la llave en la cerradura del leñero y la puerta chirrió como solo chirrían los recuerdos olvidados.

Encendió la luz. Frente a ella surgieron los enigmas del pasado. El orden era desmesurado, de una frialdad inhumana. Almacenados en estantes había cientos de balduques con nombres, hechos y fechas. En cajas de cartón se guardaban fotografías y objetos personales. ¿Personales de quién? ¿A quién pertenecían?¿Quiénes eran todas aquellas personas atrapadas en carpetas y estadísticas? Olía a olvido, como si todo estuviese embalsamado con bolitas de alcanfor. Ese olor entraba en la garganta de María y le apretaba el estómago, comprimiéndolo en una arcada interminable. Examinó todas aquellas cosas con cautela, como si le diese miedo desvelarlas pero fuera inevitable hacerlo. El cuarto estaba lleno de rincones susurrantes, era una geografía misteriosa de cajas cerradas, muebles tapados con sábanas y libros polvorientos. Allí guardaba el falso héroe que era su padre su armadura, sus medallas, sus sueños de juventud, como el elixir de la existencia. Allí estaba su gorra con bonete, sus botas de caña alta, sus discos de canciones bélicas que solía escuchar en el viejo gramófono; incluso encontró una vaina sin proyectil dentro de una de la trinchas de lona. María fabuló sobre el destino de aquella bala. ¿Por qué había guardado el casquillo? ¿A quién le había quitado la vida con ella? ¿A un legionario?, ¿a un moro?, ¿a un coronel de artillería alemán?, ¿a un divisionario italiano?

Vino a ella un recuerdo turbio y confuso, una imagen del pasado. En ese fragmento de recuerdo veía a su padre, departiendo con otros hombres; María debía de ser muy niña o el recuerdo estaba demasiado dañado, porque apenas veía las caras de los hombres que estaban a su alrededor, ni escuchaba sus voces, pero sí recordaba sus uniformes militares. Su padre debió de ser alguien de cierta importancia para aquellos soldados porque lo buscaban efusivamente y escuchaban lo que decía con la veneración que se regalan los veteranos cuando comparten experiencias que solo ellos pueden comprender. Aquella noche, después de la reunión, cuando sus camaradas de armas se marcharon, María lo encontró llorando. Ella no se fijó en sus lágrimas, sino en la botella vacía que rodaba a sus pies y en una caja de galletas danesas en las que guardaba algunos recuerdos. «¿Por qué lloras?», le preguntó. Su padre sonrió con tristeza. Aquella sonrisa abarcaba sin palabras un dolor que estaba fuera de unos límites concretos, como si abrazase un árbol de savia amarga. «Porque ya no me cabe más llanto dentro», le dijo, enjuagándose las lágrimas y colocando en el regazo aquella caja metálica azul y cilíndrica.

La mirada aturdida de María se detuvo en el baúl de pequeñas dimensiones, como una maleta de viaje antigua, con correajes de cuero y clavos de punta dorada en las esquinas. Por dentro estaba forrado. La tela malva del acolchado había perdido lustre, pero aun así era hermosa. Buscó con ahínco aquella caja de galletas de su recuerdo. En alguna parte debía de estar. La encontró sepultada bajo una espesa capa de polvo. La abrió sin ceremonias, convencida de que allí se conservaban todavía las lágrimas embalsamadas de su padre. No había nada excepcional. Dos plumillas de escribir, un cuaderno con las hojas apelmazadas y una pequeña fotografía, amarillenta y enganchada entre sus partes con celo.

Observó primero la fotografía. Era un retrato de comunión de un jovencito vestido de marinero. Apenas debía de tener diez o doce años. Su rostro era pequeño, íntimo, recogido. Pero los ojos eran inquietantes. Demasiado grandes para su cara, demasiado intensos y perversos para su edad. En la mano sostenía una especie de báculo sobre el que apoyaba el peso del cuerpo, como un pequeño tirano. María escrutó aquel objeto ávidamente. El objeto que sostenía a aquel niño era una especie de espada con ornamentos orientales. Detrás de ese niño había un hombre joven vestido con el uniforme de las divisiones motorizadas alemanas. Posaba con firmeza su mano sobre el hombro derecho del pequeño. La expresión era distante, como si aquel joven soldado no hubiese regresado del frente en realidad.

María se sacudió como si una corriente le atravesara el cerebro.

—Esto es de locos —dijo, dejándose caer contra la pared, abatida.

Cogió a continuación el cuaderno y lo hojeó. La letra compacta era de Isabel. Era uno de sus diarios. Empezó a leerlo.

Las páginas se llenaban de palabras dulces, de sentimientos que desbordaban la tinta con la que fueron escritas. Palabras de amor, deseos que hubiesen colmado el corazón de cualquiera que fuese su destinatario. Pero su destinatario no era otro que Gabriel. María imaginó con tristeza los desvelos de aquella mujer, sus intentos desesperados de hacerle comprender a su amante la enormidad de lo que sentía por él; feliz, íntimamente entregada a la luz de una lámpara de gas, a la escritura de aquel cuaderno como si estuviese tatuando cada palabra en la piel del amado. Se preguntó María si algún día aquella mujer llegó a decirle aquellas cosas a Gabriel, o si su padre se hizo con el cuaderno una vez la hubo matado. Por un momento se aferró a la idea de que su padre quizá no llegó a saber lo que ella sentía realmente hasta después de muerta. Si lo hubiese sabido antes, razonaba, no la hubiese matado. Nadie sería capaz de semejante traición. Pero luego se desengañaba. Era imposible que Isabel no hubiese mostrado el amor que expresaba en aquellas hojas apelmazadas. Aunque hubiese querido disimular por sus hijos y por el temor a su marido, la pasión rezumaba por las costuras de aquel fingimiento. Debía de existir una corriente de miradas secretas, de rubores, de sonrisas a medias, de silencios de miel; los cuerpos debían de temblar al rozarse, buscándose con los dedos con cualquier excusa.

—De modo que ya lo sabes...

María se volvió asustada, con el diario de Isabel entre las manos. En el umbral del leñero estaba su padre. No lo había escuchado acercarse.

No parecía sorprendido, ni molesto. Sino todo lo contrario. Gabriel se recostó en el quicio de la puerta con la mirada enterrada entre las cosas de aquella habitación. Parecía aliviado, liberado por fin de una carga que había llevado durante demasiados años.

—Es cierto... Todo lo que Lorenzo me ha dicho de ti es verdad. Tú... eres un asesino, un embustero, un traidor... Todos estos años de mentiras. ¿Por qué? —Le escupía las palabras, lo golpeaba con ellas. Dio un paso adelante. Cogió el rostro de su padre y le obligó a mirarla, a enfrentarse a ella. Entonces, Gabriel balbuceó algo incomprensible, como el lamento de un animal, como el desgarro de un alma, como la rotura de un dique. Su lengua descontrolada buscaba el espacio entre los dientes y el paladar para articular un sonido lógico, pero fue inútil. Rompió a llorar eludiendo la mirada de su hija.

María dejó ir su rostro. Tuvo la tentación de acariciar el pelo ralo de su padre. Pero reprimió cualquier gesto de cariño. Cogió el cuaderno de Isabel y lo dejó sobre el regazo de Gabriel, que apartó las manos, crispadas.

—¿Cómo pudiste hacerle esto a esa mujer?

Gabriel apretó las mandíbulas. Las venas del cuello se tensaron. De repente dejó de llorar y de gemir. Llenó el esternón de aire y lo dejó ir en una frase muy lenta:

—Yo tuve mi castigo. Quería a tu madre... Descubrió el diario de Isabel. Y se suicidó por eso. Me odiaba. Agonizó odiándome.

María miró a su padre sorprendida. Era extraño que Gabriel sintiese remordimientos solo por esa muerte, y no por las muchas otras que directa o indirectamente había causado a lo largo de su vida.

—¿Y crees que ese castigo es suficiente? ¿Y qué me dices de mí? ¿Acaso yo he vivido queriéndote? Pretendías guardar mi cariño con tu silencio y lo único que has logrado es ir alejándome de ti poco a poco. ¿Qué diferencia hay?

—Me hubieses odiado. No puedes entender cómo era aquella época, las cosas que pasaban, cómo éramos todos entonces. No existía el amor, ni la lealtad, ni los sentimientos. Estábamos en guerra, una guerra que no podíamos perder. Y yo era un soldado. Utilizaba a los demás y los demás me utilizaban. Entonces creía que lo que hacía era necesario. Tu madre no lo hubiese entendido. Pero todo eso ya es historia. El pasado no le interesa a los que viven el presente. Por eso enterré aquella vida. No quería que me juzgases.

Juzgar, utilizar a los demás. ¿No era eso lo que ella había hecho también durante toda su vida? ¿A cuántos había juzgado antes de acusarlos o defenderlos? Después de todo, quizá Lorenzo tenía razón. Ella, la abogada intachable, se había permitido dirimir culpas desde su altura moral, sin importarle las causas, sin preocuparle las consecuencias. Un trabajo frío, profesional, científico. En eso se había convertido su práctica como abogada. Y utilizar a los demás tampoco se le daba mal. Podía preguntarle a Greta. ¿Cómo se sentía siendo el cubo que recoge la mierda cuando ella necesitaba sexo, seguridad, o sencillamente desahogarse como había hecho aquella misma noche? Bien mirado, ¿no se había valido de su relación con Lorenzo para justificar su vida de víctima? Incluso su padre, aquel hombre agonizante por el cáncer que tenía frente a ella, ¿no utilizaba el odio hacia él como excusa para eludir sus propias responsabilidades como hija? ¿Qué odiaba de él?..., ¿lo que había hecho?, ¿esos crímenes?, ¿esa doble vida?, ¿o el mero hecho de haberse sentido traicionada? No era mejor que él. No lo era. Ella sabía que César Alcalá cometió un delito porque quería encontrar a su hija, sabía que Ramoneda era un psicópata desalmado, pero nada de eso le importó. Consiguió condenar al inspector porque así conseguía notoriedad, prestigio, ascender en su carrera. Y acalló su conciencia diciéndose, como los romanos, que la «ley es dura, pero es la ley». Hipócrita.

Miró a su padre con desprecio. Porque desprecio era lo que sentía al verse reflejada en él.

—No pensabas decirme nada. Ni siquiera sabiendo que César Alcalá era hijo del hombre que pagó con su vida tu crimen.

—Intenté que dejases ese caso. Lo intenté de todas las maneras posibles, pero no me escuchaste. Pienso que aunque te hubiese dicho la verdad entonces, aunque te hubiese hablado de Marcelo Alcalá y de Isabel y de Publio, de Recasens, de todos ellos, ni siquiera así hubieras desistido en tu empeño. Los hombres que te eligieron para que acusases a César, supieron calibrar bien tu ambición. ¿No lo entiendes?

No fue una elección tuya. Fernando Mola y Recasens te empujaron a aceptar aquel caso, ellos enviaron a tu despacho a la mujer de Ramoneda. Sabían que aceptarías, y sabían que al hacerlo me destruirían a mí. Es una extraña manera de entender la justicia, lo reconozco. Pero tiene sentido: los errores de los padres se perpetúan en los hijos. Igual que las culpas. Nosotros, María, tú y yo, hemos destruido la vida de esa familia: yo destruí a Marcelo, tú acabaste con César impidiéndole encontrar a su hija. Pero todavía podemos cambiar algo, podemos hacer algo para cerrar el círculo. Tienes que ayudar a ese hombre a encontrar a Marta. Tienes que hacerlo.

María ya había tomado su decisión mucho antes de ir a casa de su padre. Aun así, la irritó profundamente la actitud samaritana de Gabriel.

—Me estás pidiendo que te ayude a liberarte de una culpa de hace cuarenta años.

Gabriel negó con vehemencia. Lo que le estaba pidiendo a su hija era que se ayudara a sí misma, que no se dejase arrastrar al pozo en el que había caído él.

—Fernando es el hijo primogénito de Isabel. Él tiene más motivos que nadie para odiarme. Yo maté a su madre, y en cierto sentido, por mi culpa, han matado a Recasens, su mejor amigo. Su manera de vengarse es esta. Me ha obligado a decirte la verdad, aunque tú ya la has descubierto por ti misma. Matarme ya no tiene sentido después de tanto tiempo. Sabe que tengo cáncer y que moriré dentro de poco. Se contenta con saber que me odiarás por ser un monstruo. Pero más allá de mí, si hay alguien a quien Fernando odia es a Publio. Él es el que maneja todos nuestros hilos, el director de esta farsa. Hasta ahora era intocable. Pero la aparición de César lo cambió todo. Ese policía tiene información para destruir al diputado. Y Fernando la quiere. A cambio, está dispuesto a decirle a Alcalá dónde está su hija. Ese el trato que debes ofrecerle a César. Y debes hacerlo rápido.

—¿Cómo puede saber dónde está Marta, ese hombre?

—Lo ignoro. Pero le creo. Y sé que cumplirá su palabra.

María guardó silencio. Dio una vuelta despacio alrededor de aquel cuarto mohoso y asfixiante.

—¿Y yo, debo confiar en ti?

—Yo ya no soy importante en esto. Y estoy cansado. Muy cansado.

Cuando María se marchó, la soledad de Gabriel se hizo más presente que nunca. Buscó algo en su viejo baúl y subió a la casa. Fue al baño y se sentó frente al espejo. Tensó la mirada. Su rostro le devolvió una sonrisa un poco maliciosa. Ya no sentía repulsa al contemplarse. Ver su cara era como saludar a un viejo amigo, desagradable, deforme, pero familiar. La piel se replegaba bajo los ojos sin vida. Solo habían sobrevivido a los desengaños unas enormes pupilas oscuras.

Lentamente deslizó por las mejillas hundidas la maquinilla de afeitar, segando los escasos cercos de barba. Al terminar, empezó a vestirse. Ponerse un traje con corbata después de tanto tiempo le resultó un verdadero suplicio. El algodón de la camisa pesaba sobre su piel como una cota de malla, tuvo que apretar los dientes al enfundarse los pantalones de pinza y al acordonarse los zapatos que le apretaban los pies. Su cuerpo protestaba contra aquella prisión repentina.

Al terminar, se observó con cansancio. A través de la ventana se entreveía la luz de un día soleado y radiante. Por un momento, Gabriel se imaginó paseando entre la gente como un jubilado más; pasear por la calle cuando todavía no era un monstruo con apariencia de monstruo, sino un monstruo como los demás mortales de la mano de su hija y de su esposa.

Sin más preámbulos, descubrió el paño con el que cubría la Luger que había sacado del baúl. Recordó cómo se la había quitado a Fernando en Rusia. La guerra palpitaba en aquella pistola de cañón estrecho y corredera engrasada. Los gritos de los muertos, los fogonazos de los disparos en la nuca, el olor de la sangre de tantos desconocidos salpicando sus dedos. Se metió la pistola en la boca, apuntando hacia arriba, cerró los ojos. Y disparó.

CAPÍTULO 25

Prisión Modelo (Barcelona). 10 de febrero de 1981

—¿Qué hora es? Mi reloj está parado.

César Alcalá no entendía la obsesión por el tiempo de su compañero de celda. En realidad, todos los relojes estaban parados allí adentro, aunque las agujas siguieran resbalando por la esfera de su muñeca.

—Son las ocho.

Romero saltó de la litera en calzoncillos. Como cada mañana, lo primero que hizo fue encender un cigarrillo y ponerse a mirar por la ventana, a través de los barrotes.

—Deberías vestirte, Alcalá.

César Alcalá se dio la vuelta en el catre, poniéndose de cara a la pared. Tocó la superficie amarillenta de cemento, como si su mano quisiera certificar la consistencia de las cosas. Apenas había dormido.

—¿Para qué? ¿Para seguir dando vueltas en esta celda como una bestia enjaulada?

Romero aplastó el cigarrillo en uno de los barrotes. Sonrió sin ganas. Miró a Alcalá y se encogió de hombros. Se inclinó y levantó el colchón de la litera. Por debajo de la colcha asomaba el mango reluciente de un machete. Lo cogió con la mano derecha y se plantó en medio de la celda con las piernas abiertas.

—Será mejor que te levantes. No me gustaría hacer esto por la espalda.

—¿Qué se supone que vas a hacer? —preguntó alarmado César Alcalá.

Romero sonrió siniestramente, esgrimiendo el machete.

—Cortarte el cuello. Me han pagado mucho dinero para hacerlo.

César Alcalá se incorporó lentamente sin apartar la mirada del machete.

—No puedes hacerlo; tú no, Romero.

—¿Ah, no? ¿Y por qué crees eso?

—Somos amigos —dijo el inspector con una simpleza que hubiera sonrojado a un niño. No se le ocurrió otra razón. Estaban los dos solos. Romero esgrimía un machete. Él estaba indefenso.

—Si no recuerdo mal, algo así fue lo que Julio César le dijo a Bruto mientras este lo apuñalaba por la espalda.

—Tú no eres así. No eres como los demás.

Romero relajó la mano en la que sostenía el machete, aunque no bajó la guardia. Era evidente que aquello no le gustaba. Sentía aprecio por Alcalá. Pero el inspector no sabía una mierda de cómo era o dejaba de ser.

—Deja que te cuente algo sobre mí, Alcalá. Hace muchos años, el ayuntamiento tuvo la idea de instalar un autobús biblioteca del suburbio. Había un niño que acudía allí porque era un lugar donde refugiarse de la lluvia y donde se estaba más o menos caliente. Además, aquella biblioteca ambulante, mal nutrida y peor iluminada estaba al cargo de una joven de la que el niño estaba enamorado. Era inevitable. A los doce años de edad, lo que él sabía del sexo se limitaba a los concursos de pajas que hacía con sus amigos en los baños de una pensión de putas en la Plaza Real. Se escondían detrás del mirador y se masturbaban viendo cómo las putas se quitaban los largos albornoces y se subían con sus gruesas carnes blancas a horcajadas sobre los clientes. El sexo eran esas gotas de semen entre los dedos, esas eyaculaciones brutales y repentinas como un relámpago, y esa mezcla de miedo a ser descubierto, vergüenza y placer.

»Pero la bibliotecaria era una mujer de verdad, no una

visión lejana. Se acercaba tanto que el niño podía notar contra el hombro su pecho, oler su colonia y rozar su pelo. No podía obtener otra cosa de ella que sonrisas y alguna caricia amistosa, pero a cambio aprendía a leer. Gracias a ella descubría el poder de las palabras, de las ideas, de lo escrito. El niño descubría el acicate para pulir su inteligencia de superviviente. Ella le enseñaba a explotar su sabiduría de callejón para prosperar.

»Una tarde, los amigos de aquel niño, atraídos por las maravillas que él les contaba sobre la bibliotecaria fueron al autobús. Ella estaba recogiendo los libros. El niño pensó que estaría contenta por traerle a más lectores. Pero ellos no querían saber nada del Quijote, ni de la Odisea, ni de la Atlántida. La rodearon como lobos hambrientos, la sujetaron por los brazos y las piernas, le desgarraron las bragas y la violaron, uno tras otro, mientras obligaban a aquel niño a mirar cómo lo hacían, sujetándolo para que no pudiera hacer nada por impedirlo.

»A aquel niño nunca se le olvidó la cara de la bibliotecaria, ni su mirada de súplica mientras la humillaban. Tampoco su propia impotencia. Al terminar, quemaron el autobús con aquella mujer dentro. Fueron sus amigos. Él los llevó allí. Él tuvo la culpa.

»El niño creció, y uno por uno, durante años, fue buscando a los que hicieron aquello y los fue eliminando. Pero ni siquiera al acabar con el último de ellos logró limpiar su conciencia.

César Alcalá había conseguido sentarse en la cama. Tensó los músculos dispuesto a luchar por su vida, lanzó una mirada fugaz hacia el pasillo de la galería. Tuvo la funesta certeza de que aunque gritase, nadie acudiría en su ayuda.

—¿Por qué me cuentas ahora esa historia?

Romero miró el filo grueso del machete.

—¿Por qué? No lo sé. Quizá porque es mi manera de decir que no hay que confiar en nadie, que no debes esperar nada bueno de nadie, mucho menos de quien dice ser tu amigo. O puede que simplemente necesite desahogarme... ¿Crees que soy un hijo de puta sanguinario? Bueno, es lo que creen todos. Y me ha costado labrarme esa fama. Aunque podría haber crecido, casarme con aquella chica, leer todos los libros del autobús y ser catedrático de literatura. No siempre podemos elegir lo que queremos.

César Alcalá no apartaba la vista del machete. Tenía que reaccionar, levantarse, luchar. No podía dejar que todo terminase de una manera tan ridícula: apuñalado por un tipo que solo vestía unos calzoncillos de color carne. Había pasado toda su vida luchando, de una manera u otra. Su trabajo era violento, siempre terminaba en alguna cloaca en la que debía luchar para poder respirar. Y su supervivencia en la cárcel no había sido muy distinta. Quizá la violencia aquí no era tan eufemística ni pautada. Aquí todo era mucho más primitivo, auténtico. La lucha más encarnizada. Había sobrevivido a varias agresiones y a otros tantos intentos de asesinarlo, defendiéndose con uñas y dientes, manteniéndose siempre tenso, alerta y dispuesto a ser el más cabrón de los cabrones, el más decidido de todos ellos. Pero de repente era incapaz de reaccionar ante Romero. Obligaba a sus músculos a tensarse, pero era un esfuerzo antinatural, su cuerpo, sencillamente no quería defenderse. Estaba harto, cansado, agotado.

—No creo que quieras matarme por dinero —dijo—. Tienes más del que puedes gastar. Y no saldrás de aquí con suficiente vida por delante para disfrutar de él... Entonces, ¿por qué?

Romero arqueó las cejas, entre divertido y confundido. Tenía narices aquel inspector. Y además tenía razón. De repente su expresión se tornó traviesa, casi avergonzado. Como un niño que interpreta una mentira y ha sido descubierto. Dejó el machete en la cama, cerca de las manos indecisas de César.

—Lo que dices es verdad. Lo que ellos no entienden es que aquí dentro el dinero no vale nada, sobre todo si no puedes disfrutarlo. Yo me pudriré aquí dentro antes de obtener el tercer grado. Pero si yo no te mato, perderé buena parte de la reputación que me he ganado. Y entonces será mi vida la que no valga nada. Ya sabes cómo funciona esta burbuja en la que nos movemos. Aquí las formas son tan importantes como en cualquier otra parte. Puede que más incluso.

César Alcalá respiró algo aliviado. De reojo observaba el machete al alcance de su mano. Pero no tenía ninguna intención de hacerse con él y de utilizarlo contra Romero. El hombre que era antes no lo hubiera pensado, se habría abalanzado sobre él y lo habría ensartado. Pero ese hombre ya no existía. La cárcel lo había fagocitado. Además, comprendía que Romero tampoco deseaba hacerlo. Pero necesitaba una salida, una propuesta digna que justificase sus escrúpulos.

—No necesitas matarme. Además, no quieres hacerlo. Podrías haberme cortado el cuello mientras dormía, en la ducha, en cualquier momento, y no lo has hecho.

—Pero hay otros que no se lo pensarán. Un día u otro, alguien logrará su objetivo, y yo no voy a estar siempre para protegerte, amigo. Así que más vale que pienses en algo. Ya no puedes seguir fingiendo que ese hijo de puta de Publio se conformará con tu silencio o con mantenerte encerrado aquí... Tienes que escapar.

César Alcalá hubiera soltado una carcajada de no parecerle tan obvia la solución. Y tan imposible de realizar.

—No tan imposible —matizó Romero, leyéndole el pensamiento. Volvió a coger el machete, aunque esta vez con una actitud menos amenazante—. ¿Confías en esa abogada con la que te sueles entrevistar?

¿Confiaba? No confiaba en nadie ni en nada. Pero al menos María había estado con él aquellas semanas, le había infundido esperanzas. Y sentía algo por ella, un sentimiento parecido a la confianza, sí. Sentía respeto por ella.

—En cualquier caso —dijo Romero, acercando el machete al pecho desnudo de Alcalá—, tendrás que confiar en ella y cruzar los dedos. Es la única solución que se me ocurre: y ahora será mejor que cojas la almohada y te tapes la boca. Esto te va a doler.

María miró la hora en su reloj de pulsera. Era la tercera vez que lo hacía en menos de veinte minutos. Pero por más que ella lo empujase, el tiempo se negaba a ir más deprisa.

Daba vueltas con la cucharilla a su café, ya frío, con la

mirada perdida en la calle que se veía a través de la ventana. Repasaba minuto a minuto lo que había hecho en las últimas horas y dibujaba una sonrisa atolondrada. Casi no podía creer lo que el neurólogo acababa de decirle. Lentamente masticó la palabra en su boca: tumor. Era una palabra fea, desagradable de paladear. El neurólogo le había mostrado las radiografías y las imágenes del escáner, pero le costaba asociar aquellas manchas en su lóbulo, apenas unas virutas nebulosas de apariencia inofensiva, con una palabra tan gruesa y tan definitiva.

—Hay que operarla urgentemente. No entiendo cómo no ha acudido a un médico antes; es imposible que no se haya dado cuenta de que algo no marchaba bien—. María se disculpó con el médico, como si hubiese cometido una negligencia imperdonable, a pesar de que era su cerebro, y no el del médico, el que se estaba desmenuzando. Pensaba que era el cansancio, el estrés. Últimamente estaba sometida a mucha presión... Si hubiera sabido... El neurólogo había escrito con aire grave algo en su informe. Después rasgó una nota con aire decidido y se la entregó.

—Hay que prepararla para quirófano. Necesitaremos análisis de sangre y su historial completo. Tendrá que tomar unas pastillas en el preoperatorio.

Por momentos, María tenía la sensación de que esa imagen que repasaba era una invención. Una pesadilla. Pero allí tenía sobre la mesa el dichoso papel. Su vida se le escapaba en manos de aquel médico que hacía y deshacía como si ella no estuviese allí, con una brutalidad aséptica. Sentía que estaba dentro de una burbuja y que todo aquello no era más que un juego extraño y macabro. Dos días antes era una mujer sana. Ahora era una desahuciada prácticamente. Pero esa realidad no penetraba absolutamente en su inteligencia, se quedaba en la superficie, flotando.

El neurólogo que iba a operarla le había aconsejado arreglar todos sus asuntos legales y personales.

—Es una prevención que no está de más —dijo el médico mientras le tendía la mano. Únicamente constataba un hecho irrefutable. No le preocupaban las reacciones de su paciente, sino su disponibilidad. María observó con desconfianza aquellos dedos largos y fríos que iban a operarla. Esos dedos como patas de araña entrarían en su intimidad, en sus pensamientos, en sus recuerdos, en su inteligencia. Romperían sus conexiones neuronales, podían inutilizarla o matarla... ¿Por qué no pensó que también podrían salvarla?

Volvió a mirar la calle. Volvió a mirar el reloj. Pidió otro café muy caliente y muy cargado. Ese gesto rutinario le pareció de pronto importante, como el sol invernal que inundaba la cafetería, como el sonido de las máquinas tragaperras, como el ruido del tráfico que se colaba dentro cada vez que alguien abría la puerta. Ese momento tenía la dulzura de las pequeñas rutinas y la angustia de saber que algo tan sencillo tal vez no se volvería a repetir.

Estaba aterrorizada, pero ni siquiera en esos momentos era plenamente consciente de lo que le sucedía. Aunque todo dentro de ella se contorsionaba, algo en su epicentro se mantenía quieto, callado. Una verdad profunda que se negaba a racionalizar: iba a morirse. Había visto el proceso de degradación de la enfermedad de su padre. En el mejor de los casos, quizá ella terminaría también sintiéndose como una planta haciendo la fotosíntesis junto a una ventana. Quizá Greta querría cambiarle los pañales manchados de heces, limpiarle las babas y darle de beber la sopa caliente con un babero. Pero quizá María no estaba dispuesta a aceptarlo.

No le había dicho a nadie lo que le ocurría. Al contrario, empujada por una serenidad extraña y una clarividencia que tenía mucho de abandono, había visto claramente cuáles iban a ser sus siguientes pasos en las horas próximas. Lo primero que hizo el día anterior, al salir de la clínica, fue buscar una cabina de teléfono. Marcó el número de la prisión Modelo. Pero no pidió hablar con César Alcalá. Sino con su compañero de celda.

Romero le causó una sensación ambigua. Parecía un ser incapaz de hacerle daño a una mosca. Era educado, sus gestos contenidos, su tono de voz amable. Más amable cuanto más se le escuchaba. Hipnótico como el cascabel de una víbora o de un cobra. Pero su mirada, intensa, desahuciada y por tanto sincera, intimidaba más que cualquier otra cosa. Aquel hombre parecía capaz de parar el mundo y hacerlo girar en sentido inverso si así era su voluntad. Sin embargo, César Alcalá confiaba en él. Hablaba de su compañero de celda como si hablase de un buen amigo, alguien digno de tenerse en cuenta. Le dio la sensación de que aquel hombre esperaba su visita. Que llevaba mucho tiempo esperándola.

Fue una conversación extraña, entre dos muertos que por alguna razón todavía tenían apariencia de seres vivos. ¿Fue eso lo que Romero vio en ella? ¿Su miedo?, ¿su certeza de que iba a morir? ¿La ausencia de vida?, ¿de esperanza? Tal vez. Pero se pusieron de acuerdo enseguida. Ninguno esperaba nada del otro, apenas se habían visto alguna vez fugazmente cuando María acudía al locutorio para entrevistarse con César. Pero ambos habían oído hablar del otro hasta la saciedad. En cierto modo, ellos dos eran los extremos de un delgado hilo sobre el que transitaba haciendo equilibrios César Alcalá. Ese era su vínculo común; el deseo de ayudarle, aunque a María le costaba entender qué podía empujar a Romero a involucrarse en algo como lo que le propuso en aquella charla. Sin embargo, tras escucharla, Romero apenas dudó. Incluso pareció divertirse con el descabellado plan que María le describió con todo lujo de detalles para sacar de allí a César. María estaba tentada de creer, al recordar la expresión de Romero, que este casi se había sentido aliviado, como si se hubiera quitado un gran peso de encima.

—Si está dispuesto a ayudar a César, debe suponer que esto traerá consecuencias graves para usted.

—«Consecuencias graves» —repitió Romero como si degustase la expresión—. ¿Se refiere a que sumarán unos cuantos años más de condena a mi dilatado expediente? No se preocupe por eso. Cuando llueve sobre mojado uno ya no nota la lluvia. Además, me gusta este sitio. Creo que fuera de aquí me sentiría como un extraterrestre.

Un tipo curioso, Romero. María consultó la hora por enésima vez. Si había cumplido su parte del trato, César ya debía de estar fuera de los muros de la cárcel. No tardaría demasiado en comprobarlo. En cuanto apareciese por la puerta de la cafetería el inspector Antonio Marchán.

Apenas acababa de formular ese pensamiento cuando apareció Marchán.

El inspector se detuvo un segundo sosteniendo el pomo de la puerta. Le pareció que María estaba nerviosa. Apenas le había dado tiempo de maquillarse y resultaba evidente que se había vestido apresuradamente. Le llamó la atención que el botón superior de la camisa no concordase con el ojal. Tenía la mirada de una intensidad frenética y se aferraba las manos por encima de la mesa. Alrededor de ella los comensales desayunaban y hojeaban los diarios de la mañana. Se preguntó si aquella era la actitud de alguien dispuesto a confesar un crimen o algo de extrema gravedad. Esa era la impresión que le había dado su compañera cuando le llamó por teléfono para concertar la cita. Marchán dio una rápida hojeada a su alrededor. Desde luego aquel no era un lugar discreto, y tal vez no era el más idóneo para entrevistarse. Podían estar siguiéndola. Podían estar siguiéndolo a él. Desde que se había hecho cargo de la investigación de la muerte de Recasens, la presión sobre él mismo y sobre sus superiores era insoportable. El diputado Publio y el jefe del CESID estaban jugando sus cartas a fondo para apartarlo del caso.

María se levantó de la mesa y le tendió la mano con cordialidad. Marchán la estrechó. Estaba fría y le temblaba imperceptiblemente el brazo.

—¿No prefiere que hablemos en un sitio más discreto?

María negó. Allí estaban bien. Rodeada de gente no podía dejarse llevar por la desesperación.

Marchán asintió y se sentó con aire un tanto preocupado.

—Creo que tenía que decirme algo importante. Muy bien, aquí me tiene, aunque debo advertirle que todo lo que me diga será considerado de manera oficial.

—Soy abogada, inspector. Sé cómo funciona esto. Y si no he querido ir a verle a la comisaría es precisamente para que lo que voy a decirle no tenga ningún valor probatorio. Esto no va a ser ninguna confesión, ¿entiende?

Marchán apenas enarcó un poco la ceja.

—Entonces, ¿qué va a ser, abogada?

De pronto, María se sentía incómoda. Llamar al inspector después de lo que le contó Lorenzo había sido un impulso irreprimible, una necesidad perentoria. En cambio, ahora que lo tenía delante, no sabía qué decir ni cómo comportarse. Eso la irritaba. No tenía por qué ser difícil comunicarse con él. Era un policía, parecía honesto, y no daba la sensación de ocultar nada más allá de las sencillas mentiras que jalonan toda verdad.

—Creo que van a matarme, inspector.

—¿Lo cree, o lo sabe? —preguntó Marchán inclinando un poco la cabeza hacia ella, pero sin alarmarse en exceso.

Era una pregunta ridícula, casi extraña. María se sintió de nuevo juzgada, como en la consulta del neurólogo, como si ella fuera la culpable.

—Lo sé, pero no parece impresionarle mucho. No acabo de decir que me he roto una pierna cruzando un semáforo en rojo. Acabo de decirle que piensan asesinarme. Y veo que le importa una mierda. —Era injusta, y estaba a punto de dejarse ir empujada por un glotón deseo de autocompasión, pero supo controlarlo y disculparse.

—Para sentirse amenazada no se la ve demasiado preocupada. Es como si no le afectase, como si hablase de lo ocurrido a un conocido de la oficina. Pero aunque así sea, diga: ¿Quién quiere matarla? ¿Y por qué?

—Tiene que ver en parte con Recasens y con esa nota que usted encontró en su bolsillo con mi nombre y el del diputado Publio. Por supuesto, veo en su cara que aún sigue pensando que tengo algo que ver con esa muerte, me considera sospechosa. Los policías son así, se les mete algo en la cabeza y toda su estructura mental la encauzan a demostrar esa idea, por absurda o errónea que sea.

Marchán no se inmutó. Esperó que ella dijese lo que quería decir.

—Pero se equivoca, inspector. Mi ex marido, Lorenzo, trabaja para el CESID. Recasens era su superior. Ambos me pidieron que me entrevistase con Alcalá, puesto que tenía información confidencial que incriminaba al diputado Publio. Sin embargo, Alcalá no estaba dispuesto a hablar con nadie de ese asunto mientras su hija Marta continuara secuestrada. Mi misión era convencer al inspector de que el CESID podía ayudarle a encontrar a su hija a cambio de la información.

Marchán escuchaba sin mover un solo músculo de la cara. Sin embargo la punta de sus dedos se había enrojecido. Era injusto darle falsas esperanzas a un hombre tan poco dado a las esperanzas como César. En primer lugar, nadie podía probar que Publio estuviera detrás del secuestro de Marta. En segundo lugar, nadie podía saber si seguía con vida después de casi cinco años, ni de cuál era su paradero. El rostro de aquella muchacha era uno más entre los centenares de rostros de desaparecidos que empapelaban las comisarías. Rostros y fechas de personas que un buen día se esfumaban sin dejar rastro y de las que nunca más volvía a saberse nada. Eran demasiados, y los policías encargados de buscar un rastro, demasiado pocos.

En el caso de Marta, Marchán había dedicado casi toda su energía durante años. Y lo más que había logrado eran unas cuantas fotografías de una casa en alguna parte de las afueras. Había registrado todas las casas similares entre Sant Cugat y Vallvidrera sin obtener nada. Había seguido pistas fundadas en rumores, nombres que aparecían aquí o allá, casi siempre vinculados a la familia Mola o al diputado Publio, cierto. Pero demasiado inconcretos, demasiado volátiles. Y aun así, no se había detenido, no había cejado en su empeño, quizá movido por la culpabilidad, por no haber apoyado a Alcalá con entusiasmo suficiente durante la vista contra su ex compañero. Pero cuando creía estar cerca, cuando pensaba que había encontrado una mínima pista creíble, sus superiores le obligaban a dejarla, le cambiaban de adscripción, le daban otro caso o lo expedientaban con cualquier excusa.

Y ahora venía aquella abogada con una historia de espías. Una historia de crímenes que quizá le venía demasiado grande, incluso a él.

—¿Las amenazas de muerte tienen que ver con el caso Recasens?

—En parte. Estoy segura de que Recasens había encontrado el modo de inculpar a Publio, tal vez sin los papeles y las pruebas que César no estaba dispuesto a proporcionarle. Y sé que fue Ramoneda el que lo asesinó. El mismo que ahora va a venir a por mí.

—¿Cómo puede estar tan segura?

—Porque Lorenzo, mi ex marido, me lo ha contado todo. Él trabaja para el diputado. Están preparando algo importante, un golpe militar. Y Publio quiere eliminar cualquier obstáculo que le distraiga de eso.

Marchán dejó ir un leve silbido. Algo le decía que aquello iba a complicarse, y mucho.

—¿Confesaría todo esto?

—¿Lorenzo? Lo dudo. Ni siquiera sé por qué me lo ha contado a mí.

—Y usted, ¿está dispuesta a declarar lo que sabe?

María recapacitó. Esperaba esa pregunta. Ella misma había ensayado mientras esperaba al inspector la respuesta.

—Sí, pero con una condición.

Marchán se puso algo rígido.

—Esto no es una tienda en la que cada uno coge lo que puede pagar. Puedo obligarla a declarar con un abogado, acusarla de cómplice en un asesinato, o de encubrir actividades de alta traición contra el Gobierno.

—Puede hacerlo, pero eso no le servirá de nada. Es mi palabra contra la suya. Y me he informado, inspector Marchán: sé que su palabra no tiene demasiado peso últimamente en el departamento de policía. Sobre todo desde que lleva la investigación del asesinato de Recasens. Imagino que muchos tendrán ganas de ver cómo se estrella solito. Yo le ofrezco la posibilidad de salirse con la suya, de solucionar el caso. Pero tendrá que ser a mi manera y con mis condiciones.

El rostro de Marchán se ensombreció. Comprendía la ira de María, su miedo disfrazado de rabia, su deseo de golpearle con las palabras porque ella era lo que tenía más a mano. Bien hubiera podido levantarse y romper los jarrones de flores secas de las mesas o las copas, insultar y escupir a los comensales.

—¿Qué quiere?

María se sentía muy cansada. En realidad, lo único que quería era levantarse, correr al hotel que se había convertido en su casa y encerrarse en la habitación con la luz apagada, hundir la cabeza en la almohada y sumergirse en un sueño profundo. Sin embargo, quedaba lo más duro.

—Quiero que le pongan protección a Greta por si se le acerca Ramoneda y quiero también protección para mí.

—Eso no será complicado —concedió Marchán.

—Hay más. Sé que usted es el único que se ha tomado más o menos en serio la desaparición de Marta Alcalá. Quiero que comparta conmigo esa información.

Marchán apretó los labios. Luego los relajó, mirándose las palmas de las manos.

—Eso no va a ser posible. Esa información es confidencial. Y aunque decidiera hacerlo, ¿cree que iba a conseguir algo más que yo? No hay ninguna pista fiable del paradero de Marta. Quién sabe, lo más probable es que esté muerta y enterrada en cualquier descampado desde hace años.

María sopesó bien las palabras que iba a decir.

—Eso no es cierto. Existe una persona que afirma saber dónde la tienen secuestrada.

Esta vez Marchán perdió la compostura habitual y miró a María con los ojos entrecerrados y una clara ansiedad en el rostro.

—¿De qué me está hablando?

—De Fernando Mola... Veo que ese nombre no le es desconocido... Hábleme de él, y de esa familia.

Durante más de una hora, Marchán desgranó sobre la mesa todo lo que sabía sobre la familia Mola. Tampoco omitió explicar a una turbada María la existencia de indicios que apuntaban a que Andrés Mola, el menor de los hermanos no hubiese muerto en el incendio de los años cincuenta.

—Siempre sospeché que aquel incendio fue la excusa perfecta, la coartada de Publio para hacer desaparecer a su ahijado. Andrés era un problema, pero Publio no podía quitárselo de encima. Guillermo lo había declarado albacea de la familia a condición de que Andrés se mantuviera a salvo. Y Publio necesitaba mantenerlo con vida para utilizar esa fortuna que le aupó hasta su posición actual.

—Pero el primogénito era Fernando. Él debería haber heredado la fortuna de los Mola.

—Fernando Mola fue desheredado por su padre. Además, se le creía muerto en el frente de Leningrado a finales de la Segunda Guerra Mundial.

—Pues según parece, no está muerto. Pero no entiendo por qué él dice saber dónde se encuentra Marta. ¿Qué tiene que ver con todo eso?

Marchán encendió el segundo cigarrillo consecutivo y lo dejó consumir sobre el cenicero atestado.

—Imagino que comprende la magnitud de lo que tienes entre manos.

—Eso no contesta a mi pregunta, inspector.

Marchán suspiró con pesadez. Desvió la mirada hacia la puerta de salida. Cualquiera de los presentes podía ser un agente de Publio o del CESID. Cualquiera podía estar tomando discreta nota de aquella entrevista, y si eso era así, su carrera estaba acabada. Pero, ¿acaso no lo estaba ya? ¿No era hora de poner punto final a tantos años de andar nadando en la porquería e irse a casa con la conciencia tranquila?

—Andrés Mola era un auténtico psicópata. Acusado de varios asesinatos nunca pudo demostrarse nada. Siempre desaparecían las pruebas casualmente, los testigos se retractaban o se archivaba el caso. Pero lo cierto es que ese pequeño cabrón obsesionado con los samuráis mató, entre 1950 y 1955, a no menos de seis mujeres. Todas ellas tenían algo en común. Se parecían a su madre y fueron decapitadas con un sable. Las cabezas de los cadáveres nunca se encontraron. Luego, supuestamente uno de los cadáveres encontrados en el incendio de la residencia donde estaba internado fue identificado como suyo. Pero ya le he dicho que siempre sospeché que estaba vivo y oculto por Publio en alguna casa del parque de Collserola o en las inmediaciones. Los rumores hablan de la antigua finca de los Mola, una casa con las tejas del techo de cerámica azul. Pedí varios permisos judiciales para inspeccionar la casa pero me los denegaron. Cuando decidí ir allí por mi cuenta, me recibieron varios gorilas al servicio de Publio. Tengo la sospecha de que ese bastardo sigue allí, viviendo emparedado como un muerto viviente.

—Pero no veo la relación con Marta.

—Mire una foto de Marta Alcalá y compárela con la de Isabel Mola en su juventud. El parecido es asombroso. Además, Andrés estaba muy unido a su madre. Y el abuelo de Marta, Marcelo Alcalá, fue el asesino de Isabel. Creo que Publio supo aprovechar el odio de Andrés para encontrar una herramienta con la que mantener cerrada la boca de César. Por supuesto todo esto son conjeturas. No hay pruebas. Pero la aparición de Fernando hace que cobren fuerza. Tal vez él ha encontrado a su hermano, y tal vez sabe que en esa casa vive con Marta. Puede que para el primogénito de los Mola todo esto sea demasiado para soportarlo por más tiempo y haya decidido ponerle fin.

María escuchó con la cabeza hundida entre los hombros. Todo aquello era demasiado horrible, demasiado doloroso.

—Si lo que dice es cierto, Andrés ha cometido un terrible error. Esa chica es inocente, como lo es su padre, y como lo era su abuelo. Los están martirizando, generación tras generación por un delito que ninguno de ellos cometió. El verdadero asesino de Isabel Mola fue mi padre, Gabriel. Mi padre trabajaba para Publio cuando era joven. Todos estos años ha guardado el secreto.

Antonio Marchán contempló sorprendido a María. Tardó unos minutos en reaccionar.

—¿César lo sabe? ¿Sabe que su padre mató a Isabel?

—No lo creo. Sabe que el suyo era inocente y que fue condenado por el falso testimonio de Recasens. Creo que es todo.

Marchán pensó con rapidez.

—No debe decírselo bajo ningún concepto. Si lo hace, Alcalá perderá en usted toda la confianza y se cerrará como un caparazón. Escuche, debe conseguir que César le diga dónde guarda la documentación sobre Publio, a toda costa. Entrégueme esas pruebas. Con ellas y con su declaración acusando a Lorenzo y a Publio del asesinato de Recasens yo conseguiré que un juez me deje entrar en la casa de los Mola.

María sintió una punzada de desconfianza. ¿Y si aquel policía no era lo que parecía? ¿Y si los tentáculos de Publio también lo habían atrapado a él?

En aquel momento se acercó un camarero. Marchán tenía una llamada.

El inspector se extrañó. Había dado la dirección del restaurante por si surgía alguna urgencia, pero no esperaba que nadie lo llamase. Fue a la barra donde estaba el teléfono. Habló unos segundos. María lo veía preguntar algo con cierto nerviosismo. El inspector apenas logró contener el impulso violento de golpear el auricular al colgar.

—Olvide lo que le he dicho. No va a poder hablar con Alcalá. Esta mañana le han apuñalado en su celda.

María sintió un escalofrío. Pensó en Romero. El trato que tenían...

—¿Que lo han apuñalado?

—Varios cortes en la espalda y en el brazo. Está fuera de peligro, pero lo han trasladado al hospital Clínico. Al parecer no está en condiciones de hablar con nadie todavía. He ordenado que le pongan vigilancia.

María relajó la expresión. Varios cortes... Tal vez Romero se había excedido, pero el caso es que César estaba fuera. Ahora le tocaba a ella.

—Parece poco sorprendida, María. ¿Sabía usted algo de esto?

—Estaba aquí esperándole, inspector. Hoy no tenía visita con Alcalá. ¿Cómo iba a saberlo?

Marchán supo que ella le mentía. Pero era difícil averiguar a qué tipo de mentira se estaba aferrando.

—Averiguaré lo que pueda sobre Fernando Mola, pero sospecho que no será fácil dar con él. Tal vez deba interrogar a su padre, para que nos diga dónde se entrevistaron. ¿Dónde puedo localizarle?

—Hace dos días fui a visitarle a nuestra casa de San Lorenzo. Supongo que allí seguirá. ¿Va a detenerle?

—¿Por un asesinato cometido hace cuarenta años y que ya ha prescrito? No es una pregunta propia de usted, María.

—Me refería a si va a detenerle por encubrir a Publio.

Creo que mi padre podrá contarle muchas cosas de ese diputado.

Marchán sintió el peso del odio de María hacia su padre. Se encogió de hombros y se despidió, prometiendo que se encargaría de poner una discreta escolta a Greta y a ella misma.

María tardó un rato aún en salir. Necesitaba respirar. La ciudad olía a asfalto y a esa atmósfera limpia que de vez en cuando alumbra el invierno como una esperanza. Ante sus ojos el mundo se reproducía con la cotidianidad de siempre, inalterable. Dentro de mil años, pensó, las cosas no serían muy diferentes a cómo eran ahora. Otras gentes, ataviadas de otra manera, correrían del mismo modo entre el tráfico, hablarían en los semáforos, o pasearían con la misma cara de preocupación o de alegría. Un mismo presente inmutable donde unos entraban y otros salían como parte de un acuerdo tácito entre la Vida y la Muerte. Después de todo, se dijo, ella no era tan especial como se creía. Solo era una partícula más de aquel extraño y a veces desquiciante universo.

CAPÍTULO 26

San Lorenzo. 11 de febrero de 1981

No fue difícil dar con la casa. Por encima de la floresta asomaban las tejas brillantes. Marchán detuvo el coche en el sendero. Desde allí veía las ventanas y la puerta cerrada.

—No soporto el invierno. Me trae malos recuerdos —dijo, dándose calor en las manos con el vaho de la boca.

Tenía la cara amoratada de frío y las pequeñas lentes que utilizaba para conducir estaban empañadas. Tiritaba. En el asiento del copiloto había un periódico de la mañana manchado con un poco de café y con algunas migas del almuerzo. El inspector le dio una rápida ojeada mientras se decidía a salir del coche.

A pesar de las circunstancias, se sentía relativamente optimista por primera vez en mucho tiempo. El caso Recasens había originado mucho revuelo, tal y como pretendía al filtrar la noticia a la prensa. El caso tenía todos los ingredientes de morbo y misterio necesarios para atraer a suficientes periodistas y mantener el asunto en el candelero durante algunos días. Un espía, una muerte violenta, el nombre del diputado Publio dejado caer sibilinamente, la orden de búsqueda a nivel estatal de Ramoneda, retratado como un peligroso asesino... Eso le daba algo de tiempo y de notoriedad. Mientras durase el efecto, ni el juez instructor ni sus superiores se atreverían a apartarlo del caso.

Y esta vez contaba con una baza ganadora: la confesión de María. Podría detenerlos a todos si la abogada no se retractaba en el último momento o si Publio lograba quitarla de en medio. En el primer supuesto estaba tranquilo. No creía que María fuese de ese tipo de personas que se acobardan con las dificultades. Incluso le había dado la sensación de que deseaba colaborar con él, tal vez para exonerarse de responsabilidades o de sospechas en el caso Recasens, o tal vez por deseo de venganza hacia su ex marido. No, ella confesaría. Y en cuanto a mantenerla con vida, sus hombres de confianza se encargarían de protegerla con eficiencia.

Sin embargo, había algo que inquietaba a Marchán. Sin el testimonio de César y sin las pruebas documentales que ocultaba contra Publio nada de aquello tenía la debida consistencia. Debía conseguir pruebas irrefutables, pruebas que hicieran caer al diputado sin que ninguno de sus amigos en el poder se atreviese a interceder en su favor o a ocultar los hechos. Y sin Marta, viva o muerta, César no hablaría.

Y ahí era dónde la aparición de Fernando Mola se antojaba definitiva. Tenía que encontrarlo y convencerlo de que lo llevara hasta la casa en la que se ocultaba Andrés. Y la manera de dar con él era a través del viejo que vivía en aquella casa en un pueblo inhóspito.

Bajó del coche con el humor contrariado, tratando de convencerse de que las horas de viaje hasta San Lorenzo y el frío que estaba pasando valdrían la pena.

Cruzó la cancela del jardín delantero y golpeó la aldaba de la puerta. No sabía qué tipo de hombre sería Gabriel. La única idea que podía formarse de él era a través de los ojos de María. Y era evidente el desprecio que ella sentía por su progenitor. ¿Cómo reprochárselo? Quizá sería interesante mantener una conversación con él, por mucho que el asesinato de Isabel Mola tuviera un interés relativo para Marchán.

No acudía nadie a abrir y la puerta estaba trabada por dentro. No se veía a nadie alrededor. Dio una vuelta bordeando la casa, procurando evitar las zanjas del huerto. Esta parecía desierta.

Estaba tan absorto contemplando las ventanas que no vio acercarse un coche hasta que este se detuvo junto al del inspector. Se abrió la puerta y asomaron las piernas de una mujer.

—¿Quién es usted? —preguntó con desconfianza al descubrir a Marchán.

El inspector se identificó. Algo más tranquila, y movida por una creciente curiosidad, dijo que era la enfermera de Gabriel.

—Lo he sido hasta hace un mes, para ser más exactos. Gabriel me debe la paga de las últimas semanas. Quedamos en que pasaría por mi casa hace dos días. Pero no ha venido, así que he decidido venir a cobrar lo que se me debe. Y qué hace usted aquí, agente?

Marchán tuvo un presagio extraño. Esas intuiciones que son absurdas y que no se basan en nada racional, pero que casi siempre acaban por ser ciertas.

—¿Tiene llaves de la casa?

La enfermera dijo que sí, todavía conservaba un juego. Buscó con cierto nerviosismo en el bolso.

—Aquí están.

Marchán le pidió que abriera la puerta pero no la dejó entrar.

El olor que desprendía el interior de la casa era la confirmación de su sospecha. Entró en el salón envuelto en la penumbra y se detuvo frente a la escalera que subía al segundo piso. Lentamente se quitó los guantes de lana y se desabrochó el abrigo mirando alrededor. El silencio era absoluto. Agudizó más el oído. En alguna parte del piso superior se escuchaba un leve gemido, como el de un gatito recién nacido. Siguió ese sonido intermitente, casi imperceptible, hasta la puerta entreabierta del baño. Lo primero que vio fue un zapato y a continuación una pierna con la pernera del pantalón manchada de sangre seca.

Tuvo que empujar con el hombro la puerta para poder entrar. El cuerpo de Gabriel estaba tendido en el suelo con la cabeza de lado, sobre un gran charco de sangre coagulada. Las paredes, el espejo, la cortina de la ducha, todo estaba salpicado de pequeñas agujas carmesíes. Marchán se inclinó sobre el cuerpo frío. Tenía media cara destrozada. Algo más lejos de su mano derecha había una pistola. Gabriel se había disparado. Y sin embargo respiraba. No estaba muerto. No del todo. Sus pulmones dejaban ir el aire con un silbido muy débil. Sus ojos estaban fijos en la pared, pero cuando el inspector le habló parpadearon. Había perdido mucha sangre y el disparo había causado estragos en su cabeza, pero había sobrevivido. El inspector había visto otros casos similares. Suicidas que en la última fracción de segundo se arrepienten de su decisión y que logran apartar imperceptiblemente la trayectoria de la bala.

—¿Qué has hecho? —murmuró mientras le tomaba el pulso.

Gabriel no contestó. No podía. Apenas lograba mantenerse despierto. Su cerebro era como una bombilla a punto de fundirse, tenía destellos muy breves y luego periodos de oscuridad. Así había pasado dos días con sus noches. Consciente de estar vivo pero incapaz de moverse, de articular una palabra o de escupir la sangre con la que se ahogaba. Apenas oyó la voz de Marchán y después los gritos de la enfermera, las manos sobre él, los tubos, la camilla por la que lo bajaron. La sirena de la ambulancia. La sensación de movimiento. Era como estar dentro de un escaparate, como ser invisible, como tocarse los miembros dormidos del cuerpo.

No reconoció a su hija en el hospital. La vio llorar sin comprender exactamente qué era aquel gesto que contorsionaba su cara bonita, ni por qué aquella humedad de sus ojos caía sobre él y no la notaba.

Recordó borrosamente el día que encontró muerta a su esposa. Le preguntó al cadáver frío por qué había decidido ahorcarse, en lugar de castigarlo a él. Aquel fue un porqué angustioso, dolorido y enorme. Ahora lo entendía. No había respuesta. Era como preguntarle a Dios por qué las cosas sucedían como sucedían, qué designios utilizaba para marcar de manera arbitraria la suerte de las personas.

CAPÍTULO 27

Hospital Clínico de Barcelona. 11 de febrero de 1981

El médico comprobó una gráfica junto a la cama y sacudió la cabeza, sorprendido.

—Resulta increíble que la bala no lo matara. Le ha destrozado la mitad del cerebro, y aun así, con el cáncer que le ha debilitado tanto las defensas, sigue con vida. Desde luego, su padre es un hombre luchador. Se recuperará, al menos una parte de él.

María observó a su padre, dormido por el efecto de los sedantes y con la cabeza vendada. Un tubo en la nariz le ayudaba a respirar. Examinó casi con pavor a aquel hombre atormentado, preguntándose cuánto tenía que haber sufrido, qué profundo y seco debía de ser su odio. Un odio estéril e inútil, que le impedía morirse y descansar.

En la habitación hacía demasiado calor y se sentía aturdida, encajonada entre aquellas cuatro paredes blancas. Decidió bajar a la cafetería y tomar un café. En el vestíbulo se encontró con el inspector Marchán hablando con varios agentes uniformados. Llevaba la corbata con el nudo aflojado y el pelo revuelto. Parecía cansado. María se sintió en la obligación de darle las gracias por haber encontrado a su padre aún con vida, pero lo hizo sin entusiasmo. El inspector respondió también con sarcasmo.

—Mi intención no era esa, y creo que su padre no me lo agradecerá cuando recobre la conciencia. Tengo la sensación de haberme entrometido en algo personal. El suicidio siempre lo es.

—No habla usted como un policía, inspector.

—Tampoco parece usted una hija afligida. Pero eso no es asunto mío.

María observó el movimiento de los agentes uniformados junto a los ascensores. Le pareció excesiva tanta vigilancia y así lo dijo. Pero Marchán la sacó de su error.

—Estos agentes no están aquí para vigilar a su padre, sino para custodiar a César Alcalá. Están a punto de subirlo a planta. —El inspector guardó un calculado silencio antes de añadir—. Es curiosa la manera en la que a veces los destinos de las personas se cruzan y se anudan, hasta confundirse. Dos hombres que no se conocen, unidos por una misma muerte, se encuentran al cabo de cuarenta años en el mismo hospital. Pared con pared. Si me gustase la tragedia, diría que es algo inverosímil. Pero aquí están...Y usted entre ambos. —Miró a la abogada con suspicacia, pero no se mostró preocupado.

—No tengo nada que ocultar.

—Sé que está pensando en algo, aunque ignoro lo que es. Usted ya sabía que Alcalá había sido atacado en la cárcel y que iban a trasladarlo. Para ser abogada oculta muy mal sus propias emociones. Me ha mentido una vez más, y no sé con qué objeto. Pero quiero advertirla: si cree que va a ayudar a César facilitando su fuga, olvídelo. Lo único que conseguiría es perjudicarle y dificultar la investigación. La única vía es la legal. Convénzale de que hable, que diga dónde guarda ese dichoso dossier sobre Publio.

—¿Y por qué no se lo pregunta usted mismo? Eran compañeros; trate de convencerlo usted.

—El inspector Alcalá y yo no tenemos nada de qué hablar. Queda avisada, María. —Aunque la voz de Marchán no delató ninguna emoción, sus ojos reflejaron la severidad de un inspector interrogando a una sospechosa.

María entró en la cafetería, repleta a aquella hora de personal del hospital y de familiares de pacientes ingresados. El bullicio era más propio de un mercado que de un lugar lleno de convalecientes. Había que hacer cola con una bandeja de plástico en el autoservicio. Se sirvió un pequeño bocadillo de sésamo y un café muy cargado. A la hora de pagar alguien se le adelantó, mientras buscaba las monedas en el bolsillo.

—Deje que la invite. Parece usted cansada; una mala noche velando a un familiar, supongo.

Era un hombre maduro, educado y de aspecto agradable. Sin embargo, María no estaba de humor para entablar conversación, y mucho menos para coquetear con un desconocido que le doblaba probablemente la edad. Le dio las gracias con una sonrisa forzada y salió de la cola. Aunque no se volvió, sintió en la nuca la mirada del desconocido. Fue a sentarse en una mesa alejada de la puerta de entrada.

Apenas probó el bocadillo, jugueteando con las migas de pan. El café le sentó bien. Le hubiera gustado salir a fumar. Fuera de la cafetería se veía un jardín interior con palmeras raquíticas y un tepe de césped mal cuidado. La iluminación del exterior quedaba tamizada con una claraboya sobre la que repicaba la lluvia. Se concentró en aquel invernadero sin ningún sentido. Era como un ornamento inútil, pues las puertas estaban cerradas con cadenas y nadie podía pasear por él. Solo podía contemplarlo, algo hermoso pero inútil.

Entonces, sin un encadenamiento racional, surgió de nuevo frente a sus ojos la realidad de su enfermedad. Durante las últimas horas, empujada por los acontecimientos casi se había olvidado. Ahora, en el primer momento del que disponía de una cierta paz, esa realidad emergía de nuevo. María se palpó la sien con la yema de los dedos, como si pudiera tocar el tumor que se desarrollaba en su cerebro.

No se dio cuenta de que el hombre que la había invitado en el autoservicio se había acercado a su mesa con una bandeja en la mano.

—¿Le importa que me siente a su lado? —Fue una pregunta retórica. Sin esperar respuesta se sentó y destapó meticulosamente una pequeña terrina de mermelada de melocotón—. Es nauseabunda la comida aquí, ¿verdad?

—No me tome por una grosera, pero me gustaría estar sola —dijo María, incómoda.

El hombre asintió con amabilidad, pero no dejó de untar una punta de mermelada en una tostada con la punta de un cuchillo de plástico.

—La entiendo. Cuando notamos cerca la muerte, necesitamos recogernos. Es inevitable pensar en lo que hemos hecho y dejado de hacer. Vemos en la muerte de otros nuestro final inevitable. Pero la verdad es que es un ejercicio del todo inútil. No se puede intelectualizar toda una vida de emociones y sentimientos, ni siquiera cuando tememos morir. Mi consejo, María, es que no se deje arrastrar por la melancolía ni por la nostalgia. Eso no hará más que traerle sufrimiento y malgastar el tiempo.

María hizo un gesto brusco con la mano, totalmente involuntario, que hizo que se vertiera sobre la mesa de fórmica el café humeante de su taza.

—¿Quién es usted, y cómo sabe mi nombre?

Meticulosamente el hombre se puso a secar con una servilleta de papel el café vertido.

—Me llamo Fernando. Creo que su padre le habrá hablado de mí. Debería decir que lamento lo que le ha sucedido, pero sinceramente, no es así. Imagino que entenderá los motivos.

María sintió un momentáneo arrebato de ira y de culpabilidad. Aquel viejo no tenía derecho a estar allí, con su pose hierática y llena de cinismo, recriminándola con el doble sentido de sus palabras.

—Lamento lo que le ocurrió a su madre, pero no tengo la culpa de lo que ha pasado.

—¿Culpa? Nadie lo ha dicho. Al fin y al cabo, puede que usted sea tan víctima como mi madre, como Marcelo, o como el pobre Recasens. Sin embargo, a veces sentimos la necesidad de reparar el daño que otros han hecho y de quitarnos de encima una carga que sostenemos injustamente. Tengo la sensación de que usted es de esas personas, María.

—Usted no me conoce. No sabe nada de mí.

Fernando sonrió con una inocencia que resultaba repulsivo en aquel hombre de marcadas arrugas y pelo canoso.

Sacó un pequeño libro de anotaciones y fotografías y lo abrió al azar. Lo giró hacia María y se recostó en la silla con aire satisfecho. Había fotografías personales de la abogada, fotos que ni siquiera ella recordaba haber tenido alguna vez: en su primera salida con el colegio, en la comunión, en el instituto, con su padre pescando en el puente de San Lorenzo. También estaba la fotografía del día de su graduación en la universidad, y una foto de su día de bodas. Cada una de ellas llevaba anotado un pie con la fecha y el lugar en que fue tomada. Más detallado todavía era el memorando de casos llevados por ella, las sentencias que había logrado favorables o desfavorables, el nombre de sus clientes, el juzgado que había visto su causa. Y mención especial merecían las docenas de recortes de periódico y anotaciones personales sobre el caso contra César Alcalá.

—Lo sé todo de usted. Durante años no he hecho otra cosa que dedicarme a conocerla —dijo Fernando, ahondando en la sensación de perplejidad que aquel libro había producido en María.

María pasaba las páginas con un temor creciente. ¿Qué clase de mente enferma podía dedicar aquel esfuerzo de recopilación sin ser un psicópata? Cerró el libro con violencia.

—Esto es nada. Fotografías y fechas. Que me haya espiado no significa que me conozca.

Fernando recogió el libro y lo guardó bajo la mesa. Alzó la mirada. Ahora era una mirada llena de aflicción.

—Sé lo que es desear que llegue la noche para dormir y no poder hacerlo porque tu mente está poblada de pesadillas y necesitar somníferos para alcanzar un sueño espeso que no cura. Sé lo que es que otros te maltraten, te humillen y te golpeen hasta la saciedad, y que la cobardía impida revelarse contra eso. Y sé lo que es encontrar una causa que justifique la miserable vida que llevamos ante nuestros propios ojos. Una causa justa. Algo que nos permita olvidar. Concentramos nuestros esfuerzos y nuestros desvelos en esa causa para acallar nuestros monstruos. Pero son como dioses sanguinarios y voraces que no se conforman con los sacrificios que les ofrecemos. Vuelven a atormentarnos una y otra vez, en cuanto relajamos nuestra mente y recordamos quiénes somos en realidad: un preso maltratado durante años en un campo de concentración soviético; una mujer golpeada por su marido una y otra vez. Necesitamos seguir creyendo que esa parte enferma y débil es algo minúsculo en nosotros: mejor ser un hijo despechado y lleno de odio que decide hacerse rico desde la nada otra vez para vengar a su madre; mejor ser una abogada de prestigio, justa e inflexible capaz de mandar a la cárcel a un policía corrupto. Pero nada de eso nos cura, ¿verdad? No podemos escapar de lo que somos. Cada vez que nos miramos a un espejo, cada vez que sentimos el fracaso en lo personal o en lo profesional crece de nuevo esa marea que nos recuerda nuestras debilidades, nuestras cobardías y nuestras renuncias. Y nos quedamos desnudos y sin excusas. Por eso necesitamos alguien a quién salvar o a quién condenar. Alguien objeto de nuestro amor o de nuestro odio. Alguien que nos haga olvidar.

»He llegado a creer que la única razón por la que he seguido todos estos años vivo era para ver caer, uno tras otro, a los hombres que me destrozaron la vida y que mataron a mi madre y condenaron a mi hermano a una existencia demencial. Publio y su padre Gabriel han sido mi obsesión durante décadas. Pero la verdad es que vi morir a mi padre y no sentí alegría por ello. Tampoco tristeza. Sencillamente me di cuenta de que era algo que había dejado de incumbirme. Supe que Gabriel estaba enfermo de cáncer y lo único que experimenté fue miedo. ¿Puede entenderlo? El mismo miedo que ahora: si él muere, ¿qué causa me quedará? No aspiré nunca a escucharle pedir perdón, ni a matarle con mis manos. Lo mismo que con Publio. Ahora sé que ni siquiera cuando vea caer a ese cabrón sentiré algo más que un ligero alivio.

»Pero usted, María, es distinta. No tiene nada que ver con todo lo que ha marcado mi vida, y sin embargo, en usted se perpetúan los errores y los pecados de su padre. Es como un juego maquiavélico y retorcido en el que la vida se repite de la misma manera una y otra vez, impidiendo que escapemos de la rueda. Sé que es una buena mujer, aunque eso quizá ni siquiera lo sabe usted misma, y puede que a estas alturas de la historia resulte una razón pusilánime para estar sentado aquí, frente a usted. Pero aunque no lo crea, usted es la última oportunidad que me queda para darle algo de sentido a estos últimos cuarenta años de mi vida. Todo se ha ido. También yo. No les falta razón a los que me creían muerto. Lo estoy. Llevo cuarenta años vagando por la vida sin vivirla. Y tengo ganas de descansar.

¿Cuánto rato había estado hablando? ¿Cuántas palabras inútiles había gastado para tratar de explicar lo inexplicable? Había entrado en el hospital con la clara determinación de enfrentarse a María y decirle la verdad. Pero la verdad no había salido de su boca, se había negado a formularla. Era demasiado horrible, demasiado dolorosa. Lo único que había logrado era esbozar trazos retorcidos de sentimientos, rencores y emociones secas. Pero no había dicho lo que de verdad quería decir.

Reflexionó unos segundos con los dedos cruzados sobre la mesa, fijando la mirada en algunas gotas secas de café. Anotó algo en un papel de su agenda. Arrancó la hoja y la dejó junto a María.

—Mañana por la noche estaré en esta dirección. Si el inspector Alcalá quiere ver a su hija con vida, convénzale para que le entregue a usted los documentos que incriminan a Publio. Si no viene o no trae esos documentos, desapareceré. Y puedo asegurarle que nunca más volverá a verme, pero tampoco encontrarán nunca a esa muchacha.

María ignoraba cuánto tiempo había permanecido sentada en la mesa de la cafetería mirando fijamente aquel papel, cuando oyó el ruido de unos platos cayendo al suelo. El estrépito la sobresaltó. Fernando ya no estaba, pero seguía junto a ella el olor algo decimonónico de su colonia y aquel papel entre los dedos. Y sus palabras.

Subió al tercer piso en el ascensor. Los dos policías que custodiaban la puerta de César Alcalá se levantaron de sus sillas al verla acercarse con el paso decidido y la mandíbula crispada. María los calibró con la mirada. Eran jóvenes y no parecían muy expertos. Se les notaba aburridos y molestos con aquella tarea que les habían asignado.

—Necesito ver al preso.

—Eso no es posible, señora.

—Soy su abogada. Mi nombre es María Bengoechea. Si no me deja entrar ahora mismo, tendré que pedirles sus números de placa y denunciarlos en el juzgado por impedir que me entreviste con mi cliente.

Los agentes se amedrentaron un tanto al comprobar la credencial de María. Su actitud y su determinación les hizo retroceder de la puerta, aunque uno de ellos dijo que debían consultarlo.

—Hágalo. El inspector Marchán es conocido mío. Está al corriente y no ha puesto ningún problema para que vea a Alcalá —mintió sin titubeos.

El nombre del inspector Marchán causó un efecto balsámico en los agentes. Se miraron entre ellos y uno concedió que entrase, a cambio de dejar la puerta entornada.

—¿Qué cree que voy hacer, ayudarle a escapar? —replicó María sin pestañear. Eso era precisamente lo que iba a hacer.

César Alcalá estaba postrado en la cama con varios cojines en la espalda. A pesar de los vendajes en el brazo derecho y en el vientre no tenía demasiado mal aspecto. Tal vez las bolsas debajo de los ojos eran más blandas y macilentas y estaba un poco más apagado. Pero María no tenía tiempo para compadecerlo. Se acercó a él contenida.

—¿Cómo te encuentras?

César Alcalá asintió. Tenía los labios resecos. María le acercó un vaso de agua, momento que aprovechó para acercarse y susurrarle al oído:

—No tenemos mucho tiempo. Supongo que Romero ya te ha puesto al día.

César Alcalá alzó el brazo vendado.

—Se ha tomado su papel muy en serio. Tanto que hasta yo me lo he creído.

Un cortocircuito del presente le trajo a María una imagen del pasado. Imaginó a su padre disparando contra Guillermo Mola en la escalinata de la iglesia. Debía parecer real, para que todos lo creyeran. Y su padre no dudó en perforarle un pulmón a Guillermo.

—Debía parecer real para que te sacaran de ahí y no se limitasen a llevarte a la enfermería. ¿Crees que podrás andar?

César Alcalá desvió la mirada hacia la puerta. Uno de los agentes hablaba por teléfono. Dedujo que no tenían mucho tiempo.

—Tal vez en un par de días no se me saltarán los puntos.

María negó con la cabeza. Le colocó una almohada bajo la cabeza y fingió comprobar la botella de suero que colgaba en una percha.

—No tenemos tiempo. Tiene que ser hoy. —Y de manera atropellada le explicó lo que había ocurrido en aquellos últimos días. Su entrevista con Lorenzo, y luego la propuesta de Marchán.

Al escuchar aquel nombre, Alcalá se incorporó sobre un codo.

—No quiero nada con ese. Me traicionó una vez, dejándome vendido. Y volverá a hacerlo. Lo único que quiere es la documentación de Publio. Y no me extrañaría que trabaje para él.

—No es el único. Acabo de estar hablando en la cafetería con Fernando Mola. ¿Sabes quién es?

César Alcalá se dejó caer lentamente hacia la almohada, sin apartar la mirada de María.

—Es el hijo mayor de Isabel Mola... Creía que estaba muerto.

—Pues no lo está. Y afirma saber dónde está tu hija.

Los ojos de César se abrieron mucho y las grietas del labio se abrieron hasta que este empezó a sangrar levemente.

—Eso no es posible. ¿Qué tiene que ver uno de los Mola con mi hija?

María no tenía tiempo de explicarse. Necesitaba información y la necesitaba ya. Sabía que los agentes de custodia no tardarían en averiguar que el permiso de Marchán para ver a Alcalá era una invención.

—Es complicado de explicar ahora. Pero necesito que me des la documentación sobre Publio. Es su condición.

—Eso es lo único que me mantiene vivo a mí y a mi hija. No me fio de nadie.

—Pues tendrás que fiarte de mí —dijo furiosa María—. Mírate: ¿es esto mantenerte con vida? ¿Hasta cuándo?

César dudaba, pero la frenética mirada de María no le daba respiro. Miró a los agentes de custodia. Uno de ellos discutía con el otro mientras abría la puerta de par en par.

· —De acuerdo. Tú sácame de aquí.

No dio tiempo para más. Los policías entraron en la habitación y exigieron a María que les acompañase.

César Alcalá se recostó en la almohada. Entonces notó algo bajo la funda. Esperó a que la puerta se cerrase y extrajo el objeto. No pudo evitar una sonrisa admirativa. Si alguien podía sacarlo de allí, era aquella extraña e imprevisible mujer.

Los turnos de noche solían ser tranquilos en planta. Las enfermeras se acomodaban en la zona de estar del personal médico y tomaban café y charlaban a media voz sobre sus vidas fuera de aquellos pasillos llenos de gasas, jeringuillas, camillas y pacientes quejicas. Los policías que custodiaban la puerta se dejaban llevar por la somnolencia de una guardia aburrida, envidiando las risas de las enfermeras y matando el tiempo con la lectura de periódicos atrasados. De vez en cuando uno de ellos abría la puerta y comprobaba que Alcalá durmiera con la luz del plafón encendida sobre la cama. Luego lanzaba una ojeada a las ventanas cerradas con candado de la habitación y volvía al pasillo.

A las dos de la madrugada, César se acercó a una de las ventanas. Antiguamente, en los pisos superiores se sellaban o se cerraban con barrotes. Esa medida se había tomado para evitar que los pacientes desahuciados o depresivos saltasen al vacío, pero un pequeño incendio ocurrido unos años atrás había obligado a cambiar los cristales sellados y los barrotes por un sistema más flexible. La habitación de Alcalá daba a una calle lateral y precisamente en esa fachada era donde estaba la escalera de incendio. De modo que las ventanas de aquella parte estaban cerradas con candado. Las llaves solo las tenía la enfermera jefa de planta.

César metió la mano en el bolsillo de su bata. Ahora también la tenía él. Y no le interesaba saber cómo había logrado hacerse con una María.

Se vistió todo lo rápido que pudo. Pero sus movimientos eran lentos. Le dolía la herida del vientre, recién cerrada. Se acercó a la ventana e introdujo la llave. El candado cedió para su alivio sin dificultad. El cristal era corredero. Lo abrió y sintió el aire frío de la noche. La callejuela estaba desierta, iluminada por los propios focos de la fachada del hospital. La ventana quedaba a más de la mitad del cuerpo de Alcalá. Tuvo que apretar los dientes para no gritar al encaramarse al alféizar y notar cómo algunos puntos de sutura saltaban. Alcanzó la barandilla herrumbrosa de la escalera de incendio y miró una vez más hacia abajo.

Apenas había diez metros hasta el suelo. Era demasiado fácil, pensó. Marchán debería haber previsto aquella salida y tal vez había colocado hombres de ronda en la callejuela. Alcalá se acurrucó en una zona de sombra de la escalera y esperó, pero no apareció ningún vehículo ni ningún agente. Tal vez a nadie se le había ocurrido que pudiera hacerse con una llave, o ni siquiera se habían preocupado de comprobar que allí había una escalera de incendio... En ese momento se le antojó una idea absurda: quizá Marchán había hecho que lo colocasen en aquella habitación precisamente porque sí conocía la existencia de aquella escalera que daba a un callejón discreto por el que escabullirse sin llamar la atención.

No importaba. El caso era que podía escapar. Sabía lo que eso supondría. Pensó en Romero, cumpliendo a aquella misma hora aislamiento en la celda de castigo; imaginó lo que podría pasarle a María si llegaban a relacionarla con la fuga: sería para ella la cárcel y el final de su carrera. Para él mismo era el final de cualquier esperanza de obtener un indulto si volvían a atraparlo. Pero ya estaba con un pie en el asfalto mojado, y no pensaba mirar atrás.

La herida del vientre se había abierto del todo y una

mancha se extendía por la camisa del inspector. Sin embargo, Alcalá no le prestó atención al dolor. No tenía tiempo que perder. Agazapado junto a la fachada exploró los alrededores. A la derecha se adivinaba la iluminación creciente de una gran avenida. A la izquierda, el callejón se deshacía entre portales sombríos y rincones oscuros. Se dirigió hacia allí.

No podía volver a su apartamento. Sabía que sería el primer lugar en el que lo buscaría Marchán en cuanto supiera que se había fugado. Tampoco podía esconderse en casa de María. Los agentes que la protegían de Ramoneda lo descubrirían de inmediato. Ella tendría que ingeniárselas para deshacerse de ellos y acudir al lugar que habían acordado para encontrarse. Además había algo prioritario de lo que debía ocuparse aquella misma noche.

La pequeña iglesia estaba cerrada. Era un edificio convencional, sin ningún interés arquitectónico aparente. Una parroquia de barrio en el suburbio que podría haber sido confundida con un almacén como tantos otros de la Zona Franca, el barrio cercano a los muelles de carga del puerto. Pero a pesar de su aspecto anodino, César Alcalá sintió una emoción casi olvidada al verla. Esa emoción no tenía nada que ver con la religión. Alcalá nunca fue un hombre de iglesia, y si alguna vez se definió como creyente, la experiencia lo había alejado definitivamente de cualquier cosa que se acercase a la divinidad.

Su emoción nacía de los recuerdos de la vida perdida. En aquella parroquia tuvo su primera intervención policial como inspector, casi treinta años atrás. Unos desalmados habían robado el cepillo, y al verse sorprendidos por el párroco lo habían golpeado brutalmente. Alcalá llevó el caso y logró detener a los autores. Sin embargo, el párroco no quiso denunciarlos y dijo no saber quiénes eran en la rueda de reconocimiento. Que un sacerdote mintiera no era nada nuevo, nunca los consideró mejores o peores que cualquier otra persona. Pero que mintiera para proteger a aquellos individuos que casi lo matan a patadas hizo que Alcalá se replantease su cinismo con respecto a la especie humana. Entablaron cierta amistad, toda amistad que permite un hombre que no vive en el mundo real sino en el reino de los cielos y la esperanza y otro hombre que no podía despegar los pies de la inmundicia de la sociedad y del infierno de la realidad.

En esa iglesia se casaría después, y con los años ese mismo párroco bautizaría a Marta. Cumplir con esos ritos de la cultura cristiana era algo que no entraba en contradicción con el escepticismo de César. A fin de cuentas, se decía, somos parte de algo que va más allá de las creencias y que se deja empujar por las costumbres. Ahora los tiempos eran diferentes, las chicas no tenían la necesidad de casarse de blanco y algunos padres se rebelaban contra la iglesia negando el bautizo a los hijos. Pero entonces las cosas no eran tan sencillas. Era algo por lo que todo el mundo pasaba sin ser consciente de esa presión social. Y él cumplió, sin cuestionarse si era correcto o no hacerlo.

Llamó al timbre de un portal contiguo. Las luces de la ventana superior se encendieron y apareció la silueta de alguien familiar tras la cortina. A los pocos segundos la puerta de la iglesia se abrió desde dentro. En el umbral apareció un anciano con su escaso pelo blanco revuelto, con cara de cansancio y envuelto en una gruesa bata de lana. Sus ojos eran tan grises como los pelos que le salían de la nariz y de las orejas y como sus espesas cejas. Pero eran muy vivos y miraban a César con una mezcla de afecto, sorpresa y pena.

—Hola, padre Damiel. Sé que es muy tarde.

El párroco abrió la puerta completamente y lo hizo pasar.

—¿Tarde? Sí, para ciertas cosas es demasiado tarde —dijo con un tono de reproche; pero como si se arrepintiera de sus palabras, enseguida le puso una mano en el brazo y agregó—: pero para el regreso de un hijo amado, de un hermano, siempre es pronto.

En el interior se veía la luminiscencia vacilante de algunas velas votivas. El ambiente era recogido. Los ojos de Alcalá tardaron en adaptarse a la oscuridad del interior del templo. Al hacerlo se dibujaron los contornos de líneas rectas del espacio central flanqueado por dos hileras de bancos de madera. Al fondo, una réplica de un Cristo de Dalí en madera se suspendía en el aire sobre dos cables casi invisibles, creando la sensación de que la imagen levitaba sobre el sencillo altar de piedra pulida.

—¿Estás herido? Sangras —le preguntó a Alcalá el párroco. En aquel ambiente, la pregunta sonó extraña, con un significado ampliado por la espiritualidad humilde de la iglesia. Todo el mundo sangra, todo el mundo está herido. Algunas heridas se cierran. Otras no lo hacen nunca.

Alcalá se cubrió la herida con la chaqueta.

—No es grave. —Se volvió hacia el párroco y lo interrogó con la mirada, sin decir nada. El anciano asintió.

—Espera aquí. Volveré enseguida.

César se sentó en el último banco de la derecha, junto a un armario metálico donde se alineaban velas para la venta y algunos trípticos de Cáritas y Medicus Mundi. Junto a los asientos había pequeños misales con las tapas forradas de plástico. Cogió uno y lo abrió al azar.

—«Bienaventurados los que sufren y perdonan, porque antes que nadie estarán junto al Padre en el Reino de los Cielos» —leyó. Durante un minuto se quedó mirando aquellas palabras grabadas en papel barato. El sufrimiento, el perdón... Todo era fácil cuando se desnudaba de la pasión. Tal vez, cuando Jesús pronunció aquellas palabras recogidas en el Evangelio de San Juan las dijo convencido. Cerró el misal y contempló la imagen del Cristo como un ser extraño y ajeno a nada que fuera su propia crucifixión.

—¿Te fue fácil perdonar a ti? ¿Aceptaste sin más el sufrimiento que otros te infligieron? Seguramente tú no perdiste una esposa ni a una hija. Estabas destinado a ser una víctima, lo buscabas y lo encontraste... Pero, ¿qué me dices de mí? Yo no quería ser adorado en la cruz; solo quería vivir en paz con los míos.

Oyó los pasos del párroco acercarse y se sintió avergonzado por lo que acababa de decir. Era como ir a casa de un amigo y faltarle al respeto a su familia. Pero el sacerdote no oyó lo que dijo o simplemente decidió no oírlo.

—Aquí la tienes. Espero que valga la pena lo que hay dentro, porque intuyo que esta es la razón de todos tus males.

César Alcalá cogió la pequeña bolsa de lona que el sacerdote había guardado durante cinco años en la sacristía. Estaba seguro de que no la había abierto ni le había dicho a nadie que la tenía. Con ese convencimiento se la entregó Alcalá poco antes de que lo detuvieran por el caso Ramoneda. El padre Damiel nunca le preguntó qué contenía. Ahora tampoco lo hizo. El anciano se sentó a su lado mirando hacia el altar. Podía escucharse su respiración entre las cuatro paredes. Cerró los ojos un momento. Tal vez rezaba, o tal vez meditaba sobre lo que debía decir. Alcalá respetó su silencio y no se movió, a pesar de que María no tardaría en llegar.

—Me hubiera gustado ir a verte a la cárcel —dijo por fin el sacerdote, mirando hacia delante, como si no le hablase al inspector, sino al Jesús retorcido como un leño, cuyo perfil apenas era visible a través de las candelarias.

—Mejor así, padre. No quiero que nadie le relacione conmigo, lo pondría en peligro. Además, ya recoge bastante sufrimiento aquí como para ir a buscar más en una prisión.

El párroco puso una mano sobre la de César. Era una mano nudosa, áspera y honesta. La mano de un padre que ve cómo su hijo querido se marcha a un camino incierto en el que no podrá acompañarle.

—La vida no es justa con nosotros: buscamos consuelo a lo que no puede ser consolado, explicaciones a lo que es incomprensible, justificación para lo injustificable. No hay razón en la locura, ni lógica en el corazón que se nos envena con la existencia. Me he preguntado por qué los hombres buenos son los que más sufren el dolor de la pérdida de los suyos, la traición, el olvido y la humillación. Se lo he preguntado al Señor... Pero este viejo sacerdote no ha encontrado ninguna respuesta. Ojala encuentres a tu hija, y Dios quiera que puedas perdonar el daño que te hizo tu esposa al dejarte solo con esta culpa; incluso rezo para que encuentres la fuerza que te haga olvidar a los que tanto daño te han hecho. Pero en tus ojos no veo perdón. Solo hastío y un gran cansancio... Coge esa bolsa, haz lo que tengas que hacer y luego trata de empezar de nuevo. Quizá tengas más suerte esta vez. Deja la venganza, César. Y no porque la venganza sea pecado, sino porque en ella no encontrarás consuelo ni respuesta. Y cúrate esa herida; no tiene buen aspecto. Si me pregunta la policía, diré que no te he visto.

Cuando César Alcalá salió vio el coche de María estacionado en una esquina con las luces apagadas. Se cercioró de que nadie la había seguido y cruzó la calle con la bolsa de lona en la mano. Antes de entrar en el coche se volvió hacia la iglesia. La luz del piso superior estaba apagada y la puerta cerrada de nuevo. Pero el inspector supo que allí dentro alguien rezaba por él.

CAPÍTULO 28

Sant Cugat (en las afueras de Barcelona).
Mañana del 12 de febrero

Le gustaban las urbanizaciones de la zona alta. Eran asépticas, limpias, ordenadas y tranquilas. Las hileras de árboles deshojados y las casas de tipo modernista con sus altas tapias tapizadas con enredaderas le inferían a su mente un orden que necesitaba para pensar con claridad. Era como si los habitantes de aquellas mansiones tuvieran las cosas tan claras como su lugar en el mundo. Aquella gente no parecía buscar nada, ni inquietarse por el futuro o el sentido de su existencia. Todo en ellos parecía estar a salvo de turbulencias y nada fuera de sus vidas les alteraba. Ramoneda conocía suficientemente a las clases burguesas para saber que todo aquello no era en realidad más que una simple apariencia. Pero no le importaba; en aquel momento necesitaba aquel silencio y aquella paz de claustro.

El sol irritaba los colores ocres de la casa ante la que se detuvo. Era un edificio centenario cercado por una valla de forja. Se demoró observando las filigranas de hierro que la coronaban. Empujó la cancela que estaba entreabierta. En aquel momento salió a su encuentro el portero de la finca. Era un lacayo arrogante, como un gran perro amaestrado y satisfecho de servir a los grandes amos. Lucía orgulloso su traje de conserje con botones dorados.

—¿Puedo ayudarle?

Ramoneda estaba acostumbrado a las miradas de desprecio. El conserje sonreía con suficiencia, consciente de su lugar de guardián. Fumaba y expulsaba el humo por la nariz con suavidad. La nariz era estrecha y recta, bordeada con unas venitas rojas, pequeños derrames en forma de árbol. Sus ojos eran de un color poco determinado, entre el azul y el verde, hermosos. La camisa de color claro le favorecía y la americana ensanchaba su espalda. Ramoneda pensó en el placer que sentiría aplastándole la cara con una piedra.

—Vengo a ver al diputado.

El conserje se acercó con cuidado. Lo observó atentamente y dijo que no recordaba haberlo visto antes por allí. Y nunca olvidaba una cara, ni un encargo de los señoritos, que le tenían expresamente prohibido permitir el acceso a extraños.

—Pero yo no soy un extraño. Don Publio me espera.

El portero no se inmutó. Si era así, no tendría inconveniente en darle su nombre, y él llamaría al domicilio del señor para anunciar su visita. Mientras tanto, podía esperar allí. En la calle.

Diez minutos después, apareció Publio visiblemente alterado. Habló un segundo con el portero y salió a la calle, cogiendo por el codo a Ramoneda sin mirarle a la cara.

—¡Qué haces aquí! —exclamó, obligándole a caminar.

—Dijo que si ocurría algo importante, debía comunicarme con usted —replicó Ramoneda, alzando la cabeza hacia las ventanas de la casa. El portero los observaba.

—Demos un paseo —contestó Publio algo más relajado cuando salieron de la finca. Aun así, mientras caminaban por la acera se volvió varias veces, como si temiera que los estuviesen siguiendo. Un barrendero empujaba, indolente, las hojas muertas con un rastrillo. Incluso su presencia, aparentemente inofensiva, lo alteró.

—¿A qué estás jugando conmigo, estúpido? —espetó Publio a Ramoneda, deteniéndose en medio de la acera—. No quiero que nadie te vea merodear por mi casa ni que te pueda relacionar conmigo.

Ramoneda no se esforzó en fingir bien. Ya no quedaba tiempo para lindezas.

—No me gusta que me trate como a un perro apestoso, por muy bien que me pague o por mucho poder que tenga. Así que cuide la boca y sus modales, si quiere escuchar lo que tengo que decir: César Alcalá se escapó anoche del hospital donde estaba convaleciendo. Encargué a alguien que lo liquidase en la cárcel, pero al parecer no tuvo éxito. Lo trasladaron al Clínico y por la noche se fugó.

El diputado se puso pálido. Se secó el sudor de la frente con el dorso de la mano y se apoyó en el tronco de un platanero gigante.

—¿Cómo es posible?

Ramoneda le sostuvo la mirada unos segundos.

—La abogada le ha ayudado. Ya le dije que esa mujer no era de fiar. Habría sido mejor matarla como a Recasens. Y hay algo más. Lorenzo se vio con ella, y estoy casi convencido de que le contó los planes que tienen. Ese maricón está a punto de rajarse. Va a traicionarle.

Publio pensó con rapidez. Le había ordenado a Lorenzo que se encargara de esa abogada entrometida, pero era evidente que no había cumplido sus órdenes. Le había traicionado, y en aquellos momentos la traición era el peor de los crímenes. No había tiempo para actuar con precaución. Debía tomar la iniciativa antes de que César Alcalá decidiera acudir a algún juez o a algún periodista con las pruebas que tenía contra él. Él era el pilar sobre el que se sostenía el andamiaje que estaba a punto de dar un golpe de Estado. Todos dudaban y muchos querían echarse atrás, pero su férrea voluntad de seguir adelante los mantenía unidos. Si él caía, todo sería un fracaso.

Buscó un papel en su cartera y sacó la estilográfica. Anotó algo con trazo rápido.

—Hemos perdido demasiado tiempo. Es hora de cortar de raíz todo esto. Ve a esta dirección. Es una casa que encontrarás cerca del mirador del Tibidabo. No tiene pérdida. Parece abandonada pero no lo está. Espera a que se haga de noche, la casa está custodiada por hombres de mi confianza, pero haré que se retiren discretamente para no despertar sospechas. Encontrarás allí a dos personas: una es la hija de Alcalá; el otro es Andrés Mola. Mátalos a ambos y quema los cuerpos. Deben quedar irreconocibles.

Ramoneda no dijo nada, pero la sonrisa de sus pupilas hablaba por él. No se inmutó demasiado. Nadie había dicho que aquello fuese a acabarse un día. Siempre se necesitaba a gente como él. Y él cumpliría escrupulosamente, fuese quien fuese la parte perjudicada.

—Así que es cierto; ese monstruo achicharrado sigue vivo y tiene en su poder a la muchacha. Siempre lo sospeché. Debe de habérselo pasado en grande con la hija de Alcalá... Sabía que tenía que haberle exigido más dinero para hacer el trabajo. Pero nunca es tarde. Mi complicidad tiene un precio que acaba de subir, diputado. Creo que soy el único que queda de quien se puede fiar.

De repente el puño de Publio se estrelló con violencia contra la boca de Ramoneda, que se tambaleó sin llegar a caer. Publio le agarró el pelo engominado y tiró de él hacia su rodilla golpeándolo por segunda vez con sorprendente agilidad. De manera vertiginosa sacó una navaja afilada y la puso bajo la nuez de un desconcertado Ramoneda.

—Mira, hijo de puta, no te dejes engañar por las apariencias. Soy viejo, pero he tratado toda mi vida con chusma mucho más peligrosa que tú. Yo no soy una mujercita indefensa, ni un preso al que puedas acojonar. Si vuelves a intentar extorsionarme, te degüello como a un puerco —gruñó, escupiendo sobre la cara de Ramoneda.

Publio aflojó poco a poco la presión de la navaja sobre el cuello enrojecido de Ramoneda. Sabía que, de momento, aquel desgraciado tenía razón. Solo podía confiar en él. Se levantó secando la sangre que le había manchado la bocamanga. Ya no era joven y sintió que el súbito arrebato que acababa de tener le robaba el aire de los pulmones.

—Te pagaré lo que acordamos, pero quiero esos dos cuerpos calcinados. Y te recuerdo que María y César siguen con vida.

Ramoneda se masajeó el cuello. Se palpó el labio parti-

do y soltó una carcajada. Aquel viejo de aire inofensivo le
había dado una buena paliza. No lo olvidaría. Cogió el papel que le dio Publio y lo guardó sin mirarlo. Débilmente iba
abriéndose en su mente una idea que a medida que crecía
le parecía más genial.

—¿Y qué pasa con Lorenzo?

Publio miró a Ramoneda como si no entendiese la pregunta. Luego, como si de repente recordase un detalle nimio, hizo un gesto displicente.

—Mátalo.

Bajó en la parada de María Cristina. Al salir a la calle
le recibió una ráfaga de viento desagradable que arrastraba
la llovizna. Quiso encender un cigarrillo pero no pudo. Lo
tiró asqueado.

La calle era delicadamente aburrida. En ligera pendiente se alineaban a izquierda y derecha escalinatas con ba-
laustradas de mármol y pequeños parterres junto a las entradas barnizadas de los edificios. A lo lejos se veían los
muros y jardines del Palacio de Pedralbes.

Ramoneda torció el gesto. Jamás habría soñado con
vivir en un barrio semejante. Lo suyo era El Carmel, La
Trinitat o La Mina. Pero las circunstancias presentes hacían que mirase las cosas con una perspectiva distinta. ¿Por
qué no podía comprar uno de aquellos áticos de doscientos
metros y tener también él un lacayo en la puerta uniffor-
mado como un payaso, lo mismo que el diputado? Gracias
a Publio, ahora podría vivir en un piso de la zona alta con
barandillas de mármol y estúpidas flores disecadas en los
balcones. Tal vez aquel lujo era del todo ridículo, una pura fachada. Pero no era eso lo que le interesaba; no era el
orden de las calles, la tirantez de los transeúntes, ni ese
aire flotando en el ambiente de suficiencia y letargia, como
el de un león ahíto que duerme la siesta. Lo que realmente
atraía a Ramoneda era la sensación de poder que se escapaba por las costuras de aquel barrio, la certeza de que
existen leyes para unos y otros, y de que en aquel lado de
la acera el cedazo de la Justicia era mucho más amplio que

para el resto de los mortales. Nada, fuera de ellos mismos, podía dañar a sus habitantes ni interferir en sus vidas. Eran impunes.

Se detuvo junto a un edificio de estilo sobrio y aburrido. Un rascacielos de los años setenta que nada tenía que ver con el desarrollismo de Porcioles y sí mucho con la ostentación lúgubre de un poder económico contenido pero evidente. Consultó los buzones del exterior: despachos privados de abogados, ginecólogos, psiquiatras, funcionarios de nivel medio alto. Ramoneda sonrió para sí. Lorenzo era un tipo con aspiraciones, pero todavía no había alcanzado el grado de poder que le permitiera mudarse a una urbanización como la de Publio. Incluso allí, entre los triunfadores, existían los guetos.

Alzó la mirada hacia la ventana de su piso. Una mujer, que le pareció atractiva, se asomaba a la ventana.

—Hay un desconocido abajo. Está mirando hacia aquí.

Lorenzo apartó la mirada vidriosa del vaso de ginebra y alzó la cabeza hacia la ventana. Apoyada en la pared, su mujer apartaba con los dedos la cortina de panel japonés y miraba hacia la calle. Todavía tenía la marca de los golpes en el cuello y en los hombros que quedaban descubiertos por encima del batín. Sintió un escalofrío, mezcla de sentimientos contradictorios como el miedo y la culpa.

—¿Cómo es? —preguntó sin atreverse a levantarse del sofá, observando de reojo la pistola cargada junto a la repisa del televisor.

Su mujer le describió al hombre que veía. No cabía duda de que era Ramoneda. Lorenzo se mesó los cabellos. Todo iba muy rápido, se dijo, tratando de calmar la ansiedad que le embargaba. Ya sabía que tarde o temprano Publio mandaría a alguien, en cuanto se enterase de que María seguía con vida. Por suerte había puesto a salvo a su hijo. No quería que estuviera presente. Sonó el timbre del interfono. Un tono frío y breve anunciando una visita esperada.

La mujer se volvió. No había angustia ni ansiedad en su mirada. Solo un cansancio infinito, una hartura que se había transformado en un estado permanente de perplejidad. Tenía el ojo derecho tumefacto y fumaba con un leve temblor en los labios. Sabía que Lorenzo no soportaba el tabaco y que en otras circunstancias aquel gesto de rebeldía habría significado un poco más de suplicio. Pero ya no le importaba nada.

—¿Quieres que abra?

Lorenzo observó el bucle de humo azulado que cubría parcialmente el rostro de su mujer. Sintió una irritación aguda en la garganta ante su gesto de abandono que lo culpaba sin palabras. Esa rebeldía suya de ponerse a fumar en casa le ahogaba de rabia. Pero lo que más le molestaba era su desafío, ahora que lo sabía débil.

Volvió a sonar el timbre, esta vez con más insistencia. Solo que ahora sonaba el de la puerta. Algún vecino imbécil o tal vez ese viejo chocho del conserje había abierto el portal.

Lorenzo dejó escapar un gemido casi inaudible como si se le hubiera roto algo muy adentro. No tenía escapatoria, ya no. Podría haber cogido los ahorros de la caja fuerte, el pasaporte falso y huir cuando estaba a tiempo. Pero no lo había hecho, convencido de que un último gesto podía redimirlo ante los ojos de María, de su mujer y de su hijo, incluso ante los suyos propios. Un gesto de estoica valentía. Esperar de pie la muerte. Pero llegado el momento, sentía el impulso de correr a esconderse debajo de la cama, de abrazarse a las piernas llenas de cardenales de su mujer y pedirle que lo protegiese. Podía tratar de razonar con aquella bestia sádica de Ramoneda, pedirle perdón a Publio, rogarle otra oportunidad, pero nada de eso serviría.

—¿Abro la puerta? —volvió a preguntarle su mujer, mirándolo casi con desprecio, de no ser porque una sonrisa de compasión endulzaba algo su rostro demacrado.

—Abriré yo —dijo Lorenzo con una voz sorprendentemente segura. Se levantó con parsimonia y sus pasos le llevaron involuntariamente hacia el vestíbulo. En contra de lo que pensaba, no le temblaban las piernas y eso era sorprendente. Antes de abrir, se volvió hacia su mujer y señaló el mueble del televisor—. Coge la pistola y escóndete en el baño. Está cargada. Lo único que tienes que hacer es esperar a que se siente. Cuando yo te haga la señal, dispárale. Es fácil, recuerda lo que hemos ensayado. Solo hay que apretar el gatillo.

Su mujer aplastó el cigarrillo en un cenicero de cristal tallado. Cogió el arma de Lorenzo y la observó como un objeto ajeno a ella y a su vida, como si aquel trozo de metal frío resumiera todas las mentiras de una existencia que había imaginado de otra manera muy diferente. Había disparado en una cantera a latas y a trozos de madera. Lorenzo decía que se le daba bien y ella sentía un orgullo estúpido por esa habilidad. Ahora tendría que dispararle a un hombre. Pero en su fuero interno sabía que no sería distinto a hacerlo contra un objeto inanimado. Fue al baño y se sentó a esperar con la puerta entreabierta, lo justo para ver qué sucedía en el salón.

Lorenzo suspiró con fuerza. Sentía de repente una extraña calma, la certeza casi absoluta de que todo saldría bien. Su mujer sabría cumplir su parte del plan. Abrió la puerta, y a pesar de que sabía a quién iba a encontrarse en el quicio, no pudo evitar dar un paso atrás con el rostro compungido.

Ramoneda avanzó ese espacio que Lorenzo le cedía, como un peón de ajedrez que va directo a comerse al oponente. Hizo una exploración perimetral de la casa y su mirada se detuvo en la colilla humeante del cenicero. Sabía que Lorenzo no fumaba.

—¿Quién más hay en la casa? —preguntó sin necesidad de disimular sus intenciones. Todos eran adultos en aquel juego, no había por qué mantener conversaciones banales y perder el tiempo con fingimientos.

Lorenzo se mantuvo firme en el centro del salón. Evitó el reflejo de desviar la mirada hacia el baño, que quedaba justo a la espalda de Ramoneda.

—Mi mujer ha estado aquí hace un minuto. Es posible que os hayáis cruzado en el ascensor. Le he dicho que se vaya. No quiero que vea esto.

Ver esto. Qué curiosa manera de definir la propia muerte, pensó Ramoneda, convencido de que lo que Lorenzo decía era cierto. No titubeaba y estaba curiosamente tranquilo.

—María ha ayudado a César a escaparse del hospital —dijo.

Lorenzo no trató de demostrar sorpresa o fingir que no lo sabía. Se había enterado apenas pasadas unas horas de la fuga. Hubiera preferido que María siguiera su consejo y que huyese. Pero en el fondo la admiró por su estúpido empeño en salvar a aquel inspector y a su hija.

Ramoneda pasó la mano sobre la mesa de mármol pulido del salón, admirando la calidad de los muebles, la perfección de los cuadros colgados simétricamente en las paredes, el olor de lavanda del ambientador, la pulcritud del suelo de porcelanato que reflejaba la superficie como un mar quieto. Pronto él también podría descansar en un lugar semejante. Sintió la tentación de preguntarle a Lorenzo cómo se hacía eso de ser rico, en qué consistía ser una persona respetable y con buen gusto. Pero lo que hizo fue preguntarle dónde se ocultaba María con el inspector Alcalá. No le sorprendió que Lorenzo dijese no saberlo. Posiblemente era cierto. No importaba. No era el objeto de su visita.

Sacó del cinturón su pistola semiautomática. Era un arma preciosa, una Walter de 9 mm que se ajustaba a su mano como un guante. Se sentía bien, completo, al empuñarla. Le supo mal tener que manchar las bonitas cortinas de lino y el suelo impoluto. Era una imagen sucia en aquel orden tan perfecto.

En aquel momento sonó un disparo. Ambos hombres se miraron sorprendidos. Lorenzo se tambaleó y cayó hacia la derecha sobre la mesa. Un reguero lento de sangre empezó a extenderse por el mármol. Ramoneda se tocó la cara. La sangre de Lorenzo le salpicaba. Y sin embargo él no había disparado. Se volvió hacia atrás y descubrió a una mujer que empuñaba un arma pero que no le apuntaba a él. Ella observaba como en estado catatónico el cuerpo sin vida de Lorenzo. Dejó caer la pistola al suelo y miró a Ramoneda sin nada en los ojos.

Ramoneda se sintió confuso. Entonces se dio cuenta de los moratones en el cuerpo de la mujer, de su ojo hinchado.

Y comprendió lo que había pasado. No había errado el disparo. Aquella mujer había matado a su marido.

No se lo reprochó. Tenía derecho a su venganza. Y a su descanso. Se acercó con lentitud y acarició el rostro inerme de la mujer. Le apuntó a la cabeza y le voló los sesos.

CAPÍTULO 29

En las afueras de Barcelona. Aquella misma noche

Era una de esas noches maravillosas y extrañas. Mirando la cúpula de estrellas era inevitable sentirse acomplejado, pequeño, parte de algo que siendo de tamaño descomunal escapaba de los propios límites de la comprensión. Frente al infinito de puntos luminosos allá arriba era lógico preguntarse qué lugar ocupamos los seres humanos y cómo encajamos en algo de tanta belleza, una belleza casi violenta, con nuestras limitaciones de pequeñas hormigas exploradoras.

Sentado en la parte posterior del coche, Fernando trató de olvidar por un minuto cuanto sabía y cuanto era, levantando la cabeza hacia esos fuegos diminutos que titilaban en la inmensidad. Allí, en Centauro, la estrella más cercana a nosotros, ni siquiera sabían qué era el tiempo. No conocían nuestras miserias de pequeños enanos, ni nuestras disputas, ni nuestros odios ni pasiones. Tal vez alguien miraba en dirección a la Tierra como él miraba ahora en dirección a las estrellas. Y entre ambas miradas había cientos de miles de kilómetros de silencio. Por un momento, imaginó que eso era la muerte. Dejar de pensar, de sufrir y de disfrutar. Olvidar el bien y el mal y vagar para siempre entre aquel magma de luces elusivas que flotaba sobre su cabeza. Tal vez en aquel inmenso mar de estrellas y cuerpos cósmicos sin explorar existía eso que llamaban Dios. ¿Cómo explicaría ante Él su paso por esta vida? ¿Se quejaría como un niño mal criado de su suerte? ¿Le hablaría del odio de su padre, o de las guerras, o de los campos de prisioneros? ¿Se lamentaría inútilmente por una vida desperdiciada? Imaginaba la cara de ese Gran Ser escuchándole algo incrédulo, seguramente con un punto de socarronería. Y podía imaginar también su respuesta. Entre todas las opciones posibles de existencia, había elegido una. Por tanto, la culpa, si es que de culpa debía hablarse, no era de nadie más que suya.

Miró entonces hacia la casa de los tejados azules que se adivinaba entre los sicomoros. Recordaba aquella casa vestida con los tonos de la primavera, con las columnas jónicas coronadas con helechos, las esculturas griegas, los jardines de fuentes ruidosas. Durante años espió sin ser visto los paseos de Andrés por los senderos forrados de hojas de la finca. Podría haber sido feliz allí con su hermano. Podrían haber elegido otra vida, ciertamente. Y no lo hicieron. Ninguno de ellos. Y ahora, aquella casa era como un monumento erigido a su propia ruina y destrucción. Nada quedaba de la antigua gloria familiar, ni de los momentos vividos en ella. Por todas partes se agrietaba y era como si esperase un último empuje, un breve soplido del viento aquella noche para venirse abajo y sepultar bajo los cascotes los últimos vestigios de aquella familia maldita.

No se veía movimiento alguno, ni luces en ninguna parte de la casa. Pero Fernando sabía que Andrés estaba ahí, en alguna parte de la mansión, vagando como el fantasma de un rey sin reino. Y sabía que con él estaba la muchacha. Lo sabía desde hacía demasiado tiempo. Y no había hecho nada para impedirlo. ¿Cómo hacerlo? Traicionar a su hermano, después de provocar el incendio que lo había matado en vida para siempre, después de abandonarlo a su suerte. ¿Pero no era eso mismo lo que iba a hacer esta vez? A su lado estaba la antigua catana que Gabriel forjó para él cuando era niño. Bajó del coche y caminó con ella hacia la puerta de la cancela. No tenía miedo a ser descubierto por los hombres de Publio. Los había visto marcharse sigilosamente media hora antes. Sabía lo que eso significaba. El diputado abandonaba a su hermano a su suerte. Pero él no lo haría. Esta vez sería distinto.

Acarició con delicadeza la hoja curva de filo único de la catana. La desenvainó con un movimiento de rotación, llevando el filo hacia arriba con ambas manos, al modo tradicional. Era un arma magnífica, elegante, creada en su origen para segar, más que para golpear. Conocía cada detalle de su anatomía: el temple de la hoja, su longitud, y el surco intermedio que absorbía y repartía la tensión del golpe. En la parte de la hoja que entraba en la empuñadura podía distinguirse la firma del armero Gabriel, un pequeño dragón mordiéndose la cola, como las aplicaciones metálicas ornamentales en uno de los laterales del mango. Lentamente, como el silbido de una serpiente, introdujo la hoja en la funda, hecha de madera de magnolia y bambú.

Durante aquellos años escondido, había estudiado y leído cuanto interesaba a su hermano. Necesitaba entender por qué Andrés sentía aquella fascinación aparentemente absurda y sin sentido por el mundo de los samuráis. Y sin darse cuenta, también él se había dejado enredar en una telaraña fascinante de rituales casi litúrgicos, libros orientales y reglas estrictas de vida. Así había llegado a memorizar detenidamente el código del Bushido. Era cierto que el primero de los siete principios de «El Camino de la perfección del Guerrero» exigía ser honrado y justo. Pero no la justicia que emanaba de los demás, como entendió después, al morir Recasens, sino la suya propia. El mundo le confundía con su sentido del bien y del mal, con el perdón y el arrepentimiento, distorsionaba su verdadera naturaleza. Pero no existían las tonalidades. Solo existía lo correcto y lo incorrecto.

Ya no temía actuar, ni pensaba ocultarse como una tortuga en su caparazón. Eso no era vivir. La vida era lo que él sentía correr por las venas, el valor de aceptar sus impulsos y seguirlos. Su madre estaba muerta. Su mejor amigo estaba muerto. Su vida era una gran llaga, semejante al cuerpo martirizado de Andrés y a su mente de monstruo enfermo. Y él solo podía restañar la herida devolviendo dolor por dolor. Una ofensa podía ignorarse, desconocerse o perdonarse. Pero nunca podía ser olvidada. Y Fernando tenía buena memoria. Y por fin, había llegado a comprender en qué consistía la verdadera venganza, de qué modo podía cerrar definitivamente el círculo abierto cuarenta años antes.

Un coche avanzaba despacio por el sendero con las luces apagadas. Se detuvo junto al vehículo de Fernando.

María quitó el contacto y el motor dejó de oírse. El silencio se hizo más intenso.

—¿Es él? —preguntó César Alcalá sentado a su lado. Tenía la mirada fija en la silueta que había frente a la cancela de la casa. No veía su rostro oculto bajo las sombras.

—Sí. Es Fernando. Pero antes de ir a su encuentro deberías saber algo que es importante. —Necesitaba hablar con el inspector. Lo necesitaba desde que lo había recogido en la parroquia del suburbio y Alcalá le había entregado las pruebas contra Publio.

—¿Qué es eso tan importante?

—Siento la necesidad de que me perdones... Sé que es difícil de comprender ahora, pero necesito saber que me perdonas.

César Alcalá escuchó con seriedad.

—Sé cómo te sientes.

María negó con la cabeza.

—No lo sabes, César —dijo con resignación—. Desde fuera uno no comprende jamás las cosas. —María intentaba ponerse en la piel de su padre, comprender por qué vendió a Isabel, pero no lo conseguía. Trataba de encontrar razones para justificar lo que ella misma le había hecho al inspector, y fingía hacerlo, aceptaba argumentos si eran razonables o convincentes. Pero solo era una comprensión teórica, nunca completa.

Pero César Alcalá la comprendía, aunque ella no lo creyera. Ni siquiera ahora que tenía al alcance de la mano a su hija podía olvidar el pasado. Siempre estaría ahí. Había visto, vivido y sufrido cosas que no tenían nombre, que nunca lo tendrían, que quedarían para siempre escondidas en las pesadillas. Ya ninguno de ellos volvería a ser como antes.

—Hay cicatrices que nunca se curan, María. Pero tenemos que seguir adelante con lo que somos. No hay que pedir perdón, eso no servirá de nada. Solo hay que seguir adelante, no se puede hacer otra cosa.

Se hizo un silencio tenso. María contempló la casa y a Fernando con un interrogante en los ojos.

—Puede que todo salga mal —dijo.

—Saldrá todo bien —le tranquilizó Alcalá, con una determinación distinta.

María respiró profundamente. Casi parecía aliviada, como si se hubiera descargado en aquel momento de una terrible incertidumbre.

—De acuerdo, entonces. Vamos allá.

Bajaron del coche. César dejó escapar un gemido de dolor y se llevó la mano al vientre. María le había ayudado a vendar la herida abierta pero no dejaba de sangrar. Tarde o temprano tendría que acudir a un hospital. Pero eso significaba que volverían a atraparlo y no estaba dispuesto a permitirlo.

Caminaron despacio hacia la casa. Fernando se volvió hacia ellos y los esperó escrutando sus rostros. Cuando los tres estuvieron frente a frente se observaron mutuamente con desconfianza. En una mano Fernando llevaba la catana. En la otra, María sostenía la bolsa con las pruebas que incriminaban a Publio en varios delitos cometidos en los últimos diez años.

Fernando prestaba especial atención a César Alcalá.

—¿No me reconoces?

César Alcalá asintió sin entusiasmo. Apenas recordaba haber visto un par de veces al primogénito de los Mola en la niñez. Su padre fue básicamente el tutor de Andrés, y Fernando era casi diez años mayor que su hermano. Casi nunca estaba en la finca de Almendralejo cuando César acompañaba a su padre a las clases en la casa de Guillermo. Sin embargo, en su rostro envejecido y cambiado se adivinaban restos de la altanería y de la suficiencia de aquella gente que siempre estuvo acostumbrada a mandar y a ser obedecida sin rechistar. Por suerte los tiempos habían cambiado. César ya no era el hijo asustadizo de un profesor rural que cobraba una miseria para educar a los hijos del señorito;

y a Fernando no parecían haberle ido demasiado bien las cosas en aquellos años.

—¿Qué sabes tú de mi hija? —preguntó con un tono de voz amenazante e impaciente.

Fernando miró la catana enfundada y luego se dirigió a María.

—¿No se lo has dicho?

María sabía a qué se refería. Quizá había albergado la esperanza de que el viejo decidiera pasar página. Pero comprendía que era mucho esperar. Era estúpido creer que después de tantos años esperando, Fernando se hurtase el placer de la venganza.

—No le he dicho nada.

Fernando asintió, calibrando la situación. Había algo en María que le hacía sentirse culpable y sucia, como si en ella se reflejase su parte de aquello viejo retorcido y mezquino. ¿Qué podía importar ya que César supiese que fue su padre quién mató a Isabel? Lo importante era que ya sabía que Marcelo era inocente. De eso se había encargado Recasens.

—¿Qué es lo que tengo que saber? —preguntó César. Pero ni María ni Fernando le contestaron. El viejo y la mujer se miraron como se miran los que están en posesión de una verdad que deciden tácitamente que no será revelada jamás.

—¿Es esa la documentación que has recogido todos estos años contra Publio? Debe de ser muy importante para que el diputado esté dispuesto a eliminarnos a todos.

—Lo es —dijo María, tendiéndole la bolsa—. He repasado el dossier. Hay grabaciones, declaraciones juradas, pruebas materiales de al menos cuatro asesinatos, un caso de fraude, varios de corrupción y pruebas concluyentes de que Publio estuvo implicado en la tentativa golpista del 78, y de que lo está en la que va a producirse en breve si no le pone alguien remedio.

Fernando se dio por satisfecho. Pero para sorpresa de María y de César no cogió la bolsa, sino que hizo que la abogada la dejase en el suelo.

—Escuche María: Quiero que se encargue de llevar mañana por la mañana esto al inspector Marchán. Sé que no se fía de él, pero lo he investigado. Dígale que se lo entregue al magistrado Gonzalo Andrés, del Juzgado de lo Militar número 1. Es amigo mío y lo era de Pedro Recasens. Está al corriente de todo y es el único que está dispuesto a abrir de inmediato una investigación. Incluso si es preciso, pedirá una rogatoria al Supremo para detener al diputado. —Luego se volvió hacia César Alcalá. Su rostro era pétreo, casi hierático, como el de un aristócrata que se dispone a dar instrucciones a un siervo para que le vacíe la bacinilla. Sin embargo, el labio de Fernando tembló un segundo lleno de emoción y las pupilas de sus ojos brillaron. Cuánto daño innecesario había sufrido aquella familia, pensó. Por suerte, las sombras de la noche velaron sus emociones, dejando traslucir únicamente una orden seca, que no admitía dudas.

—Usted, inspector, esperará aquí mientras la abogada y yo entramos en la casa.

César protestó encolerizado, pero Fernando esperó con paciencia a que dejase de recriminarle. Repitió la misma orden sin alterarse.

—Bajo ningún concepto entrará en esa casa. Esperará aquí si quiere volver a ver a su hija. No es una condición negociable.

César Alcalá apretó los puños encolerizado. Aquel viejo sabía dónde estaba su hija, decía saberlo. ¿Estaba Marta en aquella casa fantasmagórica? ¿Y pretendía que teniendo al alcance de los dedos a su hija aceptase esperar impasiblemente a que él y María se la trajesen? Sin embargo, María le tocó el brazo y lo llevó a un lado, haciéndole entrar en razón. Fernando era quien tenía la sartén por el mango y, mientras veían a dónde llevaba todo aquel asunto, lo mejor era obedecerle. Aun así, acordaron que si pasados veinte minutos no salían de la casa, él entraría a buscarlos.

Fernando aceptó aunque en su fuero interno supo que eso no sería necesario. No pensaba permitir que aquel padre desesperado encontrase a su hija en manos de Andrés. Dios sabía en qué estado estaría la muchacha, si es que seguía con vida, y no pensaba dejar que aquel policía se vengase en su hermano.

El viejo y María empujaron la cancela hasta que cedió la puerta herrumbrosa. César Alcalá cerró los ojos con fuerza, mientras ambos se perdían entre las sombras del jardín de la casa.

El cabo de una vela encendida cimbreaba en una esquina de la mesa baja, frente a la que Andrés Mola permanecía de rodillas, con las manos relajadas sobre los muslos y los ojos cerrados, con la espalda completamente recta. La luz de la vela iba y venía como una onda, dibujando los contornos secos de su cuerpo. El resto de la estancia permanecía a oscuras, aislado del mundo, del ruido, de la vida.

Escuchó un ruido de goznes. Se acercó a la ventana desde la que podía ver el jardín y observó a través de los tablones que la tapiaban. Junto al sendero de los sicomoros había dos coches con las luces apagadas. Alguien iba de un lado a otro como un animal enjaulado. Se detenía y miraba justamente hacia aquella misma ventana, como si supiera que alguien lo espiaba.

—¡Guardias! —gritó, corriendo hacia el pasillo sin luz de la casa. Se suponía que los hombres que Publio había puesto para protegerle estarían allí, dispuestos a encargarse de cualquier intruso que se acercase a fisgonear. Pero no había nadie en toda la casa. Recorrió las habitaciones llamándoles, subió al tercer piso y bajó al sótano. Lo habían abandonado. Oyó ruido en la puerta de las calderas. Alguien estaba arrancando los tablones que la cerraban. Se escuchaban voces, más de una. Incluso creyó distinguir la de una mujer. Y la del hombre le resultaba vagamente familiar.

Corrió hasta su dormitorio. Rebuscó entre las cajas donde guardaba sus pertenencias más preciadas hasta que encontró lo que buscaba. Sonrió satisfecho, escondió el objeto en el kimono y se irguió, moviendo la cabeza a derecha e izquierda, presa de una excitación creciente. Por fin llegaba el día que tanto había esperado. Ya no necesitaría esconderse más. Si sus enemigos lo habían encontrado era el momento de enfrentarse a ellos con honor.

Pero primero quedaba algo por hacer. Fue a la habitación de al lado. Empujó la puerta y se plantó en el umbral. Al verlo, Marta reculó hacia un rincón como una sombra.

—Levanta —le ordenó Andrés.

Marta alzó los ojos con una pregunta colgando en las pupilas. Algo se removió un instante en Andrés, que desvió la mirada hacia la ventana entablada. La noche era fría y despejada. El viento ululaba al colarse entre las rendijas de los tablones.

—¿Vas a matarme? —tartamudeó la muchacha.

Andrés no contestó. La alzó por los hombros con violencia. El cuerpo de la muchacha era ligero. Estaba sucia de mugre y sangre y desprendía un olor pestilente. Abrió la argolla que la unía a la pared y la cadena cayó pesadamente contra el suelo. Marta estaba tan débil y asustada que se tambaleó y él tuvo que sostenerla para que no perdiera el equilibrio. La despojó del harapo en que se había convertido su camisón.

—¿Por qué todo esto? —preguntó la muchacha.

Andrés la fulminó con la mirada. Tal vez Marta sentía que él había sido un monstruo. Ella no entendía que un ser sin respeto era como aquella casa en ruinas. Debía ser demolida para ser construida de nuevo. No tenía motivo para ser cruel, no necesitaba mostrar su fuerza gratuitamente. La había mantenido con vida todos esos años, la había alimentado, esperando un gesto por su parte, una señal que le permitiese ser menos estricto y más compasivo con ella, pero Marta no había dado muestras de arrepentimiento por el crimen de su abuelo; al contrario, había profanado la memoria de su madre, vomitando el día que le permitió entrar en su santuario. No esperaba recibir respeto de ella por su fuerza o su fiereza, sino por su manera de tratarla. Pero Marta le había faltado al honor. Y nadie, sino él mismo, era juez competente para imponer la pena que la hija del inspector merecía. Un hombre es el reflejo de las decisiones que toma y de la determinación con que las lleva a cabo. Cuando decidía hacer algo, era como si ya estuviera hecho. Nada iba a impedir que aquella noche la cabeza de Marta Alcalá rodase junto a sus pies.

Sacó el objeto que había ido a buscar en su dormitorio.

Era un cuchillo ceremonial con el mango de marfil tallado y una hoja curva de doble filo de veinte centímetros. Cogió por la muñeca a la muchacha desnuda y la arrastró hacia el pasillo. Quería que sus enemigos contemplasen el ritual incapaces de impedirlo.

—Arrodíllate —le ordenó.

Marta obedeció retorciéndose los dedos hasta hacerse sangre con las uñas. Andrés esperó sin prisa. El tiempo ya no era una necesidad. Tampoco el deseo. Ya no experimentaba la mordedura de la carne mientras contemplaba los muslos llenos de suciedad, la mata de su vello y el temblor de los pezones al contacto con la hoja del cuchillo. El deseo que sintiera alguna vez había desaparecido. Solo conservaba una frialdad extrema, la calma de un desierto helado bajo una noche de estrellas.

Marta no se resistía. Ya no. El miedo la paralizaba. Decidió quedarse tumbada de bruces, con los ojos cerrados y las uñas clavadas al suelo, esperando el golpe seco que le arrancase la vida. Sintió la mano de Andrés que la agarraba por el cuero cabelludo y le alzaba la cabeza, dejando a la vista su cuello.

—No lo hagas —dijo alguien tras ellos. Una voz profunda y grave, que por un momento Marta creyó que había surgido de la boca muerta de la mismísima casa. Sin embargo, no era la voz de un muerto la que hablaba, sino la de un hombre vivo que entró en la habitación seguido por una mujer horrorizada ante el espectáculo.

Andrés se quedó muy quieto. Parpadeó dejando caer la cabeza de Marta, que se arrastró reptando hacia los recién llegados.

—No lo hagas —repitió el hombre, sin apartar la mirada de Andrés, pero dirigiéndose a Marta.

Pasado el primer momento de desconcierto, Andrés se recuperó. Esgrimió la punta del cuchillo hacia delante, como un dedo amenazador.

—¿Quién eres tú, un fantasma?

—Soy Fernando... Tu hermano. —Mientras avanzaba, se inclinó lentamente hacia Marta, sin apartar la mirada de Andrés—. Estamos solos tú y yo —dijo, al tiempo que alzaba a Marta de los hombros y la parapetaba detrás de su cuerpo.

—¡No la toques! —gritó Andrés—. Es mía.

Fernando no se movió. Empujó hacia atrás a Marta hasta los brazos de María, que permanecía junto a la puerta.

—Llévesela de aquí —le pidió a la abogada, sin apartar la mirada de su hermano, que permanecía tenso como la cuerda de un arco, a punto de descargar un golpe mortal con su cuchillo.

—¡Os mataré a todos! —gritó desconcertado Andrés.

—Eso no te curará las heridas. Mírame, soy yo. Soy yo de verdad. Y he venido a buscarte —dijo con tono conciliador Fernando, avanzando despacio hacia Andrés—. Baja el cuchillo. No vas a hacerme daño. Soy yo, tu hermano. Ven conmigo, nos iremos lejos de aquí. Empezaremos de nuevo en otra parte.

Andrés bajó la mirada, pero no el cuchillo, que temblaba indeciso en el aire. Estaba confuso, no sabía qué hacer, mil voces a la vez y todas contradictorias le gritaban, tiraban de él como si sus extremidades estuviesen unidas a caballos que corrían cada uno en una dirección, descuartizándole.

María aprovechó la indecisión para coger a Marta y sacarla de la habitación. La conmovió su extremada delgadez y la expresión de sufrimiento de sus ojos hundidos en unas ojeras como pozos.

—Vámonos de aquí —murmuró. Pero Marta no se movía. Era como una estatua de piedra clavada en el suelo, con la mirada fija en Andrés.

Fernando giró la cabeza hacia ellas.

—Sáquela de aquí ahora, María.

—¡No! —gritó Andrés de repente. Sus manos, vencidas por el deseo, se aferraron con fuerza al mango del cuchillo. Se abalanzó hacia delante con un grito desesperado. Pero incluso antes de respirar, todo se suspendió en un color malva, hermoso y turgente. Se escuchó el sesgo de una hoja cortando el aire, como una guillotina, y el impacto sordo contra su cuello.

Fue todo tan rápido que los ojos de los presentes no pudieron atrapar el instante. Lentamente, la sangre empezó a brotar de la herida abierta, que se abría por momentos. La mirada de Andrés se apagó como en un eclipse y su cuerpo se desplomó de lado.

Durante un segundo nadie dijo nada, no hubo gritos, llantos, ni lamentos. Fernando se quedó ensimismado mirando el cuerpo de su hermano convulsionándose en el suelo. Se le ablandaron las manos, soltando la catana que acababa de degollarlo, y cayó de rodillas frente a él. María se aplastó contra la pared, protegiendo con los brazos a Marta, incapaz también de moverse y de apartar la mirada del cuerpo de Andrés.

Los hombros de Fernando empezaron a temblar en un sollozo que venía como una ola, lo golpeaba, y se alejaba con un rumor para volver con más virulencia, hasta desencadenar en un grito feroz, animal y desesperado.

Lentamente, sus ojos abrasados por lágrimas que parecían de sangre se posaron en las dos mujeres.

—Marchaos. Dejadnos solos.

María arrastró a la muchacha afuera. Le costaba arrancarla de la mirada hipnótica de Andrés, que la contemplaba desde el más allá con los ojos en blanco, como un demonio de yeso del que nunca podría huir. Al verse libre de argollas y prisiones, dudaba como un pájaro al que un buen día le abren las puertas de la jaula. María la cubrió con su abrigo y la obligó a bajar las escaleras. Desde el piso de abajo vieron cómo Fernando cerraba la puerta encerrándose con el cadáver de su hermano.

Fernando arrastró el cuerpo hasta la cama del dormitorio. Lo cubrió con una sábana. Después se desnudó ceremoniosamente y dejó la ropa en una silla. En el antiguo Japón se consideraba un acto de piedad que un amigo pusiera fin a la agonía cortando la cabeza del suicida. Ese último gesto de consideración era exclusivo para aquellos cuya vida merecía evitar sufrimiento. Fernando no tenía a nadie que le ayudase a morir rápidamente. Tampoco lo merecía. Su vida, como la de los suyos, no había sido edificante. Merecía morir desangrado, y recordando las cosas indignas que había hecho. Solo así, con una muerte lenta y ritual podía expiar sus errores.

La práctica japonesa de abrirse el vientre se reservaba a los altos nobles, a aquellos que consideraban que su vida solo podía terminar por la propia mano, de un modo cruel y doloroso, pero voluntario. Era su manera de demostrar honor y valentía. Era la tristeza suprema del samurái. El hombre que dignifica su vida con una buena muerte. Se puso de rodillas, sacó de la funda la daga ornamental de su hermano y con un golpe seco y decidido la hundió en el costado izquierdo del abdomen. Desplazó lentamente la hoja hacia el costado derecho sin extraerla y efectuó una incisión, ligeramente ascendente. Después tiró hacia fuera, destripando los intestinos.

Se dejó caer de costado, junto al cadáver de su hermano. Cogió su mano, ya fría, y recordó el calor que tenía en vida, la gratitud y seguridad que experimentaba cuando lo tomaba en brazos para jugar con él. Los recuerdos eran dispersos, buenos y malos se confundían, gritos y risas, llanto, alegría, momentos, quietud.

—Joder, menuda carnicería —dijo alguien, tirando la puerta abajo.

Fernando trató de incorporar la cabeza, pero un zapato italiano le pisó el cuello.

—¿Todas esas tripas son tuyas? Dicen que tenemos más de seis metros de intestinos. Veo que has querido comprobarlo por ti mismo.

Fernando no podía hablar. Con cada respiración un esputo de sangre le anegaba la garganta. Entonces el desconocido se puso en cuclillas y lo miró a la cara.

—¿Me conoces? Soy Ramoneda. Al final lo has hecho. Te has destripado como esos fantasmas japoneses de tu hermano. Pero no te equivoques: eso no te convierte en uno de ellos. Y veo que te has cargado a Andrés. Bien, eso me ahorra la mitad del trabajo. Y ahora, dime dónde están la muchacha y la abogada.

Fernando entornó los ojos. Estiró la mano hasta la catana ensangrentada. El desconocido se la arrancó de las manos.

—¿Qué pretendes?, ¿hacerte el héroe?

Fernando se congestionó con un gesto de dolor.

—¿Qué es esto?, ¿una especie de ritual? Entiendo: si te corto la cabeza vas al cielo de los locos, como esos samuráis tuyos. Y si no lo hago, solo serás un imbécil que se ha sacado las tripas.

Fernando se logró incorporar sobre un codo.

—Por favor. No sé dónde están.

—Entonces, no puedo ayudarte. No hay que interferir en el curso de la naturaleza. Ahora me siento como esos reporteros de fauna salvaje, ya sabes, esos que graban a una gacela indefensa cuando el león está a punto de cazarla. Podrían espantarla, ponerla sobre aviso. Pero entonces alterarían el equilibrio de las cosas. Lo mejor será que me marche. Puede que tengas suerte y que mueras antes de que te alcancen las llamas. De todas maneras, es justo que pasen así las cosas.

Fernando contempló la lata de gasolina en las manos de Ramoneda antes de derramarla sobre el cuerpo de su hermano tendido en la cama. No le importó. Que las cenizas de sus cuerpos se esparcieran entre las ruinas de aquella casa, que el viento que entraba por la ventana las esparciese en la noche del invierno, que su recuerdo se borrase como sus cuerpos. Que descansasen en paz.

Ramoneda encendió un cigarrillo. Luego prendió una hoja de periódico, lanzó la llama al aire y huyó, desapareciendo entre el humo.

Fernando se quedó en un rincón, sujetando sus tripas sin fuerza mientras la habitación se iba convirtiendo poco a poco en una voraz bola de fuego. Impotente, contempló las llamas acercándose al cuerpo de su hermano, besar sus labios rotos y sus ojos vacíos hasta convertirlo en una tea que ennegreció como un trozo de carne podrida. Las llamas se relamieron, pues ya conocían el sabor de aquel cuerpo que una vez logró escapar de su cerco. Esta vez no le dieron opción. Y vio impotente cómo esas mismas llamas le envolvían a él, que tanto había añorado en los largos fríos siberianos el calor de una lumbre. Como una jauría, el fuego le atacó desde todas partes, devorando los últimos rescoldos de su vida.

CAPÍTULO 30

Barcelona. Del 18 al 20 de febrero de 1981

—Qué hermosa es —dijo Greta, acariciando la frente de Marta, que todavía dormía.

María estuvo de acuerdo. Tumbada en la cama y cubierta con las sábanas blancas, la hija de Alcalá parecía un ángel de extraña hermosura. Resaltaba sobre su piel nacarada la delicadeza de su nariz y de sus labios entreabiertos por los que asomaban dos dientes incisivos. Debajo de los moratones y de las profundas ojeras se desvelaba poco a poco el rostro de una niña de diecisiete años. Pero al quejarse, movida por oscuras pesadillas, ese atisbo de inocencia desaparecía tras una larga sombra gris.

Entró la enfermera y comprobó el goteo del suero. Al salir, charló animadamente con el policía que custodiaba la entrada de la habitación. Los agentes le habían hecho muchas preguntas a María y ya empezaban a aparecer los primeros periodistas oliendo noticias sensacionalistas con las que llenar portadas. Aquella misma mañana los bomberos habían encontrado en las ruinas de la casa del Tibidabo los cuerpos de los hermanos Mola. Incapaz de soportar el aluvión que se le venía encima, María le había pedido ayuda a Greta, y esta había acudido al hospital sin un solo reproche.

María consultó con nerviosismo el reloj de la pared.

—¿Todavía no se sabe nada?

—De un momento a otro.

—El juez dictará la orden de detención contra ese diputado, ya lo verás —la tranquilizó Greta, cogiéndole la mano.

Esta sonrió cansada. No estaba segura. No se sentía feliz. Había descubierto demasiadas cosas y había perdido mucho en aquella búsqueda.

—Y de César, ¿qué sabemos?

María se cercioró de que nadie podía escucharla.

—Está a salvo. Lo mantengo informado sobre el estado de su hija, pero es mejor que no se deje ver por ahora. Confío en que si las pruebas que ha aportado acaban por inculpar a Publio, el fiscal le ofrezca un trato. Tal vez el gobierno le conceda un indulto. Pero todo está en el aire.

Greta le acarició el brazo. Pero María se apartó, apenas logrando disimular su necesidad de estar sola.

¿Por qué no sentía nada? No había llanto atragantado, ni sensación de felicidad o de satisfacción. Solo cansancio. No podía evitar la imagen de Fernando con la espada ensangrentada, y su mirada de incomprensión, de locura apasionada. Ni siquiera era capaz de tocar a Marta, de hablarle o de mirarla a los ojos. Se sentía culpable de todo lo que le había sucedido. Sentía que ella y su padre eran los causantes del dolor de aquella familia, un sufrimiento que había traspasado a tres generaciones, cuarenta años de tristeza.

María y Greta fueron a cenar aquella noche a un restaurante a pie de playa, en el barrio de la Barceloneta. A través de las grandes cristaleras del comedor se veía la playa iluminada con farolillos. La brisa marina rizaba la espuma de las olas que se deslizaban mansamente hacia la orilla.

—¿Por qué me miras de ese modo? Llevas todo el día haciéndolo —preguntó María. Le incomodaba sentirse objeto de compasión.

—No es compasión —replicó Greta, leyendo su pensamiento—. Es solo que te echo de menos, y que me duele no haber estado contigo en esto.

María se quedó pensativa, sosteniendo una copa de vino tinto ante sus ojos.

—No he hecho nada en realidad. Sencillamente me han utilizado unos y otros. Y yo no he tenido en ningún momento la oportunidad de elegir poder hacer otra cosa.

—No es cierto. Podías dejar que las cosas siguieran su curso y no inmiscuirte. Pero no lo has hecho, le has devuelto al inspector a su hija.

—Es lo justo después de que se la arrebatase. Me pregunto qué pensará esa niña cuando un día despierte de su horror y le pregunte a su padre por qué tuvo que pasarle todo eso a ella. ¿Qué le dirá César? Que un maníaco la secuestró y la torturó porque consideraba a su abuelo Marcelo el asesino de su madre y que por ello buscaba venganza. Le dirá entonces que ese loco estaba equivocado, que el hombre que debía pagar su culpa era otro, un viejo senil con una hija abogada, ciega y arrogante. Y le dirá también que no pudo rescatarla antes porque esa abogada se lo impidió encerrándolo en la cárcel.

Greta le acarició el pelo.

—No es justo que te acuses de esa manera. Estás tergiversando las cosas. Tú no eres responsable de los actos de tu padre, ni de la muerte de aquella mujer; ni siquiera tienes algo que ver con la demencia de su hijo. César cometió un delito, y tú hiciste lo que debías hacer... Lo mismo que ahora. Todo se ha terminado... Deberías volver conmigo a casa y descansar unos días. Podríamos pasear por la playa, leer, escuchar música, las cosas que hacíamos antes, tú y yo.

María sintió una punzada de dolor. Se sentía sola, se sabía sola, y estaba asustada. No le había dicho a Greta nada de su enfermedad. Nadie podía pedirle cómo afrontar que su vida se hubiese desmoronado desde los cimientos por culpa de su padre y de un tumor que tal vez la dejaría postrada para siempre o la enviaría al cementerio. No quería compartir con nadie aquel sentimiento. Se refugiaba en él y se aislaba del mundo del que ya no se sentía parte. Las personas que ya no tienen fe en su destino dejan de luchar, ya no moldean su vida y pasan a convertirse en testigos pasivos de sí mismos.

Greta era consciente de que María no le pertenecía ya,

si es que alguna vez tuvo algo más que una simple porción de ella. No era solo su aspecto demacrado. Era otra cosa. El modo de mover las manos, la entonación de la voz, amable, serena, pero distante. La compostura al reír un chiste malo, sin permitir que la alegría se desbordase. Y por mucho que ella intentaba penetrar en esa oscuridad y traerle un poco de luz, no lo lograba.

Ambas se besaron con la mirada, acariciando disimuladamente sus dedos entre las servilletas. Cenaron con calma, como amigas que un día han compartido algo más que sencillas experiencias. Pero entre las palabras se entrometían miradas y silencios inquietantes, señales de una lejanía que ambas fingían que no existía.

La confirmación de que la distancia entre ambas era sideral la tuvo a la hora de despedirse. Antes de subir al coche despidieron a los escoltas que Marchán les había puesto. Greta buscó el encuentro de sus labios en un beso que María pretendía darle en la mejilla. María cedió, pero como algo que se debe a quien se ha portado bien contigo, no a un impulso amatorio. Se miraron con tristeza. María dio la vuelta y se alejó caminando, protegida por su largo abrigo marrón, bajo las farolas del Paseo Marítimo. Greta se quedó dentro del coche, observando la curvatura de sus piernas, el paso elegante de sus zapatos de tacón color crema y el humo del cigarrillo que iba dejando atrás. Y se dijo que era una mujer de otra época, con una elegancia de película en blanco y negro. La plenitud en el centro de la ausencia.

Sus pasos eran admirados por otros ojos. Estos no se anegaban en lágrimas por la pérdida. Se achicaban como los felinos que siguen a su presa entre la espesura, esperando el momento, calibrando las fuerzas, husmeando el aire.

Ramoneda dio una larga calada a su cigarrillo rubio. Con un golpe seco del dedo corazón lanzó la colilla hacia el agua y se ajustó la americana. Era una chaqueta nueva, comprada para la ocasión. La otra se había estropeado en el incendio de la casa del Tibidabo. También se había chamuscado un poco el pelo y tenía quemaduras en las manos, por lo que lucía unos aparatosos vendajes que él mismo se había puesto.

Dejó que María pasara junto a él por el paseo, volviéndose hacia el mar justo cuando ella lo miró. Le gustaba probarse, ese juego que tienen los gatos con los ratones antes de zampárselos. Sabía que ella iría caminando hasta el hotel. Los escoltas se habían quedado atrás, demasiado rezagados. No les gustaba proteger a aquella mujer y a ella no le gustaba sentirse aprisionada. Eso facilitaba las cosas. La noche no era especialmente fría y a ella le gustaba pasear sin prisa. Él tampoco la tenía. Empezó a seguirla a distancia, deteniéndose de vez en cuando, cambiando de acera e incluso de calle para no despertar sospechas. Había aprendido a perfeccionar su trabajo, a ser metódico. Además, ella merecía un respeto. Era la pieza importante, la principal presa a cobrar.

No tenía un plan preconcebido, simplemente la seguiría hasta dar con el momento y el lugar propicio. Y si no se daba, la asaltaría en el hotel, aunque prefería un lugar más discreto. Por ejemplo, aquella obra en construcción junto al edificio de Correos que divisaba.

María sintió frío, como lo había sentido al pasar junto al tipo que fumaba en un banco mirando a la playa. Se embozó el cuello del abrigo y abrochó el último botón. No tenía prisa por llegar al hotel. De hecho, no quería llegar tan pronto. Se preguntó por qué había sido tan fría con Greta. Podría haber ido a casa, el trabajo pendiente para esta noche solamente era una excusa. En realidad, no había querido subir con ella al coche porque no deseaba aferrarse a nada. Tenía tanto miedo de querer algo, de esperar o desear cualquier cosa, que prefería no tener nada. Preguntarse por qué era así, por qué siempre había tenido miedo a ser feliz, a tomar lo que se le ofrecía, era una pregunta que no tenía sentido a estas alturas. No le valían las respuestas útiles ni freudianas.

No podía acusar a su padre, ni a Lorenzo. No eran ellos los que le habían destrozado la vida. Era ella misma, estaba en su propia naturaleza ser incapaz de disfrutar de las cosas, los sentimientos o la compañía de un ser querido. Eso no la convertía en una mujer desapasionada; al contrario: ahora sentía con toda efervescencia las pasiones del miedo a no sobrevivir a la operación, el torbellino de culpa y satisfacción por haber logrado que César y su hija se encontrasen. Pero nada de eso la llenaba completamente. Se sentía como algo estático entorno a lo que pasaban las cosas, rozándola apenas en la superficie.

Ya le quedaban pocos placeres íntimos, como aquel paseo nocturno. Le gustaba aquella soledad y la armonía del silencio, la conjunción entre la noche y su estado de ánimo. Había algo bello en aquel momento de quietud. No necesitaba colmarse de certezas, ni mostrar desaliento o temor ante Greta o ante cualquiera. Lo único que necesitaba era caminar, despistar a los sabuesos de Marchán, ascender por la calle hasta el hotel, fumar un cigarrillo y sentir el sonido de sus tacones.

Se detuvo en el semáforo de peatones. La Vía Layetana ofrecía un aspecto desacostumbrado y hermoso. La iluminación de los edificios magnos contrastaba con el silencio de los carriles sin circulación y los semáforos cambiando las fases fantasmagóricamente. Solo permanecía a oscuras la manzana que ocupaba el enorme edificio de Correos. Justo hacia donde ella se dirigía.

Ramoneda comprobó con satisfacción que María se dirigía exactamente hacia él. Se excitó tanto adelantando los acontecimientos que tuvo una erección. Sacó su revólver y lo amartilló. Era fácil disparar desde su escondite, entre tablones y montones de ladrillos apilados. A la distancia que estaba del blanco no podía fallar. Pero no era eso lo que él buscaba. Esperó con paciencia, apretando la culata del revólver. Se pegó a la pared hasta que María pasó junto a él, tan cerca que pudo apreciar el olor de su perfume. Entonces le salió al paso.

María se detuvo sobresaltada.

—Hola abogada... Volvemos a vernos. ¿No me recuerdas? Soy Ramoneda. Tu cliente preferido. —Antes de que ella pudiese reaccionar la golpeó con el revólver en la frente, abriéndole una brecha, y la hizo caer. La golpeó otra vez con fuerza en la cabeza hasta hacerla perder el sentido. Luego, cerciorándose de que nadie lo había visto, la arrastró hacia el cubierto de la obra. La ató y la amordazó.

No pensaba matarla sin más. Necesitaba colmar tanto su orgullo como su cuerpo. Él no era un violador, pero no se trataba de violarla, sino de poseerla. Los violadores, como la gente común, subestimaban el poder del sexo y la carencia del mismo. No existía mística alguna en una penetración o una eyaculación. Él no era un perro salido. Lo que quería era destapar el terror en su víctima. Hacerla comprender que estaba totalmente en sus manos, que podía introducirle el cañón del revólver en todos los orificios de su cuerpo antes de descerrajarle un tiro en la cara. Y la tensión sexual, el deseo de dominarla hasta extinguirla, formaba parte de ese ritual.

La arrastró hasta un portal y esperó a que pasaran los policías que andaban buscándola maldiciendo su falta de pericia.

Cuando se sintió seguro, la abofeteó con violencia para hacerla volver en sí. María regresó despacio, y sus ojos tardaron en focalizar la imagen del hombre que acariciaba su barbilla con el cañón del revólver. Trató de zafarse, pero Ramoneda la golpeó con el puño cerrado en el estómago.

—Eres testaruda, María. Y luchas, lo que está bien. Lo hace más entretenido, aunque más incómodo. Supongo que ya sabes por qué estamos aquí. No has hecho caso de las advertencias que te he ido enviando, ni te ha servido de nada que Recasens tuviese la misma suerte que te espera. Deberías haberlo dejado; tú no conoces a Publio. Ese es de los que no se para ante nada cuando quiere algo. Ya has visto lo que le ha hecho a tu amigo el inspector, quien por cierto, tiene una cuenta pendiente conmigo. En cuanto a Lorenzo, me he encargado de él. Aunque sería más correcto decir que ha sido su mujer la que lo ha hecho por mí. Tenía narices esa rubia. Vi su cuerpo magullado y la cara amoratada. No me extraña su odio. En cambio, tú no te enfrentaste a él, huiste. Eso es lo que has hecho siempre, huir... ¿Adónde huirás ahora?

Era evidente que Ramoneda no esperaba llegar a ningún acuerdo. Ni siquiera destapó la boca de María. Sabía que en cuanto lo hiciese ella se pondría a gritar, y entonces terminaría la diversión. Simplemente era un discurso que había ensayado delante del espejo, quería escucharse decirlo, sentirse el actor de su propia película. Había nacido para esto, pensó. Para vivir momentos como aquel.

Hundió la rodilla con fuerza en la pelvis de María, y la obligó a abrir las piernas. Con una mano ansiosa buscó debajo de la falda los pantis, los rompió y tiró con violencia de las bragas. María pateaba el suelo, emitía sonidos sordos que la mordaza y la mano de Ramoneda acallaban.

—Siempre me pareció que eras una de esas esnobs, frígida, altanera y suficiente. Yo te haré bajar a la tierra, princesa.

De repente María dejó de debatirse.

Se escuchó una detonación seca. Ramoneda se quedó muy quieto. Se irguió con mirada de incomprensión, tocándose la espalda. Se escuchó otro disparo. Ramoneda cayó al suelo rebotando contra unos tablones. Estaba muerto.

Una sombra se agrandó ante María, que encogió las rodillas retrocediendo con las manos atadas. Justo antes de que la sombra entrase en el círculo débil que emitía una farola, se detuvo. Desde la oscuridad la observaba, y parecía dudar. Durante un minuto interminable no ocurrió nada. Después, aquella sombra se hizo visible. Se inclinó sobre María y le quitó la mordaza.

—¿Tú?

César contempló con una mezcla de desprecio y tristeza el cuerpo de Ramoneda. Luego miró a María.

—Sí, yo. —Alcalá había estado siguiendo a María durante aquellos dos días. Conocía la manera de pensar de Publio y de su esbirro. Sabía que tarde o temprano tratarían de matarla. Solo era necesario esperar. Tocó la yugular de Ramoneda. No respiraba. Muerto era un ser indefenso, como cualquier otro. Inspiraba lástima con las rodillas dobladas hacia adentro, lo mismo que un muñeco roto. En contra de lo que pensaba, no había sentido emoción alguna al matarlo. Solo la certeza de haber terminado algo que dejó a medias cinco años atrás.

María se puso la muñeca en la boca para acallar el llanto. ¿Por qué lloraba? No lo sabía. Tal vez porque era una mancha que acababa matando todo lo que tocaba.

César no trató de consolarla. Era inútil pretender buscar consuelo en las palabras. Ni siquiera esperaba que ella mostrase agradecimiento a pesar de que le había salvado la vida. No lo había hecho por ella, sino por él mismo, y por su hija. Ramoneda no era nada, un perro rabioso abatido de un disparo. Pero Publio, el verdadero culpable seguía fuera de su alcance. Y no cejaría hasta dar con él.

Los hombres de la escolta no tardarían en aparecer. Debían de haber escuchado los disparos.

—Quédate aquí. Yo me encargaré de esto. —Arrastró hacia él el cuerpo de Ramoneda por los pies. Lo cargó como un fardo sobre el hombro y desapareció en la noche.

Dos días después, el cadáver de Ramoneda fue encontrado por unos guardias urbanos en uno de los jardines de la falda de Montjuïc. Era un sitio frecuentado por heroinómanos que ofrecían favores sexuales a cambio de pequeñas cantidades de dinero o dosis de droga. Los robos y los delitos eran comunes en la zona. A nadie le extrañó que el cadáver apareciese con los pantalones bajados y la cara destrozada por una gran piedra.

CAPÍTULO 31

Barcelona. 22-23 de febrero

María esperaba en el vestíbulo del Juzgado de lo Militar. La decoración no tenía aire castrense. Los tonos de las paredes eran amables, había cuadros de paisajes y marinas, y un jarrón con flores en una pequeña mesa. De vez en cuando, alguien abría la puerta, le preguntaba alguna cosa, ella contestaba escuetamente, y el interrogador volvía a salir.

A última hora de la tarde, Marchán salió del despacho del juez. Se mostraba amable, pero no daba concesiones.

—El juez ha denegado la apertura de diligencias contra Publio —dijo clavando en ella sus grandes ojos. El policía esperó a que la noticia calase en María, observando su reacción de estupor y calibrando la verosimilitud de las lágrimas que le saltaron compulsivamente.

María no daba crédito a lo que estaba escuchando.

—Insiste en que César debe entregarse. Sin su testimonio, no aceptará las pruebas.

—Puedo declarar yo, están las pruebas que has reunido, pídele que examinen los documentos de los archivos de Lorenzo.

Marchán se mostraba apesadumbrado.

—Lo hemos hecho, pero alguien vació su apartamento.

Supongo que fue el propio Ramoneda. Respecto a ti, el juez no cree que seas un testigo fiable.

—Y eso, ¿qué significa?

—No te acusa de nada, de momento. Pero conoce el historial de tu matrimonio. Sufrías malos tratos, y la relación con Lorenzo no era buena. Además, directa o indirectamente, tienes que ver con las muertes de Pedro Recasens y de Ramoneda, y en el incendio que provocó la muerte de los hermanos Mola, además de estar presuntamente implicada en la fuga de César Alcalá. Por muy buena fe que yo pueda tener, me resulta muy difícil convencerle de que todo se debe a la casualidad.

»Yo no pienso rendirme, María. Tengo la sensación de que alguien está intentando parar al juez, y el hombre espera acontecimientos para tomar una decisión u otra. Es como si todo el mundo estuviera esperando que ocurra algo, como si nadie quisiera pararlo para que todo reviente de una vez. Pero yo no cejaré hasta que ese diputado ingrese en una prisión.

María consultó la hora en su reloj de pulsera. El tiempo se le iba. Aquella misma tarde debía ingresar en el hospital para operarse.

—¿Me dirás dónde se esconde Alcalá?

María contempló con incredulidad a Marchán.

—¿Por qué ese afán en atraparle?

—Quiero ayudarle. Y no podré hacerlo si se convierte en un prófugo. Debe hacerse de acuerdo con la ley. Tú sabes que ese es el único camino.

María sonrió con tristeza.

—No, inspector. Yo ya no sé nada.

El día 23 de febrero, lunes, a las 18.30, una gran cantidad de gente empezó a reunirse frente al logotipo que tenía *La Vanguardia* en la calle Pelayo de Barcelona. A los pocos minutos era tal la multitud que uno de los redactores del diario tuvo que salir a la calle, y, con un megáfono en mano, transmitir de viva voz las noticias que iban llegando de las diferentes agencias de noticias. Paralelamente, la gente se arremolinaba en torno a los que escuchaban, a través de un transistor, la noticia.

Media hora antes, mientras los diputados votaban la investidura del nuevo presidente del Gobierno, un grupo de doscientos guardias civiles armados había irrumpido en el Congreso de los Diputados, conminando el jefe de la tropa a sus señorías a echarse al suelo, pistola en mano y ocupando la tribuna de oradores. Se habían escuchado ráfagas de ametralladora en el hemiciclo y se temía una masacre. De pronto el país entero se sumió en un anochecer amedrentado. Acababa de producirse un golpe de Estado.

—Vea, este es su cerebro.

El doctor le mostró la tomografía, señalando una zona del lóbulo derecho en la que se apreciaba una pequeña mancha.

—El problema que tenemos es que se ha expandido. De ahí las agnosias que sufre: percibe objetos pero no los asocia con su función habitual; y por la misma razón le cuesta hablar, y tiene esas afasias. Las causas de los mareos y de las perdidas de visión se deben en parte a esta hipertensión que se aprecia en esta zona.

María escuchaba con atención. Intentaba concentrarse en cualquier otra cosa que no fuera el sonido de la maquinilla de afeitar con la que una enfermera le estaba rasurando la cabeza. Y fingía que no le importaba ver cómo los mechones de pelo caían al suelo como una cascada de hojas otoñales.

—¿Eso significa que la cosa pinta mal?

El doctor se ajustó el puente de las gafas a la nariz.

—Lo sabremos cuando extirpemos el tumor y lo analicemos.

Después de lavarse la trasladaron en una camilla al quirófano. En el ascensor el personal sanitario comentaba agitadamente los acontecimientos que las radios transmitían con cuentagotas. María pudo escuchar que los militares habían tomado las instalaciones de TVE en Madrid y que los blindados ocupaban las calles de Valencia.

Sintió un profundo desánimo. Después de tantas muertes, nada de lo hecho había podido evitar que Publio se saliera con la suya. Imaginó cómo sería el mundo al despertar. ¿Qué caras vería en el telediario? ¿Las de una junta militar? ¿Las de un nuevo dictador? ¿Cómo podía haber pasado? Nadie había hecho nada para impedirlo, y los que lo habían intentado habían fracasado. Lo impensable, la vuelta atrás en el tiempo, estaba a punto de suceder ante la mirada atónita de todos. Publio saldría triunfante. Tal vez le nombrasen ministro, puede que presidente...

El camillero dejó de hablar y se la quedó mirando.

—¿Por qué llora? No esté asustada. Verá cómo todo sale bien.

María asintió. No lloraba por ella. Para eso no tenía lágrimas. Su llanto era de incomprensión, de muda desesperanza en un mundo cuyas reglas no comprendería nunca. Los hombres morían, mataban, traicionaban sus ideales, embarcaban a un pueblo entero en guerras fratricidas, y ella no entendía por qué. Por el poder, ese es el único motivo que mueve a los hombres: el poder, le dijo en cierta ocasión su padre. Pero el poder era algo absurdo, abstracto, algo minúsculo e inútil. Bastaba entrar en un quirófano para comprobar lo ridículas que eran las aspiraciones humanas.

Una enorme lámpara esférica, sostenida por un brazo mecánico, lanzaba destellos de luz muy intensa a través de decenas de ojos. Parecía un platillo volante. A la derecha de la mesa de operaciones se extendía el instrumental sobre un paño verde, junto a una bandeja metálica. Todo era blanco, las paredes, la luz, el suelo, las caras, excepto los uniformes de los practicantes y las sábanas del operatorio que eran de un verde desgastado. Olía a linimentos, a alcoholes desinfectantes, a gasas impregnadas de medicamento aséptico.

La colocaron como a un fardo en la mesa de operaciones y le colocaron unas mordazas que sujetaban su cabeza, forzándola a mirar hacia la izquierda. Pusieron algo en la sonda que iba a su brazo. Luego sintió frío en el cráneo desnudo; la estaban rociando con alguna crema gélida. Los médicos hablaban con las mascarillas aún sin poner.

Señalaban su cabeza como si fuese un objeto extraño. A ella la ignoraban por completo. Alguien marcó con un rotulador la ruta a seguir hasta su cerebro. María se alegró de no estar en la Edad Media, cuando trepanaban los cráneos con un berbiquí.

—Tardará un poco en hacer efecto la anestesia. Puede que notes un ligero malestar. Es normal.

¿Por qué de repente el miedo había desaparecido? A través de las cortinas que tapaban el quirófano entreveía la sala exterior. Todo el personal le daba la espalda, atentos a un televisor colgado en la pared. Le pareció una buena metáfora. Incluso el cirujano que iba a operarla preguntó inquieto cómo iban las cosas en el Congreso mientras una enfermera le colocaba los guantes azules.

Se sentía sola, pero no triste. En parte se arrepentía de haberle dicho a Greta que no quería que estuviese en el hospital. No quería que nadie la viera así, rendida, a merced de otros. Curiosamente, la última persona que vio antes de que todo se tornase borroso, fue al inspector Marchán, que estaba dispuesto a mandarla a la cárcel si sobrevivía a la operación. El policía le sonreía desde el otro lado. Era una sonrisa sincera. Una sonrisa que le deseaba buen viaje a la oscuridad.

María Bengoechea murió en el hospital de la Sagrada Familia el día 6 de mayo de 1982, después de varias operaciones. Su agonía de los últimos días no fue poética, ni romántica. Apenas tuvo momentos de lucidez, y no pudo disfrutar ni unos minutos de intimidad con Greta. Le hubiera gustado despedirse de ella a solas, besarla en los labios y sentir por última vez las caricias de sus dedos enredándose en el pelo. Pero aquella habitación era como una cárcel de cables y máquinas, de médicos, de policías, de periodistas. Se apagó despacio hasta extinguirse en un estertor final, algo monstruoso y cómico a la vez, un enorme eructo que expulsó los últimos restos de aire de sus pulmones, y con ellos sus últimas partículas de vida, de pensamientos, de sentimientos, de emociones.

Vino entonces el trajín de los preparativos del funeral. María no tenía nada dispuesto; hasta el último segundo debió de convencerse de que aquello no iba con ella. Greta cumplió sin emoción con el ritual de elegir flores y ataúd. Todo fue tan corriente, tan mundano, que se le hizo insoportable. Fue un acto íntimo. La muerte siempre lo es. Pero cuando el entierro es en familia, y por familia estaban ella y la media parte que quedaba de Gabriel, todo es más ligero, menos litúrgico. Por deferencia, se había acercado al cementerio el inspector Antonio Marchán. Las notas dejadas por María le habían sido de mucha utilidad para esclarecer su inocencia en las muertes de Recasens, Ramoneda, Lorenzo y los hermanos Mola. Sin embargo, el policía estaba convencido de que María se había llevado a la tumba el paradero de César Alcalá y de su hija, a quienes seguían buscando.

No hubo acto religioso. María no lo hubiese permitido. Únicamente con ellos tres como testigos, los operarios del cementerio introdujeron el ataúd en el nicho, colocaron la lápida y la sellaron con mortero. Con la ayuda del policía Marchán, Greta colocó una pequeña corona de lirios, sin ninguna banda ni recordatorio. No dijo nada, ni esbozó gesto alguno. Dio la vuelta y se marchó por donde había venido, sin volver la vista atrás, sin prisas, dejando en el camino sus huellas.

EPÍLOGO

En 1982 empezaron los llamados Juicios de Campamento. En ellos fueron condenados buena parte de los implicados en el golpe del 23 de febrero de 1981. Tejero, Milans, Armada... Son los nombres más conocidos de aquella trama. Fueron condenados no menos de treinta militares a penas de cárcel que iban de los dos a los treinta años de prisión.

De entre los condenados solo hubo un civil.

Respecto al diputado Publio, no fue acusado formalmente. Su nombre desapareció de todos los informes, y nunca volvió a saberse de causa alguna contra él. Los periódicos de la época, las resoluciones judiciales, los medios orales y escritos, borraron su nombre de la trama. Ni siquiera aparece en los libros de historia ni en la amplia literatura sobre el asunto que se escribió después. De suerte que Publio, el diputado, parece un personaje de ficción, tal como si nunca hubiera existido.

...Y sin embargo, basta con pasearse por una pequeña finca a las afueras de Almendralejo, cerca de San Marcos, para dar con un anciano que languidece, amargado por el olvido, y que cuenta a quien quiera escucharle que el 23 de febrero de 1981 estuvo a punto de cambiar la historia de España. Vive atemorizado detrás de verjas y ventanas tapiadas, esperando la visita de alguien que, tarde o temprano, vendrá a ajustar cuentas.